소설

방기환 저

태종 이방원

① 뿌리깊은 나무

문지사

소설 태종 이방원(太宗 李芳遠)

제1부 뿌리 깊은 나무

차 례

1. 뿌리 깊은 나무 ··13

2. 젊은 母后 ··45

3. 구변지국(九變之局) ··88

4. 逃避의 늪 ··141

5. 발 없는 駿馬 ··181

6. 자미원(紫微垣) ··253

7. 풋살구의 노래 ··285

8. 봄 기러기 ··327

소설·태종 이방원(太宗 李芳遠)·총목록

〈제 1 부 / 뿌리 깊은 나무〉
1 · 뿌리 깊은 나무 ·············· 13
2 · 젊은 母后 ················· 45
3 · 九變之局 ················ 88
4 · 逃避의 늪 ················ 141
5 · 발 없는 駿馬 ·············· 181
6 · 紫微垣 ·················· 253
7 · 풋살구의 노래 ············· 285
8 · 봄 기러기 ················ 327

〈제 2 부 / 王朝의 고향〉
9 · 王朝의 故鄕 ·············· 13
10 · 地下水 ················· 67
11 · 杜門洞 뒷소문 ············· 120
12 · 鵬程萬里 ················ 134
13 · 北京城 ················· 176
14 · 新都의 아침 ·············· 203
15 · 氷 壁 ·················· 235
16 · 翁主의 집 ··············· 268
17 · 對馬島 ················· 327

〈제 3 부 / 回天의 아침〉
18 · 歸化의 무리 ·············· 13
19 · 大王 병들다 ·············· 65
20 · 시새우는 저울대 ·········· 114
21 · 山南王 溫沙道 ············ 711
22 · 8월 26일의 女人들 ······ 199

254 ············· 回天의 아침 · 23
291 ············· 胎動의 가을 · 24
343 ············· 流浪의 創業主 · 25

〈제 4 부 / 冬天鳳鳴〉
13 ··············· 怪文書 · 26
39 ··············· 王弟 芳毅 · 27
50 ··············· 冬天鳳鳴 · 28
120 ··············· 一 輪 · 29
166 ··············· 仁壽府 · 30
197 ··············· 刺客의 집 · 31
231 ··············· 두 盟主 · 32
266 ··············· 産 苦 · 33
318 ··············· 故友 吉再 · 34
337 ············· 광야의 老雄 · 35

〈제 5 부 / 샘이 깊은 물〉
13 ··············· 獅子의 마음 · 36
34 ··············· 冕旒冠 · 37
77 ··············· 불 · 38
111 ··············· 沈黙의 山 · 39
148 ··············· 病든 大國 · 40
196 ··············· 嘉禮色 · 41
229 ··············· 北의 바람 · 42
263 ··············· 密使들 · 43
297 ········· 百姓이 하늘이어니 · 44
337 ··········· 샘이 깊은 물 · 45

1. 뿌리 깊은 나무

정월 초하루.

이성계(李成桂)의 혁명왕조가 수립된 이후 첫번째로 맞이하는 신정(新正)의 개경(開京) 거리를 한 승려가 걷고 있었다.

행색은 어디서나 흔히 볼 수 있는 운수승(雲水僧) 차림이었지만, 이따금 불을 뿜는 그의 안광은 세속을 외면하고 떠돌아다니는 수행자(修行者)의 그것이 아니었다. 어느 속인보다도 더한 인간적인 야망이 검붉게 이글거리는 그런 안정(眼睛)이었다.

개경 한복판을 차지하고 솟아 있는 자남산(子男山) 언덕길, 그의 걸음은 그리로 접어들었다.

전 왕조 고려시절엔 사대부들의 유람처로, 또 한량들의 활터로 붐비던 명승지라던가. 그 산마루에 세워진 관덕정(觀德亭) 기둥에 등을 기대고 승려는 사방을 둘러본다.

왕도(王都) 전부가 환히 내려다보이는 탁 트인 조망을 향하여 그는 혼잣말을 흘렸다.

"어둡다."

그러나 쾌청이었다. 동녘 하늘엔 새아침의 태양이 눈부시다.

"새해를 맞으면 숱한 아이들이 넓은 하늘이 미어지게 연을 날리며 즐기는 것이 이 나라의 풍습이라고 하지 않았던가. 그러나 없다."

그의 어투에선 먼 이방인(異邦人)의 냄새 같은 것이 풍기고 있었지만, 그러나 그의 말은 사실이었다.

"남자들의 윷노는 소리, 부녀자들의 널뛰는 소리로 골목마다 집집마다 흥청거린다고 들었으나, 그 소리도 없다."

그말 역시 사실이었다.

"백성들은 추위에 떨고 있는 것일까."

승려의 혼잣말은 다시 비약했다.

지난해 설날엔 윤달이 끼어서 정초라고는 하지만 입춘을 지낸지도 보름이 넘었다. 완연한 봄기운이었다. 북녘 송악산(松嶽山) 이마엔 아지랭이까지 가물거리고 있는 것이다.

"아직도 이 나라는 앓고 있는 것일까. 산로(産勞)의 진통이 가시지 않은 것일까."

그가 어둠이나 추위에 비유한 말의 핵심은 바로 거기 있었던 것 같다.

곪을대로 곪은 구 왕조를 타도하고 참신한 새 세상을 구현하자는 새 왕조였다. 창업주 이성계가 즉위한 지 사흘째 되던 7월 20일에 발의한 사헌부(司憲府)의 기강십사(紀綱十事)를 통하여, 그리고 그달 28일에 반포된 국왕의 편민사의(便民士宜)를 통하여 정신의 혁명, 정책의 혁신을 굳게 공약한 바도 있었다.

청렴 유능한 인사〔君子〕를 기용하고 부패 분자〔小人〕를 일소한다.

일욕(逸欲)을 경계하고 절검(節儉)을 존중한다.

충신, 효자, 의부(義夫), 절부(節婦)를 표창한다.

과부, 고아를 구휼(救恤)한다.

국가 재정의 회계를 엄격히 다스린다.

둔전〔屯田 : 주둔병의 군량을 위해 마련된 밭〕의 폐습을 제거한다.

사법(司法)의 공정을 기한다.

참신하고 고무적인 앞날이 약속된 새 시대가 도래하였다. 하지만 이방인으로 여겨지는 그 승려의 눈에까지 어둡고 춥게만 비치는 민심(民心)의 갈피엔 어떠한 그늘이 도사리고 있는 것일까.

승려는 착잡한 시선을 허공에 날리다가 그것을 문득 한 대갓집 문전에 꽂으며 고개를 꼰다.

"웬 사람들인구?"

한산하고 침침한 거리였지만, 그 한 지점, 그집 문전만은 흥청거리고 있었다. 사람들이 줄을 짓고 서 있었다.

그 대갓집은 문하시랑찬성사(門下侍郎贊成事) 정도전(鄭道傳)의 사제, 문전에 줄을 지은 사람들은 세배꾼들이었다.

문하부는 말할 것도 없이 국가의 행정을 총괄하던 정부의 심장이나 다름없는 기관이었으며, 문하시랑찬성사라면 판문하부사(判門下府事), 문하좌우시중(門下左右侍中) 다음 가는 그 기관의 요직이었다.

그뿐이 아니었다. 그집 주인 정도전으로 말할 것 같으면 새 왕조 창업 과정에 있어서도 주체 중의 주체로 활약한 개국(開國)의 원훈이었다.

위화도 회군(威化島回軍)을 계기로 이성계의 대망(大望)이 고개를 들자 그의 오른팔이 되어 정치적 기반을 강화하는 데 민완을 휘두른 것도 정도전이었다.

공양왕 2년, 이성계가 명나라를 침공하려 한다고 무고하는 정적(政敵)이 있어서, 강대국 조야의 오해를 받게 되고 정치적 입장이 위태롭게 되었을 때 즉각 달려가서 해명에 힘쓴 인물도 정도전이었다.

회천(回天)의 호기가 도래하여 새 정권이 수립된 지금, 정도전의 발언권은 어느 공신보다도 강력하다.

이성계의 등극이 있은 직후 중외(中外)의 대소 신료, 한량, 기로(耆老), 군민(軍民)들에게 즉위(卽位)를 고하는 교서를 작성할 때 초안을 잡은 사람도 역시 정도전이었다. 특히 그 교서 중에는 우현보(禹玄寶), 이색(李穡) 등 숙청 대상자 오십육 명의 명단을 열거하고 형량까지 제시하고 있는데, 그것도 다 정도전의 의향에서 나온 것이라고들 했다.

그러한 실력자, 그와 같은 강자의 권문(權門)이 바로 그집 그 문전이었다. 세배꾼들이 저자를 이룰만도 하지 않겠는가.

세배꾼들은 소위 덕담(德談)이라는 것을 늘어놓는 것이 상례였다.

——새해엔 소원 성취하셨으니 경하합니다.

이런 식이다.

앞으로 있기를 기원하는 투가 아니었다. 결정적인 기정 사실처럼 인정해 놓고, 김치국부터 안겨 주는 허례(虛禮)가 덕담이라는 것이기도 하였다.

"날더러 소원 성취하라구?"

한 차례 그런 덕담을 늘어놓고 한 패가 물러가자 곁에 앉은 환관(宦官)김사행(金師幸)을 돌아보며 정도전은 근지럽다는 얼굴을 하였다.

정도전이 정계 전반에 날개를 편 두드러진 강자라면, 김사행은 국왕 이성계의 측근에 단단히 밀착한 막후의 실력자였다.

그들 두 사람은 안팎에서 손이 잘 맞았다. 정도전이 있는 곳엔 김사행이 그림자처럼 따른다는 것이 정계 참새들의 공론이었다.

"새삼스레 무슨 수작을, 덕담이란 것도 사람을 보고 할 일이지. 안 그렇습니까요, 대감?"

김사행은 얄팍한 입술을 나불거리며 얼레발을 친다.

"이천착호(以天捉虎), 대감께서 하시고자 하시는 일이 있다면 가위 하나로 호랑이 잡기가 아니겠습니까요."

아마 권력의 정상을 점유하고 있으니 얻지 못할 것이 무엇이냐는 투로 알랑거리는 소리였다.

정도전은 웃었다.

"내 아무리 뭣하기로 하늘을 쓰고 돌이질을 하기는 어려운 일이 아니겠소."

능청맞게 딴청을 부리고 있는데,

"아룁니다."

밖에서 청지기의 전갈이 날아든다.

"한 괴상한 중놈이 상공께 긴히 여쭐 말씀이 있다면서 물러가질 않는

뎁쇼."

"중놈이 내게 무슨 볼일이 있다는 걸까?"

정도전은 쓴웃음을 씹었다.

"설마, 당나귀 귀에 경이라도 읽겠다는 수작은 아니렸다?"

쇠귀에 경읽기란 속담은, 자기 성씨인 정가를 우롱할 때 흔히 끌어대는 당나귀에 빗대고 흐물거려 본 말이었지만, 그의 언중엔 그런 속담의 얄팍한 우의(寓意) 이상의 것이 번득이고 있었다. 고려 5백년의 문물(文物)을 지배하던 불교 세력은 이씨정권이 들어서자 호된 서리를 맞게 되지만, 그러나 그에 앞서 고려 말기에 이미 불교 배척운동은 전개되고 있었다.

그리고 그 운동의 선봉은 다른 사람 아닌 정도전 자신이었던 것이다. 그러한 그의 집을 찾아온 불도(佛徒)란 도대체 어떠한 인물일까?

김사행은 무책임한 입술을 그저 안이하게 납신거리기만 한다.

그러나 정도전은 점점 더 심각해진다.

"저희네 불가(佛家)로선 이를 갈아도 시원치 않은 나에게 세배를 하겠다고 찾아온 것두 아닐테구!"

남달리 부리부리한 눈망울을 이리저리 굴리며 한동안 생각에 잠기더니

"여봐라!"

방문 밖에 아직도 대령하고 있을 청지기를 향하여 지시했다.

"그 중을 이리로 들게 하라."

잠시 후에 정도전의 거실에 한 승려가 들어섰다. 자남산 마루에서 그 집을 내려다보던 그 운수승이었다.

방 한구석에 비껴선 몰골은 땅딸한 체구에 오종종한 이목구비, 보잘것없는 생김생김을 하고 있었다.

그런 그에게서 녹녹지 않은 구석을 찾자면 검붉게 이글거리던 그 안광뿐일 터인데, 그것도 잔뜩 내리깔고 있어서 제구실을 못했다.

"내게 할 말이 있다구?"

군소리 제쳐버리고 정도전은 핵심부터 캐고 들었다.

"예, 긴히 여쭐 말씀이 있기는 있소이다마는──"

하다가 괴승은 말꼬리를 흐린다. 그때까지 내리깔고 있던 두 눈을 들어 그 이글이글한 안광을 김사행에게로 쏘아보낸다. 잡인이 있는 자리에선 말을 꺼내기 거북하다는 시늉일 것이다.

"에, 애해헴!"

김사행은 나오지도 않는 헛기침을 애써 뱉으며 빼대대한 눈꼬리를 샐죽히 흘겨보낸다. 경계를 받는 것이 심히 비위에 거슬리는 눈치였다.

"괜치 않다. 이분은 나하구 막연한 사이인즉, 아무 염려말구 할 말이라는 것이나 어서 꺼내봐라."

정도전은 종용하였다.

"말씀이 정 그러하시다면──"

괴승은 한번 고개를 꾸벅하고 나서

"소인 산 설고 물 선 고장에 와서 의지할 곳 없는 몸이라오. 어르신네께서 거두어 주신다면 분골쇄신, 충성을 다할 요량이오이다."

당돌한 소리를 던졌다.

"그래?"

정도전은 곧장 괴승의 두 눈 깊숙이 강한 시선을 쏘아보내며

"내가 누구보다도 중놈이란 자들을 싫어한다는 것을 알고서 하는 수작이냐?"

힐문하였다.

"잘 알고 있소이다만, 그러나 소인은 승려가 아니오이다."

의표를 찌르는 소리로 응하며 괴승은 그 이글이글한 눈으로 정도전의 눈총을 마주 받았다.

"에헴!"

김사행이 또 헛기침을 하며 수염도 없는 턱을 쓸어내리다가 정도전의 귓전에 입을 갖다대고 소리를 죽이며 야죽거렸다.

"역시 실성한 거렁뱅이가 아니겠습니까요. 대감?"

그 말은 듣는둥 마는둥 스스로 승려가 아니라고 발뺌을 한 그 괴한을 향하여 정도전은 다시 캐고 물었다.

"어엿한 중이라도 본색을 감추고 싶어하는 판국에, 중도 아닌 자가 구태여 중의 행세를 한다?"

"떠돌아 다니면서 밥술이라도 얻어먹자면 이런 행색이라도 하지 않고 달리 어떤 방도가 있겠소이까."

괴한은 넉살좋게 받아넘겼다.

"어디서 왔지?"

정도전은 질문의 설봉을 돌려댔지만,

"보시다시피 동가식서가숙(東家食西家宿)하는 떠돌이 신세, 어디로부터 왔노라고 여쭈어야 합당하겠소이까."

괴한은 흔들거리기만 했다.

"이놈!"

정도전의 입에서 호통이 터졌다. 사랑방 창호(窓戶)들이 기겁을 하며 떨린다.

"너 왜중이지?"

그 자가 풍기는 이국적인 냄새를 그렇게 식별한 것일까. 일본 태생이 아니냐고 정도전은 지적했다.

괴한은 한동안 실눈을 하고 정도전의 얼굴을 뻔히 건너다보고만 있다가 이윽고 그 눈이 활짝 웃었다.

"대단한 안력이외다, 정시랑. 과시 새 왕조의 제갈량이란 중평도 헛소문이 아니오이다그려."

한 걸음 껑충 기어오르는 무엄한 어투로 노닥거리면서도 정도전의 판단만은 시인하고 있었다.

"그렇다면!"

상대편이 농으로 돌리면 돌릴수록 정도전의 언동은 직선적으로 굳어가기만 했다.

"무엇을 얻자는 게냐? 아니 무엇을 염탐하자는 거지?"

"정시랑답지도 않으신 말씀. 내 고장 속담에 사람을 보거든 귀신으로 알라는 말이 있소이다만, 그렇다고 이 세상엔 귀신만 득실거리는 게 아니오이다."

요리조리 매끄럽게 둘러대는 소리를

"닥쳐라. 간교한 왜노(倭奴)!"

정도전은 일갈로 틀어막았다.

"노략질이나 염탐질 아닌 일로 이 땅에 건너 온 왜중이 몇명이나 된다더냐."

"사람을 보거든 귀신으로 알라? 그말 잘했다."

김사행도 한마디 끼어들었다.

"우리 고려〔이때까지는 아직 전 왕조의 국호 고려를 그대로 습용하고 있었다.〕 사람들에겐 곧 왜인이라면 모조리 도적놈으로만 보인단 말이다."

고려인의 대일(對日) 감정을 단적으로 표현한 말이었다.

실상 이 나라 이 백성은 왜구(倭寇)로 불리던 그들 일본 해적들에게 치가 떨리도록, 진저리가 나도록 시달려 왔다.

동서남 해안 취약지구는 말할 것도 없고, 내륙지방에 이르기까지 그들 해적이 할퀴고 간 상흔 없는 곳이라고는 오히려 찾기 어려운 형편이었다.

고려사 입절에는 고려 오백년간의 대표적 열녀(烈女) 14명에 대한 사실이 수록되어 있다. 그중 과반수가 넘는 9명의 여성이 왜적의 능욕을 물리치다가 참살을 당한 절부(節婦)들이었으며, 이 한 가지 사례만으로도 왜구의 만행이 얼마나 잔혹하였는가를 충분히 짐작할 수 있을 것이다.

일본인이라면 우선 피해 의식과 의혹의 색안경으로 바라볼 수밖에 없지 않겠는가.

정도전의 호통이나 김사행의 독설이나 그 일본인에겐 따끔한 일침이 아닐 수 없었을 것이다.

그러나 그는 비위좋게 이죽거렸다.

"낡은 것은 아낌없이 버리고 새 것을 찾아야 마땅한 새 세상이 아니오? 어찌 우리 일본에 대해서만 묵은 원한을 고집하려 하시오?"

그리고 그는 다시 말을 이었다.

"이른바 왜구라는 도적의 무리들이 이 나라를 침범한 사례는 전 왕조 고려때에나 있었던 일, 새 왕조가 수립된 지 반년이 넘도록 단 한 번도 그런 불상사는 없었던 것으로 소인은 알고 있소이다."

그 말은 사실이었다. 이성계가 등극한 이후 그때까지는 왜구가 침공하였다는 기록이 눈에 띄지 않는다.

"어디 그뿐이겠소. 새 왕조에서 각추(覺諏)라는 승려를 일본에 파견하여 왜구의 금제(禁制)를 요청하였을 때, 우리 일본의 장군가〔將軍家 : 그 당시 일본의 집권자를 지칭하는 말〕가 보인 선린의 뜻은 또 얼마나 독특합디까. 절해라는 승려로 하여금 답서를 전달하게 하되 진서(鎭西 : 九州지방)의 적선(賊船)을 금압(禁壓)하는 한편, 왜구들에게 포로가 된 고려인들을 방환(放還)하겠노라고 언약하지 않았습디까."

그말 역시 사실에는 틀림이 없었지만 정도전은 고개를 가로저었다.

"사나운 바람이 휘몰아치자면 한동안은 죽은 듯이 고요한 법이니라. 한때 조용하다고 해서 왜구의 위해가 근절되리라고 보는 것은 어리석은 속단이 아닐까."

"이를 말씀입니까요."

정도전의 말꼬리를 잡고 늘어지며 김사행도 한마디 했다.

"왜적들이 죽은 체하고 있는 것은 새로 창업된 우리 조정의 눈치를 살피기 위해서가 아니겠습니까요. 우리의 실태를 은밀히 염탐한 연후에 흉측한 독수를 뻗으려는 흉계가 아니고 무엇이겠습니까요."

"히, 허어"

괴한은 쓴웃음을 씹었다.

"그렇게 의심을 품자면 한이 없는 법이외다. 우선 흉금을 터놓고 서로 믿어봐야 하지 않겠소?"

"믿으라구?"

김사행은 코웃음을 쳤다.

"믿는 도끼에 발등을 찍힌다는 말도 있거니와, 지금 우리 면전에서 이러쿵 저러쿵 입방아를 찧는 네가 바로 간교한 왜적의 염탐꾼이 아니라고 어느 누가 장담할 수 있단 말이냐."

"히, 허어"

괴한은 또 쓴웃음을 피우더니,

"소인이 아무래도 잘못 찾아든 것 같소이다. 정시랑댁 어른들이 그토록 도량이 좁으실 줄은 미처 몰랐소이다."

"이놈!"

김사행이 발끈하며 소리를 질렀다.

"어느 안전이라고 감히 그따위 주둥이질을."

하면서 주먹질이라도 퍼부을 기세를 보였지만, 그때는 이미 방문을 박차고 괴한은 밖으로 뛰쳐나간 후였다.

"저놈을 당장에 잡아 족쳐야 할 것이 아니겠습니까요."

김사행은 목을 괴고 쌔근거리는 것이었지만, 정도전은 아무런 대꾸도 하지 않고 두 눈만 내리깔고 있었다.

하다가 한참만에 혼잣소리를 흘렸다.

"재앙을 몰고온 요귀를 쫓은 셈일까. 아니면 복을 안겨다 주는 업을 놓친 셈일까?"

"어디로 간다?"

하며 정도전의 집을 뛰쳐나온 괴한은 잠시 고개를 꼰다.

"새왕조 창업의 공신들 중에서 가장 걸출한 인재라는 평을 듣는 정도전이 그 모양 그 꼴이고 보면 이번엔 누구를 찾아가야 할 것인가."

그는 초조한 걸음걸이로 몇몇 고관집을 더 찾아다녔다. 그러나 모두들 문전에서 그를 쫓아냈다.

이럭저럭 그날도 다 가고 서편 오송산 산마루에 저녁해가 잠겨버릴 무렵, 괴승은 수창궁(壽昌宮) 남쪽 연복사(演福寺) 담 밖을 서성거리고 있었다.

때마침 절연한 소리가 울려퍼지더니 저녁 하늘에 휘황한 불꽃이 솟아 올랐다. 경축하는 뜻으로 군기감(軍器監)에서 울리는 화희(火戲)였다.

그는 놀란 눈으로 한동안 그것을 바라보고 있었지만, 눈이 부시게 화사 하던 불꽃이 스러지고 다시 침침한 저녁 하늘로 돌아가자,

"새 왕조의 앞날이 바로 저렇듯 덧없는 것이 되지 말았으면 좋으련만."

이렇게 혼잣소리를 흘려 본다.

바로 그때였다. 그의 어깨를 덥썩 잡는 손이 있었다.

한 사나이였다.

고작 이십 오륙세를 넘지 못한 젊은이 같기도 하고, 또 어떻게 보면 삼십을 훨씬 넘긴 장년 같기도 하다.

준수한 이목구비는 범연치 않은 귀골(貴骨)임을 짐작케 하고 있지만, 몸에 걸친 옷가지는 퍽 검박하다.

좌우에 종자 하나 거느리지 않은 단신이었다.

"그대는 어떠한 사람이기에 그렇듯 불온한 소리를 함부로 지껄이는 가?"

젊은이는 힐문하였다.

나이에 비한다면 사뭇 부드러운 음성이었다. 그러면서도 듣는 사람을 위압하는 무거운 힘이 맺혀 있었다.

그러나 괴한은 앙연히 반박하였다.

"댁은 뉘신데 지나가는 행인의 혼잣소리까지 참견하려 드시오."

젊은이는 지그시 괴한의 아래위를 뜯어보다가

"그대가 지껄인 언사, 그것부터가 범연히 흘려들을 수 없는 것일뿐더러 그대의 정체 또한 심히 수상한 때문이야."

날카롭게 캐고 들었다.

"수상하다니요?"

"수상하지. 비록 승려차림에 말은 우리네와 같은 고려말을 쓰고 있지만 그대 얼굴의 생김생김, 어색한 말투, 아무래도 먼 이역에서 온 이국인임이 분명하단 말이야."

"사람 한번 잘 보셨소이다."

괴한은 일그러진 웃음을 새기며 이죽거렸다.

"나로 말하자면 바다 건너 일본땅에서 온 일본 사람이외다."

정도전의 집을 위시해서 가는 곳마다 왜인이란 이유로 냉대를 받은데 대한 반발이 자포자기를 빚어낸 것일까, 괴승은 앞질러 자기 약점을 털어놓았다.

"그러니 어쩔 셈이요? 수상한 왜적의 첩자로 몰아 관가에라도 끌고 가겠다는 거요?"

다시 앞질러 '나 잡아 잡수' 하는 배짱까지 내민다.

"원 사람두……"

젊은이는 웃었다. 얼어붙었던 사람의 가슴이라도 푸근히 녹여주는 그런 웃음이었다.

그러면서 그는 괴한의 어깨를 끌어당기더니 넌지시 한마디 더 했다.

"필시 어떤 곡절이 있는 듯 싶으니 내 집에 가서 얘기나 나누어볼까."

"소매를 스치는 것도 전생의 인연이란 말이 있을뿐더러 정처없이 떠돌아다니는 표랑객의 신세, 하룻밤이라도 재워줄 집이 있다면 굳이 사양하지는 않겠소만, 그러나 신세를 질 바엔 댁이 누구신지 그것부터 알아두어야 할 것이 아니겠소."

그 젊은이의 신분을 대단치 않게 깔 본 때문일까. 아니면 어떤 저의가 있어서 그러는 것일까.

정도전이나 다른 어느 고관의 집을 순방하던 때와는 딴판으로 괴한은 고자세였다.

"통성명을 하고 싶다면 자기 성명부터 밝히는 것이 예도가 아닐까."

젊은이도 녹녹지 않게 응수하였다.

"나야, 본시 보잘것없는 인간이니 통성명이라는 것도 없소만, 굳이 밝히라고 한다면 태생은 일본국 대마도, 성은 없고 이름은 원해(原海)로 통할 뿐이오."

괴승이 그런대로 신원을 밝히자,

"내 성은 이(李)가, 이름은 방원(芳遠), 얼마 전부터 정안군(靖安君)이란 군호가 하나 더 붙어다니더군."

젊은이도 이렇게 자기 소개를 했다.

"정안군……"

원해라는 그 괴승의 눈이 크게 벌어지는가 싶더니, 돌연 몸을 던져 땅바닥에 꿇어 엎드렸다.

"정안군 나리라면 바로 새 나라의 왕자님이 아니십니까. 그렇듯 고귀하신 분인 줄은 미처 모르고 죽을 죄를 졌습니다."

흙바닥에 코를 박고 이마를 비벼댔다.

"이러지 말라, 이 사람아."

이방원은 쓰거운 웃음을 씹었다.

"왕자도 왕자 나름이지 허울 좋은 허명만 쓰고 다니는 천덕꾸러기, 귀하긴 무엇이 귀하단 말인가."

"아닙니다, 왕자님."

원해라고 한 그 일본인의 눈 정기에 이글이글한 그 불이 또 당겨졌다.

"지금은 한때 불우하실지 모릅니다만, 멀지 않아 때가 이르면 이 나라 이 왕조는……"

강조하는 말머리를

"쓸데없는 소리……"

방원이 날카롭게 꺾었다.

그리고는 그 어세를 은근히 눙치며,

"어쨌든 이런 길거리에서 서성거리고만 있을 수도 없는 노릇이 아닌 가."

그렇게 말하는 언외(言外)엔 남의 이목을 꺼리는 세심한 신경이 번득 이고 있었다.

원해라는 일본인도 그 뜻을 이내 알아챈 모양이었다. 더 군소리하지 않고 땅바닥에서 몸을 일으켰다.

방원은 앞장서서 남쪽으로 발길을 옮겼다.

얼마를 가자니까 남계방(南溪坊), 속칭 추동(楸洞)이라고 불리던 남촌 (南村)에 이르렀다. 그 동네 한 대갓집으로 방원은 들어섰다.

훗날의 경덕궁(敬德宮) ——, 흔히 이성계가 즉위하기 이전에 거처하 던 잠저(潛邸)로 보고 있지만, 세종실록 지리지(世宗實錄地理志)에는 이방원의 사제였다고 명기되어 있다. 그러니까 이성계의 또 하나의 잠저 로 지목되고 있는 목청전(穆淸殿)으로 이사할 때 아들 방원에게 물려준 것일까.

그집 문전이나 집안은 몹시 한적하였다. 세배꾼으로 붐비던 정도전의 집과는 사뭇 대조적이었다.

방원은 잡인을 물리치고 자기 거실에 원해를 불러들였다. 그리고는 우선 이렇게 입을 떼었다.

"아까 그 소리는 무슨 뜻이지?"

원해는 입을 다물고 그 이글이글한 눈길만 방원에게로 던지고 있었 다.

방원은 방원대로 그 시선을 정면으로 받았다.

눈이 맞는다는 말이 있다.

미처 말 한 마디 건네 보지 못한 사이면서도 눈과 눈이 마주치는 것만으로 남녀의 생각이 깊이 통하는 것을 표현한 말이다.

그러나 눈으로 맺어지는 그런 정이 남자와 여자 사이에만 국한되는 것은 아니다. 남성과 남성, 여성과 여성 사이에도 흔하지는 않지만 있을 수 있는 일이며, 그런 정의 교류를 옛사람들은 지기(知己)라고 이름지었는지도 모른다.

방원은 원해의 눈에서 바로 지기를 느꼈다.

그들 두 사람은 엄청난 격차를 지니고 있었다.

우선 국적이 다른 이방인이었다.

한편은 이 나라의 군주의 실자(實子), 한편은 성도 없는 미천한 몸으로 바다 건너 이역 땅을 방황하는 걸객(乞客)이었다.

오랜 교분이 있는 사이도 아니었다. 조금 전에 거리에서 우연히 마주친 낯선 사이였다.

원해의 이글거리던 눈이 밝게 웃었다. 어떠한 마음의 장막도 느껴지지 않는 깨끗한 웃음이었다.

그 역시 방원의 눈에서 허물 없는 지기(知己)를 읽은 것일까.

"왕자님께서 물으시니 솔직이 말씀드리겠습니다만, 소인이 이 나라에 와서 무엇보다 절실히 느낀 것은 춥고 어둡다는 점이었습니다."

마침내 입을 뗀 원해는 자신의 첫인상을 숨김없이 피력했다.

우선 그런 꾸밈 없는 언사가 방원의 심금에 살뜰하게 밀착되었다.

혁명을 전취한 그날 이후, 그의 주변 어느 누구에게서도 들어본 적이 없는 바른말이었다.

입만 떼면 새 왕조의 창업을 찬양하는 소리들뿐이었다.

만백성이 태평성세를 구가하며 혁명 왕조의 업적을 칭송하고 있는 것처럼 자위하고들 있었다.

그야 전 왕조에 미련을 남긴 구세력들은 적의와 불평을 잔뜩 안고 있겠지만, 그들은 이미 처형되었거나 숙청의 바람에 멀리 밀려가고 방원의 이목이 미치는 곳엔 없었다.

혁명 왕조의 요인들 중에도 민심의 통합을 정확히 파악하는 구안지사(具眼之士)가 없는 것은 아니었다. 하지만 그들은 바위처럼 침묵을 고수하거나 고작 한다는 소리가 전 왕조의 잔재가 쌓여 있는 구도를 버리고 신도(新都)를 건설해서 천도해야 한다는 현실도피론 정도였다.

"새 나라 새 세상이 춥고 어둡게만 보인다?"

원해의 말을 자기 입끝에 받아옮겨 곱씹고 있는 방원의 귀를 굉연한 폭음이 또 흔들었다.

원해는 창문을 열고 밖을 내다보더니

"저것을 보십시오."

한다.

그 말을 따라 방원도 일어서서 밖을 내다보았다.

북녘 하늘엔 불꽃이 한창 피어오르고 있었다.

"얼마나 희한합니까. 사람의 힘으로 대낮도 아닌 어두운 밤하늘에 저렇듯 눈이 부신 꽃을 피우고 있으니 말입니다."

원해의 말머리는 엉뚱한 방향으로 비약하는 듯했다.

"저것이 곧 왕자님 부자분이 이룩하신 새 나라의 국력을 여실히 나타내는 것일는지도 모르겠습니다만."

원해는 자꾸 엉뚱한 방향으로 말머리를 몰고가다가 잠시 입을 다물었다.

불꽃놀이 혹은 연화(煙火), 그것의 기원은 분명치 않지만 고대 그리스, 로마 시대나 혹은 고대 인도, 페르시아 시절에도 그와 유사한 것은 있었던 모양이다.

다만 그 시절의 연화는 봉화(烽火)의 일종에 지나지 않았으며, 오늘날 우리가 볼 수 있는 것 같은 그런 종류는 아니었다고 한다.

본격적인 불꽃놀이의 출현은 화약의 발명이 있은 이후, 즉 13세기 말엽부터로 보는 것이 상식이다.

우리나라의 화기(火器) 제조기술은 널리 알려진 바와 같이 이성계 등극 이전에 최무선(崔茂宣)에 의해서 기적적인 발전을 보았다.

고려 우왕 6년에는 그가 발명 제작한 화통(火筒), 화포(火砲) 등을 활용하여 때마침 대거 침공해 온 왜구의 병선 5백여 척을 섬멸하였으며, 그와 같은 신예 화기의 위력에 왜구들의 고려 침공의 기세가 급속히 꺾이고 말았던 것이다.

연화의 제조와 활용도 그 무렵부터 있었던 것이 아닐까.

이씨왕조가 수립되자 최무선은 군기감의 최고장관이었던 판사(判事)가 되었으니 그날의 불꽃놀이도 그의 지휘하에 이루어진 것으로 추측해서 과히 틀리지는 않을 것이며, 원해가 그 불꽃놀이를 새 왕조의 국력에 비유한 의도도 그와 같은 화기 제조기술의 발달을 지적한 말일게다.

이성계 왕조가 처음으로 맞이하는 정월 초하룻날 밤에 올린 불꽃이 어떤 종류의 것이었는지 확실히 고증하기는 어렵지만, 태조실록 2년 정월 초하루조에

——해가 지자 군기감으로 하여금 화희(火戱)를 설치하게 하고 관람하다.

라는 기록이 보이는 것으로 미루어, 국가적인 구경거리였던 것만은 사실인 듯싶다.

"소인 일찍이 저와 같은 장관을 구경한 적이 없습니다."

다시 입을 연 원해는 자못 감탄하여 마지않는 얼굴을 하였다.

그것도 그럴 것이 일본에 연화 기술이 전하여진 것은 그보다 약 2백년이나 후인 임진왜란 직전으로 추정되고 있으니 말이다.

원해의 말머리가 일전한다. 아니 이제서야 하고자 하는 말의 핵심을 펼쳐보이려는 것일까.

"얄팍한 눈에는 그야 맑고 찬란하게 비칠 수도 있겠습니다마는 좀더 깊은 눈으로 바라본다면 어떻겠습니까."

그 말에 방원의 표정이 긴장한다.

"저 불꽃이 번쩍이고 있는 그 밑을 보십시오. 바로 어둠이 아닙니까. 해나 달처럼 만물을 밝혀주지도 못하며 추위를 덜어주지도 못합니다."

"그 까닭은?"

방원은 한참만에 입을 떼며 물었다.

"눈이 부시게 꽃을 피우는 저 광채는 오히려 해와 달도 무색할 지경이거늘 어둠을 밝히지 못하는 이유가 무엇일까."

"뿌리가 깊지 못한 때문입니다."

원해는 서슴지 않고 잘라 말했다.

"뿌리가 깊지 못하기에 만물을 널리 비춰주지 못하는 것이며, 뿌리가 깊지 못하기에 한동안만 반짝했다가 스러져버리는 것이 아니겠습니까."

그리고는 다시 말을 이었다.

"소인이 고향에 있을 적에 나무를 좋아해서 자주 구해다가 심어보곤 했습니다."

원해는 또 화제의 범위를 넓힌다.

"꽃이 곱고 열매가 실한 나무일수록 뿌리가 깊이 뻗어 있습디다."

얼핏 듣기엔 들으나마나 한 진부한 소리 같았지만, 방원은 침음하며 물었다.

"그대가 말하고자 하는 진의는?"

"바로 이 나라 새 왕조의 뿌리가 소인의 눈에는 엉성하게만 보인다는 말씀입니다."

방원의 얼굴에 아픈 그늘이 깊이 새겨졌다.

원해는 말을 이었다.

"소인이 왕자님을 뵙기 이전에 문하시랑 정도전을 위시한 이 나라 요인들을 찾아다녔습니다. 그러나 그 사람들은 하나같이 소인이 일본 사람이라는 까닭으로 해서 내몰아대더군요."

"그것이 뿌리가 깊지 못하다는 증거의 전부인가?"

"전부는 아닙니다만 소홀히 해선 아니 될 점입지요. 새로 옮겨 심는 나무일수록 뿌리를 크게 뜨고 깊이 묻어 주어야 합니다. 그렇지 못하면 약간의 바람만 불어도 쓰러지기 쉬운 것이며, 잠깐 동안 가뭄만 들어도 시들어버리더군요."

그말 역시 진부한 상식이었지만, 방원은 다소곳이 듣고만 있었다.

"뿌리는 또 되도록 널리 뻗어야 합니다. 나무가 서 있는 집 울타리 밖이라도 뻗을 수 있으면 뻗어야 합니다. 그 땅이 설혹 역겨운 이역땅이라도 거기서 양분을 거둬들일 수만 있다면 사소한 혐오의 정 같은 것은 눈감아야 할 줄로 압니다."

방원은 역시 듣고만 있었다.

"지금 이 나라 새 왕조는 담너머 이웃집은 고사하고 나무가 자리잡고 있는 울타리 안에서도 제대로 뿌리를 내리지 못하고 있습니다."

원해는 문득 소리를 죽인다. 하지만 그의 설복은 한층 더 강렬한 바람을 뿜고 있었다.

"오늘 소인은 이 나라 왕도의 거리를 골목골목 누비며 다녀보았습니다. 일년 중에 가장 경사스럽다는 명절이 아닙니까. 그리고 새 세상을 맞이한 첫번째 정초가 아닙니까. 그러나 몇몇 고관의 집을 제외하고는 백성들의 어느 집에서도 새 나라의 새아침을 경축하는 즐거운 모습을 보지 못했습니다."

방원의 얼굴에 또 아픈 그늘이 드리워졌다.

"그 까닭이 무엇인지 아십니까?"

원해는 묻다가

"새 왕조의 뿌리가 백성들의 가슴 깊이 내리지 못한 때문으로 압니다."

스스로 결론을 내렸다.

"그럼 백성들 마음 깊이 뿌리를 내리는 방도라는 것이 무엇이겠는가?"

방원은 쥐어짜는 것 같은 소리로 물었다.

"그 방도를 찾을 수 있는 분이 바로 왕자님, 정안군 나리가 아니십니까."

"내가? 날개 잃은 병든 새가?"

방원은 허허롭게 자조했다.

"아닙니다. 왕자님……"

원해는 뜨겁게 강조했다.

"왕자님은 날개보다도 더한 것을 가지고 계십니다. 불쌍한 백성들에게 뿌리시는 뜨거운 눈물 말씀입니다. 다른 누구도 가지고 있지 않은 그 눈물이야말로——"

하다가 원해는 급히 입을 다물었다.

방문 밖에서 심상치 않은 인기척이 났던 것이다.

인기척은 여러 사람의 발소리와 기침소리였다.

그것이 수선스럽게 다가오더니 방문이 열렸다.

"매부 돌아오셨구료."

하면서 네 명의 젊은이들의 얼굴이 방안을 두리번거리고 있었다.

방원의 부인 민씨(閔氏)의 친정오라비들이었다.

이마가 툭 불그러지고 부리부리한 눈에 주먹코, 턱은 잔뜩 치받히기라도 한 것처럼 움푹 파인 이른바 고괴지상(古怪之相), 그것이 민무구(閔無咎)의 얼굴이었다.

숨이 막히게 좁은 이마에 잔주름이 온통 패어져 있으며, 언제 보나 잔뜩 찡그리고 있는 것 같은 속탁지상(俗濁之相)의 민무질(閔無疾).

얼핏 보기에 청수한 것 같지만 자세히 뜯어보면 흐릿한 안정(眼睛)이 촛점을 잡지 못하고 항상 동요하고 있는 이른바 박약지상(薄弱之相)을 하고 있는 젊은이는 민무휼(閔無恤).

역시 청수한 듯하면서 형골이 빈약한 고한지상(孤寒之相)은 민무회(閔無悔)였다.

그들 사형제의 용모는 네 사람이 다 각각 다른 양상을 띠고 있었지만, 그들에게서 공통된 인상을 찾자면 뻔뻔스러워 보인다는 한 마디로 집약할 수 있을 게다.

"매부, 들어왔으면 들어왔다고 전갈이라도 해 줘야 할 게 아니오."

민무구가 유달리 둔탁한 입술을 비죽거리며 투덜댔다.

"우리는 벌써 전부터 매부가 돌아오기만 기다리고 있었단 말이오."

그것만 유난히 짙은 두 눈썹 사이에 내천자를 그리며 민무질이 찡얼거
렸다.

그러한 말투부터가 상대편을 넘보고드는 뻔뻔스런 수작에 속했다.

비록 사적으로 처남 매부간이지만 방원으로 말할 것 같으면 일국의
왕자가 아닌가. 응당 예도를 갖추어 불러야 할 경칭이 따로 있을 것이
며, 말을 골라서 건네야 할 공대가 있어 마땅할 것인데, 그들은 그렇게
무엄하게 굴었다.

──네가 언제 적부터 행세해 온 왕종(王種)이더냐.

이런 식으로 빈정거리는 투가 언외(言外)가 번뜩이고 있었다.

──불과 일년 전만 하더라도 너희 집안이나 우리 집안이나 비슷비슷
한 처지가 아니었더냐. 아니 좀더 거슬러 올라가서 가계를 더듬어 본다면
너희네 조상은 우리 선조들 앞에서 설설 기던 형편이 아니었느냐.

그런 자부와 자만도 풍기고 있었다.

그들 형제의 부친 민제(閔霽)는 이미 고려 공민왕 6년에 19세란 젊은
나이로 문과에 급제한 준재였다.

방원의 부친이며 새 왕조의 맹주 이성계가 고려 정부에 내부(來附)
하여 군부 일각에 겨우 발을 붙인 직후에 해당되는 것이다.

또 방원의 조부 이자춘(李子春)이 아직 동북면(東北面) 변방에서 한낱
토호(土豪)로 묻혀 있을 당시, 민씨 형제들의 조부 민적(閔頔)은 이미
고려 조정에서 밀직부사(密直副使 : 국왕의 비서실격이었던 기관의 정3
품 관직)을 역임하였으며, 여흥군(驪興君)에 봉해졌던 당당한 현신이었
다.

방원은 울화통이 뒤집히는 심사였지만, 그것을 지그시 누르며 좋은

말로 종용하였다.

"어서들 들어오오."

싫기는 했지만 그들이 찾아올 적이면 묘하게 요긴한 정보를 제보해 주는 것이 상례였기 때문이었다.

"들어가긴 해야 하겠소만 엉덩이라도 붙일 자리가 있어야 할 것이 아니겠소."

이번엔 민무휼이 흐릿한 눈길을 원해를 향해 던지며 비꼬았다.

승려 행색을 한 그런 인간하고 동석할 수는 없다는 투정이었다.

불교와 불도(佛徒)를 배척하는 감정은 이 시대 유생들에게 거의 공통된 풍조였지만, 민씨네 가족들에겐 특히 그 경향이 농후하였다.

민씨의 친정아버지 민제는 아들들과는 딴판으로 이른바 군자다운 인격자였던 것 같다.

온화하고 어질고 청렴하고 검박한 인물이었다고 기록은 전하고 있다.

그러한 인물이었지만 승려에 대해서는 괴팍할 정도로 심한 혐오감을 품고 있었던 모양이다.

이런 일화가 있다.

하루는 화공(畫工)을 시켜서 그림 한 폭을 그리게 했다. 하인들이 개를 풀고 탁발승(托鉢僧)을 쫓아버리는 극단적인 배불(排佛) 감정을 강조한 그림이었는데, 그것을 항상 벽에 걸고 바라보았다는 것이다.

방원은 쓸쓰레하게 웃으며 원해에게 몇마디 귓속말로 일러 주었다.

원해 역시 쓸쓰레한 웃음을 씹으며 옆방으로 물러갔다.

그제서야 민씨 형제들은 거드름을 피우며 들어섰다.

그러나 방안에 들어서자 그들의 태도가 일변하였다.

차례차례 무릎을 꿇었다. 그리고는 머리를 조아리고 소위 세배라는 것을 드렸다.

방원 부인 민씨가 그들의 손위 누이였고, 따라서 방원은 손위 매부가 되는 이상, 그리고 이제는 어엿한 일국의 왕자가 된 이상, 세배를 드려서 부자연스러울 것은 없지만, 그들 사형제의 태도에선 그런 형식적인 예도로만 보아 넘길 수 없는 어떤 저의가 느껴졌다. 과공(過恭)은 비례(非禮)라는 옛말이 그대로 적용되는 불쾌감을 안겨준다.

그러나 방원은 덤덤이 앉아서 절을 받았다.

"정초부터 소원성취하시게 됐으니 얼마나 혼쾌하시겠습니까?"

형제들을 대표해서 민무구가 이런 말을 했지만, 그는 이내 그 말에 야릇한 꼬리를 달았다.

"이것은 소위 남남이라는 것이 아니올시다."

말씨도 아까와는 달리 극진한 공대로 바뀌어져 있었다.

방원은 긴장하며 다음 말을 기다렸다.

그들의 말씨가 이렇게 돌변하면 영락없이 심상치 않은 화제를 꺼내기 마련이었던 것이다.

아니나 다를까,

"나리께선 아직 모르고 계시지요."

왕자에 대한 경칭인 나리라는 말까지 곁들이면서 민무구는 운을 떼었다.

"밑도 끝도 없이 무슨 말인가."

그들이 공대를 할 적이면 방원은 반대로 말을 낮춘다. 그것이 과공(過恭)으로 거드름을 피우는 처남들에 대한 따끔한 대응책이었다.

"이제 어쩌면 나리의 천하가 도래할는지도 모른다는 말입지요."

이번엔 민무질이 뒤를 이어 당돌한 소리를 던졌다. 그리고는 잔뜩 언성을 죽이며 말을 이었다.

"그 극성스런 암탉이 무슨 귀신이라도 들렸는지 다 죽게 됐다는 겁니다."

순간 방원의 안광이 험악한 불을 뿜었다.

그러나 민무질은 상관 않고 계속 악담을 퍼부어댔다.

"제가 살면 얼마나 살겠기에 그렇듯 억지를 부리는가 했더니 염라대왕도 어지간히 밉게 본 모양이더군요. 오늘 대전(大殿)에서 있은 진연을 파하고 돌아가는 즉시 갑자기 거품을 물고 쓰러졌다고 하지 않습니까."

"누구를 두고 하는 말인가?"

방원이 무겁게 물었다.

"누군 누굽니까. 주제넘게 중궁을 차지하고 설치는 불여우말이지요."

그 말에,

"말이면 다 하는 줄 아는가?"

방원의 입에서 불호령이 터졌다.

"자네들은 명색이 사대부라면 최소한도의 예우는 차릴 줄 알아야 할 것이 아닌가?"

"예절도 좋습니다만, 사람이 사람 같아야 차릴 것이 아닙니까?"

민무구가 볼멘 소리로 비쭉거렸다.

"고이얀 사람들, 누구에게 감히 그따위 무엄한 언사를 농하는고……"

하다가 방원은 문득 언성을 낮추었지만, 그것이 오히려 엄숙한 위압을 더한다.

"여보게들, 그분이 어떠한 분인가. 사적으로는 나의 모친이 되는 분이며, 왕위에 오른 이 나라의 국모가 아니신가."

그러니까 민씨 형제들이 암탉이니 불여우니 하는 욕지거리를 보낸 상대는 이성계의 제이부인이며 새 왕조가 수립되자 현비에 책봉된 강씨를 두고 한 말이었다.

"어찌 그 여인이 매형의 모친이란 말씀입니까."

그때까지 말이 없던 민무회가 간죽간죽 반박했다.

"승하하신 전비마마 그분을 제외하고 어느 누구를 나리의 자당님이라고 할 수 있겠습니까."

그 말에 틀림은 없었다. 방원의 생모는 이성계의 제일부인 한씨(韓氏)이며 강씨는 서모이자 계모일 뿐이었다.

"또 강씨가 지금 차지하고 있는 중궁 자리는 어느 분이 앉으셔야 할 영좌(榮座)입니까?"

　민무휼도 한마디 했다.

　제일부인 한씨는 이성계가 등극하기 바로 한 해 전 가을에 공교롭게도 세상을 떠났다.

　만일 그 부인이 한 해만 더 생존했더라면 새 왕조의 중궁 자리는 그리로 돌아갔을 것이 아니냐는 말이었다.

　"누가 그런 사사로운 혈연을 따지자는 건가. 이 나라의 신민이 된 이상 나라의 법도와 예도를 지켜야 할 것이며, 법대로 따져서 부모가 되는 분이라면 그분을 받들어 섬기는 것이 자식된 도리가 아니겠는가."

　방원은 어디까지나 원칙만 내세웠다.

　"오는 정이 두터워야 가는 정이 두텁다는 말이 있습니다."

　민씨 형제들은 입을 모아 떠들어댔다.

　"오는 말이 고와야 가는 말이 곱다는 속담도 있습니다."

　"강씨가 매형에게 얼마나 쓴 잔을 안겨드렸습니까."

　"아무리 효도가 사람의 본분이기로 이를 갈아도 시원치 않은 원수와 같은 불여우를 받들고 모셔야 한다는 소리는 옛성인도 차마 못할 것입니다."

　그런 말들에 충분한 근거는 있었다. 강씨는 어떠한 계모보다도 방원에겐 섭섭하고 원통하게 굴었으니 말이다.

　얘기는 소급한다.

　새나라의 군주로 등극한 이후 이성계가 서둘러야 할 중대한 일 중의 하나가 자신의 후계자, 즉 왕세자를 세우는 일이었다.

　국왕 이성계는 배극렴(裵克廉), 조준(趙浚), 정도전 등 중신을 내전에 불러 세자 책립에 관한 문제를 은밀히 의논하였다.

　"국가의 형세가 평온할 때에는 적장자(嫡長子)를 세워야 마땅할 것이며, 세상이 어지러울 때에는 공(功) 있는 분을 세워야 할 줄로 압니다."

중신들은 진언하였다.

이성계는 한씨부인 소생의 다섯아들과 강씨부인 소생의 아들이 셋 이렇게 아들만 해도 팔 형제를 두고 있었다.

그 중에서도 강씨 소생의 아들 방연(芳衍) 하나만은 어릴적에 요절하였으니 대상에서 제외하더라도, 나머지 일곱 형제 그들 중에서 누구를 왕위 계승자로 지명하느냐가 문제였다.

상식적인 순위를 따라 적장자를 세운다면 왕세자 자리는 응당 장남이자 제일부인 소생인 방우(芳雨)에게로 돌아갈 것이다.

그는 이미 고려조 때 밀직부사를 지냈으며, 우왕 십사년에는 국가사절이 되어 상국 명나라에까지 다녀온 인물이므로 왕세자 될 관록도 충분하였다.

그러나 중신들이 굳이 '공 있는 인물'이라고 주를 단 왕자란 그를 지목해서 한 말이 아니었다.

분명히 꼬집어 말하지는 않았지만, 누구의 귀에나 한씨 소생의 다섯째 아들 방원을 두고 하는 말로 들리는 소리였다.

방원은 이성계 아들 여덟 형제 중에서 가장 특출한 기린아였다.

어느 아들보다도 이성계의 두터운 촉망을 받고 있었으며, 그 기대에 넘치도록 보답하였다.

우왕 8년엔 십육세란 어린 나이로 문과에 급제하였다. 그후 여러 벼슬을 거쳐 제학(提學)에 임명되자, 이성계는 관교(官教), 즉 임명장을 두번 세번 읽게 하며 대견스러워하였다는 일화도 있다.

마침내 이성계가 회천(回天)의 대망을 품고 정치 세력 강화에 나서게 되었을 때엔 신진 정객들을 포섭하고 구세력 제거에 전위적 역할을 다했다.

그리고 다시 구파 세력의 거두인 정몽주(鄭夢周)를 타도하고 그 일당을 소탕하여 이성계 세력의 기반을 굳힌 사실은 너무나 유명하다.

그러기에 이성계가 왕권을 장악하게 된 날 조준 같은 사람은 이렇게 말하였다는 것이다.

"오늘날의 경사는 그 공을 누구보다도 그 사람 한 사람에게 돌려야 한다."

숱한 개국공신들 중에서 방원의 공훈을 첫째로 꼽은 말이었다.

배극렴 등 중신들이 공 있는 사람이라고 표현한 말은 인물 본위로 따지거나 창업의 공훈을 포상(褒賞)하는 뜻으로나 방원을 왕세자에 책립해야 한다는 암시였다.

그때 옆방에서 중신들의 말을 엿듣고 있던 강씨의 울음소리가 들렸다.

자기 소생의 아들이 세자에 책립되기를 은근히 기대하고 있다가 그 소망이 좌절될 위협을 느끼자 참다못해 터뜨린 절망의 울음쯤으로 풀이하기도 쉽지만 그렇게 단순한 것은 아니었을 게다.

가장 소박하면서도 가장 강렬할 수도 있는 여성의 이기(利器)인 울음을 통하여, 국왕이자 남편이기도 한 이성계의 마음을 공략하려는 처열한 투쟁이었을 것이다.

그리고 중신들에게는 자신의 영향력을 단단히 인식시켜 보려는 시위이기도 했을 것이다. 그 투쟁, 그 시위는 주효하였다.

눈치 빠른 중신들은 태도를 표변하였고, 마침내는 강씨 소생의 막내아들 방석(芳碩)을 세자로 삼는 데 의견을 모았다.

어쨌든 방석을 새 왕조의 국왕 후계자로 결정하였다는 사실은 어느 모로 따지거나 사리에 맞지 않는 처사였다.

적자 아닌 서자를 세웠으니 우선 법통(法通)에 위배된다.

그때 방석의 나이 몇살이나 되었는지 확실한 기록은 없으나, 그의 친형 방언(芳彦)이 겨우 십이세였다는 문헌이 있는 것으로 미루어 그보다 더 어렸을 것만은 명확하다. 건국의 공로 같은 것은 있을 수도 없는 것이며, 인물 본위라는 각도에서도 논의의 대상조차 되지 못한다.

제삼자의 공평한 눈에도 불합리하게만 비치는 그런 처사를, 방원은 어떻게 받아들였을까.

명분으로 비록 장자는 아니었지만 어엿한 적자였으며, 인물 본위로는 어느 왕자보다도 가장 유력한 후보자로 지목되던 그가 아니었는가.

속된 말로 다 익은 떡을 강씨의 여정공세(女情攻勢)의 손길이 가로채 버린 격이었다.

강씨를 가리켜 이를 갈아도 시원치 않은 원수라고 표현한 민씨 형제들의 말은 곧 방원의 통분한 심화(心火)를 대변해 준 소리로 들을 수도 있을 것이다. 그러나 방원은 다시 언성을 높이며 처남들을 꾸짖었다.

"자네들이 만일 내 처남이 아니었더라면 그냥 두지는 않았을 걸세."

민씨 형제들에겐 예상도 못한 태도였을 것이다. 그들은 어리둥절한 눈길만 주고 받았다.

방원은 숙연히 덧붙여 말했다.

"지금 이 자리에서 분명히 말해 두겠네만, 누가 어떠한 입방아를 찧건 나 방원은 어버이의 뜻을 존중하는 아들, 국왕과 국모에게 충성을 다하는 신자(臣子)가 되는 것 이외엔 바라는 것이라고는 아무 것도 없다는 점을 명심해야 하네."

방원의 언동이 진심에서 우러나온 것이었는지 혹은 어떤 복선을 깔고 피워 보인 일종의 연막이었는지 제삼자로선 간파하기 어려웠지만, 어쨌든 민씨네 형제들은 톡톡히 무안만 당한 셈이었다.

서로 씁쓰레한 입맛들만 다시다가 슬금슬금 꽁무니를 뺐다.

그러한 처남들을 변변히 전송도 하지 않고 방원은 내실로 들어갔다.

민씨부인이 야릇한 흥분을 풍기며 영접한다. 민씨의 나이 새해 들어 29세, 방원보다 두 살이 많았지만 충분히 아름다웠다.

"중궁마마께서 급환으로 쓰러지셨다면서요?"

들뜬 소리로 말한다. 강씨의 병세를 염려하는 데서 빚어진 흥분일까, 아니면 다른 어떤 충격 때문일까.

"부인!"

방원은 일갈했다.

"그런 기별을 듣고 있으면서도 이렇게 한가로이 앉아만 있기요."

그 말에 민씨의 안색이 일변했다.

"나는 마침 출타 중이 돼서 모르고 있었거니와, 부인이라도 그런 기별을 받았으면 당장에 달려가서 문병을 드리고 병구완을 했어야 할 것이 아니겠소."

그런 서슬이 퍼런 남편의 얼굴을 민씨는 말없이 쏘아보고만 있었다. 그러나 그 눈에 뜨겁게 맺히는 것이 있었다.

눈물이었다.

무엇을 의미하는 눈물일까.

자부(子婦)로서의 도리를 다하지 못하고 연하(年下)의 남편으로부터 핀잔을 받은 것이 민망해서 치민 단순한 눈물일까.

그러나 다음 순간 민씨의 입에서 나온 말은 독하게 비꼬인 소리였다.

"나리께선 어쩌면 그토록 효성이 지극하시어요."

그리고 또 말했다.

"그야 중궁마마는 누구보다도 아리따운 분이시니까요."

계모에 대한 방원의 효성과 그 계모의 미모(美貌), 그 사이에 어떠한 함수관계가 작용할 수 있단 말인가.

어쨌든 그런 말을 흘리는 민씨의 눈에서 눈물이 줄을 짓고 흘러내렸다.

여인의 가슴 깊이 끓어오던 시샘의 샘이 괴고 넘쳐서 어쩔 수 없이 내쏟는 그런 성질의 눈물과 흡사한 것이었다.

그때 이성계의 계비 강씨의 나이가 어느 정도였을까.

준원계보(濬源系譜)를 보면 이태조비(妃) 이후의 역대 왕비의 생년월일이 거의 다 명확히 기록되어 있지만, 예종계비 한씨(睿宗繼妃 韓氏)와 태조계비 강씨에 대해서만은 출생월일은 밝혀 놓았으면서도 출생연도는 삭제되어 있다.

따라서 강씨의 확실한 연령은 고증할 길이 없지만, 그때 장남 방헌의 나이가 십이세였다는 사실을 기준으로 역산하여 본다면 어떻게 될까.

그 아들을 이십세 전후에 출산하였을 것으로 간주할 경우, 삼십을 갓넘은 한창 나이로 추산할 수도 있을 게다.

그렇다면 젊음의 잔조(殘照)가 충분히 생채를 발휘하는 난숙한 여성, 민씨 보다는 고작 삼사세 연상일 것이며, 방원과의 연령의 차도 오륙세를 넘지 못한다.

아름다울 수도 있겠고 민씨의 가슴에 시샘의 불길을 지를 만한 매력도 지니고 있었을 공산이 농후하다.

아내의 눈물엔 부왕 이성계만이 아니라 방원도 약했다.

그는 멋적은 웃음을 새기더니

"내 먼저 입궐할 것이니 부인도 뒤미처 오도록 하오."

사뭇 누그러진 말을 남겨놓고는 밖으로 나왔다.

일국의 왕자가 입궐하는 행차였다. 의관을 정제하고 승교(乘轎 : 가마)에 높이 앉아 구종(驅從) 별배(別陪)를 거느리고 위의를 과시하는 것이 상식이겠지만 방원은 그렇게 하지 않았다.

입은 그대로 마굿간에 뛰어들어 손수 말 한 필을 끌어내더니 잡아타려 했다. 그때,

"왕자님."

하고 부르면서 원해라는 그 왜인이 다가왔다.

"왕비님께서 급한 병환이시라구요?"

"그래서?"

"소인을 데리고 가실 수 없겠습니까?"

"너를?"

"위급한 환자를 뵙자면 무엇보다도 아쉬운 것이 용한 의원이 아니겠습니까?"

당연한 소리였지만, 그런 말을 꺼내는 원해의 의도가 방원에겐 얼핏

이해되지 않았다.

"그대가 바로 천하의 명의라도 된다는 말인가?"

농삼아 이렇게 던져 볼 뿐이었다.

"명의랄 것은 없습니다만, 실은 의업(醫業)이 소인의 본업입지요."

녹녹지 않은 자신을 보이며 원해는 말했다.

2. 젊은 母后

"의업(醫業)이 본업이라?"

방원은 되물었다.

"그렇습지요. 소인이 고려땅에 건너온 까닭도 의업에 종사하는 의생인 때문입지요. 어려서부터 영험한 스승을 만나 수업한 의술을 이웃나라 고려땅에 펴고자 하는 것이 소인의 소망이었습지요."

원해의 구기엔 어디까지나 만만한 자신감이 넘실거리고 있었다.

"그대 의술이 얼마나 출중한 지는 알 수 없거니와, 과연 우리 고려땅에 와서 행세할 수 있을까?"

방원은 회의를 보였다.

그 당시까지만 해도 고려의 의술은 일본의 그것에 비하여 훨씬 선진(先進)한 것으로 간주하는 것이 상식이었다.

역사적으로 그러했다.

신라 실성왕(實聖王) 13년, 일본의 황제가 병에 걸려 고생을 하게 되자 신라에서 파진찬기(波珍飡起)라는 벼슬을 지내던 김무(金武)가 파견되어 치료해 주고 후한 상을 받았다는 기록이 있다.

또 고구려의 의사 덕래(德來) 역시 일본에 건너 가서 의명을 날렸으며, 그의 자손까지 대대로 의업을 계승하여 도규계(刀圭界)의 명문으로 군림하게 되었다는 것이다.

고려시대에 내려와서도 발달된 의술은 널리 해외로 진출한 사례가 허다하다.

그러니 일본 출신의 의생이 이 땅을 찾아오는 목적이 있다면, 선진국 고려의 발달된 학리(學理)나 술법을 습득하기 위해서가 아니겠는가.

그러나 원해의 말은 그와 정반대였다. 저희 나라 의술을 수출하기 위해서 찾아온 것 같은 어투였다. 방원이 의아스러워하는 것도 무리는 아닐 것이다.

"고려의 의학이 일본보다 앞서고 있다는 점을 소인도 모르는 것은 아닙니다."

원해도 방원의 의혹을 눈치챈 모양이었다. 이렇게 앞질러 전제하고는 다시 말을 이었다.

"그러나 단 한 가지 일본에 미치지 못하는 부분이 있습니다."

방원으로선 처음 듣는 소리였다.

"어떠한 면에서 그렇다는 건가?"

묻지 않을 수 없었다.

"다름아닌 구술(灸術)이 그렇습지요."

"구술이라니, 뜸으로 치료하는 구치술(灸治術) 말인가?"

"그렇습니다. 구술은 원래 인도, 중국 등지에서 발달한 치료법입니다만 선진국 인도나 중국엔 이제 그 술법의 껍질만 남아 있을뿐 알맹이는 우리 일본에서나 찾을 수 있게 됐습지요."

방원은 잠시 생각에 잠기다가

"그러한 비법을 터득하고 있다면 당장에라도 그대를 데리고 가서 신묘한 솜씨를 구경하고 싶다마는, 궁중의 법도가 그러하지 못하니 훗날로 미룰 수밖에 없겠구먼."

그리고 다시 말을 잡아타려고 하자

"제가 동행하고 싶다는 까닭은 왕비님의 병환을 치료하기 위해서 만이 아닙니다."

원해는 또 이런 소리를 하는 것이 아닌가.

그리고는 그 이글거리는 안광을 어둠 속에서 번득이고 있었다.

"그밖에 또 할 일이 있다는 건가?"

방원이 다시 의아스런 눈길을 보내자 원해는 잠시 좌우를 둘러보더니 잔뜩 소리를 죽이고 말했다.

"왕비님의 병환이란 과연 고쳐드려야 할 병인지 버려두어야 할 병인지 소인의 손으로 분명히 진맥해 보고 싶은 때문입지요."

어이가 없다는 얼굴로 방원은 멍하니 건너다보고만 있었다.

도대체 등이 닿지 않는 소리였다.

빈사의 지경에 빠진 급환자가 있으면 우선 치료하고 보는 것이 인술의 본분이 아닌가. 고쳐야 할 병은 무엇이고, 버려두어야 할 병은 또 무엇이란 말인가.

그러나 원해는 또 말을 이어 더욱더 엄청난 소리를 했다.

"환자의 증세에 따라서는 살리도록 손을 써야 할 경우도 있으며, 아예 목숨을 끊어버려야 할 경우도 있습니다. 그 병이 남에게 전염될 우려가 있는 증세라면 많은 희생자를 미연에 구하기 위해서도 그 환자 하나쯤은 죽여 없애는 수도 있는 법입니다. 그러니 만일 왕비님의 증세가 그러하다면 왕자님과 만백성을 위해서 활인(活人)의 침약(針藥)을 살인의 극약으로 바꾸어야 하지 않겠습니까?"

"무슨 소리를 하는 건가?"

방원은 일갈했다.

그는 지금 원해가 한 말 속에서 가공할 저의를 느끼고 전율한 것이다.

죽어야 할 증세라고 한 말은 곧 단순히 육신의 병세를 뜻한 것이 아닐게다. 강씨의 마음의 증세가 방원과 이 나라 백성들을 위해서 이로울 것이냐 해로울 것이냐에 따라서 죽이든지 살리든지 어느 한 가지 방도를 택해야 한다는 말에 틀림이 없을 것이다.

"내 그대를 사귄 지는 불과 하루도 못되었지만, 나를 누구보다도 알아주는 지기로 여기고 있었는데, 마치 어리석은 내 처남들과 흡사한 망언을 입에 담는가?"

엄하게 꾸짖었다.

"처남들에게도 엄명하였거니와 나는 어디까지나 그분을 친어머니와 다름없이 공경하고 있는 터이며, 그분도 나를 친아들처럼 아껴주실 것을 믿어 의심치 아니하네."

원해가 무슨 말을 하려고 머뭇거렸지만 방원은 듣지 않았다.

말을 몰고 사뭇 달렸다.

밖은 이제 이슥한 한밤중이었다. 그러나 방원은 한달음에 달려서 궁궐에 이르렀다.

내전으로 뛰어들었다.

그러나 거기엔 전혀 예상과는 다른 광경이 벌어지고 있었다.

거품을 물고 빈사의 지경에 빠져 있다는 강비가 멀쩡하게 일어나 앉아서 국왕 이성계를 상대로 담소하고 있는 것이다.

"왕후가 위급하시다고 하기에 이렇듯 달려왔습니다만, 그 사이에 쾌차하셨습니까?"

강비는 나이보다도 훨씬 젊어 보이는 얼굴에 잔잔한 미소만 띠고 말이 없었다.

"그 증세가 또 잠깐 일어났을 뿐인데, 공연한 소란을 피운 셈이 됐구나."

이성계가 씁쓰레한 웃음을 띠며 강비를 대신해서 설명해 주었다.

"내가 실없는 소리를 지껄인 것이 화근이었지."

이성계는 여전히 웃으면서 말을 이었다.

"오늘 아침 잔칫자리에서 술 몇잔 든 기분에 그런 소리를 하지 않았겠느냐."

그제서야 이성계의 말을 가로채고 강비가 입을 열었다.

"이제 한 나라의 군주가 되셨으니 후궁들을 거느려도 무방하지 않겠느냐는 그런 말씀을 하시거든."

강비도 아직 웃음을 띠고 있었지만, 웃음을 담은 그 눈초리엔 시샘의 불꽃이 튀고 있었다.

그런 총비(寵妃)의 얼굴을 귀여워 못견디겠다는 곁눈질로 훔쳐 보면서 육십 고개를 바라보는 늙은 임금은 흐물거렸다.

"방원아, 너는 글공부를 많이 했으니 잘 알겠거니와, 옛글에도 일국의 군왕은 여러 후비들을 거느리는 법이라고 하지 않았느냐."

방원은 머리를 조아린 채 입을 열지 않았다.

"옛적 순(舜) 임금 같은 분도 부인을 셋씩이나 거느리고 있었으며, 하후씨(夏后氏)는 거기에 삼삼은 구, 아홉을 더해서 열두명 후비를 두었으며, 은(殷)나라 임금은 다시 삼구 이십칠을 더해서 무려 서른아홉씩이나 되었다고 하지 않았는가.

어디 그뿐인가. 후세에 내려와선 천하를 호령하는 천자가 아니라 일개 왕후라도 후궁 백이십명을 거느리는 것이 상례라고 들었는데, 내 말이 틀리느냐?"

평상시엔 지극히 말이 적은 이성계였다.

또 어떠한 자리에서도 부질없는 유식을 떠는 것을 보기 어려웠다.

그러나 새 나라의 국왕으로 군림하게 된 정초의 들뜬 기분이 그의 입을 그렇게 가볍게 만든 것일까. 계속 흐물거리고 있었다.

"후궁들이라고 모두 다 왕비로 책립하는 것은 아니니 중궁은 과히 심려하지 않아도 좋을게요. 왕비는 오직 한 사람, 그밖에 부인이 셋, 빈(嬪)이 아홉, 세부(世婦)가 스물일곱, 여어(女御)가 여든하나라."

"상감께서 어쩌면 그렇게 못된 남의 나라의 사례만 외고 계시어요?"

입 다물고 있을 수 없었던지 강비가 모난 소리를 던졌다.

"옛적 신라국을 창업한 혁거세 같은 분의 전례는 모르시나요? 왕비 알영부인을 얼마나 극진히 공대하였습니까."

그 말은 사실이었다. 신라 시조 박혁거세처럼 왕비의 여권(女權)을 존중한 군왕도 없을 것이다.

그는 알영을 공적으로나 사적으로나 자기 자신과 대등하게 대하였으며, 국민들 역시 그렇게 하도록 만들었다.

"그러니까 부인은 하나만 알고 둘은 모른다는 거요."

이성계가 짓궂게 약을 받쳤다.

"먼 얘기는 그만 두고 고려국의 창업주 왕건 태조는 어떠했소? 신혜왕후 유씨(神惠王后, 柳氏), 장화왕후 오씨(莊和王后, 吳氏)를 위시해서 후세에 전하여진 후궁들만 해도 이십여 명이나 거느리질 않았소?"

"이제 그만 하시어요"

강비는 눈을 흘기며 소리쳤다.

"제가 또 게거품을 물고 쓰러지는 꼴을 보시겠어요?"

"그러시면 되겠습니까, 어마마마."

방원이 겨우 입을 떼며 한 마디 했다.

"이 세상에 무엇이 두려우냐고 누가 묻는다면, 소자는 어마마마의 그런 증세라고 답하겠습니다."

"내가 언제 정안군에게도 그런 꼴을 보인 적이 있었던가?"

교태라고 표현해도 좋을 만한 얼굴을 하며 강비는 반문했다.

그것은 이성계의 운명을 좌우하던 위화도 회군 당시였다고 한다.

명나라를 공략할 목적으로 파견된 그의 군단이 진로를 역전하여 최영 일파를 타도하고자 개경으로 향하였다는 보고에 접하자, 최영은 이성계와 수하 장졸들의 가족을 포로로 하여 인질로 잡을 계획을 세웠다는 것이다.

물론 이성계 일파의 사기를 꺾기 위해서였다.

그때 방원은 개경에서 전리정랑(典理正郎)이라는 벼슬을 지내고 있었는데, 그와 같은 정보를 입수하자 급히 말을 몰고 포천(抱川) 땅으로 달려갔다. 그곳 자벽동에 있던 전장(田莊)에는 방원의 생모 한씨가 체류하고 있었으며, 철현(鐵峴)에 있던 전장에는 강씨가 있었던 것이다.

방원이 그곳에 당도하여 보니 노복들은 남김없이 도망하고 없었고,

두 어머니와 어린 이복동생들만 떨고 있었다.

우선 그들을 자기네 고향인 함경도 지방으로 피신시킬 작정을 했다. 그러나 그들을 후송할 만한 방도가 막막했다.

하는 수 없이 한씨와 강씨를 자기가 타고간 말에 태우고, 동생들 중에서 가장 어리던 지금의 세자 방석을 방원이 손수 안고 갔다.

가다가 물이 깊은 내를 만나면 물 속에 뛰어들어 말고삐를 끌기도 했고, 양식이 떨어지면 민가를 찾아가서 구걸을 해다가 먹이기도 했다.

그렇게 하여 철원땅에 당도하였을 때였다. 최영의 수하들이 추격하여 온다는 소식이 들렸다.

그러자 강씨는 발을 구르며 애를 태우다가 마지막엔 실성하여 쓰려졌던 것이다. 그러니까 심한 충격을 받으면 졸도를 하는 것이 강씨의 지병이었던 것이다.

실신한 강씨를 방원은 등에 업고 다시 길을 걸어서 위기를 모면한 일이 있는데, 지금 그가 말한 것은 그때 있었던 일을 두고 한 말이었다.

"그때나 지금이나 정안군의 효성엔 변함이 없겠지?"

방원의 심골을 속속들이 파고드는 눈길을 보내며 강비는 물었다.

화제는 이성계의 후궁 문제로부터 엉뚱한 방향으로 비화(飛火)한 셈이었지만, 이 편이 오히려 강비로선 더욱 절실한 문제라도 되는 것 같은 심각한 표정이었다.

"변할 리야 있겠습니까, 어마마마."

방원도 심각하게 응구하였다.

지나가는 말이 아니었다. 진정이었다.

방원은 그때나 지금이나 강비에게 살뜰한 정을 품고 있었다.

효성이라고 한다면 지나치게 딱딱한 표현이 된다. 그렇다고 민씨부인이 억측하고 시새움하는 것처럼 이성으로서의 연정 같은 것으로 본다면 그것 역시 사실과는 거리가 멀다.

어머니는 어디까지나 어머니였다.

생모 한씨에게 본능적인 골육의 정을 느끼고 있다면, 강비에겐 차원이 다른 모정을 품고 있었다.

한씨는 단순한 생모 이외의 아무것도 아니었다.

거기서 동물적인 어머니는 느껴도 정신적인 면은 취해지지 않았다.

그와 반대로 강비에겐 정신의 젓줄기 같은 것이 있었다.

어쩌다 던지는 말 한 마디, 은밀히 보내는 눈길, 무심코 발산하는 분위기, 그런 것들이 방원에겐 신비한 힘이 되었다.

그가 왕조 창업에 헌신하게 된 원동력에도 그런 영향력이 적지 않게 작용하고 있었다.

물론 강씨가 취한 현실적인 처사들 중에는 어느 계모보다도 박정하게 해석되는 구석이 없지 않지만, 그럴 적이면 방원은 지난날 피신하던 길에 등에 업혀 가던 체온의 무게를 생각하곤 했다. 그 무게엔 어떤 야속한 정도 해소되고 남는 힘이 있었다.

지난번에 있었던 세자책봉 건에 대해서도 그렇다.

이복동생에게 세자 자리를 빼앗겼다는 사실은 방원으로선 결정적인 타격이었다.

그야 부친 이성계를 도와서 혁명 왕조 창업에 진력한 것은 소장 정치인으로서의 소신을 펴기 위해서였다.

도탄에 빠져 신음하는 불쌍한 백성들을 구휼하겠다는 동족애도 작용하였지만, 사적으로는 부친인 동시에 객관적인 눈으로 보아도 불세출의 영도자인 이성계를 중심으로 하여 부강한 새나라를 건립하여 보자는 원대한 포부도 빼놓을 수 없는 요소였다.

그렇다고 부왕의 후계자로 지명될 날을 전혀 꿈꾸지 않았다면 그것은 거짓말이 될 것이다.

그러기에 세자책봉이 엉뚱한 방향으로 뒤틀려 버리자, 견딜 수 없는 좌절감에 사로잡히게 된 것도 사실이다.

또 무력하고 어린 이복동생이 과연 새나라의 국권을 감당해 나갈 수 있을 것인가 하는 깊은 우려도 없지 않았다.

그러나 그와 같은 결과를 빚어낸 강비에 대해서 앙심 같은 것은 품어지지 않았다.

원망보다도 이해가 앞섰다.

——자기가 배를 앓고 낳은 아들에게 영좌를 안겨주려고 하지 않는 어머니가 어디 있겠는가.

——당신의 생자(生子)가 아닌 다른 형제들에게 세자 자리가 돌아갈 경우, 그분이 느끼게 되는 허전함이나 소외감이나 불안감은 얼마나 심할까.

——연로하신 아버님이 세상을 버리실 경우에 놓여질 처지를 생각해서라도 그분으로선 응당 있을 수 있는 처사가 아니겠는가.

물론 그 여인이 강씨가 아니었다면 그토록 어리석을 만큼 관대한 해석은 내려지지 않았을 것이다. 정신적 어머니로 느끼는 강비였기 때문에 그랬을는지도 모르지만, 적어도 감정적인 면에서는 에누리 없는 사실이었다.

"나에 대한 효성에 변함이 없다면 동생들에 대한 마음은 어떤가. 역시 변함이 없겠지?"

강비는 다시 캐고 들었다.

그 물음엔 당황하지 않을 수 없었다.

——동생들에 대한 정과 어머님에 대한 마음은 같은 것이 아닙니다.

솔직이 말할 수만 있다면 이렇게 털어놓고 싶었지만, 그럴 수도 없는 형편이었다.

"멀고 험한 길을 품에 안고 가던 살뜰한 동기를, 구걸까지 하면서 먹여주던 귀여운 동생에 대한 정을, 아무리 세월이 흘렀다고 잊을 수는 없겠지?"

강비의 저의는 너무나 환했다.

아무리 섭섭하더라도 세자에 책봉된 방석을 끝까지 지지하고 돌보아

달라는 은근한 청이었다.

그런 요청에 대해서도 쾌히 응낙할 자신이나 감정 같은 것이 울어나고 있지는 않았다.

그러나 방원은 한참만에 이렇게 대답했다.

"어마마마의 분부시라면……."

동생만을 위해서라면 자신의 꿈을, 자신의 경륜을, 자신의 욕구를 희생할 수는 없다. 그렇지만 강비의 극진한 간청이라면 가슴이 터질 것 같은 울화도 뼈골이 깎이는 것 같은 좌절감도 참고 견디겠다는 말이었다.

"고마워요, 정안군."

강비는 덥석 방원의 손을 잡았다.

어머니라 부르고 아들이라고 칭하는 사이이긴 하지만, 젊은 계모가 장성한 전실 아들에게 취하는 것으로는 지나친 손길이었다.

"정안군의 그 고마운 뜻 기필코 보답할 날이 있을 거야."

말하더니 강비는 밖으로 나갔다.

잠시 후 손수 술상을 차려 가지고 들어오더니 이성계를 향하여 이렇게 말했다.

"제가 정안군에게 술 한잔을 권하고 싶은데 나무라지 마시어요."

아무리 사적으로는 부모 자식들만 있는 자리였지만, 일국의 국모가 아닌가. 손수 술상까지 들고 다닌다는 것은 우선 체통에 위배되는 일이었다.

또 지엄한 부왕 앞에서 그 아들에게 술을 따라 주겠다는 소리도 온당한 것은 못된다. 그러나 그와 같은 파격적인 행동에서 방원은 젊은 모후의 속깊은 충정을 느꼈다.

"방원에겐 여러 모로 섭섭한 일이 많았으니 어찌 술 한 잔쯤 줄 수 없겠소."

이성계도 너그럽게 용허하였다.

"그러시다면 우선 상감께서 먼저 드시고……."

이성계에게 한 잔을 따른 다음에

"정안군도 어려워 말고 들어요."

방원에게도 따라 주었다.

방원은 기꺼이 받아 마셨다. 어느 누가 따라 주는 술잔보다도 달게 여겨졌다.

거듭 석 잔을 따라 주었다.

거나하게 취기가 돈다.

그런 모자간의 정애가 이성계도 흐뭇한 모양이었다. 연거푸 잔을 기울였다.

그렇게 몇 잔이 더 돌고 났을 때였다. 방원은 갑자기 심한 복통을 느꼈다.

마치 그 술 속에 어떤 독충이라도 숨어 있다가 창자 속 깊이 파고 들어가서 물고 뜯고 할퀴고 하는 것 같은 그런 아픔이었다.

그러나 그는 어금니를 깨물고 참으려고 애썼다.

만일 그런 아픔을 추호라도 겉에 나타냈다간 강비와 자기와의 정의 교량이 와르르 무너질 것만 같은 생각이 들었던 것이다.

그럭저럭 그 자리는 눈치를 보이지 않고 참아 넘겼지만, 적당한 구실을 찾아 하직을 고하고 궁궐 밖으로 나오자 더 견딜 수가 없었다.

허리를 움켜잡고 그 자리에 주저앉아 버렸다. 신음소리까지 터지려고 한다. 그것을 누르며

——이래서는 안 된다.

방원은 안간힘을 쓰고 있었다.

남의 이목이 두려웠다.

졸지에 복통을 만나 괴로와하는 자기를 발견한다.

그 원인이 내전에서 강비가 베풀어준 주효에 있었던 것으로 추측한다.

그것이 두려웠다.

그와 같은 추측의 억측이 날개를 펴고 다시 이 사람의 입에서 저 사람의 입으로 옮겨지고, 그러는 동안에 예기치 못한 검은 구름이 자기와 강비 사이에 무겁게 드리워질 수도 있는 일이었다.

방원은 초조한 눈길로 좌우를 둘러보았다.

달도 없는 정초의 어둠 속에 눈에 띄는 것이라고는 궁궐의 담장과 담 너머의 전각들이 거무스레한 지붕들 뿐이었다.

그러나 그런 어둠 속에서 은밀히 지켜보는 짓궂은 눈총이 있을 것만 같았다. 그는 말고삐를 고쳐 잡았다. 몸을 일으키려고 안간힘을 써 보았다.

하지만 혹독한 아픔으로 허리를 펼 수 없었다.

식은땀이 송이송이 등골에 맺힌다.

이때 어둠 속에 인기척이 있었다.

──있었구나, 불길한 눈길은 역시 숨어 있었구나.

심골 마디마디가 얼어붙는 것을 느끼며 방원은 귀청을 돋우었다.

발소리가 다가왔다.

땅바닥에 떨구었던 말채찍을 더듬어 잡았다.

누구인가는 알 수 없지만, 만일에 그 자가 나불거리는 주둥이로 재앙의 검은 구름을 피워 올릴 그런 인간이라면 일격에 타살하겠다는 심정이었다.

물론 빈사의 지경에 빠진 손이었다.

하찮은 말채찍 하나만 가지고는 참새 새끼 한 마리 죽일 여력도 없었지만, 그는 그렇게 벼르고 있었다.

"왕자님!"

다가오던 발소리가 멈추며 이렇게 부르는 소리를 듣고서야 방원은 사뭇 마음이 놓였다.

긴장도 살기도 풀렸다.

목소리만으로도, 그 한 마디만으로도 그가 원해라는 왜인임을 알아차릴 수 있었던 것이다.

그 왜인이라면 적어도 입방아를 찧거나 그 말을 함부로 퍼뜨리진 않을 것이다. 그렇게 하고 싶어도 하기 어려운 형편일 게다.

그렇다고 이런 자리에 원해가 나타난 것이 의아스럽지 않은 것은 아니었다.

처음부터 자기 뒤를 미행하지 않았나 싶어 불안스럽기도 했다.

하지만 이토록 절박한 궁지에서 아픔을 입밖에 내어 캐고 어쩌고 할 여유는 없다.

어둠 속을 더듬어 원해의 소매를 잡았다.

"나를 부축하게. 이곳을 떠나야 하네."

소리를 죽이며 당부했다.

원해는 한순간 망설이더니 방원을 들쳐업었다. 할 수만 있다면 말에 태우는 것이 상책이겠지만, 방원의 용태가 그렇게 할 수조차 없을 정도로 위중하다는 것을 그도 판단한 때문일 것이다.

남달리 체격이 왜소한 원해로선 건장한 방원을 업고간다는 일이 쉬운 노릇은 아닐 것으로 여겨졌지만, 그런대로 강단은 제법이었다. 가볍게 걸음을 옮겼다.

말은 어슬렁어슬렁 그들의 뒤를 따랐다.

오륙백 보를 쉬지 않고 가더니 그는 걸음을 멈추고 입을 떼었다.

"소인이 염려한 것과 같이 왕비님의 증세는 독한 병을 옮기는 괴질인가 싶습니다."

그 역시 방원의 급환을 강비의 농간으로 간주하는 소리였다. 방원이 이때까지 가장 우려하던 해석이었으며 말이기도 하였다.

"부질없는 입방아!"

엄하게 꾸짖었다.

"입방아가 아닙니다. 소인의 염려가 사실로 나타났으니 하는 말이 아니겠습니까?"

원해는 지지 않고 반박했다.

"그대는 제법 명의를 자처하고 있으면서도 하찮은 식중독 따위를 돌림병으로 본단 말인가. 사람에 따라서는 음식물에 이상이 없어도 왕왕 중독증을 일으키는 수가 있다는 것을 모른단 말인가."

다시 말하면 자신의 복통은 일종의 자가중독(自家中毒)에 지나지 않는다는 풀이였다.

"그런즉 공연히 그 음식물을 의심하였다간 육신의 질환보다도 더 무서운 병폐를 불러일으킬 염려가 있는 것인즉……"

하다가 그는 다시 아랫배를 움켜잡고 입술을 깨물었다.

혹독한 통증이 다시 치민 것이다.

"이러다간 아니되겠습니다. 왕자님의 병환이 돌림병이건 아니건 급히 손을 써야만 하겠습니다만, 이런 밤거리에선 어쩔 도리가 없으니 어서 가시지요."

하면서 원해는 다시 방원을 들쳐업었다.

"어디로 가겠다는건가?"

방원은 신음 섞인 소리로 물었다.

"우선 댁으로 모셔야지요. 어디로 가겠습니까."

"아니야. 이대로 집에 돌아갈 수는 없어."

엉뚱한 소리를 방원은 흘렸다.

"이 꼴을 이대로 집안 식구들에게 보였다간 뜻하지 않은 병근(病根)이 얽히고 설키어 갈피를 잡지 못하게 될는지도 모른단 말이야."

강비의 문병차 입궐했다가 급환자로 변해서 돌아간다면 집안 식구들과 모든 권속들은 어떻게 볼 것인가. 십중팔구는 강비에게 의혹의 눈길을 보낼 것이다.

특히 민씨부인으로 말할 것 같으면 강비에 대해서 적의와 시샘의 불길을 올리고 있는 참이 아닌가. 그 불길이 한층 더 치열해질 것은 말할 나위도 없으며, 남편의 그와 같은 피해를 계기로 시끄러운 분쟁을 야기시킬 공산도 배제할 수는 없다.

"그도 그러하시겠습니다."

방원의 심중을 환히 들여다본다는 어투로 원해는 말하면서,

"그렇다고 이 밤중에 어느 집을 찾아 가겠습니까?"

하고 물었다.

"그게 나도 걱정이란 말이야."

방원은 난처한 시선을 돌려 밤거리를 더듬어 보았다.

비록 새 왕조의 주류에서 소외당한 처지라고는 하지만, 아직도 방원을 지지하는 세력은 녹녹지 않다.

현 정부의 고관 중에도 좌시중 조준(趙浚)을 위시한 요인들이 은근한 호의를 보내고 있으며, 그의 서숙(庶叔)뻘이 되는 의안군 화(義安君, 和)를 비롯한 몇몇 종친들은 어느 왕자보다도 그를 극진히 아껴주고 있는 터였다.

또 예조전서(禮曹典書)를 지내고 있으며 지난날 정적 정몽주를 타도할 때 하수인으로 앞장섰던 조영규(趙英珪) 같은 장골은 아직도 수족 같은 심복이다.

그들 누구의 집을 찾아가더라도 기꺼이 반겨줄 것이며, 극진한 간호와 진료의 수고도 아끼지 않을 것이다.

── 하지만 그들을 찾아갈 수는 없다.

방원은 이렇게 생각하고 있는 것이다.

그들은 방원을 지지하고 아껴주고 있는만큼, 상대적으로 강비에게 적의를 품고 있었다.

그들 또한 강비가 따라 준 술을 마시고 병을 얻었다는 사실을 눈치채게 된다면, 그것을 구실삼아 강비 공격의 전선을 노골적으로 펴려고 들는지도 모른다.

── 섣불리 내 편을 들지 않으면서도, 그리고 정계나 관계와 별로 관련이 없는 인물로서 하룻밤쯤 나를 재워줄 만한 자는 없을까?

궁리해 보다가

"그 집이 좋겠구먼."

속으로 무릎을 치는 심정으로 이런 말을 뇌까렸다.

"가실 만한 곳을 정하셨습니까?"

메아리처럼 호응하면서 원해가 물었다.

"저편으로 가세."

방원의 사제는 남대문을 나서서 정남쪽을 향한 위치에 있었다. 그러나 방원은 그와 사뭇 각도가 다른 동남쪽을 지향하였다.

그렇게 다시 오륙백 보쯤 내려간 냇가에 정갈한 모옥(茅屋)이 한 채 자리잡고 있었다.

방원은 그집 앞에서 걸음을 멈추게 한 다음, 원해에게 업힌 채 창문을 두드렸다.

한 번 두 번 두드렸을 적엔 아무런 대꾸도 없다가 계속해서 두드리니까

"누구요? 아닌 밤중에 허깨비는 아닐텐데, 어쩌자고 남의 집 창문을 두드리는 거지?"

거칠고 팔팔한 음성이었지만 분명히 여자의 목소리로 여겨지는 소리가 흘러나왔다.

"나요, 이서방이요."

방원은 이런 말로 자기 소개를 했다.

"이서방이라니! 송도 바닥에 이가 성 가진 사람이 한둘인 줄 아오? 나랏님의 성씨도 이씬가 하면, 이 골목 저 골목 떠돌아다니는 건달배들 중에도 이가는 수두룩한데 어느 이서방인 줄 알란 말이오?"

그런 수작만을 들어도 입심이 사뭇 걸쭉한 독설가로 짐작된다.

"목소리만 듣고는 알 수 없다면 창문을 열고 똑똑히 보게나."

그 통증이 일시 가라앉은 때문일까, 방원은 제법 흐물흐물 응수했다.

"어떤 화상인지 그토록 봐 달라는데 못봐 줄 것도 없겠구먼."

여성도 느물거리며 창문을 열었다.

수촉(手燭)을 내밀고 한번 훑어보더니

"이게 누구시어요. 나리께서 웬일이시어요"

제법 놀라는 시늉을 했지만, 빤히 쏘아보는 두 눈만은 전혀 놀라고 있지 않았다.

창문이 닫혀지고 잠깐 동안을 두었다가 이번엔 대문이 열렸다.

창문을 통하여서 보고 들은 인상은 남자 뺨치게 걱실걱실 여장부같았지만 이제 전신을 드러낸 옷차림을 바로 보니 제법 화사한 기녀(妓女)의 자태였다.

그러니까 이 집은 개경의 유야랑(遊冶郞)들이 즐겨 찾아드는 기방의 하나인 듯싶다.

"일국의 왕자대군께서 한밤중에 이렇듯 행차를 하시다니, 지난번 진연 자리에서 무엄한 주둥이를 놀린 죄를 뒤늦게나마 벌하시려고 이러시는 것인가요?"

얼굴도 웃고 목소리에도 웃음을 담고 있었지만, 기녀의 언동에는 야릇한 긴장이 번득이고 있었다.

몇달 전 궁중에선 개국을 자축하는 뜻에서 공신들과 재신들을 모아놓고 잔치를 베푼 일이 있었다.

그때 개국공신들 중에서도 첫손가락으로 꼽히던 좌시중 배극렴(裵克簾)이 취한 김에 이 기녀를 향하여 농을 걸었다.

"듣건대 너는 아침엔 동가식(東家食)하고, 저녁이면 서가숙(西家宿)한다 하니, 이 늙은이에게도 한번 천침(薦枕)하여 봄이 어떠한가?"

기녀의 남자 관계가 남달리 방종하다는 소문을 듣고 비꼬아 본 소리였다.

그러자 기녀는 즉각 응수했다.

"동가식서가숙하는 천기(賤妓)의 몸으로 지난날엔 왕씨(王氏)를 섬기다가 다시 이씨왕조의 정승이 된 분을 모실 수 있다면, 그야말로 제격이 아니겠습니까."

남녀 관계에 무절제한 자기를 비꼬아 준 배극렴에게 정치적으로 무절조한 처신을 역으로 비꼬아 반격한 일이었다.

재담으로 흘려 듣기엔 지나친 독설이었다.

그 말은 배극렴 한 사람을 두고 한 말이라기보다도 그 자리에 참석한 전 왕조 고관들을 한 두름에 엮어서 꼬집은 소리나 다름이 없었다.

아니 한걸음 더 나아가 풀이하자면, 국왕 이성계에게까지 무엄한 목침(穆針)을 휘둘러댄 것이나 다름이 없는 수작이었다.

그 당장에 혹독한 형벌을 내릴 수도 있는 일이었지만 그럭저럭 무사히 돌려보냈던 것인데, 지금 기녀가 한 말은 그때 있었던 일을 되씹어 보인 소리였다.

"이미 세상을 버린 배정승의 혼백으로 나를 보았는가?"

방원은 웃으며 받아 넘겼다.

배극렴은 그후 얼마 안 가서, 즉 지난해 11월 26일 신병으로 사망하였던 것이다.

"그보다도 아직 눈보라가 가시지 않은 추위 속에서도 한떨기 꽃송이를 자랑하는 매화의 기개를 믿고 의지하고자 이렇게 찾아 왔느니라."

방원은 다시 이렇게 말했다.

그 기녀의 이름은 설매(雪梅)라고 하였다.

"모진 추위 속에 언제 얼어죽을는 지 알 수 없는 하찮은 잡화(雜花)에게 서릿발보다 더 지엄하신 왕자 나리께서 의지하실 일이 무슨 일이시겠어요."

자조의 웃음을 새기며 설매는 말했다.

"내 꼴을 보게나."

턱끝으로 자기 행색을 가리키며 방원은 말을 이으려고 하다가 입술을 깨물고 몸을 꼬았다.

그 통증이 또 치민 것일게다.

그제서야 설매의 표정에 진지한 빛이 피워졌다.

"어서 안으로 모시도록 해요."

아직도 방원을 업은 채 한 마디도 입을 떼지 않고 있는 원해를 향하여 날카로운 시선을 보내며 설매는 재촉했다.

원해는 아무 말도 하지 않고 방원을 방안으로 업어들였다.

괴로워하는 방원을 자리에 뉘고 나자

"어떻게 된 일이요?"

설매는 비로소 까닭을 물었다.

"요 앞을 지나가다가 갑자기 괴로와하시기에 왕자님의 지시대로 이 댁을 찾아왔소이다."

원해가 처음으로 입을 열어 이렇게 둘러대자

"왕자님의 분부라구요?"

설매는 고개를 꼬았다. 원해의 어투가 이상하게 들렸는지 모른다.

방원은 왕자에 틀림이 없었지만, 그를 호칭할 때엔 그런 말을 쓰지 않는 것이 상례였다. 맞대놓고 대칭할 적엔 나리라고 흔히들 부르는 것이 었으며, 제삼자에게 말할 경우엔 정안군이란 군호로 불러야 자연스러울 것이다.

한데 이 승려차림을 한 사나이는 왕자님이라고 부른다. 어휘가 빈약한 어린아이들이나 입에 담는 소리였다.

그 점이 설매의 신경에 거슬린 모양이었다.

"댁은 누구시어요?"

캐고 물었다.

"왕자님댁에서 신세를 지고 있는 문객이오이다."

대답하자

"우리 고려 사람은 아니죠? 바다 건너 어느 이역에서 건너온 이국인이 죠?"

다시 이렇게 추궁했다.

"내가 어느 나라 사람이건 그 점이 그렇게 중한 일이겠소? 그보다도 왕자님의 급환을 치료해 드리는 것이 급선무일 거요."

원해는 능청맞게 설매의 말문을 봉쇄한 다음, 허리춤에 차고 있던 주머니에 손을 넣었다.

그 속에서 검푸른 솜과 같은 것을 끄집어냈다.

"그게 뭐라는 거죠?"

설매는 호기심에 찬 눈으로 바라보며 물었다.

"보구사."

"뭐라구요?"

"아차, 고려 사람들은 쑥이라고들 부르던가."

혼잣소리를 흘리며 원해는 쓴웃음을 띄다가

"질이 좋은 쑥잎을 잘 말려서 이렇게 비벼놓은 거요."

하면서 그는 그것을 쌀알만한 크기로 뭉쳐서 방원의 명치에 올려놓았다.

"그러니까 그것으로 뜸이라도 뜨겠다는 건가요?"

그만한 지식은 설매 자신에게도 있다는 어투였다.

"바로 알아맞히셨소."

원해는 그 쑥에 불을 붙였다.

"그런 것으로 심한 복통이 치유될 수 있을까요?"

설매가 회의를 보이자 원해는 마치 경문이라도 외듯이 주워넘겼다.

"무릇 질병의 원인은 기혈(氣血)이 막혀서 잘 통하지 않는 때문인고로 침으로 그것을 개도(開導)하고 뜸으로 그것을 덥히는 법이니라. 그러므로 뜸을 떠서 그 치효(治効)를 얻으려면 그 환부와 경락(經絡)을 밝히고 사기(邪氣)가 맺힌 곳을 통찰하여야 하거니와, 침의 효험은 사(瀉)에 승하나 보(補)에 미흡한즉 보익(補益)의 효능으로 따지건대 구법(灸法)은 침술보다 월등한 것이니라."

원해는 같은 자리에 일곱 차례나 쑥을 놓고 불을 붙였다.

남정네 뺨치게 뱃심이 좋아보이는 설매도 이마를 찡그렸다.

그 정도로 곁에서 보기엔 뜨겁고 아프게 여겨지는 치료였지만, 방원은 한 마디의 고통도 호소하지 않았다.

"이것을 칠장(七壯)이라고 하거니와 하루에 십점(十點), 즉 칠십장(七十壯)까지만 뜬다면 몇 해를 계속하더라도 인체엔 아무런 해독이 없는 거요."

원해는 신바람을 피우며 노닥거리더니

"이 구법이란 왕자님과 같은 복통에만 효험이 있는 것이 아니외다. 부인네들이 남몰래 고통을 겪고 있는 가지가지 부인병에도 특효가 있으니 어떻소, 낭자도 한 점 떠 보시려오?"

흐믈거리면서 쑥 한 점을 뭉쳐 가지고 다가앉는 시늉을 했다.

"에이, 여보쇼."

설매가 기겁을 하며 방구석으로 꽁무니를 빼는데, 방원이 갑자기 크게 입을 열었다. 긴 하품을 내뿜었다.

그리고 곧 이어 듣기에도 시원한 방귀를 두어방 터뜨렸다.

"어떻습니까, 나리. 이젠 통증이 다소 가라앉으셨습니까?"

입가에는 절로 넘치는 득의의 미소를 피우면서도 말만은 제법 겸허하게 물었다.

방원은 벌떡 몸을 일으켰다. 아랫배를 투덕투덕 두드려 보이면서

"다소가 뭔가. 언제 그런 고생을 했는가 싶도록 거뜬허이."

그러고는 원해의 두 손을 덥석 잡았다.

"내 그대가 자랑하는 소리를 듣고도 그대 의술이라는 걸 대단치 않게 여겼네만, 이제 진료를 받고 보니 과히 천하에 드문 신의(神醫)라는 것을 인정하지 않을 수 없네그려."

"과분하신 찬사, 오히려 몸둘 곳을 모르겠습니다."

원해는 거듭 겸양을 떨다가

"그보다도 어찌하시겠습니까? 지금이라도 댁으로 돌아가시겠습니까,

아니면 날이 밝기를 기다려 보시겠습니까?"

설매에게 곁눈질을 보내며 물었다.

"여보게, 이래뵈도 나는 사내 대장부야. 남의 눈을 기는 샛서방이 아닐 바에야 기방에 왔다가 한밤중에 도망칠 수야 있나?"

방원은 너털웃음을 쳤다.

그 웃음엔 병독이 풀린데서 빚어진 시원한 기분 이외의 무엇이 넘실거리고 있었다.

"나리, 말씀 한번 잘 하시었어요."

설대도 눈꼬리에 교태를 새기며 맞장구를 쳤다.

그런 표정을 지으니까 이때까지 풍기던 인상과는 판이한 변모를 보인다.

이름이 설매라지만 한창 독설을 피울 적이던 한풍 속에 양연히 피어 있는 설화(雪花)를 연상케 했다.

그러나 한가닥 교태를 머금어 보이자 역시 매화는 매화였다. 농염한 훈향이 정골(情骨)을 찌르는 듯했다.

"기방에서 이런 말씀을 여쭙는다면 풍류를 모르는 촌놈이란 흥을 잡히겠습니다만, 소인의 요량으로는 지금이라도 돌아가시는 편이 좋을 줄로 압니다."

원해는 그 이글이글한 안광을 오랜만에 태워보이며 잘라 말했다.

"그야 여색을 원수처럼 배척하시는 스님으로선 그런 말씀도 하실 수 있겠지만요."

원해의 행색을 찬찬히 뜯어보다가 그 눈길을 방원에게로 돌리며 설매는 또 교소(嬌笑)를 날렸다.

"설마 나리께서도 중이 되시려는 것은 아니시겠죠?"

"나도 행색은 이렇소만 중은 아니외다."

원해가 말머리를 가로채며 비릿한 눈웃음을 피웠다.

"낭자가 원한다면 누구 못지않은 사내 구실도 보일 수 있소이다."

하다가 그 웃음을 급히 거두고는

"하지만 왕자님은 다르시요. 아무래도 댁에 돌아가시는 것만 같지 못할 것이외다."

무겁게 말했다.

"그건 어째서지요?"

설매의 혀끝이 또 앵토라졌다.

"귀하신 몸이라 천한 창녀의 때가 묻을 것을 염려한다는 건가요?"

대답 여하에 따라서는 지난날 배극렴에게 쏘아 던졌던 따끔한 독침도 사양치 않겠다는 배짱이었다.

"내가 언제 왕종(王種) 행세하는 걸 봤던가?"

원해를 대신해서 방원이 이렇게 얼버무리려고 하자,

"그게 아니라면 부인마님 강짜가 하두 심하셔서 겁이 나시는 건가요?"

설매의 혀끝이 또다른 아픈 곳을 쑤시고 들다가

"하지만 그 점은 과히 염려 마시어요. 부인마님 오라버님 되시는 분도 문턱이 닳도록 드나드는 형편이니까요."

엉뚱한 방향으로 번져간다.

"내 처남이?"

되물으며 방원의 표정이 한때 끊어졌지만, 그는 이내 쓴웃음을 씹으며 네 활개를 펴고 방바닥에 벌렁 나자빠졌다.

"이런들 어떠하며 저런들 어떠하리. 만수산 드렁칡이 얽혀진들 그 어떠리. 우리도 이같이 얽혀져서 백년까지 누리리."

지그시 눈을 감고 흥얼흥얼 읊조렸다.

"좋아요."

설매는 활짝 웃었다.

이른바 하여가(何如歌), 정몽주와의 경쟁이 치열하던 어느날, 그의 속마음을 떠보고자 술자리를 베풀고 읊조린 탐색의 노래로만 후세에는 전하여지고 있지만, 설매가 좋다고 맞장구를 친 데엔 다른 까닭이 있었다.

지난번 궁중 연석에서 백극렴을 면박하고 좌중의 공기가 사뭇 험악하여졌을 때도 방원은 바로 이 노래를 불렀던 것이다.

좌석에 따라서, 듣는 상대에 따라서, 여러 각도로 풀이할 수 있는 묘한 우의(寓意)를 그 가요는 지니고 있었다.

정몽주를 상대로 할 때엔 옹졸한 명분만 고집할 것이 아니라 폭 넓은 현실을 받아들일 줄 아는 도량을 가져야 한다는 뜻으로 해석되었을 것이지만, 궁중 연회 자리에서 불렀을 적엔 사뭇 다른 의미를 보이고 있었다.

이런 소리를 들으면 어떻고 저런 소리를 들으면 어떠냐, 인생이란 원래 얽히고 설킨 것, 각자의 소신에 따라 행동하는 측도 있을 것이며 제멋대로 입방아를 찧을 수도 있을 것이니 일일이 탓하고 나무랄 것이 무엇이겠느냐.

결국 그 노래를 들은 국왕 이성계가 파안대소하였고, 따라서 험악하던 공기도 당장에 누그러지고 말았던 것이다.

설매가 독설을 피우면서도 방원에게 은근한 호의를 비친 것도 바로 그런 사연이 있었기 때문이었다.

그러나 지금 그가 흥얼거린 가의(歌意)는 또다른 뉘앙스를 풍겨준 것일까.

"이런들 어떠하며 저런들 어떠하시어요. 알몸이 돼서 한번 얽혀지면 왕자 대군도 일개 남정네, 또한 창녀도 여자에는 다름이 없지 않겠어요."

설매가 제나름대로 풀이하며 도전적인 시선을 던져 보냈다.

"너, 그말 잘했다."

방원은 무릎을 치더니 설매의 잔허리를 끌어안았고, 이윽고 두 남녀는 칡덩굴이 무색하게 얽히고 설키었다.

그 정경을 원해는 어리벙벙한 눈으로 바라보고만 있었다.

"이 사람아, 아무리 머리를 깎고 중의 행색을 하고 있다구, 남녀간의 밀밀(密密)한 정사까지 지켜볼 작정인가?"

방원이 핀잔을 주자 원해는 그제서야 뒤통수를 긁으며 물러나갔다.

그가 읊조린 하여가가 그의 인생관을 대변하는 소리라면 이십칠세란 연배에 비하여 방원은 엄청나게 노숙한 인물로 보아야 할 것이다.

쓴맛 단맛 다 겪은 달인(達人)의 풍모조차 느끼게 한다.

그러나 남녀간의 정사에 있어선 역전의 숙장(宿將)이나 다름없는 설매의 적수는 못되었다.

전투 경력이나 용병술이 미숙한 젊은 장수일수록 흔히 공격을 서두른다. 단병접전(短兵接戰)만을 장기로 알고 설치기만 한다.

방원이 꼭 그런 형국이었다. 그를 맞아 대전하는 능글맞은 노장(老將) 설매.

방원이 어린진(魚鱗陣)을 펴고 성난 물고기처럼 단숨에 핵심을 뚫으려고 들면 설매는 활짝 날개를 펴고 의뭉스레 에워싸는 학익진(鶴翼陣)으로 응수한다.

다시 봉시진(鋒矢陣)을 갖추어 예리한 일침을 가하려고 하면 꿈틀꿈틀 장사진(長蛇陣)을 펴고 희롱하는 것이 아닌가.

마침내 분노의 극에 달하여 호도진(虎韜陣)으로 저돌을 시도하자, 한 번 치면 물러가는 체하면서도 그 뒤에 다시 강력한 방어전을 구축하고, 다시 그것을 뚫으면 또하나의 방어선이 가로막히는 이른바 안행진(雁行陣)으로 애를 태운다.

그런 것을 이른바 육화팔진(六花八陣)의 비법이라고 하는 것일까.

혹은 새들이 모여들다 흩어지는 듯도 하고, 혹은 구름이 시시각각으로 조화를 부리는 것 같기도 하고, 혹은 광풍이 회오리치는 것 같기도 한 묘법에 휘말려 젊은 방원은 기진맥진하였다.

마침내 배수(背水)의 진. 방원은 사력을 다하여 최후의 일격을 가하여 보는 것이었지만, 적의 포진은 금성(金城)보다도 더욱 견고하여 스스로 머리를 부딪고 옥쇄(玉碎)할 수밖에 없었다.

패군의 장(將)이란 어디서나 비참하다.

꺾이고 문드러진 창검을 거두고 비실비실 퇴진하려고 하자,

"한두번쯤의 패전은 병가(兵家)의 상사(常事), 힘을 내시어요, 나리."

적장 설매가 도리어 분기를 촉구한다. 방원은 분발했다. 이번엔 진법도 무엇도 생각지 않고 상처 입은 야수처럼 돌진하였다.

그와 같은 작전 없는 작전이 차라리 주효한 것일까. 혹은 상승장군 (常勝將軍)의 아량이 은근히 베풀어 보이는 온정일까.

설매는 어이없을 정도로 간단히 굴복했다.

그리고 속삭였다.

"어떠하시어요, 나리. 초전(初戰)에 패하였다고 끝끝내 패자가 되라는 법은 없는 것이어요."

그 말의 액면은 물론 육(肉)의 전투에 미숙한 젊은 유객(遊客)을 타이르고 격려하는 소리 같았지만, 언외(言外)에 더 크고 절실한 현실 문제가 번득이고 있는 것을 방원은 느꼈다.

기방의 아침이란 으레 늦기 마련이다. 늦으면 늦을수록 지난밤이 충족스런 밤이었다는 것을 의미하는 것이며, 그러기에 늦어야만 또 멋있다.

밤이 새기 바쁘게 허겁지겁 뛰쳐나오는 숙맥이 있다면, 그것은 째째한 장돌뱅이쯤이거나 엄처의 눈을 피해 도둑괭이 같은 하룻밤을 보낸 불출에 지나지 않을 것이다.

방원이 자리에서 일어났을 때엔 해가 중천에 높이 솟았다가 다시 서편으로 기울기 시작할 무렵이었다.

그렇다고 제법 능숙한 오입장이다운 태를 부리려고 해서가 아니었다. 몸에 배지도 않은 거드름 따위는 방원의 생리에 맞지도 않는 수작이었다.

또 그렇다고 간밤의 피로가 극해서 몸을 추스르지 못한 때문도 아니었다. 그만한 회복력쯤은 충분하고도 남을 젊음이 그에겐 있었다.

그저 미적거려지기만 했다.

그 동안 방문 밖에선 여러 차례나 원해의 헛기침 소리가 그를 재촉했지만, 그럴 적마다 방원은 자리에 일어나 앉았다간 도로 눕곤 했다.

——이 방의 하룻밤이 이렇듯 나의 발목을 끌어당기는 힘을 지니고 있는 것일까.

이렇게도 생각해 보았다.

실상 설매의 농염한 매력은 방원으로선 하나의 경이였다. 민씨부인에게서나 어느 여인에게서도 맛보지 못한 강렬한 미주(美酒)였다.

그러나 그 속에 이내 빠져서 헤어나지 못할 방원은 아니었다.

이유를 묻자면 편하고 자유스런 분위기라고나 할까.

혁명 이전의 방원의 생활은 산과 들을 마음 내키는대로 질주하는 야수와 같은 것이었다. 파란과 위기도 많았지만 거기엔 분방한 자유가 있었다. 그러나 대망을 성취하고 새 왕조를 수립하고 나니, 전에는 미처 생각하지 못했던 굴레가 씌워지는 것이 아닌가.

왕자의 체통이라는 것을 지키기 위한 가지가지 제약도 그의 생리에는 거추장스럽지만, 그런 형식적인 굴레는 그래도 참을 수 있었다.

무엇보다도 견디기 어려운 것은 혁명 왕조 내부에서 물고 뜯고 하는 이빨들이며 손톱들이었다.

전혀 이질적인 적수의 칼날이라면 정면으로 맞서 볼만한 투지도 있었으며 통렬한 일격을 가하여 분쇄할 만한 패기도 있었다.

하지만 내부의 굴레는 달랐다. 한쪽 팔이 끌리는대로 쏠리면 다른쪽 한 팔이 찢어지는 것 같은 아픔을 당해야 했다.

그런 굴레가 여기엔 없다. 그래서 마음 편한 자유를 느끼는 것이며, 그래서 이 방을 떠나고 싶지 않은 것인지도 모른다.

한 걸음 바깥 세상에 나가기만 하면 지겹고 역겨운 먼지바람에 휘말릴 것이다. 아니, 전보다 더 극성스런 굴레들이 기다리고나 있었던 것처럼 몰려들 예감도 든다.

"이제는 참말로 가보셔야 하겠습니다."

몇차례 헛기침을 보낸 끝에 마침내 노골적으로 독촉하는 원해의 말에 방원은 겨우 자리를 털고 일어났다.

설매는 잠자코 방원의 옷가지를 챙겨주다가

"부인마님 강짜가 과히 심하지 않으시거든 또 들러주시어요."

농인지 진담인지 아리송한 소리를 흘렸다.

"내 비록 엄처시하에 설설 기는 졸장부이긴 하지만, 바람이 불면 다시 날아들지 말란 법도 없지 않겠느냐."

방원도 농반 진반으로 응수하다가

"너에겐 아직도 배울 것이 많은 것 같구나."

의미 있는 한마디를 남겨놓고 대문을 나서려고 하는데,

"이게 뉘시오?"

하면서 들이닥치는 사나이가 있었다. 그 사나이를 보자 방원의 표정이 잔뜩 굳어지다가, 그것이 멋적은 쓴웃음으로 일그러졌다.

다름아닌 방원의 큰처남 민무구였다. 문지방이 닳도록 드나드는 처남이 있다고 한 설매의 말은 바로 그를 두고 한 말인 듯싶었다.

어쨌든 일은 공교롭게 됐다.

다른 사람이라면 좋다, 젊으신 왕자께서 하룻밤 객기를 푸신 모양이로구나, 이쯤 생각하고 웃어 넘길 수도 있을 것이다.

하지만, 이런 일엔 쌍심지를 돋우기 마련인 처가집 붙이들 중에서도 가장 심술궂은 민무구가 아닌가.

그는 짓궂은 눈으로 방원을 빤히 바라보다가

"여보게, 설매. 이집 쥐구멍이 어디로 뚫려 있던가?"

능글맞은 수선을 피웠다.

"왕자대군께 기방 출입하는 꼴을 들켰으니 그 점만으로도 심히 민망한 일이거니와, 이분은 사적으로는 내 매형 되는 분, 누님이 아시게 된다면 날벼락을 맞을게 아닌가."

허물은 제가 쓰고 절절매는 시늉을 하면서도 결국은 방원에게 뒤집어 씌우며 비아냥대는 수작이었다.

설매의 눈꼬리가 매섭게 째졌다.

"무슨 개 눈엔 뭣밖에 보이지 않는다지만 기방 출입하는 남정네라고 누구나 다 암내만 맡고 쫓아다니는 수캐로만 보이는 거예요?"

걸죽한 독설을 퍼부어댔다.

"이를 말인가?"

민무구도 지지 않고 응수했다.

"비린내를 맡고 쓰레기더미를 뒤지는 개는 어느 집 개나 매일반이 아니겠나."

비꼬는 말이라기보다도 이것은 숫제 무엄한 욕설이었다. 그러나 방원은 들은체만체 덤덤히 허공만 바라보고 있었다.

"여보시오"

방원을 대신해서 설매가 앙칼지게 꾸짖었다.

"아무리 째진 입이라도 할 소리가 따로 있고 못할 소리가 따로 있지 않소?"

하룻밤이나마 정을 맺은 낭군이라서만 그런 것은 아니었을게다. 민무구의 망언은 별다른 관계가 없는 제삼자에게도 의분을 불러일으키기에 충분할 만큼 밉살스러웠다.

"간밤에 마침 우리집 앞을 지나시다가 관격이라도 되셨던지 신음하시는 것을 보고 내가 모셔들여 병구완을 해드렸소. 어느 누구처럼 암내나 맡고 기어드는 분과는 정상이 판이하다는 것을 똑똑히 알아둬요"

방원을 비호하기 위해서 사실 반 과장 반 둘러댄 말이었지만, 방원은 아차 하였다. 민무구의 독설을 들으면서 한쪽 귀로 흘려버리는 체한 것도 바로 어젯밤 있었던 식중독 사건을 은폐하기 위한 노력이었다.

아니나 다를까, 설매의 말꼬리에 민무구는 매달렸다.

"나리께서 갑자기 관격이 되시다니, 어디서 무슨 음식을 자시고 그런

변을 당하셨을까? 그런데 어젯밤이라면 나리께선 강비가 위급하단 소식을 들으시고 입궐하지 않으셨던가요?"

민무구는 깐죽깐죽 캐고 들었다.

"그리고 그 자리에선 강비가 직접 상을 차려들고 술잔까지 따랐다면서요?"

언제 어디서 그런 정보까지 캐낸 것일까. 방원은 등골이 써늘한 느낌이었다.

"무슨 변덕이 났기에 그런 수작까지 농했을까요? 계모가 아드님에게 술을 따르는 소행이 과연 가도(家道)에 합당한 일일까요? 소위 일국의 국모라면서 신자(臣子)되는 분에게 작부 시늉을 하는 것이 법도라는 것일까요?"

민무구의 혀끝은 일방적으로 미끄럽기만 했고, 방원은 반박할 만한 말을 찾기 어려웠다.

"어떤 음흉한 저의가 없고서야 그따위 얼레발을 칠 턱이 있겠습니까?"

"그만 해 두게"

방원이 겨우 이런 말로 제지했다.

"그 일은 나 한 사람에 관한 일이지, 자네들이 왈가왈부할 처지는 못되는 걸세."

구태여 해명을 하자면 못할 형편도 아니었다. 원해에게 말했던 것처럼 자가중독이란 이유를 들어 설명할 수도 있는 것이며, 다른 이유를 붙여서 둘러댈 수도 있는 노릇이었지만, 민무구에겐 그런 설득이 먹혀들지 않을 뿐만 아니라 오히려 벌집을 쑤시는 결과만 초래한다는 것을 경험을 통하여 방원은 뼈저리게 알고 있었다.

"어째서 나리 한 분에 국한된 일입니까?"

그러나 민무구는 집요했다.

"나리의 일신은 나리 한 분의 것이 아닙니다. 나리께서 만일 어떤 화를 입으신다면 무수한 생명이 뒤를 이어 죽어간다는 점을 잊으시면 아니

됩니다."

──결국 네놈들의 목숨이 아까워서 이러쿵저러쿵 핏대를 올리는 것이겠지만, 네놈들이야 어찌 되건 내게 아랑곳이 있느냐.

비위가 상하는 푼수로는 이렇게 쏘아주고 싶은 심정이었지만, 방원은 차마 그런 말을 입밖에까지 내지는 못했다.

또 그렇게 간단히 잘라 생각해 버릴 문제도 아니었다.

방원의 편에 서서 자기를 두둔하는 축들 중에는 민무구 형제들과 같은 제 욕심에 설치는 인간들도 있기는 했지만, 진심으로 방원을 흠모하고 아껴주는 수족 같은 존재들도 없지 않았다. 자기 마음 하나 편하자고 그런 손과 발을 끊어버릴 수는 없는 형편이었다.

"어쨌든 죽지 않고 이렇게 멀쩡히 살아나지 않았나?"

애써서 좋은 말로 구슬린 다음,

"내가 기방에서 나오더라는 소리나 자네 누이에게 고해 바치지 말게."

이런 농담까지 던져 보였다.

"그야 뭐 묻은 개가 뭐 묻은 개를 탓할 수야 있겠습니까?"

민무구도 농으로 응수하며 흐물거리다가

"아무래도 강씨네 일당의 동정이 심상치는 않습니다. 조만간 이편에서도 단단히 손을 써야 할겝니다."

이런 소리를 하더니 갑자기 무슨 생각이 든 것일까, 부랴부랴 앞장서서 뛰쳐나갔다.

방원은 자기 내부에서 무엇인가 우수수 무너지는 것을 느끼며 원해를 돌아보았다.

원해의 표정도 심각하게 굳어 있었다.

자기 집이 가까워질수록 방원의 가슴엔 불안한 그늘이 짙어만 갔다.

대문을 들어서자 사랑채로 향하지 않고 안채로 직접 발길을 돌렸다.

좀처럼 없었던 외박을 하고 돌아오는 길이므로 그렇게 하는 것이 부인에 대한 인사이기도 했지만, 그보다도 더 절실한 까닭이 있었던 것이다.

여느때 같으면 안마당에 들어서기만 해도 급히 뛰쳐나와 맞아주는 민씨부인이었다.

그러나 오늘은 그림자도 비치지 않았다.

그대신 방문이 열리며 민무구 형제들이 우르르 나왔다.

──빠르기는 다람쥐 뺨칠 친구들이야.

쓰거운 입맛을 다시며 방안에 들어서니까 아랫목 한모퉁이에 도사리고 앉아 있던 민씨가 그제서야 고개를 돌렸다. 암상스런 얼굴이며 눈총이었다.

방원은 한 번 씽긋 웃어 보이고는 그 자리에 넓죽이 엎드려 이마를 비벼댔다.

"부인, 죽을 죄를 젓소이다. 때아닌 미친 바람에 휘둘려 분수에도 맞지 않게 하룻밤을 기방에서 지새웠으니 구워 잡숫든지 삶아 잡숫든지 부인의 역정이 풀리도록만 하시오."

물론 누구의 눈에나 농으로 보이는 말들이었지만, 그렇다고 한 집안의 가장이 아녀자 앞에 넓죽이 엎드려서 빌고 어쩌고 한다는 것은 지나친 얼레발이었다.

그러나 그런 수다스런 수작이 지금의 방원으로선 유일한 활로일 수밖에 없었다.

민씨부인의 시샘을, 친정 식구들의 입방아를, 기방에 출입하였다는 사실 하나로 집중해 보려는 속셈이었다.

강비에 대한 공격의 화살을 그리로 유도하여 보겠다는 일종의 양동작전이었다. 하지만 민씨부인도 녹녹지 않았다.

"어엿한 대장부라면 하룻밤이 아니라 열흘밤인들 기방 출입을 못하실 것이 무엇이겠어요."

제법 아량을 베푸는 체하는 말씨였지만, 결국은 남편의 양동작전을 미연에 봉쇄하려는 포석이었다.

그리고는 선봉을 고쳐잡고 꼬아댔다.

"더더구나 어느 독부(毒婦)가 따라 주는 독주에 중독되시어 오도가도 못하시다가 그집 신세를 지셨다니 다행히 여겼으면 여겼지 언짢게 생각할 리가 있겠어요?"

모처럼의 작전이 형편없이 붕괴되는구나 생각하면서도 방원은 계속 흐물거려 보았다.

"부인의 아량이 그토록 관후하시니 못난 남편은 도리어 몸둘 바를 모르겠소이다."

"그만 해두시어요."

민씨는 바락 악을 썼다.

"제가 궁금한 것은 나리를 사경(死境)에 이르도록 한 그 독주가 어느 누구의 손으로 빚어졌는가 그 점이어요. 중궁께서 친히 술을 부어 주셨다면서요?"

"그래서?"

방원은 반문했지만, 그것이 결국 그 사실을 시인하는 꼴이 되고 말았다.

"그 술상 역시 중궁께서 친히 차려 가지고 들어오셨다면서요?"

"하지만 어디 그 술을 나 혼자만 마셨소? 주상께서도 같이 드셨으니 그 술에 변고가 있었다면 아버님 옥체에도 이변이 있었을 것이 아니겠소?"

이왕 말이 나왔으니 하는 수 없는 일이었다. 구구한 입씨름 같은 것은 극력 피하려는 생각이었지만, 방원은 마침내 정면으로 해명해 볼 수밖에 없었다.

똑같은 술을 두 사람이 나누어 마셨는데 한 사람에게만 탈이 생기고 한 사람은 무사할 수 있겠느냐는 방원의 논리는 논리로선 충분히 타당한 것이었다.

그러나 민씨는 굽히지 않았다.

"그만한 조작쯤 하려고 든다면 못할 것이 무엇이겠어요?"

어디까지나 악의로만 해석하려고 드는 태도에 방원도 불끈했다.

"어떻게 무슨 조작을 할 수 있단 말이오?"

그 물음엔 곧장 대답을 하지 않고

"진정 그렇게 생각하시어요?"

민씨는 반문하다가

"중궁께서 그런 조작을 하실 수 없을 것이라고 보신다면 다른 사람도 그런 조작은 못할 것이라고 보셔야 하겠지요?"

방원의 두 눈을 깊이 들여다보며 덧붙여 말했다.

어금니에 무엇이 끼이기라도 한 것 같은 어투에서 방원은 불길한 무엇을 느꼈지만 내놓고 반박할 말은 찾지 못했다.

어색한 뒷맛을 씹으며 내실에서 물러나왔다.

사랑채 대청 아래서 서성거리고 있던 원해가 궁금한 표정으로 다가왔다. 그에게 뒤따르라는 눈짓을 하고는 자기 거실로 들어섰다.

원해가 따라 들어왔다. 방문을 닫으려고 했다.

"여보게, 자네는 이 나라의 예도를 좀더 익혀야 하겠어."

드물게 모가 나는 소리로 방원은 핀잔을 주었다.

"남의 방에 들어올 적엔 말이야, 주인이 방문을 열어놓으면 연 채로 두어야 하는 법이니라."

아무리 법이 그렇다 하더라도 이방인 원해를 상대로 해서까지 그런 일을 꼬치꼬치 따질만큼 좀스러운 방원은 아닐 터인데 굳이 그런 소리를 한다.

무슨 속셈이 있어서 그러는 것일 게라고 눈치 빠른 원해는 이내 깨달은 모양이었다.

"소인이 무식해서 미처 몰랐습니다."

뒤통수를 긁으면서 방문을 활짝 열어 놓았다.

일본 사람들은 흔히 밀담을 할 때 방문을 닫아 걸고 하는 것이 아니라 열어놓고 하는 경우가 많다고들 한다.

그래야만 밖에서 엿듣는 자가 있어도 쉽게 발견하고 경계할 수 있는 이점 때문일 것이다.

원해는 방원의 핀잔을, 자기 나름대로 밀담을 위한 예방조처로 해석한 것일까. 방원이 앉은 곁으로 바싹 다가서더니 비밀스런 얘기를 기다리는 표정을 보냈다.

"일이 시끄럽게 되는걸."

하면서 방원은 소리를 죽이고 내실에서 있었던 일을 간추려 들려주었다.

"소인이 배운 것은 없습니다만, 사자 같은 맹수에게도 가장 두려운 적은 심골을 파먹는 독충이라고 들었습니다. 왕자님께서 장차 큰 일을 하시자면 무엇보다도 그 벌레들을 제거하셔야 할 줄로 압니다."

원해 역시 소리를 죽이며 이런 견해를 피력했다.

"허지만 그 벌레가 밖에서 파고든 해충이 아니라 자기 몸의 일부분이라면 어떻게 하지? 자기 자신의 갈빗대라든가 손발 같은 경우라도 그것을 도려 버릴 수 있겠는가?"

쓰거운 어투로 방원은 되물었다.

"그야말로 난치의 고질입니다그려."

원해는 그 이글이글한 눈망울을 이리저리 굴리며

"갈빗대나 수족이 곪았다고 끊어버릴 수도 없는 일이고 말입니다."

혼잣소리를 흘리다가

"그와 같은 고질엔 한 가지 방문(方文)밖엔 없겠습지요."

했다.

"어떤 방문인구?"

다시 묻는 말에,

"그 증세의 원인을 캐고 그것부터 바로잡아 보는 요법입지요."

원해는 뻔한 소리로 응수하는 것 같았지만,

"그렇다면 그 병원(病源)은 어디 있을 것이라고 생각하나?"

다시 캐고 묻자,

"여러 가지로 생각할 수 있겠습니다마는, 무엇보다도 왕자님께 아드님이 계시지 않은 점이 아닌가 합니다."

야릇한 방향으로 화제를 비약시킨다. 그야 방원의 부인 민씨의 나이 삼십을 바라보면서도 아직 아들을 두지 못한 것만은 사실이었다. 나중에 맏아들이 될 양녕대군을 낳게 되는 것도 그보다 일년 후의 일이 되니 말이다.

"부인네들이란, 더더구나 앞날에 거창한 소망을 걸고 있는 여인네들에겐 아드님을 두지 못했다는 사실이 무엇보다도 큰 불안이 아니겠습니까?"

엉뚱한 방향으로 빗나가는 듯한 그 말머리도, 결국은 문제의 핵심을 파헤치고 있었다.

"마님께서 아드님만 두시게 된다면 조급한 마음도 훨씬 덜 하여지실 것이며, 마님의 형제분들 역시 그러할 줄로 압니다."

민씨부인이 눈 속의 가시처럼 강비를 시샘하는 초점은 무엇일까.

강비의 나이 아직 젊고 그 젊은 계모에 대해서 필요 이상의 호의를 보이는 남편의 태도에 감정적인 반발도 작용하지 않는 것은 아니었겠지만, 그것은 차라리 이차적인 문제에 속하는지도 모른다.

더 절박한 현실적인 문제는 권력의 경합자로서의 경쟁 의식이 아닐까.

남편이 응당 차지할 것으로만 여겨지던 세자 자리를 강비는 선수를 써서 자기가 낳은 아들에게 쟁취해 주었다.

이제 남은 길은 먼 앞날을 내다보는 지구전뿐일 터인데, 이에 대해서도 확고한 기대는 갖기 어렵다.

어느 날엔가 남편 방원이 그 권좌를 전취하게 된다고 가정하자.

비록 그런 날이 오더라도 민씨의 몸에서 생남을 하지 못할 경우, 영광은 누구에게로 계승될 것인가.

자기 아닌 다른 여자의 몸에서 아들이라도 생긴다면 민씨 자신은 닭 쫓던 개의 신세를 면치 못할 것이 아닌가.

민씨와 처남들이 그토록 설치는 이유를 무자식에서 오는 초조감으로 풀이한 원해의 견해를 방원도 일단 수긍하면서,

"그렇다고 그 일만은 마음대로 좌우할 수 없는 하늘의 섭리가 아니겠 는가?"

무거운 한숨을 쉬었다.

아들을 갖고 싶다는 심정은 이십칠세의 방원으로서도 절실하고 절박한 욕망이었다.

"생남 여부를 하늘의 뜻에만 돌리시는 것은 모르시는 말씀입니다."

하면서, 원해는 은근히 말을 이었다.

"마님께서 전혀 생산을 못하시는 분이라면 또 모를 일입니다마는, 비록 따님이긴 하지만, 잉태하신 경험이 있으시지 않으십니까?"

그래 민씨에겐 딸 하나가 있었다. 훗날의 정순공주(貞順公主)였다.

대부분의 왕녀가 그러하듯이 정순공주의 생년을 전하여 주는 기록은 분명치 않지만, 정종 원년에 이백강(李伯江)에게 시집을 갔다는 문헌은 있다.

만일 그때(태조 2년)까지 출생하지 않았더라면, 칠세 미만에 출가한 계산이 나온다.

아무리 조혼이 그 당시의 풍습이긴 하지만 적어도 십이삼세는 되어야 출가하는 것이 상식이었으므로, 그때 민씨는 이미 정순공주 하나쯤은 낳았을 것으로 보아야 타당할 것이다.

"내 일찍이 생남을 자의대로 한다는 말은 들은 적이 없거니와, 자네 나라에는 그와 같은 비법까지 전하여지고 있단 말인가?"

곧이 듣지는 않았지만, 그런대로 방원에겐 사뭇 궁금한 소리였다.

"저희 나라에도 그와 같은 비법을 아는 사람은 드물 겁니다. 다만 소인 은 우연한 기회에 그것을 전수 받았을 뿐이지요."

"좀더 자세히 얘기해 보라."

"저희 고장에 하루는 남만(南蠻)의 승려가 표착하였습지요. 그 승려를 거두어 주었더니 소인에게 아들이 없는 것을 보고 생남의 비법을 가르쳐 주지 않겠습니까."

"그래서 과연 아들을 낳았단 말인가?"

"어쨌든 그 승려가 가르치는대로 시험해 본 결과 일년이 못가서 아들 하나를 얻었습니다."

그 말에 방원의 궁금증이 한층 짙어졌다.

"그 비법이란 어떠한 것이지?"

다급하게 물었다.

"이것은 비법 중의 비법이므로 뭇사람에게 누설되면 뜻하지 않은 폐단을 야기할 우려가 있습니다. 왕자님만 아시고 입밖에도 내지 마셔야 합니다."

원해는 사뭇 뒤를 두며 애를 태운다.

"알겠네. 어서 얘기해 보게."

그러자 이때까지 한 옆에 시립하고 있던 원해가 방원의 곁에 바싹 붙어 앉는다.

예도에 어긋난 것이었지만, 그것을 탓할 여유조차 방원에겐 없었다.

"우선 부인의 경혈(經血)이 끊어지는 때를 기다리셔야 합니다."

"그리고?"

그 다음 말은 방원의 귓전에 바싹 입을 대고 속삭였다.

"허어, 깨끗하고 흰 헝겊을?"

방원이 일방적으로 되묻는 말에 원해는 고개를 끄떡이며 또 소근거렸다.

"그것이 금빛이라야 한다? 짙은 붉은 빛이면 때가 이르고 무색투명하면 너무 늦다?"

원해는 또 고개만 끄덕이며 몇마디를 더 흘려넣어 주었다.

그날밤 방원은 다시 내실로 들어갔다.

민씨는 여전히 앵돌아진 소리부터 던졌다.

"어젯밤엔 색다른 꽃밭에서 마음껏 재미를 보셨을 터인데, 무엇이 아쉬우시기에 다 말라 비틀어진 고목나무를 찾으시는 거지요?"

뭐니 뭐니 해도 기방에서 하룻밤을 지내고 왔다는 사실이 역시 비위에 거슬리는 말씨였다.

"실은 부인에게 다시 없는 희소식을 전하려는 거요"

수선을 피우며 방원은 소매에서 흰 무명수건을 꺼내 보였다.

"우선 그것이 황금빛인가 어떤가 알아보아야 알 일이오."

하더니 민씨의 치맛자락 사이로 한 손을 불쑥 들이미는 것이 아닌가.

"이 무슨 망측한 행동이셔요?"

민씨는 격분했다.

남편의 손등에 손톱까지 세우며 반항했다.

그럴만도 했다. 왕자 대군이 아니라 웬만한 사대부라도 부부 동방에는 마땅히 지켜야 할 법도가 있는 것이며 절차가 있는 법이었다.

우선 음양교합(陰陽交合)의 일정에도 풍습상의 제약이 있었다.

봄에는 갑을(甲乙), 여름에는 병정(丙丁), 가을에는 경신(庚辛), 겨울에는 임계(壬癸) 등등, 생기 왕성한 날을 택해서 동침하는 불문율 같은 것이 있었다.

물론 거기엔 미신적인 요소도 없다고는 하기 어렵겠지만, 무절제한 방종에 흐르기 쉬운 성생활을 적절히 조절하기 위한 선인들의 슬기로 간주할 수도 있을 것이다.

태조 2년 정월 2일은 무신(戊申)날, 봄철의 교합 일정인 갑을(甲乙), 어느 날에도 해당되지 않는다.

게다가 점잖은 부부간이면 누가 뭐라고 하지 않아도 마땅히 신경을 써야 할 절차나 무드를 무시하고 불쑥 손부터 들이밀다니 무슨 상수작인가.

"천한 기방에 출입하시더니 하룻밤 사이에 추한 물이라도 드시었나요?"

민씨는 이렇게 쏘아주기도 했다.

"미안하게 됐소, 부인."

방원은 들이밀었던 손을 일단 돌리고 뒤통수를 긁었다.

"생남하는 비법을 얻어들은 나머지, 하도 조급한 마음에 너무 서두른 것 같구료."

민씨의 얼굴에 날카로운 반응이 파도쳤다. '생남'이란 한 마디가 민씨에게는 그토록 충격적인 어휘였던 것이다.

방원은 그 기색을 재빠르게 포착했다.

바싹 다가앉더니 은근한 귀엣말을 속삭였다.

남편보다 두 살이나 연상의 부인 민씨가 수처녀처럼 귀밑을 붉혔다.

"어떻게 그런 망측한 짓을……"

이런 소리를 흘렸지만 그 말꼬리가 역겨움보다도 수줍음보다도 더한 흥분이 가물거리고 있었다.

방원은 짓궂은 눈으로 민씨를 지켜보다가

"그렇다면 부인은 모처럼 아들을 얻을 수 있는 비법을 끝내 거부할 작정이요?"

하더니, 그 곁에서 물러 앉았다.

일부러 책상다리까지 하고 도사리고 앉아서 딴청을 부렸다.

"이런 일이란 아무리 애가 타도 남자 혼자서는 어찌할 도리가 없는 터인즉 결국 우리는 아들을 가져보지 못할 팔자인 것 같소."

그런 딴청이 오히려 수줍음의 베일을 벗겨준 꼴이 된 셈일까.

"누가 생남하는 것을 마다고 했나요?"

마침내 민씨는 이렇게 투덜거렸다.

"생남을 원한다면 내가 하자는대로 해야 하지 않겠소?"

방원은 지체않고 파고 들었다.

"그렇지만, 어디 그런 말을 곧이들을 수 있겠어요?"

망측하다는 말로 표현하던 감정이 어느새 믿을 수 없다는 말로 둔갑한 것이었지만, 그 말 속엔 믿을 수만 있다면 응할 수도 있다는 긍정적인 의사도 숨겨져 있는 폭이었다.

"그야 두고 봐야 할 일이 아니오? 그 비법이 주효해서 아들을 얻을 수 있다면 그보다 더한 요행은 없을 것이며, 그렇게 되지 않는다손치더라도 밑져야 본전이 아니겠소."

하면서 방원은 다시 그 흰 수건을 내밀었다.

수건을 받아들고 민씨는 또 낯을 붉혔다.

남편이 귀엣말로 일러준 비법이라는 것이 여간 부끄러운 일이 아닌 모양이었다.

"어험, 험."

많지도 않은 수염을 어루만지며 방원은 방원대로 헛기침만 연발했다.

그 역시 쑥스럽고 멋쩍은 것이었다.

"나리도 참."

남편을 흘겨보며 민씨는 엄살을 피운다.

"그렇게 지켜보고 계신 자리에서 차마 어떻게."

"그것 참."

방원은 입맛을 다시며

"날더러 어쩌라는 거요?"

유들거렸다.

"돌아앉으시어요. 두 눈을 꼭 감고 말이어요."

이젠 교태까지 촉촉히 흐르는 눈길을 보내며 민씨는 말했다.

"그야 어렵지 않은 일이지."

방원은 돌아앉아서 한쪽 벽에 이마를 붙이고 두 손으로 눈을 가리는 시늉까지 했다. 마치 숨바꼭질이라도 하는 어린아이와 같은 형상이었다.

"이만하면 됐소?"

하고 묻는 말에,

"꼼짝 마셔야 해요. 제가 좋다고 할 때까지 말예요."

민씨도 숨바꼭질하는 술래아이 같은 소리를 던지고는 그래도 마음이 놓이지 않았던지, 남편의 등을 향해 자기 등을 돌리며 쭈그리고 앉았다.

그러더니 남편이 준 그 흰 수건을 조심조심 치맛자락 속으로 밀어넣는 것이 아닌가.

그 모습을 재빠르게 고개를 돌려 훔쳐본 다음,

"다 됐소?"

시침 뚝 떼고 방원은 돌아본다.

"아이참, 꼼짝도 마시라니까."

앙탈을 부리면서도 수건을 밀어넣은 민씨의 손은 아직도 치마 속에 있었다.

"그만하면 머리카락 한 올 보이지 않도록 꼭꼭 숨었을 터인데, 왜 이리 더디담."

방원은 투덜거렸지만 민씨는 대꾸도 하지 않았다.

그 대신 긴박한 숨소리만 방안을 메웠다.

"떴소?"

어투까지 숨바꼭질하는 아이처럼 방원은 또 물었다.

민씨는 여전히 아무런 대답도 하지 않았다.

"떴소?"

방원이 또 재촉하자,

"몰라요."

비명같이 날카롭기도 하고 그러면서도 다 기어드는 소리를 흘리더니 치마 자락 속에 밀어 넣었던 수건을 민씨는 홱 뽑아던졌다.

"몰라요."

같은 소리를 다시 한번 흘리고는 방바닥에 머리를 파묻었다.

"떴구나."

장난스럽게 소리치며 방원은 고개를 돌렸다.

민씨가 던진 수건을 집어들었다.

흥분에 떨리는 손으로 그것을 폈다. 충혈된 눈으로 급히 훑어보다가,

"황금색이요, 부인. 틀림없는 황금색이요."

수선스럽게 소리치며 민씨의 어깨를 잡아 흔들었다.

"몰라요."

민씨는 더욱더 기어드는 소리를 흘리며 움직이질 않았다.

"바로 오늘밤이요."

민씨의 귓전에 뺨을 비비며 방원은 더운 입김을 뿜어댔다.

"황금색을 본 바로 그날밤에 화합하면 반드시 아들을 얻을 것이며, 하루를 지체하면 딸을 낳게 되고 삼사일이 지나면 아들도 딸도 얻지 못하게 된다던가?"

그는 진언처럼 흥얼거렸다.

방원이 그토록 서둘러 시험하려는 생남의 비법이란 것을 좀더 구체적으로 밝히면 이렇다.

부인의 월경이 끝나는 시기를 기다려 결백한 면포 같은 것을 여문(女門)에 삽입하여 본다.

그 면포에 묻어나온 액체가 붉은 빛을 띠고 있으면 아직 경도가 끝나지 않았으니 시기가 이른 것이며, 무색 투명에 가까운 빛이면 시기가 너무 늦은 셈이고 노르스름한 황금색을 보여야 가장 적절하다. 그리고 그날로 씨를 뿌리면 득남을 하게 된다는 것이다.

얼핏 듣기엔 황당한 소리 같기도 하지만, 이 비법이라는 것과 비슷한 얘기는 『증보산림경제(增補山林經濟)』 같은 문헌에서도 찾아볼 수 있는 원리이다.

또 월경 기간과 임신 가능 기간과의 관계를 고찰하였다는 점에서는 현대적인 임신 기간 계산법과 일맥상통하는 점이 없지 않다.

물론 여액(女液)이 황금색을 띠는 시기, 다시 말하면 월경 직후가 남아 수태의 적기가 될 터이라는 산출법엔 상당한 의문이 가지 않는 것도 아니다. 「오기노식 계산법」에 의하면 그 시기는 오히려 임신의 가능성이 희박한 시기로 꼽고 있으니 말이다.

그러나 어쨌든 그와 같은 계산법의 근본 사상만은 과학적인 것으로 간주할 수 있지 않겠는가.

"오늘밤을 놓치면 아니될 터인즉."

방원의 손길이 다시 파고 들었다.

이번엔 민씨도 그것을 거부하지 않았다. 막연하나마 득남을 하게 되리라는 기대 때문일까. 아니면 부끄러운 시험을 통하여 오히려 야릇한 자극을 받은 때문일까.

이십구세의 여체는 충분히 뜨겁게 타고 있었다.

어젯밤 기방에서의 농염한 정사가 있은 지 겨우 하루만에 이루어지는 거사였다. 그러나 27세의 방원에겐 그런 것이 문제되지 않을 만한 회복력도 있었으며 여력도 있었다.

또 설매의 경우처럼 미지의 싸움터에서 미지의 적수를 상대로 하는 생소한 전투가 아니었다. 적의 진세, 적의 병력, 적의 용병술, 어느것 하나 미상한 것이 없는 상대였다. 몸에 익은 진격로를 익숙한 행보(行步)로 돌진하면 그만이다.

적진은 어렵지 않게 함락되었고 방원은 흐뭇하게 개가를 올렸다.

물론 그 비법이 득남을 하는 데에 얼마만큼 주효할 것인지는 두고 보아야 알 일이었지만, 최초의 목적, 강비에 대한 시새움을 가라앉히는 방편으론 별로 효과를 거둔 편이 못되었다.

"우리가 만일 아들을 갖게 된다면 그 아이의 지체는 어찌 될까요? 왕손이라고 불리게 될까요, 혹은 왕자라고 불리게 될까요?"

아직도 감미로운 여운을 씹고 있던 입으로 민씨는 이렇게 속삭이는 것이다.

3. 구변지국(九變之局)

그해 그달 초아흐렛날, 영안군 방과(永安君 芳果 : 훗날의 定宗)의 사제에선 조촐한 잔치가 벌어지고 있었다.

그날은 방과의 부인 김씨의 생일날이었던 것이다.

방원 내외를 위시한 여러 왕족들이 참석하고 있었으며, 국왕 이성계와 왕비 강씨까지 그 자리에 나타나 있었다.

생일잔치의 주인공인 방과의 부인 김씨는 국왕 부처에겐 며느리에 속한다.

여느 사대부의 집에서도 며느리의 생일잔치에 따로 사는 시부모가 일부러 찾아와서 참석하는 예는 있기 어려운 일일 것이다.

더더구나 지엄한 국가의 원수이며 국모가 아닌가. 사적으로도 손아랫 사람이며 공적으로는 한낱 신자의 집 부녀자를 취한 자리에 행차한다는 그런 행동은 아무래도 망발에 가까운 탈선으로 보여지기도 한다.

그러나 그와 같은 법도에 어긋나는 행동을 굳이 강행하게 된 데엔 어쩔 수 없는 이유가 개재되었을 것이다.

이유라면 우선 세자책봉에 따르는 후유증에서 찾아볼 수 있을는지도 모른다.

방과는 이성계의 둘째아들이었다. 법통으로 따지자면 맏아들 방우(芳雨) 다음으로 왕위 계승권을 획득할 수 있는 존재였다.

그 일이 이상하게 빗나가 엉뚱하게도 영좌는 서제(庶弟) 방석에게로 떨어졌다. 방과 그 사람인들 은근한 불만이 없으란 법은 없다.

따라서 국왕 이성계나 더욱이 강비로서는 다른 적자(嫡子)들에게도 마찬가지로 방과 부처에 대해서도 큰 빚을 지고 있는 심정이 아니었을까.

오늘 생일잔치에 참석하였다는 파격적인 호의도, 말하자면 그와 같은 빚을 덜어보자는 계산에서 취해진 것이 아닐까. 또 방과 부처에 대한 후의를 방편으로 하여 다른 적자들에게까지 국왕 부처의 정애(情愛)가 얼마나 돈독한가를 과시하여 보려는 의도에서가 아니었을까.

그러나 뼈없이 무르기만 한 방과와 그에 못지 않게 유순한 김씨부인은 공구하였고 감격하였다. 몸둘 곳을 몰라 했다.

그런 정경을 흐뭇한 눈으로 바라보고 있는 이성계의 귓전에, 옆자리에 앉아있던 강비가 몇마디 귀엣말을 소곤거렸다.

"그렇게 해볼까."

이성계는 고개를 끄덕이고 나서 대궐로부터 수행하여 온 한 내관을 불렀다. 정도전과 밀접한 유대를 맺고 있는 동시에 국왕 이성계의 극진한 총애를 받고 있는 바로 그 김사행이었다.

"그 지도를 이리 가져오도록 하라."

이성계가 이렇게 명령하자 김사행은 굽실거리며 서류 상자 하나를 갖다 바쳤다.

그 속에서 이성계는 두루말이 같은 것을 꺼내 좌중에 펴보였다.

"이것은 바로 요 며칠전 태실증고사(胎室證葂使) 권중화(權仲和)가 바친 양광도 계룡산(楊廣道 鷄龍山)의 지도이거니와, 그곳이 과연 신도를 건설하기에 적합한 자리인지 어떤지 잘 검토하여 각자 소신을 말해 보도록 하라."

하면서 그 지도를 우선 방과에게로 돌렸다.

계룡산으로 말할 것 같으면 새 왕조의 새 왕도 후보지 중에서 첫째로 꼽히는 지역이었다.

여러 중신들이 극력 천거하던 곳이기도 하였으며, 국왕 이성계가 어느 곳보다도 깊은 관심을 표명한 후보지이기도 하였다.

방과는 그 지도를 받아들긴 했지만, 난처한 눈길을 형 방우에게로 보내며 머뭇거렸다.

난처하지 않을 수 없었을 게다.

순서로 따지자면 마땅히 그의 형이며 이성계의 적장자인 방우에게 먼저 그 지도를 돌려야 할 것이 아니겠는가.

그러나 오늘 잔치의 주인격이라는 점을 대우한 때문일까, 아니면 다른 어떤 저의가 있어서였을까.

"어려워 말고 소신대로 말해 보도록 하라."

이성계는 그저 재촉만 했다.

방과는 또 형의 기색을 엿보았다.

달리 술을 좋아한다는 방우는 벌써부터 거나하게 취기가 든 눈을 거슴츠레 감고서 꾸벅꾸벅 조는 시늉을 하고 있었다.

"어서 말해 보라니까."

거듭 독촉하는 소리에 방과는 마지못해 입을 떼었다.

"그와 같은 국가의 대사는 오직 아바마마의 성감(聖鑑)을 좇아 재결될 일일 뿐이온즉, 어찌 어리석은 신자(臣子)가 왈가왈부할 수 있겠습니까?"

이성계가 등극하자 무엇보다도 먼저 서두른 사업의 하나가 전 왕조 고려의 수도였던 송도를 벗어나 참신한 새 지역에 새 왕도를 건설하자는 일이었다.

새 왕조가 수립되면 새로 도읍을 정하여 민심을 일신하여 보려는 것이 역사적인 통례이긴 하다.

또 예로부터 전하여 내려오는 음양설(陰陽說)로 따지더라도, 송도는 불길한 도읍지라고 주장하는 측도 있었다.

그런 관점에서라면 충분히 이유 있는 일이었지만, 이성계는 그 일을 지나치게 서둘렀다.

즉위한 지 한 달도 못되는 그해 8월 13일엔 고려조의 남경(南京)이었던 한양부(漢陽府)로 천도할 것을 결정하고 준비를 진행시키다가, 계룡산이란 후보지가 물망에 오르자 다시 그곳으로 관심을 옮기었다. 이러한 조바심, 이러한 동요의 요인은 무엇일까.

우선 이씨왕조에 대한 송도 시민들의 반감에서 그것을 찾아볼 수 있을는지 모른다.

옛것을 버리지 못하는 고루한 미련에서인지 새것을 두려워하는 보수적인 인습 때문인지, 새 왕조가 울리는 북소리에 그들은 좀처럼 춤추지 않았다.

노골적으로 반기를 들거나 하는 일은 별로 없었지만, 비협력의 항거라고나 표현해야 할 것인가. 그런 냉랭한 바람이 송도 구석구석에 빈틈없이 맴돌고 있었다.

이성계는 역전의 용장이었다. 주먹을 휘두르며 대드는 적이라면 일격에 분쇄하고 굴복시킬 용의도 기개도 능력도 충분히 보유하고 있었지만, 무언의 항의, 무저항의 저항에는 속수무책이었다.

그저 질식할 것 같은 압박감만 느끼는 듯했다. 차라리 이 고장을 버리고 시원한 새 천지를 찾아가고만 싶은 눈치였다.

그러한 국왕의 심경을 누구나 다 잘 알고 있었던만큼, 한번 천도 문제가 거론되면 모두들 입을 봉하고 눈치만 살폈다.

지금 이성계가 계룡산을 후보지로 지목하고 권속들의 의견을 물은 것은 이에 대한 비판을 듣자는 뜻이 아닐는지 모른다.

굳이 이 자리를 빌어서 그런 말을 꺼낸 진의는 개국 이후 국사에 대해선 거의 소외당하여 온 종친들의 불만을 다소라도 무마하여 보려는 몸짓에 불과한 것이 아니었을까.

방과는 방과대로 천도 문제에 대한 자기 주장이 따로 있기는 했다. 하지만 그것을 개진할 수 있는 계제가 아니라고 계산한 때문에 슬며시 꽁무니를 뺀 것으로 보여진다.

꽁무니를 빼면서 방과는 그 지도를 형 방우에게로 돌렸다.

방우는 절레절레 손을 가로저으며 지도엔 손도 대려고 하지 않았다.

"너나 나나 아버님에겐 변변치 못한 아들이 아니냐. 어찌 감히 주제넘은 입방아를 찧을 수 있겠느냐?"

그러한 자조의 말 속엔 비뚱그러진 불만의 가시가 번뜩이고 있었다.

방우야말로 법통으로 따지자면 자동적으로 왕위를 계승해야 마땅할 적장자였다. 형제들 누구보다도 가장 심한 불만을 품고 있었을 게다.

"내가 할 줄 아는 일이란 오직 아바마마의 성덕을 입어 술이나 퍼부어 대는 것, 그것뿐이란 말이다."

그가 그렇게 술타령만 하는 까닭도 폭발할 것만 같은 울화를 달래보려는 어쩔 수 없는 몸부림이었을 것이다.

그런 불편, 그런 불만, 방원 역시 없다고는 할 수 없었지만, 지금 이 자리에서 두 형이 취한 언동에는 이맛살이 찌푸려졌다.

──그래서는 아니 됩니다, 형님들. 그런 비뚱그러진 마음가짐은 아버님을 위하는 효도가 아닐 뿐더러, 형님들 자신을 위해서도 좋은 태도는 아닐 겁니다.

이렇게 외치고 싶었지만, 차마 그 말을 입밖에까지 내지 못하고 있는데, 지도는 돌고 돌아서 그의 손으로 들어왔다.

"그대 의향은 어떠한고?"

여느 아들에게와는 다른 눈길을 보내며 이성계는 물었다.

방원은 머리를 조아리고 한동안 말이 없다가 결연히 입을 열었다.

"새 왕도 예정지가 어떠한 곳이건, 그곳이 천하에 다시 없는 길지(吉地)이건 아니건, 저는 천도 그 자체에 찬동할 수 없습니다."

좌중은 술렁거렸다. 천도 문제에 관한한 이와 같이 정면으로 반박한 사례는 볼 수 없었던 것이다.

이성계는 말없이 눈을 내리깔았다.

좌중은 숨을 죽이고 머리를 조아렸다.

그가 눈을 뜨고 바라볼 적이면 거기서 화창한 봄볕이라도 피어나는
듯해서 대하는 사람의 가슴을 훈훈히 녹여주는 것이었지만, 그것을 한번
감으면 거대한 산악이 덜미를 찍어 누르는 것 같은 위압에 감히 누구도
우러러볼 수가 없었다고 전하여진다.

그러나 방원은 그런 부왕의 표정을 똑바로 지켜보고만 있었다.

"그 까닭은 무엇인고?"

이윽고 이성계가 눈을 감은 채 무겁게 물었다.

"우리 왕조가 결국은 보따리를 싸고 도피하는 것이나 다름이 없는
처사이니 말씀입니다."

군소리 제쳐놓고 결론부터 방원은 털어놓았다.

두고두고 벼려온 말이었다. 다만 이때까지 피력할 기회가 없어서 가슴
속에만 묻어왔을 뿐이다.

이성계가 크게 눈을 떴다. 훈훈한 봄볕을 피워 보내는 그런 눈이 아니
었다.

한번 쏘아던지면 사나운 대호도 무릎을 꿇고 코를 땅에 파묻는다는
작열하는 안광이었다.

그래도 방원은 그 눈길을 정면으로 마주 받으며 말을 이었다.

"아버님!"

부왕을 부르는 말씨부터 달라져 있었다. '아바마마'니 '주상전하'니
하는 따위의 스스로운 호칭을 걷어치우고, 인간적인 아들이 사적으로
부르는 친근한 용어를 입에 올리는 데에도 방원의 진정은 절절했다.

"아버님의 뜻을 저도 모르는 것은 아닙니다. 송도 백성들이 우리 왕조
를 못마땅하게 여기고 있으며, 그 점을 역겨워하시는 아버님의 심정도
이해할 수 있습니다. 그렇다고 그들은 아버님의 적자(嫡子)가 아닙니
까? 아버님이 버리시고 떠나신다면 누가 그들을 거두고 보살펴 주겠습니
까?"

방원의 어세엔 부왕의 정책을 비판하는 논리 이상의 것이 있었다.

"저희들 형제가 아버님께 불효를 끼친다고 아버님은 저희를 버리고 떠나시겠습니까? 그렇지는 않으실 겁니다. 혹은 사리를 따져서 깨우쳐 주시기도 할 것이며, 혹은 따뜻하신 정으로 감화하여 주실 것이며, 그래도 듣지 않을 경우에는 눈물의 매질이라도 베풀어 주실 것입니다. 그러한 아버님께서 어찌하여 송도의 백성들만 버리시려 하십니까? 그들에게 잘못이 있다면 깨우쳐 주셔야 합니다. 타이르셔야 합니다. 그래도 그들이 마음을 열지 않는다면 그들의 가슴 깊이 파고드셔야 합니다."

무섭게 작열하던 이성계의 안광이 차차 누그러졌다.

"더 솔직히 말씀드리자면 우리 왕조에 불만을 품는 백성은 송도에만 있는 것은 아닙니다. 계룡산 일대에도, 한양땅에도, 그밖에 이 나라 어느 구석에도 그와 같은 불평을 품은 자는 섞여 있다고 봅니다. 그렇다고 그들을 외면하시고 그들을 피해 다니시겠습니까?"

아픈 구석을 골라가며 찌르는 말 같았지만, 이성계의 표정엔 불쾌한 기색은 없었다.

"옛것을 잊지 못하고 새것을 백안시하는 백성들의 인습은 혁명 왕조가 어쩔 수 없이 안아야 할 짐이며 슬픔입니다만, 그것을 또 너그러이 감싸 주고 일깨워 주는 일이 아버님과 저희들의 보람이며 기쁨일 것이라고 저는 믿습니다."

"좋거니, 내 아들아."

이성계는 활짝 웃으며 아들의 충정을 받아들이는 도량을 보였지만,

"그러나 내가 천도를 서두르는 까닭이 그 점에만 있지 않다는 것을 명심해야 하느니라."

이렇게 꼬리를 달았다.

"네가 백성들을 아끼는 마음을 나도 모르는 바는 아니지만, 너의 생각은 너무 젊은 것 같다. 어버이가 자식을 사랑한다고 만져 주고 쓰다듬어 주는 데만 그칠 수는 없느니라. 자식들의 마음의 갈피에, 백성들의 마음의 그늘에 무엇이 숨겨져 있는가를 먼저 살필 줄 알아야 하느니라."

이성계의 구변은 미끄러운 편이 아니었다. 그러나 그가 한 번 입을 열면 사람의 심금을 파헤치고 흔드는 설득력이 있었다.

모두들 숙연히 귀를 기울였다. 방원도 그러했고 일그러진 졸음을 졸고 있던 방우까지도 어느새 자세를 고치고 있었다.

"어느 집에서 주인이 쫓겨나고 새 주인이 들어앉았다고 하자. 그집 하인들이 옛주인을 그리워하고 새 주인을 백안시한다는 것은 차라리 인지상정이 아니겠느냐? 그야 그들을 달래고 구슬러서 마음을 돌리게 하는 것도 새 주인의 소원이긴 하겠지만, 그 일이 쉽지 않을 경우에는 편법이라는 것을 써볼 수도 있지 않겠느냐"

"상감 말씀이 지당하셔요."

그때까지 듣고만 있던 강씨가 한마디 참견했다.

"새 집을 짓고 이사를 하게 되면 하인들도 옛주인을 생각하는 일이 훨씬 적어질 것이어요."

"천도를 해야 할 이유는 또 있습지요."

이번에는 김사행이 얄팍한 입술을 나불거리며 끼어들었다.

방원과 그리고 그의 여러 형제들은 못마땅한 눈으로 그를 흘겨보았다.

김사행은 국왕의 시신(侍臣)들 중에서 가장 웃자리를 차지하고 있는 판내시부사(判內侍府事)였지만, 국왕 부자가 의견을 주고받는 자리에 주둥이를 들이민다는 수작은 주제넘은 짓이 아닐 수 없었다.

그러나 그는 왕자들의 눈총을 무시하고 계속 나불거렸다.

"예로부터 새 왕조를 창업한 군주는 새 천지에 새 왕도를 건설하지 않았습니까? 성손(聖孫)이 한번 노하시니 육백년 천하가 낙양(洛陽)으로 옮겨지지 않았습니까?"

옛적 주(周)나라 무왕(武王)이 주(紂)를 타도하고 새로 낙양에 도읍할 뜻이 있어서 구정(九鼎)을 그곳에 옮겨 두었는데, 그후 그의 아들 성왕과 아우 주공(周公)이 그 뜻을 이어 낙양에 왕성을 세운 고사를 두고 한 말이었다.

"이제 성자(聖子)께서 세 번 사양하시자 오백년 고려조가 그분을 우러러 받들게 되었으니, 어찌 새로 도읍을 옮기지 않을 수 있겠습니까?"

성자란 물론 이성계를 두고 한 말이었다.

"또 구변도국(九變圖局)에도 도국의 역대 도읍이 아홉 번 바뀔 것이라 하였으니, 어찌 하늘의 뜻이 아니겠습니까?"

아득한 단군 시절에 신지(神誌)라는 술사(術士)가 있었다던가. 그가 만든 구변도국에 그와 같은 예언이 전하여진다고 하는데, 김사행의 말은 그런 도참(圖讖)까지 인용해 본 것이다.

"그대가 유식하다는걸 내 모르는 바는 아니지만"

방원은 따끔하게 꼬아준 다음,

"일국의 운명을 좌우하는 대사를 정하려는 터에, 그따위 허황된 소리를 따를 수 있단 말인가?"

날카로운 일침을 가하였다.

"허황된 소리라니 나리답지도 않으신 말씀이십니다."

김사행이 발끈해서 반박할 기세를 보이자,

"이제 그만하면 알겠느니라."

이성계가 점잖게 제지하였다.

"계룡산을 새 도읍지로 확정한 것도 아니며, 다만 너희들의 의견을 듣고 참작하려 했을 뿐이니 그만해 두도록 하라."

그리고는 그로서는 드물게 장난스런 웃음을 띠며,

"오늘은 무슨 날인가. 나의 귀여운 자부의 생일날이 아닌가. 술 한잔 들지 못하고 딱딱한 입씨름만 하고보니 심히 목이 마르도다."

이런 말로 화제를 돌렸다.

"그러고보니 저도 목이 마르군요. 잔칫집에 술 한 병 없다고는 하지 않겠지요."

강비도 수선을 피우며 맞장구를 쳤다.

"이거 참으로 죄송하게 됐습니다."

방과가 고지식하게 허둥거렸다. 오늘의 주인공 김씨부인 역시 안절부절을 못한다.

그러자 방원의 부인 민씨가 입가에 야릇한 웃음을 새기며 말했다.

"술이라면 제가 장만해 온 것이 있습니다. 아바마마, 어마마마께 올리고자 남만(南蠻)에서 구해 온 천축주(天竺酒)를 가지고 왔습지요."

민씨부인의 동작은 민첩했다.

방문 밖으로 나가더니 이내 술상을 들고 들어왔다. 거기엔 병의 모양부터 괴상하게 생긴 외래주(外來酒)가 놓여 있을 뿐만 아니라 제법 푸짐한 안주까지 차려져 있었다. 이런 경우를 재빠르게 계산하고 미리 장만해 둔 것일는지도 모른다.

"이 술로 말씀드리자면 남만에만 성장하는 광랑수(桄榔樹) 열매를 고아서 빚은 명주라고 하옵니다. 한 잔만 드시어요. 만일 두 잔을 드신다면 종일토록 대취하시게 되신다니 말씀이어요."

민씨는 수다를 떨며 먼저 국왕 이성계에게 한 잔을 따랐다.

"정령옹주(靖寧翁主·민씨부인의 칭호)는 항상 빈틈이 없단 말이야."

칭찬인지 농인지 아리송한 소리를 건네며, 그러나 이성계는 쾌히 그 술잔을 받아 마셨다.

"술이 하도 독하다 하오니 어마마마께는 자그만치 따를까 합니다."

이렇게 주를 달며 민씨는 또 술을 따르는 것이었는데, 그 솜씨가 이성계에게 따르던 때와는 사뭇 달랐다. 소맷자락으로 술잔을 가리고 이상하게 굴었다.

강비의 눈이 매섭게 번뜩였다.

이윽고 술잔에 반쯤을 채운 술을 민씨는 바쳤다.

강비는 그것을 받아들기는 했지만 바로 마시질 않는다. 코끝을 가까이 해보고 상을 찡그린다.

"그 술은 유달리 향취가 강하다고 들었사오니 그리 아시고 드셔야 할 줄로 아옵니다."

입으로는 수다스런 소리를 보내면서도 민씨의 시선은 긴장되어 있었다.

"옹주의 말과 같이 향그러운 냄새라면 또 모르되, 괴상한 악취가 풍기니 어쩐 일일까."

하면서 강비는 싸늘한 눈총을 쏘아 보냈다.

"무슨 말씀을 하시는 것이어요?"

민씨는 언성을 높였다.

"아바마마께서도 쾌히 드신 명주가 아니어요? 같은 술병에서 방금 따른 술이온데, 어찌 고약한 냄새가 있을 수 있단 말씀이어요?"

"이상하니까 이상하다고 하는 것이지 내가 생고집을 부리겠는가?"

강비도 따라서 언성을 높였다.

"내 말이 믿어지지 않는다면 옹주가 한번 냄새를 맡아보라."

술잔을 민씨 코밑에 들이댔다. 민씨는 차갑게 웃으며 냄새를 맡는 시늉을 하다가,

"저에게는 그저 향기로운 냄새만이 코를 찌를 뿐이온데요?"

날카롭게 쏘아 주었다.

"그렇다면 옹주 그대가 먼저 마셔보는 것이 어떨까?"

강비는 이런 소리를 던졌다.

민씨의 표정이 독하게 일그러졌으며, 좌중의 분위기도 험악하게 얼어붙었다.

경사스런 자리에서 다른 사람도 아닌 며느리가 따라 준 술잔을 놓고 시비를 한다는 것부터가 온당치 못한 노릇인데, 한술 더 떠서 그 술을 따라 준 사람에게 마셔보라는 소리는 여간한 이유가 있지 않고서는 있을 수 없는 말이었다.

"마마께선 저를 의심하십니까?"

민씨는 정면으로 대들었다.

"이 술에 어떤 농간이라도 부렸다고 보시는 것이어요?"

"내가 언제 그런 말을 했던가. 다만 이상한 냄새가 나기에 먼저 마셔보라고 했을 뿐인데, 왜 그리 말이 많은고."

강비도 정면으로 맞섰다.

"저는 마실 수 없습니다."

술잔을 받으려고도 하지 않고 민씨는 잘라 말했다.

트집을 잡고 잔을 돌려주려는 강비의 처사도 온당치 않았지만, 그것을 굳이 못마시겠다고 버티는 민씨의 태도도 의혹을 사기에 알맞았다.

"자기가 가지고 온 술을 마시지 못하겠다? 설마 그 술에 독이라도 타지는 않았을 터인데?"

독기어린 소리로 강씨는 꼬아주었지만, 그 말꼬리를 민씨는 되려 물고 늘어졌다.

"그 말씀 잘 하시었습니다. 아바마마께서 드실 적엔 아무 일도 없던 술잔에 독이라도 들지 않았느냐고 의심하신다면 역시 아바마마께서 드신 술잔을 물려받아 먹은 사람이 죽을 고비를 겪은 사실은 어떻게 생각하시는지요?"

좌중은 어리둥절하였다.

민씨가 한 말 속엔 엄청난 가시가 숨겨져 있을 것이라는 점만은 느껴졌지만 구체적인 내용은 아리송했다.

다만 방원 혼자만은 경악했고, 지난날 강비가 따라 준 술을 마시고 심한 복통을 앓은 사실을 두고 하는 소리에 틀림이 없었기 때문이었다.

그리고 또 강비가 술잔에 어떤 농간을 부린 것이 아니냐고 의심하던 아내의 말도 생각났다. 중궁이 그런 조작을 할 수 없을 것이라고 본다면, 다른 사람 역시 못할 것이라고 보아야 공평할 것이 아니냐고 못을 박던 소리도 새삼 되씹어졌다.

강비는 강비대로 민씨가 한 말에 울화를 터뜨렸다.

"무슨 소리를 하려는 거지? 할말이 있다면 속시원히 털어놓고 말해 보라."

"털어놓으라 분부하신다면 털어놓다 뿐이겠습니까"

민씨는 주저없이 응수했다.

"지난날 중궁께서 위중하시단 기별을 받고 제 남편이 입궐했을 때, 마마께서 손수 술을 따라주셨다고 들었습니다. 제 남편은 그 술을 마시고 나온 즉시로 심한 복통이 발생해서 집에도 돌아오지 못하고 하룻밤을 사경에서 헤매였습니다."

"심한 복통을?"

되물으면서 강비는 믿어지지 않는다는 얼굴을 했다. 그러니까 방원의 중독사건에 대해서는 아직껏 까맣게 모르고 있었던 것일까.

"제가 따른 술에서 이상한 냄새가 난다고 하셨습니다. 그러나 마마께서 따르신 술은 한 사람을 죽을 고비에 몰아넣었습니다. 어느 술잔을 더 의심해야 하겠습니까?"

강비는 새파랗게 질린 입술만 떨뿐, 그 입을 열지는 못했다.

"그래도 제가 따른 술을 더 의심하시겠습니까. 제 남편이 마신 술보다 더 지독한 극약이라도 탔을 것이라고 보시겠습니까?"

일방적인 공격의 설봉만 퍼부어대다가,

"그러시다면 좋습니다. 마시지요. 분부대로 마시겠습니다."

아직도 강비의 손에 쥐어져 있던 술잔을 민씨는 다그쳤다. 그리고는 한숨에 들이켰다.

"분명히 보시어요. 마마께서 주신 술을 마시고 제 남편이 그러했듯이 배를 움켜잡고 뒹구는지 어쩌는지, 검붉은 피라도 토하는지 어쩌는지 잘 살펴보시면 될 것이 아니겠어요?"

회심의 노래라도 읊조리듯 민씨는 뇌까리고 있었다.

모두들 긴장한 눈으로 민씨를 지켜보았다.

그렇게 한동안이 지났지만 민씨에게선 아무런 이상도 보이지 않았다.

결국 그 술엔 어떠한 조작도 없었던 것일까. 고약한 냄새가 난다고 짚은 것은 단순한 착각에 지나지 않는 것일까.

술을 따를 적에 소매로 가리고 이상하게 구는 듯한 민씨의 태도에 지나치게 신경을 곤두세우고 설쳐보았다가, 오히려 강비 자신이 그 유도 작전에 말려든 것일까.

강비의 표정에 짙은 패배의 그늘이 덮였다. 그것을 지그시 지켜보다가 돌연 민씨의 태도가 달라진다.

"용서하시어요. 어마마마."

그 자리에 엎드려 머리를 조아렸다.

"제가 지나치게 무엄한 언동을 취한 것 같습니다만, 그것은 오직 저의 결백을 밝히고자 하는 마음에서였을 뿐이옵니다. 하늘 같으신 어마마마 의 성덕을 어찌 추호라도 의심하겠습니까. 모녀간이나 다름 없는 마마와 저 사이에 무슨 원한이 있을 수 있겠습니까?"

이제 하고 싶은 말은 다했다. 두고두고 시새움의 불을 태우던 숙적을 꼼짝없이 눌러놓았다.

남은 문제는 험악해진 그 자리의 공기를 수습하는 작업뿐이며, 패군의 적장을 어루만지는 선무공작은 승전의 영예를 더욱 빛낼 수 있을 것이라 는 계산이었는지도 모른다.

그와 같은 사후 수습책은 계산 이상의 효과를 초래하였다.

"그럴 수가 있겠는가? 중궁께서 주신 술을 마시고 죽을 지경을 당하다 니."

방원의 세째형 익안군 방의(益安君 芳議)가 적의어린 눈을 강비에게 쏘아붙였다.

"계모가 전실 자식을 미워한 나머지 모살하느니 어쩌느니 하는 일은 옛날 얘기에나 나오는 소리로 알았는데, 지금 세상이라고 마음을 놓을 수는 없구먼."

맏형 방우는 좀더 노골적인 독설을 던진 다음,

"내가 원래 남달리 술을 좋아하긴 하지만 앞으로는 단단히 조심해야 하겠는걸. 언제 어느 귀신이 물어갈는지 알 수 없으니 말이야."

하면서 혀를 내둘렀다. 다른 종친들은 아무 말도 입밖에 내지 않았지만, 그들의 시선만은 거의가 다 강비에 대한 비난과 적대 감정에 번득이는 가시를 보이고 있었다.

그런 공기를 수습하려고 손을 쓴 사람은 국왕 이성계였다.

"아무래도 중궁이 잠시 실수를 한 것 같소."

그는 우선 강비를 나무라는 듯한 말을 했다. 그러나 곧이어 주를 달았다.

"어제 저녁부터 감기 기운이 있다고 고생을 하더니 그 때문에 냄새를 잘못 맡았을 게요."

결국은 강비를 두둔하는 속마음이었을 것이다.

이런 경우 노골적으로 두둔한다면 오히려 심한 반발을 야기할 것이기에 일부러 강비를 책하는 듯한 언사를 벌여 우회작전을 취하여 본 것일 게다.

그는 봄볕 같은 그 눈길을 이번엔 민씨에게로 돌렸다.

"중궁이 뭐라고 하건 옹주가 따라준 술은 천하의 미주(美酒)라, 한 잔으론 흡족지 않으니 더 따라 줄 수 없을까?"

"아바마마의 분부 그러하시다면 어찌 몇잔 술을 아끼겠습니까."

승리감에 들뜬 소리로 노닥거리며 민씨는 술잔을 채웠다.

그것을 한숨에 들이켜고 나서,

"한 잔 더."

이성계는 또 잔을 내밀었다.

또 따랐다.

그것 역시 달게 마시더니 입맛을 쩍쩍 다시며 아들들을 돌아보았다.

"이와 같이 희한한 미주를 나 혼자 들 수야 있겠는가."

가장 가까운 자리에 앉아 있던 맏아들 방우에게 그 잔을 내밀었다.

"우선 너부터……."

"제가 방금 술조심 해야 하겠다고 다짐하긴 했습니다만, 이 술만은 마셔도 죽지 않을 것이 확실하니 기꺼이 들지요."

아직도 가시 있는 소리를 씹으면서도 방우는 그 잔을 받아 마셨다.

"이번에는 너."

둘째아들 방과에게도 돌리게 했다. 방과는 그저 공구하여 마지않으며, 돌아앉아 잔을 비웠다.

"너도 마셔야 하겠지?"

다음에는 세째아들 방의를 지목하였다.

"죽지 않는 술이라면 어찌 사양하겠습니까."

그도 큰형 비슷한 독설을 흘리며 받아마셨다.

"너도."

그때까지 한 마디도 참견을 하지 않고 앉아 있던 네째아들 방간(芳幹)에게 턱짓을 했다.

방간은 석상처럼 무표정한 얼굴로 역시 한 마디 말도 없이 잔을 비웠다.

이번은 방원의 차례였다.

그는 한 잔을 들이켜고 나더니, 잔을 내밀며 말했다.

"소자에겐 특히 한 잔 더 주실 수 없으시겠습니까?"

부왕의 수습책에 동조하려는 얼레발이었을까. 그러나 그의 표정엔 그러한 여유 같은 것은 보이지 않았다.

두 여인의 실랑이에서 자기 처가 일방적인 압승을 거둔 전과가 대견하여 자축하여 보자는 술잔은 더더구나 아니었을 것이다.

지금 방원의 가슴은 답답하게 메어져만 있다. 술이라도 퍼부어 취하지 않고는 헤어나기 어려울 것 같은 심정일 뿐이었다.

"이를 말인가. 누구의 술이라고 너에게 아끼겠는가."

그때껏 민씨가 쥐고 따르던 술병을 빼앗아 이성계는 손수 따라 주었다.

그리고 다시 술잔이 한 바퀴 두 바퀴 돌고 돌았다. 두 잔만 마시면 진종일 대취한다는 이국의 명주가 마침내 위력을 보인 것일까. 이성계의 아들 오형제는 모두들 취하였다.

방우가 일어서서 노래 같지도 않은 소리를 흥얼거리며 덩실덩실 춤을 추자, 다른 형제들도 덩달아 어깨춤을 들먹거렸다.

이성계는 흐뭇한 눈으로 그것을 바라보고 있었다. 모처럼 험악하게 굳었던 암운이 풀리고 화창한 훈풍이 너울거리는 다정한 정경으로 그의 눈에는 비친 것일까.

방원도 기계적으로 어깨를 들먹이고 있었지만, 그의 가슴은 아프고 어둡고 무겁기만 했다.

형제들의 노랫소리, 형제들의 춤바람에서 그는 따뜻한 화해 분위기보다도 일그러진 위기 의식만 느끼고 있었다.

그날 생일 잔치가 있은 이후, 방원 부처의 존재는 종친들 사이에 묘한 양상으로 부각되었다.

과장된 표현을 빌자면 그들 부처는 왕실의 영웅처럼 간주되었다.

방원은 천도 문제를 놓고 부왕 이성계와 대립된 의견을 토로하였다. 물론 그와 같은 태도의 내면엔 부왕과 국가를 아끼는 충정이 맺혀 있었지만, 종친들은 그의 표면적인 행동만을 보고 수선을 피웠다.

대단한 용기라고 떠받들었다.

창업의 영도자이며 족당(族黨)의 맹주이기도 한 이성계의 앞에선 그들 누구도 기를 못펴고 지내왔다. 그와 같은 욕구불만을 속시원히 풀어준 존재로 그들의 눈에 비쳤던 것이다.

민씨부인의 행동은 보다 더 직접적인 환영과 지지를 받았다.

특히 방원의 동복형제들에겐 은근히 이가 갈리면서도 손을 댈 수 없는 강비의 콧대를 통쾌하게 꺾어준 여중호걸(女中豪傑)이었다.

그때까지는 불만이 있어도 각자가 자신들의 이불 속에서 따로따로 활개를 치는데 그쳤지만, 그날 이후로 그들의 불만이나 적대의식은 방원

부처를 중심으로 결속되었다.

말하자면 방원 부처는 강비를 적으로 돌리는 종친들의 전선의 선봉으로 부양(浮揚)한 셈이었다.

민씨부인 그리고 친정 오라비들은 그와 같은 위치가 만족하고 우쭐스러운 모양이었다.

하지만 방원은 괴롭기만 했다. 바라지도 않는 골육상잔극의 주역 자리가 역겨운 것만이 아니었다. 어떻게 해서든지 그런 피바람을 미연에 방지해야 하겠다는 조바심에 방원의 고민은 있었다.

그날도 그를 따르고 지지하는 인사들이 모여들었다.

정월 대보름날이었다. 흥청거릴 수 있는 놀이나 행사는 얼마든지 많은 명절날이었다.

비록 불교를 배척하는 풍조가 짙어지기는 하였다지만, 전 왕조 때부터 성행하던 연등회(燃燈會)로 밤을 밝히는 측들은 아직도 적지 않았다.

그렇지 않으면 달맞이, 남들보다 먼저 달 뜨는 것을 발견하는 자는 그해 운수가 대통한다던가.

혹은 자라 등에 자기 성명과 생년월일, 간지(干支) 등을 적어 붙이고 입던 옷으로 싸서 대천에 방류한다. 천년 만년 오래오래 살게 해 달라고 용왕에게 수(壽)를 비는 것이라던가.

어쨌든 어느 날보다도 할 일이 많은 저녁이었지만, 방원의 방에 모인 면면들은 그런 명절 기분 이상 가는 흥분에 들떠 있었다.

"앞으로 나흘이올시다. 나흘 후면 상감께서 송경을 비우시게 된단 말씀입니다."

민무구가 신바람을 피우며 주먹을 휘둘러댔다.

바로 엿새 전에 방원이 그토록 반대 의사를 개진하였지만, 천도에 대한 국왕 이성계의 의향엔 변함이 없었던 것이다.

그뿐이 아니었다. 계룡산의 형세를 친히 살펴보고 그곳을 신도(新都)로 확정하기 위해서 오는 19일엔 송경을 출발하기로 하였다는 것이며,

민무구의 말은 그와 같은 결정을 두고 한 소리였다.

"천재일우의 호기가 도래한 듯 싶소이다."

그는 또 이렇게 말하며 좌중을 둘러보았다.

"우리가 이제껏 참아온 까닭도 주상이 함께 계신 이곳 송경에서 소란을 피우는 것이 송구스러운 때문이 아니겠습니까."

전중시(殿中侍)의 판사 조영무(趙英武)가 좀더 노골적인 소리를 던졌다.

전중시라면 왕실의 계보인 선원보첩(璿源譜牒)을 관장하는 기관일 뿐 아니라 왕족의 잘못을 조사 규탄하는 감독관청이기도 하였으며, 판사는 그 기관의 최고장관이었다.

따라서 조영무란 인물은 왕족들에겐 염라대왕을 방불케 하는 존재였지만, 그가 이 자리에 참석한 까닭은 그런 공적인 직권을 과시하기 위해서가 아니었다.

이집 주인 방원에 대한 깊은 인간적 우애 때문이었다.

혁명 이전부터 방원과 손을 잡고 활약하던 신진 세력의 한 사람이었으며, 특히 정몽주를 제거하던 당시에 조영규(趙英珪) 등과 함께 하수인으로 활약했던 행동파였다.

과거나 현재나 그는 항상 방원의 수족이 되어 움직여준 인물이었으며, 앞으로도 그러할 것이다.

그는 말을 이었다.

"세자 책봉이 있은 그때 벌써 일은 벌어졌을 것입니다만, 역시 상감께 성려(聖慮)를 끼치지 않으려는 충정에서 참아온 것이 아니겠습니까."

조영무가 이렇게 나오자 민무구는 한층 핏대를 올렸다.

"나리께서 그 불여우의 손에 독해(毒害)를 입으셨다는 얘기가 전하여졌을 때엔 저희들 낭당(郎黨)들은 이를 갈았습니다. 당장에 달려가서 그 불여우를 때려 죽이자는 의론이 분분했습니다만, 조판사 말씀대로 성심(聖心)을 상할까 하여 꾹 참은 것이 아니겠습니까."

"그런데 이번에 아버님이 송도를 떠나시게 됐다?"

방우가 일그러진 웃음을 씹으며 옆에서 거들었다.

"그렇습니다. 그러니 이 이상 더 주저할 것이 무엇이겠습니까?"

하면서 민무구는 당장에라도 일을 저지를 것 같은 기세를 보였다.

"여보게, 처남."

그때까지 듣고만 있던 방원이 무겁게 입을 떼었다.

"도대체 지금 무슨 소리를 하고 있는 건가."

불시에 물은 말이 아니었다. 자꾸 뜨거워지기만 하는 좌중의 공기를 우선 냉각시켜보려는 의도에서 던진 포석이었다.

누구나 알아듣고도 남을 소리를 새삼 캐묻는다. 일반적인 경우라면 모두들 어리둥절할 것이다. 그런 방원의 속셈이 의아스러워 일단 입들을 다문 것이다.

그런 기미를 포착한 다음, 그들의 말문을 막아보자는 것이 방원의 작전이었다.

그러나 민무구에겐 먹혀들지 않았다.

"무슨 말이라니요? 상감의 성총을 흐리게 하는 구미호(九尾狐)를 이 기회에 주살하여 버리자는 것입지요."

좀더 가시 있는 소리로 노골적인 욕설까지 섞어가며 내뱉었다.

"구미호라?"

그래도 방원은 딴청을 부리며 고개를 꼬았다.

"알아들으시지 못하신다면 분명히 말씀드리지요."

방원의 딴전이 오히려 역효과를 빚어낸 것일까. 민무구는 퍼부어댔다.

"나리들의 자당님께서 차지하실 중궁을 침범하고 나리들께서 응당 이어받으셔야 할 동궁(東宮)까지 사취한 강가라는 여자를 없애버리자는 것입지요."

방원의 입술이 심한 경련을 보였다.

호통이라도 터뜨리고 싶은 역정이 지나치게 격하여 오히려 아무 말도 하지 못하고 있는데, 방우가 또 앞질러 말했다.

"그렇게 한다고 과연 일이 제대로 돌아갈까, 물은 이미 엎질러졌는데. 이제 와서 그 그릇을 깨본들 소용이 있을까."

이미 세자가 결정된 이상 강비를 제거한다고 그 일이 다시 뒤집히겠느냐는 소리였다.

"물이 좋아서 어디 그 자리에 앉혀놓은 겁니까. 그릇이 하도 극성을 떨기에 엎질러지는대로 버려두었을 뿐입지요. 그릇만 없어지는 날이면 상감께서도 그따위 구정물을 대수롭게 여기시진 않으실 겁니다."

이번엔 민무질이 참견했다.

"그러니 한마디만 영을 내려주십시오."

조영무가 다시 입을 열었다.

"일찍이 전 왕조의 대들보나 다름이 없던 정몽주도 제거한 우리들이 아닙니까. 치마 두른 소쩍새 같은 여자 하나쯤 무슨 큰 힘이 들겠습니까."

"조판사!"

방원은 소리쳤다.

"자네까지 그런 소리를 하는건가."

그것은 호통이라기보다도 비명에 가까운 소리였다.

"다른 사람도 아닌 자네마저 날더러 역란(逆亂)을 일으키라는건가."

조영무의 표정이 괴롭게 술렁거렸다.

방원의 아픈 마음이 그대로 비쳐지는 그런 얼굴이었다. 그러나 그는 그 괴로움을 삼키며 결연히 말했다.

"역란이 아닙니다. 비뚤어져가는 사직을 바로잡자는 의거올시다. 주상을 좀먹는 간사한 독충을 제거하여 버리자는 충분(忠憤)입니다. 이 나라가 창업된 지 아직 한 해도 못됩니다. 나무에 비교한다면 뿌리도 제대로 내리지 못했습니다. 그러한 터에 독충이 파고들어 기승을 부린다면, 나라

꼴이 장차 어찌 되겠습니까."

조영무의 눈에는 눈물까지 글썽거리고 있었다. 거기서 방원은 그의 마음을 충분히 읽을 수 있었다.

민무구를 위시한 처남 형제들이야 무슨 소리를 지껄이든 그들에겐 검은 속셈이 번득이고 있었다. 강비 모자들이 실각하고 방원이 득세하는 날, 자기들에게 돌아갈 영화나 복리를 저울질하는 계산이 빤히 들여다보였다.

별로 말은 없지만 방원의 형제들 역시 속셈은 비슷비슷할 것이다.

그러나 조영무의 진정만은 그들과 다를 것이라고 충분히 믿을 수 있다. 개인적으로는 방원에 대한 순수한 우정이 빚어낸 의분일 것이다. 공적으로는 법통을 무시하고 건국의 공훈을 무시한 처사에 대한 공분일 것이다.

그런만큼 방원은 조영무가 무서웠다.

이해득실로 움직이는 무리들은 타산의 주판알로 튀겨버릴 수도 있다. 그러나 계산 없는 충정 앞에 대처할 무기란 좀처럼 찾을 수 없었던 것이다.

"어쨌든 피는 보고 싶지 않으이."

방원이 겨우 찾아낸 말은 이런 소리였다.

"모처럼 잠잠해진 세상이 아닌가. 어떠한 까닭이 있더라도 이 땅에 다시 피바람을 불러일으키고 싶지 않단 말일세."

계산 없는 충정 앞에 대처할 무기란 결코 그런 평화의 방패뿐이었다.

"피는 누구도 원치 않습니다."

그러나 조영무는 굽히지 않고 팽팽하게 맞섰다.

"하지만 흘려야 할 피라면 일찍이 흘려버려야 합니다. 호미로 도랑을 내면 쉽게 흘려버릴 수도 있는 것을, 하루 이틀 미뤄만 가다간 가래로 개천을 파야 할 지경에 이르고말 겁니다."

조영무가 끝까지 이렇게 버티는 소리를 들으니 방원도 차차 열이 오른다.

조영무의 충정은 안다. 잘 알지만 지나치게 그것을 내세운다. 이 편에서도 자연 강한 소리가 나가지 않을 수 없었다.

"도대체 누구를 위해서 흘리자는 피란 말인가."

정면으로 캐고들었다.

"중궁을 해치고 세자를 몰아낸다? 일이 자네들 마음대로 척척 들어맞는다고 치세. 그렇게 될 경우, 득을 보는 사람은 누구란 말인가. 조판사 자넨가, 아니면 나 방원인가. 그도 아니면 우리 형님들이란 말인가."

단숨에 퍼부어대고 나서 방원은 좌중을 둘러보았다. 묘한 파문이 소리 없이 술렁이고 있었다.

맏형 방우는 눈이 부신 눈길을 어색하게 허공에 띄우고 있었다.

둘째형 방과는 그저 덤덤히 부라질만 하고 있었다.

세째형 방의는 흘끔흘끔 방원의 기색만 살피고 있었다.

네째형 방간은 이글이글 두 눈을 태우며 마른 입술을 핥고 있었다.

"사필귀정이란 말이 있습니다. 득을 보는 분이 있다면 마땅히 그럴만 한 자질을 갖추고 공적을 쌓은 분이 아니겠습니까."

조영무가 마주 받았다.

얼핏 듣기에는 아리송한 소리 같았지만, 그것은 결국 방원을 지목하는 소리로 해석하자면 못할 것도 없는 그런 말이었다.

방우가 쓸스름한 헛기침을 했다.

방과는 여전히 부라질만 하고 있었다.

방의는 고개를 끄덕이며 은근한 얼레발을 보냈다.

방간은 샐룩해진 눈으로 조영무를 흘겨보았다.

"조판사."

정색을 하며 방원은 크게 말했다.

"도대체 이 나라는 누구를 위해서 있는 건가. 우리 아버님께서 혁명을 하신 까닭은 어느 누구를 위해서인가. 우리 형제들이 세자 자리를 놓고 물고 뜯으라고 값비싼 피를 흘리신 것으로 아는가."

그 물음엔 조영무도 얼핏 답변을 못하고 있었다.

"하나마나한 소리 같네만, 이 나라와 백성들을 위해서가 아니었던가."

"바로 그렇습죠. 나라와 백성들을 염려하기에 상감을 좀먹는 간교한 무리를 없애자는 게 아니겠습니까."

조영무가 겨우 말머리를 다시 찾고 반박하자,

"귀에 걸면 귀걸이, 코에 걸면 코걸이."

방원이 떨떠름하게 웃었다.

"누가 세자가 되든 거기 관심을 갖는 인간이 이 나라에 몇몇이나 되는 줄 아는가."

처음부터 그럴 생각은 없었지만 방원의 말은 자꾸 모나게만 나갔다.

"그 일에 직접 이해관계가 얽힌 몇몇 종친들과 고관들을 제외하고는 누가 그런 일에 마음이나 쓰는 줄 아는가."

방원은 자리에서 일어나 동창(東窓)을 활짝 열어젖혔다.

이제 보름달은 제법 높이 솟아 있었다.

"오늘 저녁 저 달이 솟는 것을 누구보다 먼저 발견하는 자에겐 복이 내려진다고 숱한 백성들이 달마중을 하고 있을 걸세. 백성들이 바라는 복이란 무엇이었겠나. 어느 누가 세자 자리에 앉고 어쩌고 하는 것이 자기네들의 복이라고 생각하는 백성은 없을걸세. 농사꾼들은 올해 풍년이 드는 것을 다시 없는 복으로 알 것이며, 장사꾼들은 돈벌이가 잘될 것을, 사냥꾼들은 해묵은 호랑이라도 한 마리 잡을 것을, 서생들은 과거에 급제할 것을, 말단 관리들은 한자리라도 더 웃자리에 올라갈 것을, 늙은이들은 이 해에도 죽지 않고 수를 누릴 것을, 처녀 총각은 시집가고 장가 들 것을 다시 없는 복으로 알고 있을 것이 아니겠는가. 우리가 혁명을 하고 새 왕조를 창업한 목적이 백성들을 위하는 것이라면, 치사한 자리다툼을 위해서 피바람을 불러일으킬 것이 아니라 그러한 백성들의 소망에 눈길을 돌려야 마땅하지 않겠는가."

물론 정론이었다.

이 자리의 누구도 그 말을 정면으로 반박하진 못할 것이다.

모두들 입을 다물고 있었다. 그렇다고 방원이 한 말이 그들 귀에 먹혀
들어간 것은 아니었다.

어느 집 개가 짖느냐, 어느 누가 뚱딴지 같은 잠꼬대를 하고 있느냐,
적어도 조영무와 둘째형 방과를 제외하고는 모두들 그런 얼굴을 하고
있었다.

"정안군은 언제나 옳은 말만 하니까."

한참만에 방우가 입을 떼고 이런 소리를 흘렸다.

흔히 술자리 같은데서 음담패설만 늘어놓고 있는데, 그 중에 누구 하나
가 점잖은 말을 하면 모두들 김이 샌다.

자네 말이 옳기는 옳다고 하면서 별 촌놈 다 보겠다는 경멸의 눈초리
를 던지는 그런 격이었다.

이번엔 방원의 말문이 막힐 차례였다.

같은 아버지의 핏줄을 받고, 같은 어머니의 뱃속에서 나온 형제들 틈에
끼여 앉아 있으면서도 그는 고독했다.

아무리 소리쳐 보아도 산울림 하나 들리지 않는 광야에 혼자 앉아
있는 것 같았다.

사람이 그리워졌다. 자기 말이 그대로 먹혀들고 그 소리를 에누리없이
마주 받아주는 귀가 아쉬웠다.

훌쩍 밖으로 나와버렸다.

그렇다고 당장 산뜻한 대화를 나눌 수 있을 만한 지기를 만날 것 같아
서가 아니었지만, 그는 그렇게 했다.

사랑방 작은 마당에는 아무도 없었다.

대문 밖으로 나가 보았다.

대문 밖에도 그를 맞아주는 사람은 없었다.

먼 산에서 달마중하는 아이들의 횃불만이 눈에 띈다.

나에게도 저런 시절이 있었는데 하면서 막연히 발길을 옮기고 있으려
니까 누구인지 총총히 뒤따라오는 발소리가 들렸다.

방원의 뒤를 따라온 발소리의 임자는 원해였다.

방원은 반가웠다. 친동기들보다도 오히려 이 이방인에게서 지기를
느끼는 심정이었다.

"아무래도 끔찍한 피를 보셔야 하겠습니다."

그 이글이글한 눈망울을 태우며 원해는 이렇게 말했다.

"그 얘기를 다 들었는가."

처음 당하는 일은 아니었지만, 그의 민첩한 귀에 방원은 새삼 놀라지
않을 수 없었던 것이다.

"소인은 왕자님의 그림자를 자처하고 있지 않습니까. 어찌 그만한
일을 모르겠습니까."

그 말에 답답하게 얽혀있던 가슴을 풀어헤치고 싶어졌다.

"그렇다면 어떠한 방도를 취해야 하겠다고 생각하는가."

솔직하게 물었다.

"아무래도 칼을 갈아 두셔야 하겠습니다, 왕자님."

원해도 거침없이 이런 말을 던졌다.

모처럼 걸어본 기대가 허물어지는 것 같다.

그가 제시한 견해 역시 조영무나 처남들의 말과 본질적으로는 다를
것이 없으니 말이다.

"피를 보지 않으려고 애쓰는 나더러 무슨 칼을 갈라는 건가?"

실망을 하면서도 다시 물어보았다.

"피를 막기 위해서 칼을 갈아야 한다는 것입지요."

원해의 말은 엉뚱했다.

"저희 나라 무사들은 서슬이 푸르게 갈고 간 칼을 항상 허리에 차고
다닙니다. 경우에 따라서는 그 칼이 부질없는 피를 뿌리게 하는 수도
있습니다마는, 대개의 경우 피를 막는 방패 구실을 하는 수가 많습니다."

얼핏 이해가 가지 않는 소리였다.

그는 덧붙여 풀이했다.

"그집 주인을 해치려고 엿보는 자객이 있다고 생각해 보십시오. 그집 주인이나 권속들이 밤을 새우며 칼을 갈고 있다면, 담 너머로 지켜보던 그 자객이 어찌하겠습니까."

"겁을 먹고 도망쳐 버린다는 말인가?"

방원은 쓸쓰레한 소리로 덜미를 짚었다.

"그럴 경우도 없다고는 할 수 없겠지만, 그 주인의 권속들이 갈고 벼른 칼을 휘두르며 오히려 이 편에서 자객이 되겠다고 설친다면 어쩌지? 그래도 칼을 갈아야 한다는 말인가?"

"그래도 갈아야 합니다. 국가에서 병력을 기르는 이유가 외적의 침공에 대비하기 위해서만은 아닙니다. 나라 안에서 분란이 일어났을 경우, 그것을 진압하는 데에도 강력한 병력은 없을 수 없는 것입니다."

진부한 상식론에 속하는 소리였지만, 지금의 방원에겐 그 이상의 시사를 던져주는 말이었다.

형제들이, 처남들이, 그밖에 누구누구가 강비 타도의 칼날을 휘두르며 분쟁을 일으킨다고 가상하자.

그럴 경우 그들을 제어할 수 있는 힘은 무엇인가. 한 나라에서 내분을 일으키는 자를 진압할 때 필요로 하는 병력과 같은 무력을 자기 자신도 갖추고 있어야만 할 것이 아닌가.

"하지만 내겐 갈고 어쩌고 할 칼이나 변변히 있어야지."

자신에게 직속된 병력이 너무나 미약하다는 것을 새삼 느끼며 이런 소리를 흘렸다.

그야 방원에게도 사병(私兵)이란 것은 있었다. 일찍이 고려 무신 집정 시대, 훈신(勳臣)의 신변을 보호한다는 이유에서 기르기 시작한 사병들은 고려말에 이르러선 상당한 군벌로 성장했던 것 같다.

공민왕 10년에 홍건적(紅巾賊)의 침공으로 개경이 함락되자, 그 이듬해 정월, 이성계는 사병 이천 명을 거느리고 수도 탈환작전에 참가하여 제일착으로 입성하였다는 사실이 전해진다.

그와 같은 사실 하나만으로도 사병의 규모나 위력이 상당하였을 것이라고 짐작은 가며, 이씨왕조 개국 이후에도 세력 있는 왕족이나 훈신들에겐 어느 정도의 사사로운 병력은 허용되어 있었다.

그러나 방원이 거느리던 사병은 대단한 것이 못되었을 게다.

그는 항상 부친 이성계의 수족처럼 움직여 왔다. 이성계에게 예속된 군사력은 막강한 것이었겠지만, 방원이 독자적으로 움직일 수 있었던 병력은 보잘것없는 것이었으리라고 짐작할 수밖에 없을 것이다.

고작 다른 형제들과 비슷비슷한 정도가 아니었을까.

그렇다면 네 형과 처남들이 사병을 동원하여 일으킬 경우, 지금 보유하고 있는 무력으로는 진압이 불가능할 것이다.

자탄의 소리를 흘린 것도 그런 현실을 계산한 나머지였을 것이다.

"칼이 넉넉지 못하시다면 새로 구해 들이셔야 할 것이 아닙니까."

원해는 대수롭지 않게 말했지만 방원은 기가 막혔다.

"그러지 않아도 별의별 소리를 다 듣는 판국이거늘, 새삼스럽게 무변들을 모아들인다면 어떠한 모함을 들을는지 알 수 없는 노릇이며, 또 내가 원치 않는 분쟁을 오히려 자초하는 결과가 되지 않겠는가."

"소인이 아무리 우둔하기로 그만한 일을 모르겠습니까. 세상 사람 눈에 띄는 병력을 확충하시라는 뜻이 아닙니다. 눈에 띄지 않는 그늘의 무사들을 키우시라는 말입지요."

원해의 발언은 갈수록 방원의 의표를 찔렀다.

"저희 나라에선 그와 같은 무사를 인자(忍者)라고 부릅니다마는, 그들은 금둔(金遁), 목둔(木遁), 수둔(水遁), 화둔(火遁), 토둔(土遁) 등등의 비법을 익히고 있습지요. 게걸음처럼 옆으로 걸으면서도 하루에 삼사백 리는 쉽게 달릴 수 있으며, 제아무리 견고한 성곽이라도 다람쥐처럼 드나들 수 있고 그 집에서 일어나는 기운만을 살피고도 그집 형편을 손바닥

들여다보듯 투시할 수도 있습지요."

"그것은 그대 나라에나 있을 수 있는 일인지는 모르되, 이 땅에서 어찌 그런 술사(術士)들을 구할 수 있겠는가."

자기와는 거리가 먼 소리로 방원은 흘려들으려고 했지만——

"원하신다면 구하실 수도 있을 겁니다."

원해는 또 모를 소리를 했다.

"소인이 고향에 있을 때 몇몇 인자들과 교분을 가진 일이 있습니다마는, 그 중에서도 특출한 한 술객을 바로 며칠 전에 만났습지요."

"어디서?"

"이 개경 바닥에서 말씀입니다."

하다가 그는 갑자기 허리를 굽히더니 땅바닥에서 조약돌 한 개를 집어 들었다.

그 근처에 서 있는 해묵은 소나무를 향해서 그것을 던졌다. 조약돌은 노송 줄기를 때리고 떨어졌다.

그 편을 쏘아보며 원해는 말했다.

"칼을 갈아 두지 못하신 아쉬움이 당장에 나타나는가 싶습니다."

그 말이 떨어지기가 바쁘게 그 소나무 뒤로부터 한 괴한이 뛰쳐 나왔다.

그는 굵은 지팡이 같은 것을 손에 쥐고 있었는데, 그것을 번쩍 치켜들더니 한 바퀴 휘둘렀다.

미리 약속한 일종의 암호였던 것일까.

다른 소나무 뒤에서, 마른 풀숲 속에서, 바위 틈에서, 담모퉁이에서, 역시 지팡이 같은 것을 쥔 사나이들이 일제히 뛰쳐나왔다.

맨 먼저 소나무 뒤에서 나타난 사나이가 그들의 두목격인 모양이었다. 지팡이 같이 생긴 것의 한 끝을 고쳐잡더니 뽑았다.

그것은 지팡이를 위장한 장검이었다. 서슬이 퍼런 칼날이 보름달 달빛에 번득이고 있었다.

다른 사나이들도 모두들 그렇게 했다.

그들은 어느 새 방원과 원해를 에워싸는 진세를 취하고 한걸음 한걸음 육박하기 시작했다.

"뉘놈들이냐."

방원은 질타했다.

이럴 경우 그런 소리를 던져본다는 것은 공연한 헛기침이나 다름이 없는 짓이었지만, 그러나 그런 소리라도 던지지 않을 수 없는 것이 또한 이러한 기습을 받은 측의 어쩔 수 없는 기부림이었다.

"보면 알 것이 아니냐."

두목으로 여겨지는 사나이가 코웃음을 쳤다.

"이 분이 왕자님이시라는 것을 알고서 하는 수작들이냐?"

이번엔 원해가 한마디 했다.

"대낮처럼 밝은 달빛 아래 청맹과니 아니고서야 잘못 볼 턱이 있겠느냐."

괴한들의 두목은 거듭 조소를 던졌다.

"내가 이집 주인 방원이라는 것을 잘 알고 있으면서, 이와 같은 야료를 부리겠다면 그만한 까닭이 있을 것이 아니냐."

방원은 조용히 물었다.

처음에 그들 괴한이 나타났을 적에는 다소 놀라기도 했지만, 한두마디 말을 주고받는 동안에 그런 놀라움은 이럭저럭 가라앉아 있었다.

배짱을 굳혔다고 해도 좋을 것이며, 그것이 파란 많은 고비를 넘어오는 동안에 익혀진 심력이기도 했다.

"까닭은 오직 하나뿐, 네놈의 모가지를 도려가겠다는 그것 뿐이다."

두목은 웃음을 거두고 증오에 떠는 소리로 외쳤다.

"나로서는 처음 보는 얼굴들인 것 같거늘, 내게 어떤 원한이 있다는 거냐? 아니면 어느 놈이 시켜서 하는 짓들이냐?"

"이가 갈리도록 너를 미워하고 있기는 하지만, 누가 시켜서 하는 허수

아비가 아니라는 것만은 똑똑이 알아두어라."

"정체를 밝혀라."

원해가 방원의 앞을 가로막고 나섰다.

"너희들이 치사한 도적의 무리가 아니라면 말이다."

두목은 다른 괴한들을 돌아보았다. 괴한들은 그를 향하여 깊이 고개를 끄덕였다.

"좋다. 밝히겠다."

두목은 씹어뱉듯 말했다.

"우리들 하나하나는 비록 이름이 있어도 밝히나마나한|하잘것 |없는 인간들이지만, 우리 상전의 함자를 들려주면 방원이 네놈도 우리의 원한을 뼈골 깊이 받아들이지 않을 수 없을 게다."

두목은 다시 말을 이었다.

"이 나라 백성이라면 삼척동자라도 흠모하여 마지않던 진충지사(盡忠之士)이며, 그 때문에 너희 놈들의 손으로 비명에 가신 포은(圃隱) 선생, 우리는 그분의 가복들이라는 것만을 밝혀둔다면 족할 게다."

방원으로서도 그 정도의 설명으로 충분했다.

혁명의 과정에서 많은 피를 보아왔지만, 정몽주 그 사람을 제거한 사실에 대해서 만은 야릇한 짐을 느끼고 있는 방원이었다.

흔히 정몽주의 충절을 높이 평가하는 나머지 그의 죽음에 대해선 이성계 일파의 잔인한 모살(謀殺)로만 간주하는 경향이 농후하다. 그렇다고 이씨 측엔 전혀 할 말이 없는 것일까.

고려사 정몽주 전에 의하더라도 방원이 정몽주를 살해하게 된 동기나 이유는 어렵지 않게 찾아볼 수 있다.

이성계의 위세가 날로 높아가고 조준, 남은, 정도전 등이 그를 추대하려는 움직임이 보이자, 정몽주는 이성계 타도의 기회를 노리고 있었다.

때마침 명나라에서 돌아온 세자를 마중 나갔던 이성계가 황주에서 사냥을 하다가 낙마하여 움직이기 어렵다는 소리를 듣자 정몽주는 크게 기뻐했다. 이 기회에 이성계 일당을 제거해야 한다고 대간(臺諫)들을 선동하였다.

그 정보에 접한 방원이 급히 달려가서 이성계를 업고 개경으로 돌아오자 정몽주는 실망한 나머지 사흘 동안이나 밥술을 들지 못했다고 한다. 말하자면 먼저 칼날을 뽑고 겨눈 것은 이씨 일파가 아니라 정몽주 측이었다.

"정몽주를 살해한 것은 정당방위였다."

이씨측으로선 이와 같은 변명도 하자고 한다면 못할 처지가 아니었다. 방원이 그를 제거한 것은 단순한 정적으로서의 적대의식이나 증오감 때문이 아니었다. 자기네들이 살자면 그를 먼저 제거할 수밖에 없는 궁지에 몰린 때문이었다.

그러기에 그와 술자리를 같이 하고 하여가(何如歌)를 읊조리며 마지막까지 포섭의 손을 아끼지 않았던 것이 아닌가.

이유는 여러 모로 들 수 있을 것이다.

고매한 인격, 탁월한 정치적 경륜, 해박한 학식, 그런 보기드문 인재를 아끼는 뜻도 있었을 것이다.

인간적으로도 그는 이성계와 깊은 인연을 맺어왔다.

일찍이 이성계가 삼선(三善) 삼개(三界)를 토벌하였을 때, 정몽주는 그의 종사관이 되었었다. 운봉(雲峰)에서 왜적을 격퇴하였을 때엔 이성계와 생사를 같이 하기도 했다.

공적으로나 사적으로나 정몽주는 적으로 내돌리기보다는 동지로서 손을 잡고 싶은 상대였다. 훗날 방원이 등극하자 영의정이란 최고의 영예를 추중한 사실로 미루어 보더라도 정몽주에 대한 감정은 짐작이 간다.

"다른 사람도 아닌 포은 선생의 수하들이라면 내 목을 노릴만도 할게다."

그는 일단 시인한 다음,

"그러나 이제 와서 이 목을 내줄 수는 없어."

무겁게 꼬리를 달았다.

"너야 물론 내주고 싶지 않겠지만, 우리는 기어이 네 목을 도려가고야 말겠다."

두목이 한 걸음 다가섰다. 다른 괴한들도 그렇게 하며 칼자루를 고쳐 잡았다.

"너희들, 도대체 몇 명이나 되느냐?"

방원은 이렇게 말머리를 돌렸다.

"일곱 명, 상대하기에 부족하다는 거냐?"

두목은 야릇한 자신을 보이며 웃었다.

"부족하다 뿐이겠느냐? 내가 한번 소리를 지르면 너희들의 열 갑절은 더 되는 수하들이 당장에 달려올 터이니 말이다."

방원의 사병이 비록 미미하다고는 하지만, 그만한 병력은 항상 보유하고 있었다.

"그렇다면 한번 소리를 질러보려무나. 아마 개미새끼 한 마리 기어오르지도 않을 게다."

두목은 또 웃으며 말을 이었다.

"우리 말을 믿지 못하겠다면 한마디 더 일러두겠다. 네가 믿고 기다리는 수하들이란 자들은 지금쯤 곤드레가 돼서 뒹굴고 있을 게다."

다른 괴한 하나가 이런 말을 했다. 그 말에 방원은 비로소 사태가 심상치 않게 되었다는 것을 깨달았다.

오늘은 정월 대보름날. 그러지 않아도 수하들은 질탕히 마시고 취해 쓰러져 있을 공산이 크다.

그러나 괴한의 언중에는 그 이상의 의미가 번득이고 있는 것 같다. 혹시 독이라도 탄 술을 먹인 것이 아닐까.

"왜 소리를 지르지 못하는 거냐?"

두목은 빈정거렸다. 방원은 팔짱을 끼고 눈을 내리깔았다.

괴한들이 그렇듯 만만한 자신을 보이는 이상, 부질없는 소리를 질러본다는 것은 구차한 발악에 지나지 않는다.

──포은의 망령이 나를 잡아가고 마는가.

이런 생각도 들기는 했지만 두려움은 없었다.

"이런들 어떠하며 저런들 어떠하리."

입버릇처럼 읊조리는 그 노래가 절로 입술을 비집고 나왔다. 절대절명의 궁지에 몰려 어쩔 수 없이 흘려보는 체념의 노래일까.

그러나 어떠한 곤경에 빠지더라도 쉽게 체념하거나 절망하지 않는 끈질긴 기질을 방원은 지니고 있었다.

그것은 결국 죽음 속에서도 삶을 내다보며 목전의 위기 따위는 대수롭지 않게 흘러버리는 자신의 노래였는지도 모른다.

"이씨 집안의 젊은 대호(大虎). 소문은 많이 들었다만 소문 못지 않게 배짱만은 두툼하구먼."

자객들의 두목은 비꼬는 소리만이 아닌 탄성을 흘렸다.

"하지만 제아무리 두둑한 뱃가죽이라도 내 칼날이 들어가지 않고 배길 줄 아느냐?"

그는 칼자루를 배꼽 아래로 바싹 잡아당겼다.

오른발을 높이 들었다.

본국검(本國劍) 혹은 신라검(新羅劍)이라고도 일컫는 검법 중에서도 일격 필살의 지검세(持劍勢)로 알려진 장교분수세(長蛟噴水勢) ── 해묵은 이무기가 독액을 뿜어내려고 용을 쓰는 그런 기부림이었다.

그러니까 정몽주의 가복을 자처하는 이 괴한들은 그 당시로선 심오한 비법처럼 여겨지는 고검(高劍)의 오지(奧旨)라도 터득하고 있는 것일까.

"어웃!"

뱃속으로부터 분출하는 것 같은 굉호가 그의 입으로부터 터졌다. 오른발이 힘차게 내디뎌졌으며 칼끝이 춤을 추었다.

비명이 터졌다.

두목이 호언한대로 그의 칼날이 방원의 뱃가죽을 뚫고 들어간 것일까.

그러나 방원은 석상처럼 그대로 서 있었다. 그뿐이 아니었다.

"만수산 드렁칡이 얽혀진들 그 어떠하리."

하여가 그 노래를 계속 흥얼거리고 있었다. 그러니까 비명은 그의 입에서 터진 것이 아닌 모양이었다.

해묵은 이무기가 내뿜는 살기처럼 장검을 번득이고 있는 자객의 두목이 오히려 상반신을 푹 꺾더니 땅바닥에 코를 박고 꼬꾸라진 것이다.

그의 목덜미엔 큼직한 뜸침 한 대가 꽂혀서 달빛에 번쩍이고 있었다. 수하 자객들은 겁에 질린 눈알을 두리번거렸다.

방원도 그제서야 눈을 뜨고 예기치 않은 사태에 놀라고 있었다.

"바로 그 친구가 나타난 모양입니다, 왕자님. 오늘 저녁쯤 소인을 찾아온다고 했으니까요."

원해 혼자만이 비밀을 알고 있다는 어투로 말했다.

"그 친구라니?"

"조금 전에 말씀드린 그 사람이겠습지요. 인술(忍術)에 능통한 소인의 고향 친구 말씀입니다."

원해의 그 말이 어떤 신호라도 되는 것처럼, 그때까지 자취도 없던 한 사나이가 해묵은 소나무 가지로부터 내리뛰었다.

얼굴에는 검은 복면을 쓰고 있었으며, 몸에 걸친 옷도 모조리 검은색이었다.

소나무 가지 사이에 숨어 있었던 것으로 여겨지는 그의 모습을 좀처럼 발견하지 못한 까닭은 그와 같은 복장 때문이었는지도 모른다.

퉁소처럼 생긴 대롱 하나를 사나이는 손에 쥐고 있었다.

자객의 두목을 거꾸러뜨린 뜸침의 비밀은 그 대나무 통 속에 숨어 있는 것일까.

의표를 찔린 나머지 자객들은 한동안 얼빠진 등신처럼 멍하니 서 있었

지만, 막상 새로운 적수의 정체가 드러나자 그들은 다시 진세를 정비하였
·다.

상대가 단 한 명뿐이라는 데 대한 안도감도 크게 작용했을 것이다.

그러나 사나이는 자객들을 무시했다.

그 자리에 꿇어앉더니

"졸자(拙者), 왕자님께 인사드립니다."

하면서 이마를 비벼댔다.

"방금 말씀드린 소인의 고향 친구올시다."

원해가 사나이의 인사말을 보충해서 설명을 붙였다.

대담하다고나 할까, 무모하다고나 할까, 무신경하다고나 할까. 필사의
검진(劍陣)에 포위된 형편으로는 어처구니 없는 수작들이었지만, 오히려
그런 태도가 자객들의 의기를 꺾은 것일까. 좀처럼 접근하지 못하고 망설
이고 있다.

이럴 경우 배짱을 부리자면 누구에게도 뒤지지 않는 방원이었다.

"그대 성명은?"

태연히 물었다.

"일본국의 제오십대 천자이신 환무천황(桓武天皇)님의 후예, 평도전
(平道全)이올시다."

사나이가 이렇게 자기 소개를 하자, 자객들은 서로 돌아보며 눈짓을
주고 받더니 마침내 도망치고 말았다.

원해가 이렇게 설명한다.

"하기야, 지금 그 속에서 날아간 것은 대꼬치가 아니라 깃도 달리지
않은 바늘이 아닌가"

방원은 이해가 가지 않는다는 얼굴로 물었다.

"그것은 바로 인자들의 비법이지요. 고도한 수련을 쌓으면 깃이 없는
바늘이라도 그렇게 날려 보낼 수 있는 겁니다."

"그래?"

문득 방원이 심각한 눈길을 평도전에게 보내며,

"그대로 말할 것 같으면 나의 목숨을 구해준 은인이거니와, 이 나라 사람이 아닌 이국인이니 보답할 방도가 막막한걸?"

꺼림한 소리로 말했다.

"벼슬자리를 주선해 주기도 어려울테고 말이야."

다시 이렇게 꼬리를 달았다.

"왕자님의 말씀 그러하십니다마는 졸자의 피에는 일본 사람의 혈통만이 흐르고 있는 것이 아닙니다. 한반도 사람의 피도 틀림없이 섞여 있다는 것을 알고 있습니다."

평도전은 엉뚱한 소리를 꺼냈다.

"그대 조상에 이 나라 여성과 혼인이라도 한 인사가 있단 말인가?"

묻는 말에,

"그렇습지요. 어느 여인이 아니라 이 나라 왕실의 피를 받은 고귀한 여성입지요."

갈수록 모를 소리만 그는 지껄여댔다.

"이 나라 삼국시대 말엽, 멸망한 백제 최후의 임금님 의자왕(義慈王)의 왕자님 중에 일본으로 망명한 분이 계셨다고 합니다. 그분의 후손인 무경(武鏡)이란 따님이 있었는데, 그 여인이 환무천황의 총애를 받고 여러 황자님을 낳으셨다는 겁니다. 그리고 역시 의자왕의 후손이었던 교덕(教德)이란 분에게 정향(貞香)이란 따님과 진덕(眞德)이란 따님이 있었는데, 그분들도 환무천황님의 아드님을 낳았다고 전하여, 그 후손인 저에게 어찌 백제 왕실의 피가 흐르지 않겠습니까?"

평도전은 강조하며 방원의 기색을 날카롭게 살폈다.

자기의 핏줄에는 백제 왕실의 피가 섞여 있다고 역설한 평도전의 말을 의미있게 음미하는 표정을 하고 있던 방원이 문득 긴장한 시선을 돌렸다.

독침을 맞고 쓰러져 있던 자객의 두목이 꿈틀거리기 시작한 것이다.

"아주 죽지는 않은 모양이로군."

방원은 혼잣소리처럼 말했다.

"다른 놈들은 급소를 쏘아 절명시켜 버렸습니다마는, 그 자는 죽여버리기가 아까워서요."

평도전이 이렇게 해명했다.

"그 자가 칼쓰는 솜씨를 보니 몹시 특이하더군요. 살려두고 배워야 할 점이 있을 성싶습니다."

그는 원해를 향해서 몇마디 일본말로 지껄였다.

"급소를 피하기 때문에 죽지는 않았지만, 제대로 소생시키자면 손을 써야 한다는 겁니다."

원해가 통역 노릇을 했다.

"살릴 수 있다면 살려 주는 것도 좋겠지."

그런 말로 방원이 허락하자, 원해는 두목의 곁으로 다가갔다.

우선 덜미에 꽂혀 있는 독침을 뽑았다. 그리고 약낭에서 약쑥 한 점을 꺼내어 독침 맞은 자리에 놓고 불을 당겼다.

잠시 후 꿈틀거리던 두목이 소스라치며 뛰쳐 일어났다.

그는 깊은 잠에서 깨어난 사람과 같은 몽롱한 눈망울로 두리번거리다가 자기를 지켜보고 있는 방원의 시선과 부딪치자 장검을 집어들려고 했다. 독침을 맞고 쓰러질 때 떨어뜨린 그 장검이었다.

그러나 그보다 재빠르게 원해는 그 칼을 발길로 멀리 차버렸다.

그것을 다시 쫓아가 잡으려고 하는 두목의 어깨를 이번엔 평도전이 몸을 날려 움켜 쥐었다.

"너는 한번 죽은 거나 다름이 없는 몸이야. 왕자님의 너그러우신 분부로 다시 살아났으니 고분고분 굴복하는 것이 어떨까."

타이르듯이 말했다.

"내가 원수의 신세를 졌단 말이냐?"

두목은 괴로운 소리로 되물었다.

"그렇다. 네가 의리를 아는 사나이라면 지난 일이야 어떠하건 당장 목숨을 살려 주신 분의 은혜를 잊어서는 아니 될 게다."

평도전의 어투엔 묘한 액센트가 있었다. 이 나라 말에 서투른 이방인 특유의 그것만이 아니었다.

아득한 곳에서 흘러오는 진언(眞言)을 방불케하는 소리였으며, 묘하게 사람의 신경을 가라앉히는 힘이 있었다.

두목은 고개를 푹 떨구었다.

"신세를 졌다면 갚으면 될 것이 아니냐?"

한참만에 이런 소리를 흘렸다.

"그러나 그 빚을 갚게 되는 날, 방원이 네 목도 동강이 나는 줄 알라."

그리고는 몸을 날렸다. 달빛을 누비며 비호처럼 사라졌다.

"빚을 졌으니 갚아주겠다구?"

두목의 뒷모습을 주시하며 방원도 혼잣소리를 흘렸다.

"천한 종놈도 은혜를 갚아야 하겠다고 한다면, 나 역시 빚을 아니 갚을 수 없겠구먼."

평도전을 돌아보며 무겁게 말했다.

"만일 그대가 원한다면 내가 진 빚을 갚는 날까지 내 곁에 머물러 있도록 하라."

이태조 2년 정월 19일, 이성계는 예정대로 송경을 떠나 계룡산으로 향했다.

영삼사사(領三司事) 안종원(安宗源), 우시중 김사형(金士衡), 참찬문하부사(參贊門下府事) 이지란(李之蘭), 판중추원사(判中樞院事) 남은(南誾) 등 중신이 그를 수행하였다.

그리고 이틀이 지난 20일에는 희암사(稀巖寺)에 들러서 왕사 자초(王師自超 : 無學大師)까지 대동하였다는 소식이 전해졌다.

방원의 동복형들과 권속들은 술렁거렸다. 이 기회를 놓치지 말고 강비

타도의 칼날을 던져야 하겠다고 서둘렀다.

"하지만 정도전 그 자가 강비 곁에 붙어 있으니 어떻게 한다?"

이런 염려를 하는 측도 있었다.

강비 진영의 모주(謀主)이며 실력자이기도 한 정도전은 계룡산으로 떠난 일행 중에 끼어 있지 않았던 것이다.

그도 개경을 버리고 다른 고장으로 천도하자는 의견엔 적극적으로 동조하여 왔다. 다만 계룡산을 새 왕도의 후보지로 지목하는 데에는 극력 반대하는 태도를 취했던 것이다.

그렇다고 그것만이 그가 개경에 남아 있는 이유의 전부로 보기는 어려웠다.

왕자들의 동태를 재빠르게 탐지하고 강비 수호의 방어진을 굳히기 위해서가 아닌가 하는 의혹을 방원의 형제들은 품지 않을 수 없었다.

"정도전 그 자가 제아무리 잘난 체하더라도 아버님이 가까이 계시고 봐야 활개라도 칠 일이지, 아버님 없으신 곳에선 뭍에 오른 물고기나 다를 것이 없을 게야."

세째왕자 방의는 이렇게 양언했다.

방원은 물론 그들의 모사(謀事)에 극력 반대했다.

처음에는 방원을 앞장 세워 그 일을 밀고 나가려고 했던 형들과 처남들이었지만, 방원의 반대의사가 강경하다는 것을 알게 되자 이번엔 그를 따돌렸다.

첫째왕자 방우는 일그러진 부채질만 할뿐 내놓고 앞장을 서려고는 하지 않았다. 일이 성공할 경우, 세자 자리는 응당 그에게로 돌아갈 것이겠지만, 그런만큼 지나치게 서두르는 것이 낯간지러운 때문이었는지도 모른다.

둘째왕자 방과는 찬성도 반대도 하지 않는 입장에 물러서서 사태의 추이만 보고 있었다.

네째왕자 방간은 때로는 과격할 정도로 서둘러대기도 하고 때로는 무엇이 못마땅한 지 불만스런 얼굴로 꽁무니를 빼기도 하면서 일관성 없는 자세를 취하고 있었다.

줄기차게 일선에서 뛴 것은 방의와 민씨 형제들과 조영무를 위시한 반 강비파 신료들이었다.

방의의 집에서 논의된 작전을 민씨 형제들은 다시 그들의 누이 민씨부인에게 전달하고 있었다.

그럴 때면 방원이 출타한 기회를 이용하였다.

부왕 이성계가 계룡산으로 떠난 이후 방원은 좀처럼 자기 집에 붙어 있지 않았다. 부인 민씨까지 자기 의사와는 반대되는 유혈 음모에 핏대를 올리고 있는 그 집이 이제는 자기 집처럼 느껴지지 않았던 것이다.

개경에서 서쪽으로 십리 반쯤 나가면 광덕산(光德山)이란 산이 있다.

형제들과 권속들이 권세욕에 핏발이 선 눈을 부라리는 게 역겨워 집을 나온 방원은 그 산으로 발길을 옮겼다.

산마루에 올라선 그는 착잡한 눈길을 서편 기슭 으슥한 골짝으로 던져본다. 요즘 와서 개경 사람들이 두문동(杜門洞)이라고 부르게 된 그 지점이었다.

——오늘도 그 사람들은 새 세상을 등지고 도사리고 있는 것일까.

지난날엔 자기 자신과도 정답게 어울려 국운을 우려하고 대의를 고창하고 경륜을 토론하던 얼굴들이 뇌리에 소용돌이친다.

——조의생(曹義生)은 지금쯤 어떻게 지내고 있을까. 수양산 고사리가 아닌 광덕산 칡뿌리라도 씹으며 고집을 부리고 있을까? 그리고 임선미(林先味)는 어쩌고 있을까. 야욕에 눈이 어둔 죽일 놈이라고 하면서 내 욕이나 퍼부어대고 있을까?

그 골짜기 으슥한 구석에선 고려조의 유신 일흔두 명이 새 왕조를 저주하며 숨어 살고 있다.

개국 당초, 방원은 남몰래 그들을 찾아간 적이 있었다.

새 시대의 국내의 정세를 피력하고 혁명의 참뜻을 밝히어 그들의 협조를 간곡히 요망해 보았다.

그러나 그들은 살아 있는 돌덩이들이었다.

혁명 이전엔 밤가는 줄 모르고 술잔을 나누던 그들이었지만, 단 한 마디의 대화도 나누려고 하지 않았다.

입을 굳게 다물고 두 눈을 소경처럼 감고 방원이 무안해서 물러날 때까지 꼼짝도 하지 않았었다.

──그들의 그 고집은 어디서 오는 것일까.

현실을 박력있게 받아들일 줄 모르는 옹졸한 그들의 편견을 방원은 긍정할 수 없었다.

그러나 권속들의 역겨운 권력 쟁탈전에 시달리고 보니, 그들 선비들의 결백성이 차라리 아쉬워지기도 한다.

그렇다고 무슨 구체적인 방도가 있어서 이곳을 찾아온 것은 아니었다. 그들의 순정을 생각하며 어지러운 자기 가슴을 달래 보려는 막연한 심정에서였다.

어느덧 해가 지고 그 골짜기 일대엔 저녁 안개가 깔리기 시작했다.

"내 어찌하여 한 병 술이라도 차고 오지 않았던고."

방원은 아쉽게 혼잣소리를 흘렸다. 언제처럼 바위 같은 침묵으로 묵살 당하더라도 좋다. 그들 앞에서 고독하게 혼자 술을 기울여도 좋다.

적어도 야욕의 복선으로 거미줄을 치진 않았을 그들의 귀에, 울적한 심사를 넋두리처럼이나마 털어놓을 수 있다면 한결 가슴이 개운해질 것 같았다.

그때였다.

"술이라면 마침 제가 가지고 왔는데요."

등 뒤로부터 이런 소리가 날아드는 것이 아닌가. 뜻밖에도 그 말소리의 임자는 설매였다.

방원은 놀라지 않을 수 없었다.

"제가 이런 곳을 찾아온 것이 이상하신가요? 그보다도 나리께서 이런 곳에 계시다는 것이 저에겐 더욱 뜻밖이구면요."

언제나 그러하듯 설매의 혀끝은 맵고 따가웠다.

"나는 못 올 곳인가?"

떨떠름한 눈길을 방원은 던졌다.

"다른 곳이라면 모를 일이지만요, 이곳 경치는 가시처럼 아프시기만 할 것 같아서요. 나리 눈엔 말씀이어요."

설매의 말은 비꼬는 소리 같았지만, 그 속에 가시는 없었다.

"내 눈에 가시라면 너의 눈엔 무엇으로 비쳤단 말이냐? 곪은 종기라도 시원스럽게 따주는 침석(鍼石)처럼 알고 너는 왔느냐?"

방원의 혀끝도 저절로 흐물거린다.

"바로 알아맞히셨어요."

가볍게 웃으며 설매는 받아넘겼다.

"저도 그렇게 생각하고 찾아오긴 했어요."

"그러니까 그 술은 침을 맞는 값으로 가져온 거라? 그렇다면 마침 잘 됐구면. 나도 네 덕에 그 사람들 침이나 한대 맞아볼까?"

그러나 설매는 살래살래 고개를 가로저었다.

"어째서 안 된다는 거냐? 너 혼자 찾아가면 영험한 침석이 될 수 있는 것이 내가 따라가면 독한 가시로 돌변한다는 거냐?"

"저에게도 독한 가시들이었어요."

설매는 이런 소리를 하는 것이 아닌가.

"저는 벌써 그 사람들을 찾아갔다가 쫓겨오는 길인걸요."

"그래?"

방원으로선 얼핏 이해가 가지 않는다.

"가시라니 어떤 가시지?"

물을 수밖에 없었다."

"전번엔 이가네 아들이란 자가 직접 찾아와서 된소리 안된 소리 지껄

여대더니, 이번엔 기생년까지 시켜서 우리의 눈과 귀를 더럽히려 드느냐
고 조의생인가 하는 그 사람이 호통을 치더군요."

설매는 솔직하게 털어놓는다.

"제가 나리를 가까이 모셨다는 소문이 이 골짜기에까지 흘러들어온
모양이어요. 저는 그저 그분네들이 먹을 것을 제대로 먹지 못하고 고절
(孤節)을 지킨다기에 그 뜻이 귀하게 여겨져서 한 잔 술이라도 대접하려
는 생각뿐이었는데 말씀이어요."

"그래서 너는 어떻게 했느냐?"

"곱게 물러왔을 뿐이지요."

"한 마디 말도 못하구?"

"무슨 말이 있겠어요? 그 사람들은 몇 동이 안 되는 정화수(井華水)
나마 그 속에 몸을 담그고 누가 그 물을 흐릴세라 마음을 졸이며 사는
물고기나 다름이 없는 그분들에게 던질 수 있는 말이 무엇이 있었겠어
요?"

"정화수 속에서 사는 물고기라?"

설매의 말을 방원은 곱씹더니,

"그 자들이 부럽던가? 어떻던가?"

자기 자신 속에 얽히고 설킨 무엇을 확인하려는 것 같은 어투로 캐고
들었다.

"귀하게는 보이지만, 그렇다고 부러운 마음은 들지 않더군요."

하면서 설매는 깊은 시선을 던져 보냈다.

"귀하게 보였다면 응당 부러운 마음이 들게 아니냐?"

방원도 깊은 눈길을 마주 보내면서 물었다.

"네 말대로 흙탕물에서 자란 고기는 흙탕물에서 살 수밖에 없다고
하자. 하지만 그 속에 냇물이 흘러 들어온다면 어쩐다? 그대로 버려두어
야 한단 말이냐? 어떻게 해서든지 그것을·막아야 할 것이 아니겠느냐?"

"막을 수만 있다면 막아보는 것도 좋겠지만요. 한 마리 물고기의 힘으

로 거센 물살을 막아낼 수 있겠어요? 부질없이 몸부림을 치다가 자기
몸만 흙탕 물빛으로 물들 뿐이 아니겠어요?"

형제들의 유혈극을 방지하겠다고 설치다간 방원 자신까지 그 속에
말려들어 헤어나지 못하게 될 것이라는 뜻일 게다.

"그렇다면?"

"피해야 하겠지요. 두문동 샌님네들처럼 핏물이 들어오지 않는 늪이라
도 찾아가서 숨어보시는 것이 상책이 아닐까요?"

그 말엔 귀가 솔깃해진다.

두문동과 같은 청류가 아니라도 좋다. 미꾸라지나 서식하는 흙탕물이
라도 좋다. 은신처가 있다면 거기라도 찾아가서 피신하는 것도 하나의
활로인 것이라고 여겨졌다.

물론 그와 같은 현실 도피가 문제 해결의 전부일 수는 없을 것이다.

자기 혼자만 안전지대로 도피한다면 강비는 어찌될 것인가?

그뿐이 아니었다. 안전지대로 여겨지는 은신처라고 피바람이 끝내
외면해 줄 것인가?

형제들과 처남들의 칼날이 강비의 피로 물들 경우 방원 혼자만은 무관
한 일이라고 버려둘 것인가?

자기가 얽혀 있는 피의 사슬이 무섭게 끈덕지다는 것을 새삼 되씹지
않을 수 없었지만 방원은 피곤했다.

잠시라도 좋다. 조용히 쉴 수 있는 곳이 있다면 쉬고 싶었다.

"나 혼자 몸을 담글 수 있는 호젓한 늪. 하루라도 좋다, 나를 숨겨만
준다면 흙탕물이 괸 웅덩이라도 괜치 않다. 하지만 과연 그런 곳이 있을
까?"

매달리듯 물었다.

"나리께서 원하신다면 제가 찾아보겠어요."

어떤 심산이 있는 것인지 설매는 이렇게 말하고 산기슭을 향해 발길을
옮겼다.

방원은 그 뒤를 따랐다.

광덕산 기슭엔 방원이 타고 온 말 한 필이 매여 있었다.

그 고삐를 잡으며,

"네 말은 어디 두었지?"

물으니까,

"수양산 고사리 아닌 광덕산 잡풀이나 뜯어먹으며 도사리고 있는 샌님들을 찾아가는 기생이 주제넘게 말을 타고 올 수 있겠어요?"

설매는 쓰겁게 웃었다.

"여기까지 걸어서 왔단 말이냐?"

"저의 집에서 고작 이십 리도 못되는 길, 걷는다고 뭐 대단할 것이 있겠어요?"

큰소리를 치고 설매는 앞장 서 걸었다. 연약한 여자가 도보로 가는 길을 말을 타고 따라 간다는 것은 되려 답답하고 견디기 힘든 노릇이다.

방원도 고삐를 잡고 나란히 걸었다.

어디로 데리고 가겠다는 것인지 밝히지는 않았지만, 설매의 발길은 개경 거리 쪽으로 향하고 있었다.

그렇게 한 오리쯤 걸었을까? 갑자기 설매가 걸음을 멈추더니 그 자리에 쭈그리고 앉아버렸다.

"그렇듯 큰 소리를 치더니 발병이라도 났단 말이냐?"

사뭇 가벼운 기분이 되어 방원은 농을 던졌다.

"나리 말씀이 맞사와요. 못 갈 곳을 찾아간 때문에 그런지, 이젠 꼼짝할 수 없구먼요."

엄살인지 진정인지 아리송한 소리를 마주 던지며, 그 자리에서 움직이려고 하지 않았다.

"그렇다면 어찌한다?"

근심스럽다는 듯한 웃음을 흘리더니,

"이왕 말 한 필이 빈 안장으로 가는 판이니, 차라리 네가 타고 가는 것이 어떨까?"

이렇게 방원은 권해 보았다.

"큰일날 말씀을 다 하시네요. 왕자대군께서 도보로 가시는데 천한 창녀가 말을 비껴타고 거드럭거릴 수야 있겠어요?"

설매가 팔짝 뛰는 시늉을 하자,

"이런들 어떠하며, 저런들 어떠하리."

입버릇 같은 그 소리를 방원은 또 흥얼거리다가

"기녀의 다리라고 무쇠로 만든 것도 아닐 것이며, 왕자의 발목이라고 금은보옥은 아닐 터이니, 성하면 걷고 상하면 아무 것이나 빌려 타야 할 것이 아니겠느냐?"

이렇게 노닥거렸다.

"그런 꼴을 아는 사람이라도 본다면 어쩌게요?"

설매는 제법 몸을 사리는 체했지만,

"보긴 누가 본다고 그러느냐?"

방원은 일소에 붙였다.

"올빼미나 박쥐가 아니고야 우리를 엿보고 어쩌고 할 눈이 어디 있을라구?"

광덕산 산마루에 있을 때부터 깔리기 시작한 어둠이었다. 그것이 이제는 빈틈없는 밤의 세계를 이루고 있는 것이다.

어둠을 원하는 사람은 드물다. 하지만 어둠을 원하는 사람이 아주 없는 것도 아니다.

자기들만의 비밀을 갖고 싶어하는 사람들은 차라리 밤을 기다린다. 지겨운 눈총들에 얽매여 숨도 제대로 못쉬고 사는 사람들에게는 밤은 분방한 자유를 안겨주기도 한다.

방원과 설매 두 남녀에게도 어둠은 곧 해방을 뜻하는 것이었을까? 망설이는 설매를 방원은 덥석 안아서 말안장에 올려놓았다. 설매도 끝까지 거부하진 않았다. 환한 낮이었다면 그것은 해괴한 정경이었을 게다.

이제 천한 기녀는 고귀한 공주님 자리에 올라앉았고, 귀하신 왕자님은 천한 마부의 신세로 떨어진 셈이었다.

그러나 방원은 고비를 잡은 채 흥겨운 걸음을 바삐 놀리고 있었다. 그러면서 물었다.

"어디로 가겠다는 거냐?"

"아직도 그걸 모르시어요?"

어둠에 잠겨서 표정을 분간하기 어려웠지만, 요염한 추파보다도 더욱 농염한 교태가 그 목소리엔 촉촉히 젖어 있었다.

"모르겠는걸?"

대강 지피는 바가 없는 건 아니었지만 방원은 딴전을 부려본다.

"모르시겠으면 눈감고 따라 오시어요. 말은 제가 몰겠으니 말씀이어요."

사무적인 소리로 듣자면 들을 수도 있는 대화였지만, 그러나 어둠을 통하여 그 소리를 엿듣는 귀가 있다면 결코 당당하지 않은 남녀의 밀어로 알고 귀청을 돋울 수도 있는 소리였다.

그리고 엿듣는 귀는 있었다. 그들의 발길이 선의문(宣義門)을 지나고 태평관(太平舘) 자리를 거쳐서 수창궁 남쪽 궁장을 돌려고 할 때였다. 궁장에 몸을 붙이고 있던 한 사나이가 역시 박쥐처럼 담모퉁이에 붙어 있던 다른 사나이의 옆구리를 찌르며 수군거렸다.

"저 말소리, 귀에 익은 소리가 아니냐?"

바로 방원의 큰처남 민무구였다.

"귀에 익다뿐이겠소? 매부 목소리쯤 판별하지 못하도록 내 귀는 멀지 않았어요."

마주 받아 투덜거리는 자는 민무질이었다.

"그 계집은?"

"형님이 오금을 못쓰는 설매라는 창기가 아니고 누구겠소?"

민무질은 조롱섞인 소리로 이죽거렸다.

"우리가 이 고생을 하고 있는 판국에 장본인 저 작자는 기생년의 치맛자락에 매달려 놀아난다?"

울화가 치밀었던지 민무구는 가래침을 칵 뱉었다.

"너무 그러지 마슈 형님. 형님이나 나나 언제 그 자를 위해서 이 고생을 사서 한답니까?"

"그야 뭐."

"그렇다구 누이가 고와서 이러는 것도 아니겠지요?"

이번엔 민무구의 대꾸가 없다.

"따지고 보면 형님이나 나나 자신을 위해서 하는 노릇이니 군소리 말고 오늘밤 거사나 성사하도록 정신을 차려야죠."

민무구 형제가 주고 받은 수상한 밀담을 방원과 설매는 까맣게 모르고 지나갔다.

민무구는 또 가래침을 칵 뱉었지만 그 뒤를 쫓지는 않았다.

그렇다고 방원과 설매의 뒤를 밟는 자가 전혀 없었던 것은 아니다.

남대문 앞을 지나서 동남쪽으로 꺾어들자 이번엔 성벽 위로부터 소리 없이 내리뛰는 두 그림자가 있었다. 그들을 십여보 거리를 두고 미행하기 시작한 것이다.

설매가 인도하여 간 곳은 결국 자기 자신의 기방이었다.

방원도 어렴풋이나마 그렇게 짐작하고 있었지만, 막상 그곳에 당도하고 보니 쑥스러운 생각이 들었다.

"내가 은신할 늪이라는 게 겨우 이곳이냐?"

어색한 기분을 얼버무리려는 생각도 있어서 일부러 비꼬인 소리를 던져보았다.

"보시다시피 물은 구정물보다도 탁할는지 모르지만요. 나리께서 역겨워하시는 피바람만은 불지 않을 것이어요."

방안으로 들어섰다.

지난날 겨우 하룻밤을 묵고간 방이었지만, 자기집 거실보다도 오히려 마음이 편한 것 같다.

"주안상을 차려 오도록 이를까요?"

설매도 정이 익은 눈길을 건네며 물었다.

"새로 차릴 것까지는 없지 않겠느냐? 두문동에 가지고 갔던 주효가 그대로 남아 있을 터인데."

방 한구석에 내려놓은 주합(酒盒)을 눈짓하며 방원은 말했다.

"골샌님들에게까지 퇴짜를 맞은 퇴주를 어찌 나리께 대접할 수 있겠어요."

눈웃음을 치면서 자리를 뜨려는 치맛자락을 방원은 잡아끌며 벌렁 나자빠졌다.

"술도 좋다만 지금의 나에겐 술보다 이것이 더 당기는 걸?"

아늑한 방에 오붓이 들어앉아 보니, 지난날 밤 농염하던 그 정화가 새삼 불길을 올린 때문만이 아니었다.

방원은 빠지고 싶었다. 술보다도 더욱 독한 것에 몸과 마음을 흠뻑 잠그고 모든 것을 잊었으면 싶었다.

"오늘밤엔 내 뼈다귀란 뼈다귀를 흐물흐물 녹아버렸으면 싶구나."

그것 역시 단순한 욕정에 탐닉하여 보자는 소리가 아니었다. 어리석은 탕아 중에서도 가장 어리석은 치한이 되어 자신을 망각하고 싶을 뿐이었다.

"주무시어요."

설매는 이런 말로 방원의 갈구(渴求)를 어루만졌다.

"제가 비록 힘은 없지만, 이 방에는 어떠한 바람도 얼씬 못하게 해드릴 것이어요."

그러고는 포근하게 안아주었다.

방원이 기대한 것처럼 육신과 정욕(情慾)을 함께 불살라 버리는 뜨거운 가슴은 아니었다. 하지만 어머니의 품처럼 따스하고 아늑했다.

졸음이 올 것 같다. 그가 원하는 것처럼 마디마디가 노곤히 풀리는 것

같다. 하지만 방원은 갑자기,

"아니다."

이런 소리를 터트리며 뛰쳐 일어났다.

"이러고 있을 수는 없다."

방원은 또 외쳤다.

설매의 품에서 어머니를 느끼자 연쇄적으로 피어 오르는 것이 있었다.

강비의 모습이었다.

그는 하룻밤이나 이틀밤 정도라면 어쩔까 싶어서 도피의 늪을 찾아오긴 했다. 하지만 설매의 품을 통하여 그것이 한번 일깨워지자 견딜 수 없는 불안이 가슴을 흔든 것이다.

──형님들이랑 처남들은 촌각을 다투며 칼을 갈고 있다. 그 칼날이 오늘밤이라고 춤을 추지 말라는 법은 없지 않은가?

설매는 슬픈 눈으로 정랑(情郞)의 기색을 지켜보다가,

"모처럼 피바람을 피하시겠다면서도 중궁마마를 잊으실 수는 없으신 모양이군요."

그의 마음의 갈피를 날카롭게 파헤쳤다.

"네가 잘 보았다. 잘 보았어."

꺼질 것 같은 소리를 방원은 흘렸다.

"어째서 그러시어요, 어째서요?"

여태껏 방원에게는 보인 일이 없는 격한 어조로 설매는 물었다.

그와 같은 궁금증은 어쩌면 설매 한 사람의 것만은 아닐는지 모른다. 어째서 방원은 사사건건이 강비편만 들려고 몸부림을 쳤을까. 아니 그가 강비를 아끼고 두둔하였다는 그 자체까지도 의심하는 이가 적지 않을는지 모른다.

그에게 돌아갈 세자 자리를 가로챈 계모를 어떻게 그토록 싸고 돌수 있겠느냐고 반문하는 측도 없지 않을 것이다.

순서는 바뀌지만 잠시 그 점을 해명하고 넘어가는 편이 오히려 순서일 것 같다.

이른바 '방원의 난' 혹은 무인정사(戊寅靖社)라고도 일컫는 골육상잔극이 발생하여, 방석, 방번 형제가 피살되는 것은 태조 7년 팔월달이 된다.

방원에게 일찍부터 그와 같은 야욕이 있었다면, 세자 책봉이 있은 이후 만 육년이란 세월을 허송한 까닭이 무엇일까.

반란을 일으키자면 오히려 국가의 치안이 자리를 잡지 못했던 건국 초에 거사하는 편이 유리하였을 것이 아닌가?

육년이란 세월의 흐름은 어린 세자측에게는 세력과 기반을 굳히는 데 갖가지로 유리했을 것이며, 반대로 방원측으로서는 불리한 결과만을 안겨주었을 것이다.

건국의 공훈으로 얻은 인망도 나날이 퇴색하여 갔을 것이며, 그를 추종하는 동지나 심복들도 기반이 굳어가는 세자측으로 흘러갈 가능성이 많았을 것이다.

그런 점들을 계산 못할 방원이 아니었다. 그럼에도 불구하고 시일을 지연한 이유는 무엇일까. 이유를 찾자면 하나뿐이다. 강비가 생존하여 있었다는 그 사실뿐이 아니었을까?

태조 5년 8월 13일, 그러니까 방원의 난이 일어나기 만 이년 전에 강비는 세상을 떠났으며, 난이 일어난 것은 강비의 대상(大喪)을 지낸 약 보름 후였다.

방원이 그때까지 야망을 누르고 참은 까닭은 오직 강비에게 슬픔을 주지 않으려는 충성 때문이었을 것으로 추정할 만한 자료가 되지 않겠는가.

그리고 그와 같은 사실은 방원이 강비를 얼마나 아꼈는가를 입증해 주기도 하는 것이다.

4. 逃避의 늪

흩어진 옷깃을 여미고 방원은 자리에서 일어났다.

"가시는 건가요? 그처럼 피바람을 피하시겠다던 분이 하룻밤도 참지 못하시고 다시 피바람 속으로 뛰어드시겠단 말씀이어요?"

이렇게 묻는 설매의 말 속엔 착잡한 그늘이 설레이고 있었다.

방원의 신변을 염려하는 충정도 깃들어 있었지만, 거기엔 그것만이 아닌 애틋한 여정(女情)이 맺혀 있었다.

"피바람 속에 뛰어들려는 것이 아니지. 그 피바람을 막아보려는 거야."

말은 그렇게 했다. 하지만 그렇다고 방원으로서도 어떠한 승산이나 자신이 있는 것은 아니었다. 조급한 나머지 그저 서둘러질 뿐이었다.

"나리에겐 어린아이 같은 구석이 있으시네요."

설매는 쓸쓸히 웃었다.

"아마 세상 사람들은 누구나 차고 모질고 독한 분이라고는 보아도, 어린아이처럼 여린 심정을 지니고 계신 줄은 미처 모를 것이어요."

설매는 처음으로 그것을 발견하고 깨닫게 되었다는 그런 얼굴이었다.

"누구에게나 그 같은 구석은 있는 법이야. 건강하게 보이는 사람일수록 말이다."

속깊이 감추어 둔 무엇을 어루만지는 것 같은 어투로 말하면서, 방원이 방문을 나서려고 할 때였다.

대문을 두드리는 소리가 들렸다. 남들의 이목을 경계하는 것 같은 조심스런 소리였다.

방원은 걸음을 멈추고 설매를 돌아보았다. 설매의 표정이 긴장한다. 그러나

"모처럼 정든 임 모시고 하룻밤 재미라도 볼까 하는 판에 어떤 심술장이가 이렇게 훼방을 노는 거지?"

일부러 언성을 높여 딴전을 피우면서 문틈으로 밖을 엿본다.

"나요."

나지막히 응하는 소리를 듣자 설매는 또 수선을 피웠다.

"어머나 웬일이시어요? 중이 고기맛을 보면 어쩐다더니 고기맛도 제대로 못본 스님이 무슨 볼일이시지요?"

그리고는 몸을 날려 방원의 곁으로 다가오더니 몇마디 귀엣말을 넣어 주었다.

"원해가?"

잠깐 고개를 꼬다가,

"들어오라고 해라."

방원은 지시했다.

"나리 성벽도 괴팍하시어요. 선비님네들이라면 누구나 돌이질을 하는 중을 그림자처럼 달고 다니시니 말이어요."

토달거리면서 설매가 대문을 열어주자, 원해와 그리고 평도전(平道全)이란 왜무(倭武)가 뛰어들었다.

정몽주의 하인이라는 자객의 손에서 방원을 구출한 이후 평도전은 그의 문객이 되어 있었던 것이다.

"무슨 일인가? 아니 내가 이곳에 있다는 것을 어떻게 알고 찾아왔는가?"

의아스러워하는 방원에게,

"소인은 왕자님의 그림자라고 하지 않았습니까? 비록 햇빛이 없는 한밤중이라도 왕자님 계시는 곳엔 소인이 있어야 합지요."

원해가 넉살을 떨며 의미 있는 눈길을 평도전과 주고 받았다.

"무슨 일인가?"

방원은 다시 물었다.

넉살을 떠는 구기(口氣)와는 딴판으로 원해의 눈길에는 심상치 않은 긴장이 술렁이고 있는 것을 방원은 느낄 수 있었던 것이다.

"왕자님 처남분들과 몇몇 사람들이 오늘밤 드디어 일을 저지를 모양입니다."

객소리 제쳐놓고 원해는 용건의 핵심부터 밝혔다.

"지금 그 사람들은 대궐을 둘러싸고 왕자님만 기다리고 있습지요. 왕비님과 세자님을 해치우겠다는 겁니다."

평도전이 좀더 구체적인 설명을 첨가했다.

"오늘밤에?"

바로 조금 전에 우려하던 자신의 예감이 당장에 적중하였다는 사실에 방원은 심골이 서늘했다.

"오늘 저녁나절부터 그 사람들의 동정이 몹시 수상하더군요. 그래서 급히 왕자님께 보고 드리려 했습니다마는 어디로 가셨는지 알길이 있어야지요. 하는 수 없이 대궐 근처에 숨어서 망을 보고 있다가 요행이 왕자님이 지나가시기에 뒤미처 온 것입지요."

그러니까 방원과 설매를 미행하던 두 괴한은 원해와 평도전이었던 것이다.

"그렇다면 지금쯤은?"

하면서 방원은 암담한 절망을 씹었다.

그 눈치를 살피며,

"그렇다고 그 사람들은 쉽게 일을 저지르지는 못할 겁니다."

원해가 이런 말을 했다.

"어째서? 궁궐을 에워싸고 있다면서?"

"아직은 그저 그러고만 있을 뿐이지요."

방원으로서 얼핏 이해가 가지 않는 말이었다.

"조영무라고 했지?"

원해를 돌아보며 평도전이 이렇게 물은 다음,

"그 사람들 일파와 왕자님 처남되는 사람들 사이에 의견이 엇갈리고 있는 모양입니다."

또 모를 소리를 했다.

"민씨라고 압니까? 왕자님 처남되는 사람들 말입니다. 그 사람들은 어떻게 하던지 오늘밤 안으로 결판을 내자고 설치고 있습니다만, 조영무 일파는 이번 일만은 왕자님의 허락을 받고 손을 대야 한다고 버티고 있습지요."

그리고 나서 평도전은 강한 시선을 보내며 종용했다.

"어서 떠나시지요, 왕자님. 왕자님이 가셔야만 그 사람들이 태도를 결정할 수 있을 겁니다."

"가라구? 가서 어쩌라는건가?"

"천재일우의 호기가 아닙니까? 다 익은 과일을 따시는 것이나 같다고도 할 수 있습지요. 왕자님이 나타나시어 한마디 허락만 하신다면, 세자 자리는 힘 안 들이고 굴러들 것이 아닙니까?"

방원의 문객이 된지 얼마 안 되는 평도전은 주인의 진의를 아직 파악하지 못하고 있는 모양이었다.

"자네들 나라 일본의 풍습은 어떤지 모르네만, 날더러 어머님을 시해하고 동생들을 참살하는 패륜아가 되란 말인가? 상감의 뜻을 어기고 역란을 일으키는 역신이 되란 말인가"

방원은 엄하게 꾸짖었다.

"내가 오늘 다녀온 곳은 두문동이라는 골짜기였네. 우리의 창업, 우리의 혁명을 못마땅히 여기는 전 왕조의 구신(舊臣)들이 숨어 사는 곳이네만, 이제 다시 전쟁이 야기된다면 제이의 두문동, 제삼의 두문동이 여기저기 생겨날 것은 너무나 환한 일일걸세. 그리고 마침내는 이 나라 어느 구석이고 두문동 아닌 곳이 없을 지경에 이를지도 모르네."

방원은 이렇게 말을 잇는 것이었고, 평도전은 여전히 경청하고만 있었다.

"또 이복동생을 세자 자리에 앉힌 처사가 잘못된 일이라고 하세. 그렇다고 그 일을 이제 와서 뒤엎어 버린다면 어찌 되겠는가? 국왕된 분의 결정은 그 나라의 법(法)이나 다름이 없는 거야. 옳건 그르건 한번 정해진 법도는 존중하고 준수되어야 하네. 함부로 뜯어고친다면 그 나라는 법의 기둥이 없는 파옥(破屋)이나 다름이 없게 될걸세. 우수수 무너지고 말걸세."

평도전의 말이 빡빡한 현실론이었다면, 방원의 논리는 그보다 더 빈틈없는 실제론이었다.

그 때문일까? 평도전은 역시 듣고만 있었다.

"이복 동생이 세자 자리에 앉은 것을 논란하는 이유라는 게 어떤건가. 어머님 되는 분이 부왕의 제일부인이 아니라 제이부인이란 점일 걸세. 요컨대 적자가 못되고 서자니까 부당하다는 소리겠지. 하지만, 그 말도 더 깊이 캐고 보면 반드시 법에 맞는 소리라고 만은 할 수 없다고 생각하네."

하면서 방원은 비로소 누구에게도 말한 적이 없는 소리를 꺼냈다.

"우리 아버님의 사사로운 가법(家法)으로 따지자면, 중궁마마 강비는 제이부인에 틀림이 없네. 그렇긴 하네만 국가적인 법통에 비추어 본다면 어떨까. 이 나라의 국모는 그분 한 분뿐이야. 제일부인 되시는 분은 나에게는 친어머님이시기도 하네만, 또 우리 아버님이 등극하시기 한 해 전에 공교롭게도 세상을 버리셨기 때문에 어쨌든 그분은 왕비 자리에 앉아보지 못한 분이야. 그러니 법통으로 따지더라도 누가 세자가 되는 것이 옳겠나. 정식으로 왕비가 된 분의 소생이 세자가 되어야 하겠나, 그렇지 못한 사람이 그 자리를 차지해야 하겠나."

논리의 재간을 부린 말이라고 듣자면 못들을 말도 아니었다. 그렇다고 전혀 논리를 이탈한 소리도 아니었다.

"혹자는 창업의 공적을 운운하기도 하더구먼. 그 점에 있어서도 나의 친어머님 되시는 분은 중궁 강비에 미치지 못한다는 것을 누구나 잘 알고 있을 걸세."

건국의 내조자로서의 업적에 대해선 새삼 설명할 필요도 없었다.

한씨는 서열이 조강지처일 뿐이었지 단순한 가정 부인 이상의 활약을 한 흔적이 별로 없다.

그와 반대로 강씨는 혁명 과정에 직접 참여하여 비상한 수완을 발휘하였다는 사례가 여러 가지로 전해지고 있다.

"창업에 이바지한 강비의 공적을 말하자면 눈에 보이는 것도 크네만, 눈에 보이지 않는 업적이 더 컸던 걸세. 비유하자면 우리 아버님 창업의 샘터나 같은 분이었네."

그러자 방원은 또 의표를 찌르는 소리를 했다.

"졸자, 배운 것이 없어서 그럴지는 모릅니다만, 패륜이라고 하시는 왕자님의 말씀 알아들을 수가 없습니다. 왕비님은 왕자님의 친어머니가 아니라고 들었습니다. 아무런 혈연도 없는 분일 뿐만 아니라 왕자님께로 돌아갈 세자 자리를 가로챈 정적(政敵)이라고 들었습니다. 정적을 제거하는 것이 패륜이라고 하신다면, 이 세상에 패륜아 아닌 사람이 몇이나 되겠습니까?"

평도전도 반박했다. 그로서는 당연한 논리일는지 모르지만, 방원에겐 귀가 따갑도록 들어온 진부한 강변이었다.

"역란(逆亂)이란 말도 그렇습니다. 역신(逆臣)이란 말은 또 무슨 뜻입니까? 주상(主上)의 분부로 정하여진 세자 자리라고 해서 그것이 곧 주상의 참뜻이라고 볼 수는 없습니다. 대왕님의 뜻이라기보다는 왕비님의 뜻으로 좌우된 일인 줄 압니다. 왕비님의 눈물에 흐려져서 잘못 처결하신 그분의 처사를 바로잡아 드릴 수 있다면, 그것이야말로 참된 충성이라 할 수 있지 않겠습니까?"

다른 사람이 말을 늘어놓았더라면 방원은 쓴웃음으로 흘려버렸을 것이다. 새삼스럽게 왈가왈부 설익은 혀끝을 놀리는 것조차 지겹게 여겨졌을지도 모른다.

하지만 아직 자기를 모르기 때문에 그런 소리를 한다면 무엇보다도 자기를 알게 해야 한다.

자신의 경륜, 자신의 사고방식, 자신의 감정의 갈피까지 남김없이 터득시켜야 한다. 다른 사람에게는 입이 마르게 되풀이해 온 말이라 하더라도, 이 이방인에겐 번거로운대로 한 번쯤은 깨우쳐줄 필요성이 여러 모로 있을 것이라고 판단했다.

"이제 새삼스럽게 대의가 어떠니 명분이 어떠니 하는 따위의 공론(空論)은 잠시 접어두기로 하세. 실제적인 얘기만 해보겠네."

매사를 현실적인 바탕에서 비정적(非情的)으로 따지고 드는 위인일 것이라고 간파한 방원은 논리의 날개를 이렇게 펴보았다.

"자네 말대로 어머님과 이복동생들을 단순한 정적으로 간주한다고 하세. 그렇다고 어머님과 동생들을 상대로 골육상잔극을 치루었을 경우, 그 다음에 올 사태가 어떠한 것이겠는가. 마당에 흩어진 하찮은 가랑잎도 한두번쯤 쓸었다고 일소되는 것은 아닐세. 한번 쓸면 또 다른 가랑잎이 날아들기 마련이며, 두 번 쓸어도 그러하거늘, 살아있는 정적이 한 자루 비끝에 소탕될 수 있겠는가?"

방원이 계산한 것처럼 그런 실제적인 논리라야 평도전에겐 먹혀드는 것일까? 그는 잠자코 다음 말을 기다리고 있었다.

"살아 있는 사람에겐 어떠한 힘으로도 진화할 수 없는 불씨가 있는 법이야. 그 사람이 죽고나도 불씨는 남아 있어서 보복을 시도할 것이며, 그와 같은 설원의 피바람은 꼬리를 물고 되풀이 되어 우리 왕조는 피투성이가 되고 말걸세."

대단한 설득력이 있는 말이라고 자부할 수는 없었지만, 방원은 그런 식으로 끌고 갈 수밖에 없었다.

"우리 아버님이라고 전지전능한 신불(神佛)은 아니시네. 무쇠처럼 강하기만한 분도 아니야. 때로는 어느 누구보다도 약한 구석이 있으신 분일세."

이렇게 말을 이으면서도 방원은 자기 혀끝에 회의를 느꼈다.

──내가 어째서 이런 말까지 털어놓는 것일까?

처남들은 말할 것도 없고 어느 심복에게도, 부인 민씨에게까지도 이 같은 말을 입밖에 낸 적은 없었다.

원해에게 그랬던 것처럼 평도전이란 이방인에게도 그렇게 마음을 허락하게 하는 인간적인 매력이 있는 것일까?

어쩌면 그들이 비교적 부작용이 적은 이방인인 때문이었는지도 모른다.

그리고 말못하는 고독이 쌓이고 쌓여서 그들을 향해 봇물이 터지는 것일는지도 모른다.

"내가 철이 난 이후에 보고 들은 일이긴 하네만, 우리 아버님도 어려운 고비를 당하실 적이면 모처럼 키워 오신 큰 뜻을 포기하시겠다고 약한 말씀을 하신 적이 한두 번이 아니었네. 그럴 때 내 친어머니는 한평생 편히 살면 그만이지 위험한 일에 자청해서 뛰어들 것이 무엇이냐고, 어느 부인네나 다 하는 그런 말씀을 하시더군. 만일 그분의 말씀대로 아버님께서 초지(初志)를 꺾으셨다면 오늘의 이씨왕조는 싹도 트지 못했을 걸세."

"그럴 때 왕비님께선 대왕님을 격려하셨단 말씀이겠군요."

평도전이 한참만에 한마디 했다.

"쉽게 말하자면 그렇게 말할 수도 있겠지. 그러나 그렇다고 강비 그분은 많은 말을 수다스럽게 지껄인 것이 아니었네. 짤막한 한마디, 혹은 아무 말씀도 없이 아버님을 지켜보기만 했네만, 그것만으로 아버님은 새 힘을 얻으시고 다시 분기하셨던 걸세. 강비 그분에겐 그런 야릇한 힘이 있는 거야."

이렇게 말하면서 그런 영향력은 자기 자신도 끊임없이 받아왔다고 방원은 생각하는 것이었다.

그가 과거에 급제했을 때, 또 어떠어떠한 일을 했을 때 한씨는 여느 어머님답게 기뻐하기도 했고 입이 마르게 칭찬도 해주었지만, 그런 말은 별로 방원의 가슴을 울리진 못했다.

아무 말도 없이 그저 흡족한 웃음만을 담고 바라보는 강비의 눈길을 대할 적이면 심골 저 밑바닥으로부터 용솟음치는 강렬한 힘을 느끼곤 했던 것이다.

명나라에서 이성계가 낙마하여 움직이지 못한다는 소식을 들었을 때, 그리고 정몽주 일파가 이성계 타도의 칼날을 갈고 있다는 정보를 입수하였을 때, 황주로 달려가서 부친을 업고 돌아오면서 방원이 보람스럽게 가슴에 새긴 것도 바로 강비의 그 눈웃음이었다.

——내가 만일 보좌(寶座)에 앉는 날을 바라는 마음이 있다면, 무엇 때문일까?

사나이로서의 야망이 작용하지 않는다고 단언할 수는 없다. 그러나 그보다 더욱 강한 무엇이 있다면, 그것 역시 대견한 웃음을 담고 보아줄 강비의 그 눈길일 것이라고 생각한다.

그리고 또 그것은 방원에겐 생명의 불꽃이나 다름없는 것이기도 했다.

——그런 생명의 불꽃을 내 손으로 꺼버린다?

방원은 가슴 속으로 도리질을 친다.

——그것은 이미 보좌가 아니다. 삶의 불꽃이 사그러진 잿더미나 다름이 없다. 거기 앉아서 어떠한 보람을 느끼라는 것이냐?

혼자만의 감회를 이리저리 굴리고 있는 방원의 얼굴을 평도전은 이윽히 지켜보고만 있다가, 문득 그 시선을 원해에게로 돌리며 중얼거렸다.

"왕비님이 저절로 세상을 버리는 날을 기다리는 수밖에 없겠구먼."

방원의 심중을 환히 들여다보는 것 같은 소리였다. 하다가 그는 정면으로 방원을 건너다보며 말했다.

"어떻게 하실 요량이십니까, 왕자님?"

민무구 일파의 거사를 어떻게 처리하겠느냐는 물음인 것은 말할 나위
도 없다.

"어떻게 하는 것이 좋겠나?"

방원은 되물었다.

의식의 저변에선 강비에 대한 심회를 씹고 있었지만, 의식의 표면에선
그 문제 해결의 방도를 조급하게 방원은 모색하고 있었다. 그러나 묘안은
좀처럼 잡히지 않는다.

——강비에게 사람을 보내서 일단 피신을 하라고 경고해 본다? 아니면
정도전에게라도 기별을 해서 그분의 신변을 수호하라고 일러준다?

강비 한 사람을 위해서라면 가장 손쉬운 방법일지는 모른다. 하지만
그렇게 한다면 방원 자신과 권속들을 제물의 구렁으로 던지는 것이나
다름이 없다.

자신의 처족들이, 자신의 심복들이 국모를 시해하고 군명(君命)을
거역하려는 역신이라고 밀고하는 꼴이 되고 만다. 뒤미처 그들에게 가해
질 숙청의 앙화는 말할 것도 없고, 그 여파는 자기 자신에게도 파급될
것이다.

아무리 강비에 대한 충정이 간절하다고는 하지만, 그런 희생까지 감수
할 만큼 방원은 우둔해질 수 없다.

"내가 직접 달려가서 제지한다?"

그는 혼잣소리처럼 중얼거려 보았다.

"과연 제지하실 수 있을까요?"

원해는 그 이글이글한 눈알을 굴렸다.

"가뜩이나 핏대를 올리고 있는 사람들이 아닙니까. 왕자님이 그 자리
에 나타나시기만 하신다면, 말씀도 듣기 전에 그 사람들은 행동을 일으킬
겁니다."

"이 사람의 말이 옳습니다."

평도전도 같은 의견이었다.

"민씨네들은 말할 것도 없고 조영무 그 사람들까지도 왕자님이 나타나시기만 하면 곧 허락해 주실 것으로 알고 궁중으로 돌입할 채비를 갖추고 있으니 말입니다."

"그렇다면 정말 어떻게 하지?"

거의 절망에 가까운 한숨을 방원은 몰아쉬었다.

"졸자에게 한 가지 묘책이 있습니다."

평도전이 문득 반가운 소리를 했다.

"묘책이라니?"

다급하게 묻는 방원에게,

"그 말씀 드리기 전에 왕자님께 먼저 다짐해 둘 일이 있습지요."

하면서 평도전은 깊고 어두운 눈길을 쏘아보냈다.

"다짐해 둘 일이라?"

꺼림한 그늘을 새기며 방원이 물었다.

"단도직입적으로 말씀드리겠습니다만, 일이 뜻대로 이루어진 연후에 응분의 보답을 해 주실 것을 미리 약속해 주십사 하는 겁니다."

평도전은 이렇게 요구했다. 당돌한 수작이라고 방원은 불쾌한 기분까지 들었다.

자기에게 몸을 의탁한 처지로 일이 성사되기도 전에 보상부터 따지고 든다는 것만 해도 이악스러운 노릇이었다. 한데 그 일을 어떻게 치르겠다는 복안도 밝히지 않고 보수부터 약속하라고 드니 이건 도대체 무슨 배짱인가. 그쪽에서 팔겠다는 물건이 무엇인지 알리지도 않고 값부터 정하자는 흥정 아닌 흥정이었다.

"왕자님께서 말씀하시기 무엇하시다면 졸자가 먼저 말씀드려도 좋습니다."

어디까지나 넉살좋은 소리를 평도전은 계속 던졌다.

"그 일에 공을 세우면 졸자의 수하나 친지들에게 이 나라의 신민(臣民)이 돼서 보람스럽게 일할 수 있는 일자리를 구해 달라는 말씀입니다."

그 말에 방원의 마음은 다소 누그러졌다. 현실적으로 수월한 일은 아니었지만, 그렇다고 과한 요구로는 여겨지지 않아서였다.

마음이 누그러지니 잔뜩 굳어 있던 입술도 풀렸다.

"그 문제는 좀더 생각해 보기로 하고, 이번 일을 저지할 수 있는 묘안이라는 것부터 들려줄 수는 없겠는가?"

상품이 어떤 것인지 목록이라도 제시해야 할 것이 아니겠느냐는 요구였다. 누가 듣더라도 타당한 요청이기도 했다.

"졸자, 조급한 마음에 제 욕심만 부려서 죄송합니다."

방원의 말이 타당성을 무시할 수 없었든지 혹은 그것 또한 흥정의 전법이었든지 평도전은 흔연히 일보후퇴했다.

"방안이란 다른 것이 아닙니다. 졸자의 수하들과 옛 전우들을 시켜서 왕비님을 시해하려는 자들을 격퇴하려는 것입지요. 그렇게 한다면 누구도 그 모사에 왕자님이 개입하셨다고 보지는 않을 겁니다. 왕비님 측에서도 왕자님을 의심하지는 않을 것이며, 왕자님 처가댁분들이나 왕자님 수하들 역시 왕자님을 원망하는 일은 없게 될게 아니겠습니까?"

묘안이라면 그보다 더한 묘안도 드물 것이다. 평도전이 거느린 왜무(倭武)들이라면 누구에게도 얼굴이 알려져 있지 않다. 또 평도전과 방원의 관계를 아는 사람도 드물다. 그를 문객으로 받아들이기는 했지만, 만일의 경우를 염려해서 집안 사람들에게도 그의 신분을 밝히지 않았으니 말이다.

떠돌아다니는 침장이를 만나서 잠시 묵게 하고 있다는 정도로 얼버무리고 있는 것이다.

그러니 그들을 활용한다면 평도전의 말처럼 방원 자신을 그 사건에서 깨끗이 발을 뺄 수도 있는 일이었다.

"과연 자네가 거느리고 있다는 사람들에게 그럴만한 힘이 있을까?
내 처남들이나 조영무가 거느리는 무반들은 일기당천의 정예들이니 말일
세."

이제 염려되는 점은 그 왜무들의 실력이었다.

"그 점은 아무 염려하시지 않아도 좋을 겁니다."

평도전은 자신 있게 단언했다.

"그 사람들로 말씀하자면 전쟁터에서 잔뼈가 굵은 역전의 용사들일
뿐만 아니라, 무예십팔반(武藝十八般)을 위시해서 인술(忍術)에까지
정통한 무열(武烈)들이니 말씀입니다."

길은 그 길밖에 없다. 게다가 만만한 자신까지 과시하는 소리를 들은
이상 믿고 맡겨보는 도리밖에 없었지만, 그래도 걸리는 점이 하나 또
있었다.

"일이 심히 다급하게 되지 않았는가? 그 사람들을 어떻게 갑자기 불러
모은다?"

"그 점도 아무 염려 마십시오. 만일의 경우를 생각하고 대궐 근처에
미리 잠복시켜 두었으니 말입니다."

이 괴이한 왜무, 방원의 심상(心象)을 손거울처럼 쥐고 들여다보고
있는 것 같기만 했다. 방원이 원하는 일이라면 한 가지도 빼놓지 않고
앞질러 손을 쓰는 것이 아닌가?

"또 한 가지 미리 말씀드릴 것은 되도록 인명은 상하지 않겠다는 점입
니다. 만부득이 피를 보는 일이 있더라도 누가 누구와 싸웠는지 구별하지
못하도록 빈틈 없는 사후책을 강구하겠습니다."

이제 방원 자신은 완전히 그의 손아귀 속에서 놀고 있다는 것을 느끼
게 되었지만, 그러나 불쾌하지는 않았다.

"알겠네. 모든 것을 자네에게 맡기기로 함세."

마침내 단안을 내렸다.

"왕자님은 여기서 기다리시도록 하십시오. 결판이 나는 즉시로 소인이

하회를 알려드리겠습니다."

원해의 말이었다. 그리고 그들 두 왜인은 떠났다.

방원은 다시 방안으로 들어가서 몸을 뉘었다. 네 활개를 쫙 펴보았다. 성사 여부는 아직 미지수이지만, 무겁고 조급한 짐을 우선 덜어놓은 셈이었다.

왜무들의 활약으로 일이 제대로 처리되기만 한다면, 자기는 이렇게 편히 누워서 가장 어렵고 중대한 고비를 넘기게 된다. 몸도 마음도 홀가분해야 할 것이다. 이 도피의 늪에 잠겨서 콧노래도 부를 수 있어야 할 것이다.

그러나 방원의 마음은 조금도 편하질 않았다. 지금 누워 있는 이 자리가 어느 바늘방석보다도 불안스럽기만 한 것은 무슨 까닭일까?

그는 지그시 눈을 감아보았다.

눈을 뜬다고 별다른 것이'거기 비치는 것은 아니었다. 두 간도 될까말까한 사면의 벽과 천장, 기방이라면 어디서고 볼 수 있는 세간들, 그리고 머리맡에 도사리고 앉아 있는 설매, 그것뿐이었다.

그러면서도 눈을 뜨면 불안의 파도가 밀어닥칠 것만 같아서 감아본 것이다. 파도란 눈에만 역겨운 것이 아니었다. 노호하며 귀청을 뒤엎는 소리는 눈에 보이는 그것보다도 한층 더 극성스러웠다.

——너는 언제부터 그런 용렬한이 되었느냐?

자기 자신을 꾸짖고 있었다.

——옳건 그르건 너의 처족, 너의 심복들이 피를 흘리고 있다. 너는 그 피가 손끝에 묻는 것조차 두려워서 몸을 사리고 있는 거냐?

"귀가 가렵다."

신음 같은 소리를 방원은 흘렸다.

가렵다면 거짓말이 된다. 따갑고 쑤시고 저리기까지 한 것이었지만, 그것을 그렇게 표현하는 데 젊은 방원의 자존이 작용하고 있었다.

"가렵구나."

같은 소리를 그는 또 흘렸다.

"가려우시다면 긁어드려야 하겠네요."

설매가 한마디 했다. 거기엔 이 풍기(諷妓) 특유의 가시 같은 것은 없었다. 방원의 아픔을 같이 아파하는 정이 있을 뿐이었다.

"긁는다고 시원해지겠는가? 섣불리 건드리다가 귀청이라도 뚫지 않겠느냐?"

혀끝으론 흐물거리는 것 같았다. 하지만 그 속엔 뿌리 깊은 진통이 맺혀 있었다.

"저를 눈먼 동기(童妓)로 보셨나요? 뚫린 귀청이라도 곱다랗게 막아들릴 재간은 있답니다."

"좋아."

한 팔을 뻗어 정인의 아랫도리를 휘어감아 잡아당기더니, 그 무릎을 베면서 방원은 말했다.

"긁어보라. 귀청만 뚫지 않을 재간이 있다면 말야."

설매는 머리에서 귀이개를 뽑아들었다.

은에 칠보를 박은 그저 그런 귀이개였지만, 크기가 여느 것 갑절은 되어 보였다.

"이러면 어떨까요? 귀청을 뚫을 염려는 조금치도 없을 것이어요."

귀이개 끝으로 귓방울을 톡톡 건드렸다.

"원래 귀인(貴人)이란 귀한 눈을 가지고 있어도 귀한 귀는 드물다고 합니다만, 나리의 귀는 보기드문 금귀(金耳)이시어요."

설매의 말치고는 좀처럼 듣기 간지로운 들큰한 소리까지 늘어놓는다.

"우선 색깔이 안색(顏色)보다도 더 희고 맑으시니 귀하신 이름이 천하에 떨치실 것이며, 이문(耳門)이 두툼하게 늘어져 계시니 오래오래 부귀를 누리실 것이며, 그것이 또 크고 넓으시니 누구보다도 원대하신 슬기를 지니고 계시다 할 것이며, 여기 이러한 모발이 있으시니 백년 장수하실 것이며, 또 이렇게 박힌 이 점은 슬하에 어질고 밝으신 귀한 자제분을 두실 이상(耳相)이시어요."

"근지러운 소리, 그만 해두는 것이 어떨까? 그러지 않아도 귀청이 가려워서 긁어 달라는 터이거늘, 되려 그 가려움증을 보탤 것까지는 없지 않겠느냐?"

설매는 입을 다물었다. 그 대신 귓방울을 토닥거리던 귀이개 끝을 살짝 돌렸다. 귓바퀴를 건드리며 비벼댔다.

미치게 간지럽다.

방원은 비비 허리를 꼬면서 숨넘어가듯 말했다.

"내 널더러 혹을 떼 달라고 했지, 하나 더 붙여 달라고 했더냐?"

야릇한 흥분에 떨리는 소리를 흘렸다.

"잠깐만 참아 보시어요. 지금은 답답하시더라도 오래지 않아 시원해지실 터이니 말씀예요."

귀이개 끝을 멈추지 않으며 설매는 잠잠히 있더니, 그리고는 무슨 생각이 든 것일까? 무릎에 얹힌 방원의 머리를 잠깐 내려놓고 살며시 일어서서 방 한구석으로 다가갔다.

방 한구석에 놓인 반다지를 열고 설매는 뒤적거리고 있었다.

귓구멍이 쑤물거린다.

귓바퀴를 긁어댈 적엔 근지럽기만 하다고 느껴서 투덜거려본 방원이었지만, 막상 그 손을 떼고 나니 허전하다. 감질이 나는대로 계속 긁어 주었으면 싶다.

"이젠 참말로 후련해지실 것이어요."

설매는 다시 방원의 머리를 무릎에 올려놓았다.

"그게 뭣하는 거지?"

설매가 들고 있는 귀이개 끝엔 새하얀 햇솜이 감겨져 있었던 것이다.

"바늘 끝보다도 더 시원한 것이지요."

분명한 역설이었다.

말뿐이 아니었다. 설매의 손도 역으로 돌고 있었다. 솜방망이처럼 만든 것을 귓구멍 어귀에 얹어놓고 요리조리 돌리기 시작한 것이다.

예리한 귀이개 끝으로 긁어대도 간지럽던 귀가 아닌가? 솜이 달린 것으로 감질나게 건드려대다니 남의 다리 긁는 것보다도 더 답답한 노릇이었다.

이젠 간지럽다는 감각을 지나서 애가 타기만 했다.

"시원하시겠지요."

그런데 설매는 이렇게 노닥거렸다.

상대가 설매 아닌 다른 인간이었더라면 우롱을 해도 작작 하라고 호통을 터뜨렸을는지 모른다. 하지만 보기 드문 이 지기(智妓), 단순히 어린애 같은 장난질을 칠 턱이 없다.

방원은 참고 기다리기로 했다. 그런 장난 아닌 장난을 치는 설매의 저의가 슬며시 궁금해진 것이다.

"땀을 흠뻑 흘리고난 살갗이라야 한오리 바람이라도 상쾌한 법이어요. 바삭바삭 타는 목이라야 한그릇의 냉수가 청량할 것이 아니겠어요?"

설매의 진의는 바로 그것이었구나 하고 방원은 비로소 깨달았다.

──물맛을 돋우기 위해서 내 목을 타게 한다?

그 시대에도 그런 말이 있었는지 어쩐지 알기 어렵지만, 그것은 일종의 전희(前戱)와 같은 것이었다. 그리고 그것은 또 상하의 위치를 뒤엎고 얼러보는 이질적인 도전이기도 했다.

──이럴 때 여자라는 것은 이토록 안타까운 것일까?

미지의 별세계로 던져진 것 같은 진미(珍味)를 음미하며 방원은 어금니를 깨물었다.

막연한 안타까움이 오묘한 쾌감으로 변질되어 가고 있었던 것이다.

"어허."

소리까지 내며 그는 숨을 들이켰다.

격렬한 통증이었다. 고막이라도 파열하지 않았나 싶을 정도였다.

돌연 그 솜방망이가 귓속 아득한 저변까지 일거에 돌진하였던 것이다.

"왜 그다지 놀라시어요?"

간드러진 웃음을 터뜨리며 조롱 같은 소리를 설매는 던졌다.

"이제야말로 속속들이 시원해지셨을 터인데 말씀이어요."

"시원하긴 고사하고 귀청이라도 뚫어져서 죽는 줄 알았구나."

방원으로선 솔직한 고백이었지만, 설매는 또 간드러지게 웃었다.

"남정네란 혼자서 강한 척하시면서도 우리네 여자들만도 못하시네요."

설매는 따끔한 핀잔까지 곁들였다.

"입술을 깨물고 참는다는 거냐?"

슬며시 부아가 치민 방원이 반박해 보았지만, 설매는 그것도 웃음으로 날려버렸다.

"참다니요? 꿀보다 더한 진미를 쓰다고 상을 찡그리는 병신이 있겠어요? 입맛을 다시며 씹고 삼키는 거지요. 씀바귀의 쓴맛을 제대로 상미(賞味)할 줄 알아야 나물맛을 아는 사람이라고 하지 않던가요?"

방원은 무안스러워진다.

등골이 뜨끈하게 달아오르는 느낌이었다. 자기 존재가 마치 풋나기 오입장이처럼 느껴져서 쑥스럽다.

——미각도 모르는 주제에 쓰다 달다 무슨 선소리냐?

설매의 조롱을 자기 말로 바꾸어 되씹고 있자니까 이상한 일이었다. 심리적인 무안만이 원인이 아닌 묘한 열이 골수 마디마디에 피어오르기 시작한 것이다.

설매는 계속 솜을 감은 귀이개를 놀리고 있었다.

씀바귀의 쓴맛보다도 더욱 통렬하던 일격은 그때 한번 뿐이었다. 다시 그것을 후퇴시켜 귓속 구석구석을 방황하고 있었다.

혹은 귓속 밖으로 더 후퇴하여 귀바퀴랑 귓방울을 희롱하기도 한다. 이제 그것은 남의 다리 긁는 따위의 아득한 감각이 아니었다. 그것 자신이 충분히 달콤하고 구수하고 새큼하고 배릿한 미미(美味)였지만 안타깝

기는 전보다 더했다.

쏨바귀의 맛이 애가 타게 기다려진다. 통렬한 아픔이 오히려 후련할 것 같은 아쉬움이었다.

그러나 설매는 좀처럼 그런 갈증을 풀어주려고 하지 않았다. 귓문 어귀에서만 감질나게 맴을 돌았다.

"좀더 깊이——"

마침내 방원은 입밖에까지 내어 간청해 보았다. 설매가 간드러진 웃음을 또다시 터뜨렸다.

——내가 졌구나.

마음의 어금니를 방원은 쓰겁게 씹었다.

——내가 여자라도 이런 때 이런 소리를 터뜨렸을까?

옷고름을 잘근잘근 씹으면서도 참고 버티었을 것이다.

남자들이란 잘난 척 하면서도 여자만 못하다고 하던 설매의 말이 체험을 통하여 입증된 셈이었다.

——여자란 과연 무서운 독종이로고.

전율까지 느끼고 있는데,

"이제 굴복하셨으니 소원을 풀어 드려야지요."

웃음을 거두고 설매가 앙칼진 소리를 던졌다. 그와 함께 귓문 언저리에서 맴돌고 있던 쾌락의 정봉(情鋒)이 심방(深房) 저 밑바닥을 숨이 막히게 찔러댔다. 한 번뿐이 아니었다. 두 번, 세 번, 네 번, 다섯 번, 숨쉴 틈도 주지 않고 연격(連擊)을 가했으며,

"어흐, 어흐, 어흐, 어흐."

비명처럼 아픈 쾌성을 방원은 연발하고 있었다.

언제 그 귀가 가렵고 답답한 때가 있었단 말이냐?

방원은 허리를 뒤틀고 발을 구르면서 몸부림을 치고 있었다.

"어흐, 어흐, 어흐, 허흐"

쾌성을 터뜨리는 입으로는 군침까지 줄줄 흘리고 있었다.

"이제 조금은 아시었을 것이어요. 괴로움이라는 것의 진미를 말씀이어
요."

설매는 얼마 전에 들려주던 그 어머니와 같은 목소리로 속삭였다.

이젠 정말로 알것 같았다.

"우리네 여자들은 항시 그 괴로움을 씹고 사는 것이어요. 씹고 또 씹어
서 그 속에서 보람 있는 즐거움을 길어 올리는 것이어요."

결국 설매의 의도는 거기 있었던 것일까? 견딜 수 없는 아픔 속에서
찾아내는 심오한 유열(愉悅)을 손쉬운 감각을 통해서 깨우쳐 주려는
것이었을까?

"잘 알겠다."

방원은 완전히 항복하는 소리를 쏟으면서 설매의 손을 잡았다.

"아시었으면 한잠 주무시어요."

손을 잡은 손등에 다른 손을 겹쳐얹고 설매는 쓸어 주었다. 그 손길도
어머니의 손길처럼 흐뭇하다.

──강비 그분이 이 세상에 없다면, 나는 이 여자의 품을 어머니의
품으로 알고 파고들었을는지 모른다.

이런 감회에 잠기면서 방원은 잠들었다. 얼마나 잤을까? 일찍이 맛보
지 못한 깊고 흡족한 잠이었다.

또 얼마나 오랜 시간이 지났을까? 그가 늘어지게 기지개를 켜며 눈을
떴을 때에 그의 머리맡엔 평도전과 원해가 앉아 있었다.

"돌아들 왔는가?"

방원은 덤덤히 물었다. 그렇게 태연할 판국은 아니었다. 그들의 얼굴을
보자 기겁을 해서 뛰쳐 일어났어야 했을 것이다. 일은 어떻게 됐느냐?
무엇은 어떻고 무엇은 어떻더냐──질문의 화살을 퍼부어댔을 것이다.
그리고 또 돌아왔으면 진작 깨워줄 노릇이지 어째서 멍청히 앉아만 있었
느냐고 볶아치기도 했을 것이다.

그러나 지금의 방원은 돌아왔느냐는 말 한마디만 내던지고 다시 눈을

내리깔았다. 가슴이 호수처럼 잔잔하기만 하다. 고통을 쾌락으로 승화시키는 비법을 피부로 터득한 때문이라는 부질없는 이유 같은 것도 곱씹고 있지 않았다.

"하도 곤히 주무시기에 기다리고 있었습니다마는……"

평도전이 오히려 어리둥절한 얼굴로 입을 떼었다.

"일은 제대로 끝이 났습니다."

"그런가? 수고들 했네."

또 담담한 응수가 기계적으로 나간다. 반갑지 않은 것이 아니었다. 기쁘지 않은 것이 아니었다. 그런 감정을 호흡이 짧게 팔딱거려 보이는 풋된 젊음이 깊숙이 가라앉아 버렸을 뿐이었다.

"감쪽 같았습지요. 피차간에 다치는 사람은 몇몇 있었습니다마는, 목숨을 잃은 사람도 요행히 없었습니다."

원해가 말을 이어 보고했지만,

"그런가?"

방원은 눈도 뜨지 않고 고개만 끄덕거렸고, 그런 모습을 설매는 흡족한 눈으로 지켜보고 있었다.

"지금에야 솔직이 고백합니다만, 졸자 큰소리는 치면서도 이 나라 무사들의 무력을 은근히 두려워했었습죠."

평도전은 이렇게 말을 이었다.

"인원 수도 우리보다 우세할 뿐더러 땅(地)의 이(利)도 우리를 훨씬 능가하고 있을 터이니, 어떻게 그 사람들을 물리칠까 속으로는 애를 태우고 있었습니다만, 막상 무딪쳐 보니 어이없을 정도로 약한 구석이 있다는 걸 알게 되었습지요."

방원은 여전히 듣고만 있었다.

"이런 말씀 드린다면 왕자님 귀에 거슬릴는지 모르겠습니다만, 앞날을 위해서 쓴 약을 복용하시는 셈치고 들어주시기 바랍니다."

일본 사람들 식으로 표현한다면 어금니에 무엇이 끼인 것 같은 어투였지만 그래도 방원은 무표정한 얼굴을 하고 있었다.

"첫째로 느낀 약점은 무사들의 힘과 용맹이 고르지 못하다는 점입니다. 어떤 사람은 다람쥐처럼 비겁하게 꽁무니를 뺄 궁리만 하고 있더군요. 다시 말하면 가히 대적할 만한 적수는 다섯 명에 한 명 꼴이었지요. 그와 반대로 우리측의 무력이나 용력은 과부족이 없이 고릅니다. 그러니 그 사람들 머릿수의 반수, 아니 삼분의 일밖에 못되는 인원이었지만, 어렵지 않게 격퇴할 수 있었습지요."

이 나라 무반의 취약점을 비웃는 동시에 자기네 왜무들의 힘을 자랑하는 소리로 듣자면 못들을 것은 아니었지만, 그런대로 참고가 될만한 점이 없는 것도 아니었다.

"둘째로 무기와 무술입니다. 궁술에 있어서는 우리네 일본 사람들이 까마득히 미치지 못하도록 능숙한 솜씨를 보였습니다만, 창검술은 형편 없이 미흡하더군요. 궁술이란 먼 거리를 두고 대진할 수 있는 것이지 어두운 한밤중에 맞붙어 싸우는 단병접전(短兵接戰)에선 맥을 못추는 무용(無用)의 장물(長物)이 아니겠습니까?"

그것도 수긍할 수밖에 없는 견해였다.

전 왕조 고려때, 골치를 앓던 왜구들과의 대전에서도 역시 그러했다. 고려군이 승리를 거두어 적을 격퇴시킬 수 있었던 것은 이성계의 궁술이나 최무선(崔茂宣)의 포술(砲術)이 주효할 수 있었던 원거리의 대전이었다.

백병전에서는 번번이 적의 칼날 아래 참패를 당해야만 했다.

"이 나라 무사들에게 일본 무사의 장점을 배우게 하고 장기를 습득시키기 위해서도 역시 졸자의 수하나 전우들을 군직(軍職)에 채용하시는 것이 상책인 줄로 압니다."

묘한 전제를 내세워 양측의 무력을 비교한 이유도 결국은 그 말을 던지기 위한 포석이었던 것 같다.

민무구 일파를 격퇴시킨 데 대한 보상을 효과적으로 요구하기 위한 작전이었던 모양이다.

"나는 원래 남에게 받은 것을 갚지 않고는 못견디는 성미이니 힘 자라
는데까지 주선해 보겠거니와 한 가지 미심한 점이 있단 말야."

겨우 입을 연 방원이 이렇게 말꼬리를 흐렸다.

"미심한 점이 있으시다니요?"

평도전이 표독한 시선을 던졌다. 원해의 그 이글이글한 눈도 검은 불을
켜고 있었다.

"저희들의 힘을 아직도 의심하신단 말씀입니까? 혹은 저희들의 충성심
을 못미더워하시는 겁니까?"

앞질러 넘겨짚어본 평도전은 혼자 부르고 혼자 써 내려갔다.

"왕자님께서도 우리 일본 무사들의 기질은 아직 소상히 모르고 계실
겁니다. 졸자 듣기엔 고려 사람들은 섬기던 상전이 바뀌더라도 옛주인을
못잊어 하는 경우가 많다더군요. 두문동인가 하는 골짜기에 숨어서 고집
을 부린다는 고려조의 유신들이 좋은 본보기겠지요. 하지만 저희들 일본
사람은 다릅니다. 새로 주인을 정하고 섬기게 되면 새 주인에게 충성을
다하는 것이 상례이며, 새 주인이 옛주인과 다투기라도 하게 될 경우,
서슴지 않고 옛주인에게 칼날을 들이댈 수도 있습지요."

공리적으로 계산한다면 새 주인이 되려는 측에겐 다시없이 편리한
족속들이라 할 것이다.

"하지만……"

방원은 겨우 무거운 입을 열었다.

"내가 미심쩍게 생각하는 점은 그게 아니란 말야. 자네들 일본인들이
구태여 이 나라에 귀화하겠다는 의도를 이해할 수 없단 말이네. 자네도
아다시피 우리 왕조는 창업한지 아직 한 해도 못되는 어수선한 새살림이
아닌가? 그와 반대로 일본은 지금 제법 틀이 잡혀서 안정된 사회를 이룩
하고 있다고 들었거늘, 그러한 자기 나라를 버리고 낯선 이역땅에 건너와
뼈를 묻겠다고 하니 알 수 없는 노릇이 아니겠는가."

일본의 정국을 대강은 파악한 말이라고 할 수 있다.

그 당시 일본의 실질적인 정권이었던 무로마치막부(室町幕府)가 수립된 것은 그보다 오십여년 전의 일이었다. 정권 수립 후에도 내분은 거듭되었지만, 한반도에 이씨왕조가 수립된 바로 그해, 이른바 남북조(南北朝)의 통합이 이루어져 내란은 종식되고 정치적 안정을 보게 되었던 것이다.

"그것도 일본과 이 나라가 다른 점입지요. 왕자님 어르신네 되시는 이 나라 대왕님께서 전 왕조의 유신을 너그러이 포섭하시려는 도량을 베풀고 계시지만, 일본의 집권자는 우리 남조(南朝)의 유신들에게 벼슬은 고사하고 조용히 숨어살 한 치의 땅도 허락하지 않는 형편이지요."

일본의 내란의 중요한 요인은, 천황의 계승권 문제를 놓고 이른바 남조와 북조로 갈라져서 대립하고 있었던 때문이었다.

그러다가 남조의 황위(皇位)를 후소송천황(後小松天皇)에게 신기(神器)를 전함으로써 남북조의 통합이 성립되기는 했지만, 실질적으로는 남조측이 북조측에 굴복한 것이나 다름이 없었다. 따라서 남조의 유신들은 현정권으로부터 심한 핍박을 받게 되었는데, 평도전 일당 역시 그런 곤경에 빠진 무신들이라는 것이다.

"말하자면 몸둘 곳이 없는 유민들이라?"

그제서야 이해가 간다는 표정을 방원은 보였다.

──임자 없는 강아지나 다름이 없다는 말이겠다?

그렇다면 좋다.

몸담을 곳 없는 야견(野犬)들이라면 한 술의 찬밥만 던져 주어도 뼈가 가루가 되도록 충성을 다할 것이다. 두문동의 샌님들처럼 옛 주인에게 연연하는 일도 없을 것이다.

──단 한 사람의 인재나마 아쉬운 새 왕조가 아니냐?

거두어 기를 수 있다면 그보다 더 다행한 일은 없을 것이라고 방원은 생각했지만, 이내 쓴웃음을 씹지 않을 수 없었다.

―― 나는 무엇이냐?

허울은 좋다. 창업주 이성계의 적자. 군호(君號)도 거창하게 정안군 나리, 그러나 그 따위 번지레한 허명이 무슨 소용이겠느냐고 자조하는 방원이었다.

쥐꼬리만한 실권도 없다.

왜무들이 원하는 어떠한 벼슬을 줄 수 있단 말인가?

―― 우선 내 집에라도 묵게 하면서 부려본다?

방원에게도 개인적으로 거느리는 사병(私兵)은 허용되어 있지만, 그들 속에 끼어 넣는다는 일은 생각해 볼 문제였다.

그러지 않아도 많은 의혹의 눈들이 자기를 지켜보고 있는 판국이 아닌가? 이 마당에 사병을 새로 채용했다는 소문이 퍼지면, 더더구나 그것이 엉뚱한 이방인인 경우 어떠한 모함의 꼬투리가 되는지 모를 일이었다.

"조금 전에도 말했네만, 자네들에게 진 빚은 무슨 수를 써서라도 갚기는 하겠네만, 당장엔 어려울 것 같으이."

결국 자신 없는 소리를 흘릴 수밖에 없었다.

"졸자의 요량으론 그렇지도 않을 듯싶습니다. 지금이라도 길은 있을 수 있을 것으로 여겨지는데요?"

평도전은 물고 늘어졌다.

"왕비님에 대한 효성과 세자님에 대한 우애를 생각하시는 나머지 대권의 장악을 체념하신 왕자님의 심중, 대강은 이해가 갑니다만, 그렇다면 다른 힘을 기르셔야 하겠지요."

"다른 힘이라니?"

"아예 왕비님과 손을 잡으시란 뜻입니다. 왕비님을 에워싼 무리들을 몰아내시고 왕자님께서 그분의 주석(柱石)이 되시란 말씀입니다."

"우리 일본의 속담에 이런 말이 있습지요. 귀신의 손에 맡기라."

한동안 말이 없던 원해도 한마디 참견했다.

"왕자님과 왕비님이 힘을 합치시게만 된다면, 당적할 세력이 또 어디 있겠습니까?"

현 왕조의 막후 실력자인 강비를 업고 그 세력을 언덕 삼아 비벼댄다면 방원 자신의 권력 구축도 가능한 일이 아니겠느냐고 내다본 말이었다.

계산상으로는 터무니 없는 주판알이 아니었다.

강비와 손을 잡고 그 주변에서 정도전 일당을 몰아낸다. 그렇게만 된다면 비록 세자 자리를 놓치기는 했지만, 실질적으로는 그 권좌를 탈취하는 것이나 다름이 없을 게다. 아직 나이어린 방석쯤 자기 그늘에서 뭉개버릴 수도 있다.

그러나 방원은 그런 작전을 다른 각도에서 음미하고 있었다.

마음으로는 목이 타게 강비와 접근하고 싶어하면서도 행동으로는 먼 발치에서 겉돌아 온 것이 사실이었다.

전에는 그렇지도 않았지만, 왕조가 수립되고 세자 책봉 문제가 대두되자 본의 아닌 거리가 생기고 말았다.

——전과 같이 그분을 자주 대하고, 전과 같이 그분의 입김을 쐴 수 있다면……

정치적인 계산 같은 것은 지금의 방원에겐 절실한 문제가 아니었다. 인간적인 밀착을 기대할 수 있다는 점에서 방원의 가슴은 설레이고 있었다.

——하지만 이제 와서 어떻게 그분에게 접근을 한다?

한번 틈이 벌어진 정(情)의 흐름을 다시 합류시키기란 쉬운 일이 아니었다. 적절한 계기와 충분한 이유가 있어야 한다.

"지금이 절호의 기회인 줄로 압니다."

방원의 마음의 갈피를 환히 헤쳐보는 것 같은 그런 말을 평도전은 슬며시 보냈다.

"왕비님을 시해하려는 무리들의 음모를 왕자님의 힘으로 미연에 분쇄하시지 않았습니까? 그 사실을 전해 드리기 위해서 찾아가신다면 그보다

더 좋은 접근책이 어디 있겠습니까?"

이건 또 무슨 소리인가? 그 일에 방원이 개입하였다는 흔적조차 없애기 위해서 세심한 신경을 쓰겠다고 자진해서 다짐한 평도전이 아니었던가?

그런데 이번엔 그 사실을 방원 자신의 입으로 털어놓으라고 종용한다.

종잡을 수 없는 수작이라고 이맛살을 찌푸리는 방원의 속마음을 평도전은 또 넘겨짚었다.

"그야 다른 사람에게라면 오늘밤에 있었던 일을 극력 은폐해야겠습니다마는, 왕비님은 다르시지 않습니까? 왕자님께서 솔직한 말씀을 드린다면 다른 사람들처럼 부질없는 의혹 따위는 품지 않으실 겁니다."

그럴지도 모를 것이라고 방원은 생각했다.

한때 거리가 멀어진 사이이긴 하지만, 자기쪽에서 접근해 가면서 가슴을 활짝 헤쳐 보인다면, 그 편에서도 가슴의 문을 닫지는 않을 것이라고 여겨졌다.

지난번 강비가 위급하다는 소식을 듣고 달려갔을 때만 해도 어떠했던가? 손수 술까지 따라 주며 환대하지 않았던가?

물론 그 술에 중독이 돼서 죽을 고생을 했지만, 그 술에 강비의 고의적인 조작이 있었으리라고는 지금도 생각하지 않고 있는 방원이었다.

"입궐하도록 하겠네. 내일 아침이라도 말일세."

방원이 마음을 굳히고 말하자.

"하필이면 내일 아침까지 기다리실 것이 무엇입니까?"

평도전은 서둘러댔다.

"왕비님의 생명을 좌우할 뻔한 일이 아닙니까? 촌각이라도 속히 알려드리는 것이 아드님된 도리이실 것이며, 또 그렇게 해야만 왕비님께서더욱 고마워하실 게 아닙니까?"

이악스런 계산이 귀에 역겹기는 했지만, 당장에 달려가라는 그말 자체가 싫지는 않았다. 당장에 달려가고 싶은 것은 바로 방원 자신의 절실한 갈망이기도 했다.

방원은 마침내 자리를 차고 일어났다.

"부디 조심하시어요."

기방을 나서는 방원을 전송하며 설매는 속삭였다.

이런 경우 흔히 있을 수 있는 인사말쯤으로 흘려들을 수도 있겠지만, 방원의 신경엔 약간 걸리는 데가 있는 말이었다.

──무엇을 조심하라는 건가?

요전처럼 독주를 대접 받고 중독일랑 아예 말라는 경고로 풀이하고 싶진 않았다.

"낮도 아니고 한밤중이니까요."

설매는 덧붙여 말했다.

──그건 또 무슨 뜻일까?

밤이면 어떻고 낮이면 어떻단 말인가? 아들이 어머니를 찾아가는데 밤과 낮이 무슨 상관이란 말인가?

"상감께서 대궐을 비우신 지금이 아니어요?"

다시 설매는 이런 말까지 했다. 근질한 웃음이 방원의 등골에서 쑤물거렸다.

──시샘을 하고 있는 걸까? 설매답지도 않게.

근질한 웃음은 야릇한 각도로 방원의 정골을 자극했다.

──설매가 투기를 해야 할 그런 분일까? 비록 계모라고는 하지만 어엿한 어머님이신데 말이다.

곱씹으면서도 방원의 마음의 눈은 새삼스럽게 강비를 다시 보고 있었다.

그 눈에 비치는 강비는 여성이었다. 민씨부인과도 다르고 더더구나 설매와는 판이한 색채를 띠고 있었지만, 여성임엔 틀림이 없었다.

"되도록 조심하도록 하지."

입으로는 이런 말로 응수했지만, 정작 그것은 혀끝을 겉도는 기계적인 소리였다.

말을 잡아탔다. 채찍을 가했다. 길이 잘든 애마는 어둠 속을 거침없이 달리고 있었다.

이 순간이 오히려 답답하다고 느끼면서도 한편으로 그 발걸음이 무거운 생각도 든다.

자기가 무슨 일을 저지를 것만 같다. 그것은 일종의 죄의식이라고 해도 좋았다.

한밤중의 돌연한 심방 때문일까. 강비의 자태는 여느 때와 다르게 방원의 눈에 비쳤다.

그야 궁중의 법도대로 방원의 내방을 궁녀들은 미리 점검했고, 따라서 의복이니 머리 단장이니 어지럽지 않게 매만지고 강비는 나타났지만, 자태의 구석구석엔 심야의 여인의 농염한 체취가 피어오르고 있는 것만 같았다.

여느 때엔 차갑도록 맑기만 하던 눈에도 핏발이 서리어 있다.

"무슨 일인가, 이 밤중에?"

강비는 조용히 물었다.

장성한 전실 아들이 홀로 있는 젊은 계모의 내실을 그것도 낮이 아닌 심야에 찾아온다는 행동을 무엄하다고 나무라면 나무랄 수도 있는 일이었지만, 강비의 어투에 그런 가시는 없었다. 오히려 반겨 맞아주는 따스함이 느껴져서 방원은 우선 흐뭇했다.

"정안군 신변에 무슨 일이라도 있었는가?"

강비는 다시 묻는 것이었고, 그말 역시 따뜻했다.

"소자 일신에 관한 일이라면 어찌 이렇듯 무엄한 태도를 취하겠습니까."

되도록 감정을 은폐한 기계적인 소리를 방원은 짜내느라고 애썼다.

그렇게 하지 않는다면 자기 속에 있는 무엇이 걷잡을 수 없게 분출할 것 같은 위험을 느꼈다.

"무슨 일일까? 이런 밤중에 찾아준 것을 보니 심상치 않은 일인 것 같기는 하지만."

강비는 실눈을 하고 고개를 꼬았다.

그런 하찮은 표정까지도 오늘밤의 방원에겐 새로운 자극이었지만, 그런 정감을 스스로 억제하며 방원은 말했다.

"어마마마께만 비밀히 여쭐 말씀이 있습니다."

그 방안에 시녀 하나가 시립하고 있었다. 이제부터 전하려는 정보의 내용상 그 시녀의 귀를 꺼리는 말은 사무적으로 지극히 당연한 배려였다.

그러니 막상 그 말을 꺼내놓고는 방원은 당황한다.

당신과 단 둘이 있게 해달라고 한 자신의 요청에 등골이 뜨끔해지는 것이다.

설매는 조심하라고 했다. 부왕 이성계가 없는 한밤중이라고 했다.

그 말이 새삼 되살아나며 따갑게 찌르는 것이다.

"남이 들어서 아니 될 말이라면."

강비는 눈짓으로 그 시녀를 내보냈다.

"어서 얘기해 봐요."

그 편에서 몸을 움직여 다가앉았다. 방원은 반사적으로 물러앉으며 머리를 조아렸다.

"중궁 전하와 동궁 저하를……"

이런 투로 말을 꺼냈다.

작전은 그것이 아니었다. 진심은 더더구나 달랐다.

허물없는 정골(情骨)을 드러내고 인간으로 마음의 피부를 맞대보겠다고 기대도 했고 다짐도 해 왔지만, 그렇게 정을 풀어헤치다간 자기의 모든 것이 허물어질 것 같은 불안이 엄습한 것이다. 그래서 일부러 용어나마 무겁고 딱딱하고 서먹서먹한 것을 골라본 것이다.

"원, 정안군두. 언제부터 그렇게 남남처럼 굴게 됐지?"

서운하다는 소리를 던지며 강비는 또 다가앉았다.

숨이 막힌다. 숨통을 뚫을 수 있는 길은 하나밖에 없다고 생각하면서, 사무적인 혀끝을 놀리는 길밖에 없다고 다짐하며 방원은 말을 이었다.

"중궁 전하와 세자 저하를 시해하고자 주동하는 무리가 있었습니다. 그런 일이 아니고서야 이 같은 밤중에 소자, 어찌 마마의 존전(尊前)을 어지럽히는 짓을 하겠습니까."

변명까지 섞어가며 단숨에 쏟아놓았다. 어쨌든 강비에겐 충격적인 소리였을 게다.

"나와 동궁을?"

안색이 일변했다.

"누구란 말인가. 어느 누구의 도당이 그런 발칙한 흉계를 꾸미고 있단 말인가?"

새파랗게 질린 입술을 바르르 떨면서 힐문했다. 그런 당연한 반응을 다행스러우면서도 서운하게 느끼며 방원은 말을 이었다.

"누구라고 꼭 짚어 말씀드리기는 심히 괴롭습니다만, 그런 무리가 바로 오늘밤 중궁 전하와 동궁 저하를 엿보고 있었다는 것만은 사실입니다."

방원이 이렇게 말하자

"바로 오늘밤에?"

강비는 더욱 놀란다.

"그렇다면 더더구나 그 흉노들의 정체는 밝혀져야 할 게 아닌가. 당장에 잡아다가 처단해야 할 것이 아닌가."

"지당하신 말씀입니다."

방원은 시인하면서도,

"마땅히 그렇게 하는 것이 법인 줄은 잘 압니다만, 그럴 수 없는 고충이 있기에 야밤중을 무릅쓰고 소자 이렇게 예궐한 것이 아니겠습니까?"

"고충이라니?"

그 물음엔 얼핏 대답을 하지 않고 머리를 조아리고 있다가 한참만에야 결연히 고개를 들고 방원은 다시 입을 열었다.

"솔직이 말씀드리겠습니다. 그 자들은 바로 소자의 수족이나 다름이 없는 자들입니다. 그러니 그 자들이 벌을 받아야 한다면 마땅히 소자가 먼저 죄책을 져야 하지 않겠습니까? 소자를 죽여 주십시오."

방바닥에 이마를 비벼댔다.

이제 강비는 놀라움이 극에 달하여 어안이 벙벙한 표정이었다.

"정안군의 수족이나 다름이 없는 자들이라?"

한동안 허공을 응시하다가 방원을 다시 건너다보았다.

"그 자들이 정안군의 손발 같은 인간들이라면 더욱 해괴하지 않을까. 정안군은 어째서 고변(告變)하는 거지? 그 자들의 죄상이 드러나면 정안군의 손발은 성할 수가 없을 터인데? 문드러지고말 터인데?"

맵고 따갑게 심골을 찌르는 소리였다.

"아프지 않다는 건가?"

강비는 다시 이렇게 덧붙여 말했다.

"소자도 목석은 아닙니다. 손발이 상하는데 어찌 아프지 않겠습니까?"

진지하게 방원은 마주 받았다.

"그렇다면?"

"저의 손발보다도 어마마마를 더 존귀하게 여기는 때문입지요."

듣기에 따라서는 근지러운 감언으로 받아들여질 수도 있는 소리였다. 그러나 방원의 어투는 진지했다. 중궁 전하라는 딱딱한 칭호를 버리고 어마마마라는 정감있는 말씨에서도 그의 충정을 느낄 수 있었던 것일까.

"자신의 손발보다도 나를 더 생각한다구?"

곱씹는 강비의 표정이 사뭇 누그러져 있었다.

그러나 그것은 아주 짧은 순간의 일이었다. 그 눈빛이 다시 날카롭게 번뜩인다.

"진정으로 나를 소중히 여긴다면 나에게 고하기 이전에 그 족들을 끊어버려야 했을 것이 아니겠어?"

"소자 역시 어찌 그럴 뜻이 없었겠습니까마는, 마음이 약해서 그런지 차마 끊어버리지는 못했습니다."

방원은 다 기어드는 소리로 말했다.

"끊어버리지 못했다면 그대로 두었단 말인가. 나와 동궁을 해치려고 휘두르는 칼날을 방치해 두었단 말인가?"

강비의 혀끝은 더욱더 신랄해진다.

"끊어버리지는 못했습니다만, 어찌 그대로 방치하겠습니까?"

조아리고 있던 얼굴을 방원은 겨우 들었다.

"끊지도 않고 버려두지도 않았다구?"

"묶어두었습지요. 몇몇 손가락 발가락에는 따끔한 침도 놓아주었습니다."

그리고 나서 방원은 민무구와 조영무 등의 모사와 그것을 물리친 경위를 간추려 설명했다.

물론 흉도들의 정체나 그들을 물리친 왜무들의 신분에 대해서는 되도록 언급하지 않았다.

"이 일은 소자와 소자의 수하들만 아는 사실이온즉 그대로 덮어둘까도 했습니다마는, 그런 허물을 은폐한다면 첫째로 어마마마에 대한 자식된 도리에 위배될 것이며, 언제 어느 누가 그런 흉계를 또 꾸밀는지도 알 수 없는 일이오라, 앞으로는 각별히 좌우의 경호에 유념하십사고 여쭙는 것입지요."

강비는 말없이 깊은 시선만 던지고 있었다.

"여쭈어야 할 말 다 여쭙고 나니 소자의 마음 한결 가벼워진 것 같습니다. 이젠 물러가서 어마마마께서 내리실 형벌이나 대죄할까 합니다."

방원은 다시 한번 머리를 조아리고 자리에서 일어나려고 했다.

그때 갑자기 밤바람이라도 인 것일까. 문풍지가 요란한 소리를 내며 흔들렸다.

"저렇게 또 바람이 불면 어쩌지?"

불안한 그늘을 피우며 강비는 물었다.

"광란하는 바람이 묶어놓았다는 사슬을 끊고 그 손발들이 오늘밤이라도 소란을 피우면 나는 어쩌지? 동궁은 어떻게 하지?"

강비는 다가앉았다.

"정안군이 물러가면 누구를 믿고 이 밤을 지새우지?"

어느새 강비의 손은 방원의 무릎에 얹혀 있었다. 방금 흘려보인 말 그대로 불안에 떠는 마음이 무의식 중에 뻗어본 손길일까. 혹은 어마마마라고 부르고 소자라고 자칭하는 전실 아들에 대한 스스럼 없는 친근감에서 그저 그렇게 해본 것일까.

그러나 방원에겐 불덩이처럼 뜨거운 손이었다. 거기로부터 번져지는 정화가 심골 마디마디를 연소하고 용해하는 것만 같았다.

──무섭다!

그 손길보다도 예측할 수 없는 자기 자신의 심마(心魔)가 더 두려웠다. 그렇다고 그 손길을 뿌리치고 뛰쳐 일어날 만한 심력도 방원에겐 없었다.

"부탁해요, 정안군!"

이번엔 강비의 얼굴이 방원의 코밑에까지 바싹 육박하고 있었다. 뜨거운 입김이었다.

"오늘밤은 내 곁에 있어 줘요. 그러지 않아도 상감이 떠나신 이후 밤만 되면 얼마나 허전했는지 알아요?"

그 말도 액면 그대로 타의없는 진담일는지 모른다. 하지만 방원에겐 자신의 정골에 불을 당기기 위한 고혹적인 정유(精油)로만 느껴진다.

두렵고 괴로우면서도 감미로운 사슬에 감겨드는 것 같은 유열에 방원의 젊은 피는 허위적거리고 있었다.

돌연 강비가 손을 떼었다.

두려운 불씨가, 괴로운 사슬이 제물에 풀리고 끊어진 셈이었지만, 방원은 당황한다. 그리고 허전하다.

그러나 강비는 자리에서 몸을 일으키며 또 하나의 불꽃을 던져 주는 것이 아닌가.

"밤을 새우자면 무료하게 앉아 있을 수만은 없는 게 아니냐?"

시녀를 불렀다. 몇마디 귀엣말로 지시를 했다. 잠시 후 시녀가 술상을 차려다 놓고 나갔다.

강비는 손수 술병을 들고 방원에게 잔을 내밀었다.

"무료한 시간을 보내자면 남정네들에겐 술이 제일이라면서?"

이런 말을 건넸다.

그 잔을 방원은 얼핏 받아들 수가 없다. 역시 두려운 것이다.

강비의 손길이 불안한 불씨였다면 이것은 또 무엇인가.

지루한 연소불 따위가 아니다. 당장에 작렬하는 가공할 폭약이 아닌가.

"어째서 망설이는 거지? 이 술에 독이라도 탄줄 아나?"

강비의 혀끝은 당장에 앵돌아진다.

"전번에 정녕옹주는 마치 내가 따른 술에 독이라도 탄 것처럼 의심하더니만 정안군 역시 같은 눈으로 나를 보는가?"

"그런 뜻이 아닙니다, 어마마마!"

방원은 허둥거렸다.

"소자 그 술에 취하는 것이 두렵습니다."

자기도 모르게 속마음을 털어놓고 말았다.

"두렵다니? 무엇이?"

짓궂은 눈으로 강비는 뚫어보았다.

"일전에는 내가 따라 주는 술잔을 기꺼이 받지 않았던가?"

등골에 식은땀이 서린다. 욕심 같아선 그 술잔뿐만 아니라 술병째 다그쳐서 들이켜고 싶다. 하지만 폭발을 각오하고 정염에 몸을 던지기엔 아직도 냉엄한 이성이 눈을 밝히고 있었다.

"지금은 대낮도 아니고 한밤중입니다. 어마마마."

어떻게 해서든지 폭약 같은 그 잔을 물리쳐야 한다고 방원의 이성은 다짐하고 있었다.

"밤이 무슨 상관이지? 술이란 원래 밤에 드는 것, 일전에 내 잔을 받았을 때도 틀림없는 밤이었을 터인데?"

유혹의 사슬은 빈틈이 없었다. 이제 그것을 끊어버리는 길은 하나밖에 없다고 생각하면서 방원은 잘라 말했다.

"전번에 아바마마께서 한자리에 계셨습니다만, 오늘밤은 어마마마와 저 뿐이올시다."

"뭐라구?"

표독한 반문을 강비는 던졌다.

"나는 어디까지나 정안군을 친아들처럼 여겨왔거니와, 정안군은 역시 남남으로만 알고 있는 모양이지?"

당치도 않게 비꼬인 소리였다. 그리고 방원이 반박할 여유도 주지 않고 강비는 또 조아댔다.

"피가 얽힌 아버님의 술잔은 받아도 계모의 술잔 따위는 받을 수 없다는 거겠지?"

사심없이 따지고 본다면 한사코 거부해야 할 금단의 술잔은 아니었다. 어쨌든 어머니가 아들에게 주는 것이 아닌가. 떳떳하게 받아 마셔야 오히려 당연할 것이다.

망설여지는 요인은 방원 자신의 마음의 그늘 속에만 있다.

그런만큼 친어머니가 아니라서 받지 않느냐고 꼬집는 말에 방원은 뒤통수를 얻어맞은 느낌이었다.

──저 분은 아무런 딴 뜻도 없이 술을 주려고 하신다. 나 혼자 떳떳지

못한 망상을 그리고 있을 뿐이다.

슬며시 부끄러워진다.

"그렇게까지 말씀하신다면 어찌 한 잔 술을 받지 못하겠습니까."

마침내 손을 내밀었다.

"암, 그래야 하구말구."

활짝 웃으며 강비는 술잔을 가득 채웠다.

단숨에 들이켰다.

지글지글 타던 목구멍에 그 한 잔 술은 사뭇 달다.

"한 잔 더."

또 권한다. 술은 마물(魔物)이라던가. 입에 대기 전에 겁도 먹었고 망설이기도 했지만, 일단 입술을 적시고 나니 그러한 자기 태도가 되려 우스워진다.

서슴지 않고 거듭 받아 마셨다.

"석 잔은 해야지."

또 따르고 또 마셨다.

무슨 술일까? 혀끝에는 달착지근하면서도 속으로 들어가서는 화끈하게 열을 피운다.

그 열기가 마침내 정골에까지 점화되었다.

사전부터 방원이 두려워한 우려였지만, 술의 마취력은 그것을 의식할 만한 눈도 가리고 있었다.

"소자 연거푸 석 잔을 들었으니 어마마마께서도 한 잔을 받으셔야 하지 않겠습니까?"

잔을 내밀었다.

거기까지는 좋았다. 그러나 강비가 한 잔을 받아 마시자,

"소자 석 잔이나 마셨사온데, 어마마마께서만 어찌 한 잔으로 그치실 수 있으시겠습니까?"

또 한 잔을 강권했다.

여느 술친구라면 또 모른다. 사적으로는 아무리 모자지간이라고는 하지만, 상대는 지존한 국모가 아닌가.

연거푸 두 잔씩이나 강요한다는 것은 어리광 치고도 정궤를 이탈한 수작이 아닐 수 없었다.

그래도 강비는 애써 웃는 얼굴을 지으며 받아마셨다.

"이왕지사 한 잔 더 받으셔야지요. 소자가 석 잔, 어마마마도 석 잔. 그래야만 과부족이 없을 게 아닙니까?"

강비의 얼굴에서 웃음이 걷혔다.

"나에겐 두 잔도 과한 편이야."

경계하는 시선까지 보내며 손을 가로저었지만,

"그건 공평치 못한 말씀이십니다. 마마께서 믿지 않으신다면 소자 그냥 있을 수는 없습니다."

이젠 사뭇 혀꼬부라진 소리까지 던지더니 강비의 손목을 덥썩 잡았다. 그 손에 강제로 잔을 쥐어주려고 했다.

"이게 무슨 짓인가."

강비는 꾸짖었다.

그제서야 방원은 놀라 깨어나는 얼굴을 하다가 술잔을 떨어뜨리고 방문을 열어 젖혔다.

일시에 취기가 깨는 느낌이었지만, 그렇다고 강비가 먼저 꾸짖은 때문이 아니었다.

방문을 열어젖힌 이유 역시 다른 데 있었다. 인기척을 느낀 것이다. 누군가가 방문 밖에서 엿보고 있는 것 같아서 열어본 것이다. 그리고 그러한 그의 육감은 적중했다.

방문이 열리는 것과 동시에 몸을 날려 도망치는 뒷모습이 있었다. 궁녀 차림을 한 여인으로 보였지만, 다음 순간 그것은 시야가 미치지 못하는 어둠 속으로 잠겨버렸다.

"어째서 그러는 거지?"

등 뒤에서 강비가 물었다. 도청자의 존재를 강비는 미처 깨닫지 못한 것일까. 방원의 태도가 의아스럽기만 하다는 그런 어투였다.

그 물음에 대답은 하지 않고 방원은 다시 방문을 닫았다.

"벌써 자객이라도 잠입했던 것 아니겠지?"

말로 이렇게 거듭 묻는 것이었지만 진실한 빛은 없었다.

"조금 전에 술상을 차려온 시비, 오래 전부터 부리시던 앱니까?"

방원은 불쑥 이런 질문을 던졌다.

"그건 또 어째서 묻는거지?"

"아무래도 뒷모습이 그럴싸해서 말입니다."

"그 애가 우리 얘기를 엿듣기라도 했단 말인가?"

방원은 잠자코 고개를 끄덕였다.

"그럴 애가 아닐텐데. 얼마 전 진안군(鎭安君) 집에 갔다가 하도 엽렵하고 깔끔하기에 내가 굳이 청해서 데려다가 부려보았지만, 이때껏 수상한 구석이라고는 느낀 적이 없었는걸."

"다름 아닌 큰형님댁에 있던 애라구요?"

방원은 가슴이 내려앉는다.

"그애, 잠깐 불러주실 수 없겠습니까?"

"어려운 일은 아니지만, 왜 그럴까?"

의아해 하면서도 강비는 시녀를 불러보았다. 그러나 대답이 없었다. 두 번 세 번 거듭 부르자, 그 시녀 대신 다른 궁녀들이 달려왔다.

"언년이 어딜 갔느냐?"

시녀아이 이름을 대고 물어보았다.

"조금 전까지도 여기 있는 줄로 저희들은 알고 있습니다."

한 궁녀가 오히려 어리둥절한 얼굴을 하고 말했다. 비로소 강비의 표정에도 불안이 피어 올랐다.

"당장 그 애를 찾아오도록 하라. 눈에 띄지 않거든 사람을 풀어서라도 기어이 찾아야 한다."

엄하게 지시했다. 그러나 한참이 지나도 궁녀들은 언년이를 찾아오지 못했다. 중전은 말할 것도 없고 궁궐 전체를 샅샅이 뒤져보았지만 간곳이 없다는 것이다. 방원은 혼자 골똘히 생각에 잠기다가 궁녀들이 일단 물러가자 쓰겁고 무거운 소리를 흘렸다.

"칼날을 번득이는 자객보다는 더욱 염려스런 독충이 잠입해 있었던 듯싶습니다."

"자객보다 더한 것이라니? 그 애가 어떤 흑심을 품고 나를 해치고자 했다는 뜻인가?"

강비는 다급하게 물었다.

"아직 경경히 단정할 일은 아닙니다만, 십분 경계는 하셔야 할 줄로 압니다."

이렇게 말하고 나서,

"소자, 오늘밤은 이만 물러가는 게 좋을 듯싶습니다."

방원은 자리에서 일어섰다.

촌각이라도 지체하면 지체할수록 어떤 예기치 못한 화앙(禍殃) 속에 말려들 것만 같았다.

그것은 이때껏 우려해 온 자신의 마음의 자세에 국한되는 문제가 아니었다. 자기 이외의 어떤 검은 손이 덜미를 짚으려고 다가오는 것만 같은 불안이었다.

강비 역시 어렴풋이나마 비슷한 무엇을 느낀 것일까. 굳이 더 붙잡거나 말리지는 않았다.

대궐 밖으로 물러나온 방원의 가슴은 차갑다.

강비에 대한 감정만을 곱씹자면 모처럼 익어가던 정과(情果)를 포기하였다는 아쉬움에 잠겨 있어야 했을 것이다. 아니면 위기를 모면하였다는 안도의 가슴을 쓸어내려야 했을 것이었지만, 그도 저도 아닌 다른 그늘을 그는 쫓고 있었다.

──그 시비가 큰형님 집에서 부리던 아이라면, 어째서 중궁의 처소를

엿보고 있었을까?

항상 흐릿한 태도를 취하고는 있지만 진안군 방우(鎭安君 : 芳雨) 역시 강비에게 좋은 감정을 품고 있지 않을 것은 확실했다. 법통으로 따지자면 당연히 세자 자리를 이어받아야 할 그가 아닌가. 어쩌면 누구보다도 강비에게 사모친 어긋니를 갈고 있을는지도 모른다.

——혹시 큰형님의 밀령을 받고 중궁의 신변을 염탐하러 온 것이 아닐까.

그렇다면 사태는 심상치 않다. 한밤중에 강비와 단둘이서 호젓한 밀실에 앉아 있었다는 사실은 말할 것도 없고, 강비와 자기 사이에 오고간 모든 대화를 남김없이 그 시비는 엿들었을 것이다. 어쩌면 강비가 자기 무릎에 손을 얹은 정경도, 그리고 취중이라고는 하지만 강비의 손을 잡은 자기의 수작도 그 시비는 모조리 엿보았을는지 모른다.

새삼 심골이 얼어붙는다.

——중궁도 중궁이지만, 큰형님의 눈에 비치는 나는 무엇일까!

역시 따갑고 밉살스런 가시일는지 모른다. 강비와 세자에게 반기를 들고 칼을 가는 무리들, 그 사람들이 옹립하려고 지목하는 인물은 법통상의 자격을 구비하고 있는 방우 그가 아니었다. 사실은 방원이었다.

그런만큼 방원을 밉고 역겨운 가시로 그가 시새움을 태운다 해도 그것은 오히려 자연스러운 감정일 것이다.

——그런 형님에게 오늘밤의 일을 낱낱이 고해 바친다?

뜻하지 않은 회보에 방우는 작약할 것이다. 강비와 방원을 한두름에 엮어서 제거할 수 있는 절호의 기회라고 회심의 미소를 씹는지도 모른다. 그것은 황새와 조개가 자진해서 어부의 구럭 속, 방우의 그물 속으로 뛰어드는 요행이 될 수도 있을 것이다.

5. 발 없는 駿馬

그물을 졸라매고 휘두르기는 어렵지 않은 일이다.

강비와 방원이 패륜의 밤을 보냈다는 소문이라도 퍼뜨려 보라.

──그분이 아닐 게다.

발 없는 말에겐 가공할 번식력이 있다. 입만 열면 그 말은 새끼를 친다. 새끼가 새끼를 치고 그 새끼가 또 새끼를 쳐서 오뉴월 쇠파리처럼 앵앵거릴 것이다.

──만일 그 소문이 아버님의 귀에까지 들어간다면 어찌할 것인가.

방원은 전율한다.

──어김없는 호동왕자 그 꼴이 되지 않겠는가.

고구려의 호남아, 호동(好童)의 음산한 최후를 문득 상기한 것이다.

호동은 고구려 제3대 대무신왕(大武神王)의 차비(次妃) 소생이었다.

삼국사기가 전하는 것을 보면 안용(顔容)이 미려하여 부왕의 극진한 총애를 받았고, 그 때문에 이름까지 호동이라고 부르게 되었다고 하지만, 그보다도 전략가로서의 그의 능력에 큰 기대를 걸고 있었는지 모른다.

낙랑태수(樂娘太守) 최이(崔利)의 딸을 유혹해서 일종의 정보 수집망으로 추상할 수 있는 자명고(自鳴鼓)를 파괴하여 낙랑군 정벌에 결정적인 계기를 마련한 공훈과 역량을 높이 샀던 때문인지도 모른다.

어쨌든 차비 소생의 호동에게 부왕의 마음이 쏠리는 것을 원비(元妃)는 시기했다. 마땅히 자기 소생의 아들이 차지해야 할 세자 자리를 가로

채지 않을까 전전긍긍했다.

호동이 자기를 예대(禮待)하지 않고 음란한 수작까지 부리려 한다고
참소했다.

처음엔 그 말을 곧이듣지 않던 대무신왕도 원비가 눈물까지 뿌리면서
애소하자, 마침내 호동을 의심하게 되었다. 주벌하려고 했다. 궁지에 몰린
호동은 한마디 변명도 못하고 복검자살(伏劍自殺)하고 말았다는 것이
다.

상대가 계비와 원비라는 차이는 있지만, 오늘밤의 추문이 부왕 이성계
의 귀에 들어간다면 결과는 같을 것이다.

이성계 역시 대무신왕 같이 자기를 의심할 것이며, 자기 역시 호동왕자
처럼 죽어야 할는지 모른다.

──내가 당하게 될 앙화도 문제지만, 중궁은 또 어찌될 것인가.

격분한 이성계는 방원 자기뿐만 아니라 강비까지 처단하게 되는지
모른다. 강비에 대한 애착이 더할 수 없이 뜨거운 만큼, 배신의 독주를
안겨주었다고 믿게 될 이성계의 질투와 증오는 치열할 것이다.

물론 강비 소생의 세자도 무사할 수는 없다.

손끝에 피 하나 묻히지 않고 상대 경합자를 한두름에 제거하게 된다면
세자 자리는 제물에 굴러서 방우에게로 안겨질 것이 아닌가.

──덩굴째 굴러드는 호박 아닌 호박을 형님인들 어찌 외면할 것인
가.

그런 공산만 확실하다면 기꺼이 일을 벌릴 것이다. 아니 한시라도 속히
떨어지도록 바람이라도 넣을 것이 아니겠는가.

"문제는 그 발 없는 말이다. 아가리를 벌리기 전에 무엇보다 그 말문을
틀어막아야 한다."

입밖에까지 내며 혼자 다짐하고 있다가 문득 어둠 속에서 인기척을
느끼고 긴장한다.

"어쨌든 입을 틀어막자면 먼저 그 말을 잡아서 묻어두어야 할 것이

아니겠습니까?"

말소리만 들어도 평도전임을 알 수 있었다.

"하회가 궁금해서 왕자님 나오시기를 기다리고 있었습지요."

이렇게 덧붙여 해명하는 것은 원해였다.

"말을 잡을 생각이야 난들 없겠나. 손도 쓰기 전에 도망쳐 버렸으니 행방을 알 수 있어야지."

이렇게 말하고는 언년이란 시녀가 엿듣다 도망한 경위를 방원이 간추려 설명했다.

"행방이야 뻔하지 않습니까. 도망친 말이란 제가 살던 마굿간을 찾아드는 게 버릇이 아니겠습니까?"

방우의 집으로 달려갔을 것이라는 추리를 평도전은 내렸다.

"이제라도 쫓아가면 잡을 수 있을까?"

"글쎄올시다. 이곳에서 왕자님 형님댁의 거리가 얼마나 되는가에 달렸겠습니다만, 어쨌든 잡아야 할 말이니 쫓지 않을 수 없겠습죠."

"가세."

촌각이라도 지체하고 있을 계제가 아니었다. 방원은 승마를 잡아타고 달렸으며 평도전과 원해는 도보로 뒤따랐다.

말도 준족이었지만, 두 왜인의 주력(走力)도 경이적이었다. 질주하는 말걸음에 별로 뒤지지 않고 따라붙었다.

방우의 집이 저만치 바라보이는 지점에 이르렀다. 그러자,

"아차, 늦었구나."

어금니를 깨물며 방원은 말을 세웠다.

어둠 속에서도 그 시녀로 여겨지는 뒷모습이 그집 뒷문을 박차고 뛰어드는 것을 목격한 것이다.

"놓쳤구나!"

남의 귀를 경계하느라고 잔뜩 억제한 목소리였지만, 찢어지는 듯한 절망의 절규였다.

"고꾸라져도 그냥 일어나지는 않는다."

직역하면 이런 뜻이 될 왜말을 평도전은 중얼거렸다.

"전화위복이란 말과 비슷한 말입니다. 저희들 일본 사람이 흔히 쓰는 속담이지요."

원해가 덧붙여 풀이했다.

"여기서 놓쳤다고 단념할 수야 없지 않습니까? 끝까지 쫓아야 합지요."

"이보게 쫓다니, 이 밤중에 형님댁엘 뛰어들어가서 마구 끌어낼 수도 없는 노릇이구."

"내놓고 뛰어들기는 어려운 일이겠습니다만, 남의 눈에 띄지 않도록 할 수는 있지 않습니까."

말하고 나서 평도전은 몇마디 귀엣말을 더 속삭였다.

"날더러 도둑고양이처럼?"

방원은 쓰겁게 내뱉었다.

"왕자님의 심정, 그리하실 수도 있겠습니다만, 지금이 어느 판국입니까."

"거추장스런 마음의 의관(衣冠) 따위는 벗어 던지셔야 할 줄로 압니다."

두 왜놈은 번갈아 다그쳤다. 그러더니 평도전이 담밑에 허리를 굽히고 자기의 등을 두드렸다. 그 몸을 발판 삼아 뛰어넘으라는 시늉일 게다.

"어서 들어가십시오, 왕자님. 소인은 밖에서 망을 보겠습니다."

원해가 재촉했다.

방원은 마음의 눈을 감았다. 평도전의 등마루를 밟고 담을 뛰어넘었다.

이어서 평도전도 누구의 도움도 받지 않고 가볍게 담을 뛰어넘었다.

"형님 되시는 분의 거실이 어딥니까?"

소리를 죽이고 그는 물었다. 턱짓으로 방원은 별당 쪽을 가리켰다.

성미가 괴팍한 방우는 여느 가장처럼 큰 사랑방을 차지하고 도사리는
일은 적었다. 사람들이 드나드는 게 귀찮다고 항상 외진 별당에서 기거하
고 있었다.

"그리로 가셔야지요. 그 시녀가 먼저 달려갈 곳이라면 그곳 밖에 더
있겠습니까."

발소리를 죽이고 평도전은 앞장서서 다가가더니 별당 방문 뒤에 몸을
붙였다. 방원도 그렇게 할 수밖에 없었다.

"나리, 잠깐만 일어나시어요. 제가 왔어요."

언년이의 숨가쁜 소리가 방문 사이로 흘러나온다.

"누구냐? 겨우 눈을 붙인 단잠을 어느 누가 깨는거지?"

술과 잠에 취해 꼬부라진 소리를 방우는 던진다.

"저라니까요. 언년이가 왔어요."

그 한마디는 술독에 빠져서 허우적거리는 것 같던 방우의 취몽(酔夢)
을 두드려 깨기에 충분하였던 모양이다.

"언년이라구?"

잔뜩 꼬부라졌던 말소리까지 팽팽히 긴장한다.

"무슨 일이 있었느냐?"

"꼭 무슨 일이 있어서 와야만 하나요?"

당돌하게 해롱거리는 소리를 언년이는 던진다.

"지금은 대낮도 아닌 한밤중이 아니냐. 무슨 일이 없고서야 이렇듯
달려올 턱이 있겠느냐."

방우는 어디까지나 정색을 하고 캐물었다.

"한밤중이니까 더 그렇죠. 제가 밤중 아니고 나리 방을 찾아온 적이
있었어요?"

언년이의 혀끝은 가로 돌기만 했다. 그런 수작이 방우에겐 답답한 노릇
일는지 모르지만, 방원으로선 다행스런 일이었다. 만일 방에 들어서는
즉시로 그 사실을 고해바쳤다면 어떤 비상 수단을 써서라도 저지해야만

했다.

"지금이 어느 때라고 허튼 소리만 지껄이느냐?"

방우의 입에선 좀처럼 들어보기 어려운 엄한 구기로 꾸짖는다.

"어머나, 무서워라."

언년이는 또 해롱거린다.

"그 동안에 나리 마음이 변하신 모양이네요. 저를 중전에 처박아 넣고 다른 계집년하고 재미 많이 보셨나보죠?"

하다가 금새 해롱거리던 그 혀끝이 울먹이는 소리를 빚어낸다.

그 정도의 대화만으로도 방우와 언년이의 사이가 어떠한 것인가를 밖에서 엿듣는 귀에도 충분히 짐작이 갔지만, 그런 밀밀(密密)한 관계 따위를 시비하고 있을 계제가 아니었다. 오히려 뜻하지 않은 그 치화(痴話)가 방원으로서는 역시 다행스러웠다. 그대로 그들 사이에 치정 싸움이라도 벌어져서 밀고할 기회를 놓치기만을 은근히 기대하고 있었다.

"제가 얼마나 나리를 기다리고 있었다구요."

훌짝거리면서 언년이는 말을 이었다.

"그런데 나리는……"

언년이는 숫제 울음을 터뜨렸다.

"보고싶은 마음이야 너보다 내가 몇갑절 더했으리라."

잔뜩 굳어있던 혀끝을 애써 능치며 방우는 얼레발을 쳤다.

"거짓말."

"별소리를! 내가 언제 거짓말 하는 소리 들었느냐?"

"진정이시라면 어째서 보고만 계시어요. 딴소리만 하시어요."

하면서 큰소리를 피우는 것이 방문 밖에까지 역력히 흘러나왔다.

"보고만 있다니. 느닷없이 정든 임이 찾아드시니 꿈인지 생시인지 분간할 수 없어서 잠시 어리둥절했을 뿐이 아니겠느냐."

능청스런 손길이 속살이라도 더듬는 것일까.

"몰라요. 난 모른다니까."

아양을 떨면서 언년이는 할딱거린다.

——형님도 녹녹치 않은 분이로구나.

방원은 새삼 혀를 찼다.

핏줄이 얽힌 동기간의 추행(醜行)이란 생리적인 반발을 자아내기 마련이다.

방우의 잡스런 수작을 엿듣는 방원의 귀도 피할 수는 없었다.

그러나 그런 하찮은 기분보다도 훨씬 절실한 충격이 방원의 가슴을 흔들고 있었다. 사람이 사람을 얽어매는 사슬치고 가장 강렬한 것이 무엇일까. 더더구나 남성이 여성을 움켜잡고 부려먹자면 정(情)보다 더한 고삐는 없을 것이다. 또 정의 사슬을 꼬는 끄나풀치고 피부와 피부를 비벼대는 육교(肉交) 이상의 것을 찾아내기도 힘들 것이다.

그런 인정의 기미를 예리하게 포착하고 정치적인 포석에까지 활용하고 있는 것이 바로 방우, 그 사람이라고 느껴진다.

여자의 마음은 변하기 쉽다. 제아무리 충성을 맹세한 충비(忠婢)라 하더라도 어떤 위협이나 유혹에 못이겨 변심하지 말란 법은 없다. 변심을 한다면, 더더구나 폭약 같은 밀령을 품고 적진에 잠입한 밀정이 배신을 한다면 어찌 되겠는가.

그 마음을 요동하지 못하게 고정시키는 쐐기치고, 정의 못, 육(肉)의 못은 아마 최고에 속할 것이다.

평소에는 술독에만 잠겨 있는 얼굴을 하면서도 은근한 야심의 그물을 빈틈없이 치고 있었구나 생각하며 방원은 새삼 눈을 씻어보는 느낌이었다.

방원은 한동안 침묵에 잠겨 있었다. 그러나 소리없는 정의 열기만은 귀청이 뜨겁도록 들을 수 있었다.

"어떻게 한다?"

방원은 귀엣말로 평도전에게 물었다. 예기치 않은 치정극의 전개로 위기는 일단 모면한 셈이었다. 그러나 그러한 소강 상태는 어디까지나 일시적일 뿐일 게다.

치정의 불길이 가라앉고 의뭉스런 방우의 손길에 앵도라졌던 언년이의 혀끝이 풀린다면, 그 사실을 발설하지 않으리라는 아무런 보장도 없다. 더구나 이 밤중에 중궁을 탈출해서 도망쳐 온 목적 자체가 바로 그것이 아니었던가.

"과히 심려 마십시오. 졸자에게 한 가지 계책이 있으니까요."

평도전은 야릇한 자신을 보이더니, 방원의 손을 잡아 자기 소매 속으로 끌어넣었다.

방원의 손끝에 닿은 것은 질척질척한 한 덩어리의 솜뭉치였다.

그 손끝을 평도전은 다시 유인해서 다른 것을 만지게 한다. 손끝에 닿은 것은 부싯돌이었다.

——젖은 솜뭉치와 부싯돌?

솜뭉치의 습기는 촉각으로도 물에 젖은 그런 종류가 아님을 알 수 있었다. 끈적끈적한 기름기가 느껴졌다.

"기름먹인 솜뭉치에 불을 당긴다?"

소리를 죽이고 묻는 말에,

"던지는 것입지요."

평도전은 방문을 향해 턱짓했다.

그것만으로 평도전의 의도는 대강 파악할 수 있다.

——그 계집종이 만일 발설을 한다면 불을 당긴 솜방망이를 방문에 던진다?

연소력이 빠른 창호지는 당장에 불길을 올릴 것이다.

방우는 당황할 것이다.

진화 작업에 정신이 팔릴 것이다.

"그 틈을 타서 계집종을 납치하는 것입지요."

평도전의 작전은 차라리 평범한 것이었지만, 지금의 경우 그보다 웃길

나는 비상 대책도 없을 것이다.

그러나 다행이라고나 할까, 혹은 불행이라고나 할까. 그와 같은 비상 수단을 보류하지 않을 수 없는 돌발사태가 발생했다.

별당을 향해서 다가오는 그림자가 있었던 것이다.

그러자 황급히 방원의 옷자락을 잡아끌고 평도전은 툇마루 밑으로 끌고 들어갔다.

가까이 온 것을 보니 그 그림자는 한 여인이었다.

──형수씨가?

어둠 속에서나마 정체를 판별하고 방원은 고개를 꼬았다.

그 여인, 방우의 부인은 툇마루에 올라서더니 잠시 움직이지 않는 기색이었다.

조금 전에 방원과 평도전이 그렇게 했던 것처럼 방안의 비밀을 엿듣고 있는 것일까.

"어떠냐? 이만하면 직성이 풀렸겠지?"

한참만에 흘려보내는 방우의 음성이 마루밑에까지 들렸다.

"누가 이 짓이 좋아서 그런 줄 아세요?"

아까와는 사뭇 다르게 느긋해진 목소리였지만, 그래도 언년이는 또 앙탈을 부리고 있었다.

"뭐가 아직도 부족해서 그러는 거지?"

"나리 분부대로 나 할일 다 했으니까 상을 주셔야죠?"

"상이라?"

"벌써 잊으셨어요?"

하면서 허벅다리라도 꼬집어준 것일까.

"어구구, 나 죽는다."

방우는 수선을 떨었다.

"늙어 비틀어진 마누라에겐 신물이 났으니 일만 제대로 되면 정갈한 집 한 채 장만해 주고 들여앉히시겠다던 그 말씀 말예요."

"그야 잊을 턱이 있나. 그러니 네가 엿보았다는 그 사실이나 소상히 말해 보려무나."

드디어 위기는 폭발 직전에 접어든 셈이었다.

방원은 숨을 들이켰다.

평노전은 부싯돌과 솜뭉치를 꺼내들었지만, 비장의 화업보다도 먼저 앞지르는 것이 있었다.

"발칙한 종년!"

그때까지 참고 듣고 있었던 것만 해도 용하게 여겨지는 부인이 소리치며 뛰어들었다.

그 다음에 벌어진 정경은 그런 경우에 흔히 볼 수 있는 수라극(修羅劇)이었다.

부인은 언년이의 머리채를 휘잡고 끌어냈다.

별의별 악담을 다 퍼부으면서 어둠 속으로 끌고 갔다.

"이젠 이곳을 떠나야 하겠습니다만, 왕자님께서 먼저 나가 계십쇼."

평도전이 속삭였다.

"졸자는 그 여종의 행방을 확인한 다음에 뒤미처 나가겠습니다."

그 이상 지체하고 있을 수도 없는 일이었다. 부인의 소란극이 확대되어 가인들이 몰려든다면 일은 난감하게 된다.

방원은 어둠을 뚫고 밖으로 탈출했다. 잠시 후 평도전이 뒤미처 담을 넘어 나왔다.

"어떻게 됐는가?"

언년이의 소재처를 묻는 말이었다.

"광 속에 처넣는 것까지 엿보고 왔습니다."

평도전이 대답하는 말에,

"발 없는 말이 제풀에 묶여버린 셈이로구먼."

밖에서 대기하고 있던 원해가 희소를 씹었다.

"그야 그렇게 생각할 수도 있을 걸세. 부인이 그 여종을 당장에 때려

죽인다면 말문도 미연에 봉쇄될 것이지만, 그렇게 낙관만 할 수는 없을
게야."

평도전은 조심스러운 회의를 보였다.

"이댁 주인과의 관계를 변명하기 위해서라도 그 여종은 제가 띠었던
사명을 발설할 것이 아니겠습니까."

이번엔 방원을 돌아보며 말을 이었다.

이유 있는 우려였다.

"매질에 시달리는 종년이 무슨 말을 가리겠습니까?"

난관은 고비를 넘긴 것이 아니라 더 큰 벽에 부딪친 판이었다.

"어찌한다?"

방원은 답답한 한숨만 쉬었다.

"두 가지 방도를 생각할 수 있습니다."

어떠한 궁지에 몰려도 막힐 줄을 모르는 괴이한 이 왜무는 아직도
느긋이 여유를 잃지 않고 있었다.

"방도란 어떠한 것이지?"

방원은 이제 그 왜무의 손아귀에서 노는 공깃돌에 지나지 않는 형편이
되고 말았지만, 그것을 역겨워할 만한 자긍조차도 부지할 여력이 없었
다.

그저 매달렸다.

"입을 열기 전에 손을 써서 그 여종을 없애버리는 것이 최상의 방책이
기는 합니다마는, 집안 식구들이 모조리 깨어나서 떠들어대는 판이니
쉬운 일이 아닐 듯 싶습니다."

스스로 제시한 방안에 평도전 스스로 난색을 보인다.

"그 일이 여의치 않을 경우에는?"

방원은 다그쳐 물었다.

"입을 막을 수 없게 된다면 귀를 막아야 하지 않겠습니까."

정도전은 모호한 소리를 했다.

"누구의 귀를?"

"그 말이 들어가는 것을 가장 염려하시는 분의 귀가 아니겠습니까?"

역시 모호한 소리였지만, 조금은 윤곽이 잡히는 소리를 평도전이 던졌다. 발 없는 말이 날아들어갈 것을 가장 우려해야 할 귀는 어느 귀일까.

오래 따지고 어쩌고 할 것도 없었다. 그것은 부왕 이성계의 귀를 두고 하는 소리가 아니고 무엇이겠는가. 따라서 이성계의 귀만 막을 수 있다면 누가 어떻게 불고 어떻게 해석하든지 최악의 사태는 모면할 수 있을 것이었다.

——하지만 어떻게 아버님의 귀를?

방도가 막막했다.

"귀를 막는 일도 하나의 방책일 수도 있겠습죠. 하지만 아직은 그보다도 더 서둘러야 할 일이 있는 줄로 압니다."

원해가 이견을 제시했다.

"조금 전에도 그 얘기가 나왔습니다만, 입을 막아버리는 일이 더욱 급하지 않겠습니까. 귀를 막는 일엔 나중에 손을 대도 늦지는 않을 겝니다."

얘기의 촛점은 다시 뒤로 물러선 셈이었지만, 평도전도 그 말을 반박하지는 않았다.

"물론 그렇게 해야 하겠네만, 적절한 방도가 없어서 망설이는 게 아닌가."

그때 원해가 말했다.

"방도야 처음부터 강구해 두지 않았나. 바로 자네가 말일세."

평도전의 소매 속에 원해는 자기 손을 집어넣었다.

"이것 말일세."

기름에 젖은 그 솜뭉치를 꺼내 보였다.

"진안군 그분 거실에 불을 지를 수 있었다면 여종이 갇힌 광에 불을 지르지 못할 것도 없지 않은가."

말하자면 조금 전에 손을 쓰려고 벼르다가 미수에 그친 그 작전을 재활용해 보자는 것이었다.

색다른 묘책은 아니었지만, 벽에 부닥친 지금의 형편으로는 채택해 볼만한 방법이었다.

"그 광에 불을 지른다? 그 여종이 그대로 타 죽어도 입은 막을 수 있을 게고, 또 집안 사람들이 끌어내리려고 서둘러댄다면 어수선한 틈을 이용해서 탈취한다?"

평도전은 혼잣소리를 흘리다가,

"어떻습니까. 그렇게 해보는 수밖에 없지 않겠습니까."

방원의 반응을 촉구했다.

그러나 방원은 선뜻 그 말에 찬동하지 않았다.

——형님댁에 불을 지른다?

물론 처음 듣는 작전은·아니었다. 방우의 거실 밖에 숨어 있을 때에도 평도전은 그와 같은 대책을 제시하였었고, 별로 저항을 느끼지 않았었다. 그때만 해도 사태가 지나치게 긴박했던 탓일까.

그러나 지금은 다소라도 그런 절박감이 누그러진 때문일까. 새삼 그 일이 망설여지는 것이다.

——다른 사람도 아닌 친형의 집에 내 손으로 불을 지르는 것이나 다름 없는 짓을 한다?

뒷덜미가 후끈거린다.

——내가 어쩌다가 이 꼴이 됐단 말인가. 아무리 궁지에 몰렸기로 쥐도둑만도 못한 짓을 해야만 하는가.

죄의식이라고 한다면 겉도는 해석이 되는지 모른다.

차라리 서글퍼지는 것이었다. 자기 자신이 가엾어지는 것이었다.

어떤 거창한 사업을 이룩하는 영웅에 대해서 일반 사람들은 과장된 눈으로 평가를 하는 경우가 많다. 그의 행동이 범인으로선 엄두도 못낼 비상한 것이라고 해서, 그의 정신력까지 초인적인 것처럼 착각하는 수가 많다.

영웅의 발굽 아래 숱한 사람이 짓밟혀 죽는다. 때로는 하늘처럼 받들어 오던 상전에게 반기를 드는 수도 있고, 때로는 죽마의 고우를 헌신짝처럼 버리는 수도 있다. 경우에 따라서는 핏줄을 나눈 혈족(血族)들의 살과 뼈를 저미고 깎는 잔인성도 서슴지 않는다.

그런 표면적인 힘의 행사만을 보고, 피도 눈물도 없는 철인(鐵人)이라 고 사람들은 전율한다.

그러나 영웅의 감정 갈피 갈피에는 오히려 범인보다도 더 취약한 센 비에 눈물을 씹는 사례도 허다한 것이다.

싸움터에서 수만 대군이 피를 뿌리며 쓰러져도 눈썹 하나 까딱하지 않는 대호(大豪)가, 애마(愛馬)의 발굽에 박힌 가시 하나에 가슴을 태우 는 경우도 없지 않은 것이다.

사면초가(四面楚歌) 속에서 절망한 항우(項羽)가 최후의 순간까지 몸부림을 친 것은 우미인(虞美人)이란 일개 소첩 때문이 아니었던가.

지금 방원이 씹고 있는 번민도 그런 센 비의 하나로 보아 틀리지 않을 것이다.

피바람 속에서 키우고 가꾸어 온 소망이 하룻밤 사이에 문드러지느냐 어쩌느냐. 아니 자기 자신의 존재 그 자체가 벅찬 위기에 놓여 있는 지 금, 형의 집에 불을 지른다는 행동쯤은 문제도 되지 않을 만큼 사소한 일에 속한다.

그러면서도 그 일에 저항을 느끼는 거센 비에 방원은 가슴을 저미고 있는 것이다. 그러나 영걸이 영걸일 수 있는 생리는 종국에 가서 그런 거센 비, 그런 소정(小情)을 극복하는 데 있다.

그것이 범인의 눈엔 잔인한 양상으로 비칠 수도 있지만, 영웅 스스로는 그렇게 자인하지 않는다. 위대한 꽃을 피우기 위해서 하찮은 버러지를 잡아 죽이는 것이라고 비상한 미의식(美意識)에 도취한다.

"나는 모르겠네."

방원도 마침내 그 센 비를 밟고 넘어섰다.

"꼭 해야 할 일이라면 그대들이 알아서 하게나."

지난날 정몽주를 암살할 때에도 그러했다.

정몽주의 인격, 정몽주의 경륜, 정몽주의 능력을 아끼는 마음이야 간절했었다. 더더구나 부친 이성계의 절친한 친구였다는 점에서 인간적인 정곡도 쑤시고 아팠지만, 그때도 그는 수하 자객들에게 이런 말을 했던 것이다.

나도 괴롭다. 큰 일을 위해서 죽는 것은 정몽주 하나만이 아니다. 나의 가슴 속에서도 죽는 것은 있다고 하면서, 자기 희생의 비참함 같은 것을 씹기도 했던 것이다.

"하지만 내 눈으로 어찌 형님집에 불이 붙는 것을 볼 수 있겠는가."

침울한 한 마디를 남겨놓고 방원은 말을 잡아탔다.

그것 역시 제 삼자에겐 교활한 자기 합리화, 매정한 도피책으로 보일 수도 있겠지만, 그러나 방원의 가슴은 충분히 젖어 있었다.

──어디로 갈 것인가.

잠깐 망설이다가 설매의 집을 향해서 방원은 말머리를 돌렸다. 도피의 발길이 향할 수 있는 곳이란 도피의 늪일 뿐이었다.

등 뒤에 돌리고 온 방우의 집 쪽이 궁금하다.

──불은 붙었는가. 아니면 아직도 손을 대지 못하고 있는가.

궁금은 했지만 돌아보진 않았다. 뒤를 돌아보면 당장에 죽게 된다고 해서 앞길만 바라보며 걸어야 했던 옛 전설의 나그네와 같은 두려움에 굳어 있었다.

설매의 집 앞에 당도했을 때는 날이 훤히 밝기 시작할 무렵이었다.

기방의 아침이란 밤에 왔던 손을 전송하는 시각이지 새 손을 맞아들이는 때가 아니다.

그러나 설매는 초저녁처럼 반겨 맞아주었다. 당연히 찾아올 시각에 마땅히 와야 할 사람이 왔다는 그런 얼굴이었다.

"술을 가져오라. 그것도 독한 것을."

방에 들어서기도 전부터 방원은 이렇게 재촉했다. 술이라도 퍼부어야 가슴 속에 케케로 앉은 더케 같은 감정을 씻어내릴 수 있을 것 같은 심정이었다.

이에 설매는 잠깐 의미 있는 눈길을 던져 보내다가 군소리 않고 술상을 차려왔다.

"독한 술을 찾으시니 화주를 가져왔습니다."

화주(火酒)란 문자 그대로 화력으로 끓여서 증류한 이슬을 받아낸 술이란 뜻일 게다. 그와 같은 제조 방법으로 인해서 노주(露酒) 또는 한주(汗酒)라는 별칭도 있었다던가.

말하자면 오늘의 소주와 같은 종류의 술이었지만, 그 당시로선 상당한 고급주에 속하여서 주당들의 애호를 많이 받은 듯하다.

고려 말엽 경상도 원수(慶尙道 元帥)로 있던 김모라는 위인은 소주에 중독된 나머지 직무도 제대로 돌보지 않았기 때문에 '소주도(燒酒徒)'란 별명까지 듣게 되었다는 기록이 있다.

"내가 하필이면 소주를 든다?"

방원은 떫은 웃음을 씹었다. 그 소주는 또 방원의 맏형 방우가 어느 술보다도 즐겨 마시는 술이었다.

그 집에 불을 지르게 하고 돌아오는 길에 그집 주인이 즐겨 마시는 술을 마시게 된다는 데에 공교로운 운명의 작희 같은 것을 느낀 때문이었다.

"하지만, 이열치열이란 말도 있으니까."

방원 혼자만이 아는 소리를 흘리며, 그 독주를 손수 한 잔 가득히 부어 단숨에 들이켰다. 창자 속까지 짜릿해지는 자국에 과연 해묵은 체증까지도 씻겨내려가는 것처럼 통쾌하다.

또 한 잔을 들이켰다.

"왜 그렇게 급히 드시어요. 누가 뒤에서 쫓아오기라도 하는 것 같구면요."

방원의 마음의 갈피갈피를 샅샅이 꿰뚫어보는 눈길을 던지며 설매는 이런 말을 했다.

"누가 쫓아오느냐구? 암 쫓아오구말구. 발 없는 말이 덜미를 잡으려고 달려오고 있단 말이다."

역시 자기만이 아는 소리를 뇌까리며 방원은 또 한 잔을 들이켰다.

"발 없는 말은 아무나 쫓아다니지는 않을 텐데요. 쫓길 만한 일이라도 하신 모양이로군요."

설매는 빈틈없이 캐고들었다.

"했지, 했구말구."

연거푸 들이킨 취기 때문만은 아니었다.

감당하기 힘에 겨운 마음의 짐에 허덕이다가 겨우 한숨 돌릴 수 있는 나무 그늘에라도 찾아든 것 같은 그런 기분으로 방원은 그 짐을 풀어놓았다.

궁중에서 겪은 일, 방우의 집에서 보고 들은 일을 숨김없이 털어놓았다.

"여기서 떠날 때 네가 조심하라던 말을 잊은 것은 아니었지만, 결국 그렇게 되고 말았구먼."

자조의 고소를 흘리며 쑥스러운 얼굴을 했다.

"모두 다 욕심이 많으신 때문이어요."

깊이 무엇인가 다짐하는 것 같은 어투로 설매는 말했다.

"욕심이 많다구? 내가?"

"한 마리의 토끼도 잡기 어렵다고 하지 않습니까. 두 마리를 한꺼번에 쫓으셨으니 그 같은 지경을 당하신 거죠."

강비를 업고 국권을 전취하겠다면 어디까지나 비정적으로 정치적인 계산에만 충실해야 할 것이지, 강비에 대한 감정까지 아울러 충족시켜 보자고 욕심을 부린 때문에 두 가지를 다 잃게 되었다는 꼴일 게다.

"내가 언제 두 마리를 쫓았던가. 한 마리를 쫓았을 뿐이지."

정색을 하며 방원은 반박했다.

"그래요?"

되묻는 설매의 얼굴에 착잡한 그늘이 술렁거렸다.

"한 마리뿐이라면 어느 토끼 말씀인가요. 권세의 토끼였던가요, 욕정의 토끼였던가요."

"권세욕은 물론 아니지만, 그렇다고 추한 정욕도 아니야. 내가 그분과 가까워지려 한 마음은 말이다."

설매는 속입술을 깨물었다. 끓어오르는 무엇을 억지로 삭이려는 듯한 표정으로 이번엔 소주 한 잔을 따라서 자기 입에 들이부었다.

그리고는 쏟아붓듯이 말했다.

"도대체 그분이 무엇이기에 그러시는 것이어요. 이름은 어머님이지만 나리께 한 점 핏방울이라도 물려 주신 분입니까. 나리께서 정을 쏟으실 만한 젊음이라도 있단 말입니까?"

"젊은 계집이라?"

거의 반사적으로 방원은 코웃음을 날렸다.

"젖비린내가 난단 말씀이지요? 바삭바삭 설익은 풋과일보다도 흐물흐물 농익은 과육(果肉)이라야 단맛이 난단 말씀이지요."

설매는 되쏘았다.

방원은 비릿한 웃음만 씹고 있었다. 그것은 설매의 말을 시인하는 무언의 응답이었다.

"어째서 하필이면 그런 노과(老果)를 즐기시는 거죠? 싱싱하고 단단한 풋과일을 씹지 못하실만치 벌써 치아라도 상하시었단 말씀이어요?"

방원은 더 이상 아무런 말도 하지 않고 소주 한 잔을 또 따라서 들이켰다.

그 잔을 암상스럽게 빼앗아서 자기도 한 잔 따라 마시고는,

"나리는 너무 발돋움만 하고 계신 것이어요."

　이런 소리를 설매는 던졌다.

　"내가 너하고 입씨름이 하고 싶어 이렇게 찾아온 줄 아느냐? 이게 좋아서 온거지."

하면서 방원은 설매의 잔허리를 끌어당겼다. 그리고는 무릎을 베고 벌렁 나자빠졌다.

　"바로 이렇게 노시는 것이 다름아닌 발돋움이란 말씀이어요. 나리는 은근히 자부하고 계시겠지요. 내 나이 아직 삼십도 안 됐지만 내 뱃속에는 늙은이가 열쯤은 들어 있다 이렇게 생각하고 계시겠지요."

　설매는 말끝마다 꼬아댔다.

　"그게 나쁜걸까?"

　흐물스런 눈길을 방원은 날렸다.

　"나리네들 선비님들의 그런 마음가짐을 일컬어 도를 닦는 것이라고 자랑하는 걸 저도 잘 알고 있습니다. 하루 속히 늙은이가 돼야 어른 행세를 할 수 있다고요. 그러나 나이라는 것은 뜻대로 마음대로 급히 먹을 수 없다 보니까 늙은이 시늉만이라도 해서 대접을 받겠다고 안간힘을 쓰시는 걸 저도 잘 알고 있습니다. 그런 사람을 노성한 인물이라고 추켜세우기도 하지요."

　"그런데 어떻다는 건가."

　"저는 그렇게 보지 않습니다. 그런 사람일수록 속마음은 풋내가 물씬 하도록 어리게만 여겨집니다."

　"허어, 이건 처음 듣는 말인데?"

　여전히 노성한 태를 부리고 있었지만, 설매의 말이 신기하게 들리는 것만은 사실인 모양이었다.

　"어떤 사람이 발돋움을 좋아합니까. 다 자란 어른입니까, 어린애들입니까. 한치라도 더 빨리 키가 자라고 싶은 어린애들이나 발돋움을 하며 키자랑을 하는 것이 아니겠습니까?"

　설매의 혀끝은 갈수록 신랄해지기만 했다.

"제가 짐작하기에 나리는 어린 시절, 당신보다 나이 많고 큰 아이들만 쫓아 다니셨을 것이어요. 그러면서 당신도 큰 아이들처럼 다 자란 몸이라고 우쭐대셨을 것이어요. 남보다 일찍 과거에 급제하셨을 때도, 남보다 일찍 벼슬자리를 따셨을 때도 그렇게 자랑하셨을 것이어요."

"그것이 자랑거리가 못된다는 건가?"

"키 작은 사람이 키 큰 사람을 우러러보며 기어 오르려고 애쓰는 것이 무슨 큰 자랑이겠어요."

쏘아붙이고 나서,

"나리께선 높은 산봉우리에 올라가 보신 일이 있으시어요?"

문득 말머리를 비약시켰다.

"밑에서 우러러보는 사람에겐 그 봉우리가 보다 높은 하늘을 향해서 솟아나려고 애쓰는 것 같지만, 그 위에 올라가 보시어요. 보이는 것은 높은 하늘이 아니라 낮고 넓은 아랫세상일 것이어요. 그리고 그것이 바로 어른의 눈이 아닐까요."

"아랫세상을 굽어보라? 늙은이 시늉 작작 하라?"

방원은 곱씹다가,

"잘 알아 모시겠소이다. 앞으로는 늙은 여자 따위 거들떠보지도 않겠소이다. 우리 설매 아씨 같은 싱싱한 풋살구만 따먹도록 합죠."

흐물거리고는 사뭇 떫은 손길을 휘둘러댔다. 그 자리에 설매를 쓰러뜨리고 사납게 저돌했다.

방원이 관심을 가져본 여성은 강비를 제외하고도 거의 다 연상의 여인이었다. 민씨부인 역시 그러했다.

설매의 나이 얼마나 될까. 실질적인 연령은 방원보다 훨씬 아래일는지 모른다. 이십칠세인 방원보다 연장이라면 틀림없이 노기(老妓)란 푸대접을 받게 마련일 터인데, 아직 누구도 그런 소리를 하는 것을 듣지 못했으니 말이다.

그러나 설매가 자기보다 나이어린 여성이라고는 느껴지지 않는다.

설매를 대하면 어머니와 같은 감정을 느끼는 방원이었다. 설매에게 정이 가는 중요한 요인도 거기 있을 것이다.

──내가 나이 어린 여성을 달가워하게 된다?

어느 세월에 그런 날이 올 것인가? 스스로 회의하고 있는데, 평도전과 원해가 들이닥쳤다.

방원은 숨을 죽이고 그들의 입만 지켜보았다.

──불을 질렀느냐? 아니면 미수에 그치고 말았느냐?

결론은 둘 중에 하나이겠지만, 어느 편이건 듣기엔 역겨운 소식이었다.

"한걸음 늦었습니다."

평도전은 결론부터 보고했다.

"불을 지르려고 다가가 보았더니, 시체가 된 그 여종을 끌어내는 참이 아니겠습니까?"

"죽었다구?"

야릇한 안도감 같은 것을 느끼며 방원은 물었다.

"어디 그뿐이겠습니까. 시체를 끌어내는 하인들이 하는 소리를 들으니까 죽기 전에 할 소리는 다 한 모양이더군요."

"그 계집종을 죽인 것은 그댁 안주인이 아니라 바깥주인의 지시로 한 노릇이라고 지껄였다니 말씀입니다."

원해가 덧붙여 설명했다.

부인이 아니라 방우가 죽이게 했다면 내막은 뻔하다. 얻고자 한 정보를 입수한 이상 앞으로 말썽만 부릴 언년이를 일찌감치 말살해 버린 것일 게다.

"이젠 다른 도리가 없습니다. 그 소문을 들어선 아니 될 분의 귀를 막아야 합니다."

평도전이 서둘러댔다.

방원으로서도 이론이 있을 수 없었지만 방법이 문제였다.

웬만한 인간의 귀라면 쇠꼬챙이라도 찔러서 박을 수 있는 일이었지만, 부왕 이성계의 귀를 무슨 수로 막을 수 있단 말인가.

"아버님께 접근하는 인간들을 일일이 제거할 수도 없는 일이고."

더욱 한숨만 흘리고 있으려니까,

"손으로 막기 어려운 귀라면 발로 막을 수밖에 없지 않겠습니까?"

평도전은 또 기발한 소리를 한다.

"발로 말을 막는다?"

"무슨 소리가 흘러들어가도 물들지 않도록 진한 색칠을 해두는 것입지요."

"그런 희한한 재주를 누가 가지고 있단 말인가?"

"왕비님입니다. 이 나라 천지에 왕비님을 제외하고 대왕님의 귀를 막을 사람이 누구이겠습니까."

평도전은 아주 진지한 표정으로 말했다.

한 나라를 창업할 만한 영걸은 범인이 따를 수 없는 폭넓은 인간성을 지니고 있다. 그런가 하면 때로는 누구보다도 직선적인 격정이 폭발하기도 한다.

창업 이후 흔히 빚어지는 숙청극이란 냉철한 정치적인 계산에서 연출되는 경우보다도 감정의 격랑 때문에 야기되는 수가 많은 것이다.

영웅에겐 또 묘한 고집이 있다. 한번 마음을 굳히게 되면 무엇으로도 풀기 어려운 바위 같은 응어리가 있다.

그러면서도 영웅에겐 어이없이 취약한 허점이 있다.

터럭 한 줌이 뽑히자 천하에 대적할 자 없던 호용(豪勇)이 형편 없는 무력한(無力漢)으로 화하였다는 사실은, 고대 구약성서에서 나오는 삼손에 국한한 얘기는 아니다.

어느 영걸에게도 그와 같은 내력은 있는 것이다. 이성계에게도 그것은 있을 것이며, 그 허점을 요리할 수 있는 사람은 강비 하나뿐이라고 평도전은 주장하는 것이다. 삼손에 대한 데릴라처럼 말이다.

"다른 사정은 잘 모르겠습니다만, 왕세자님을 책봉하실 때, 왕비님의 울음소리만으로 대왕님의 마음이 변하셨다고 하지 않습니까. 그런 울음이 비단 대왕님이 귀를 막고 하찮은 뜬소문을 얼씬도 못하게 하는 일쯤 어려울 게 무엇이겠습니까?"

평도전은 다시 이렇게 역설했다. 새삼스레 평도전의 말을 듣지 않더라도 알고도 남는 사실이었다.

"하지만 아버님은 계룡산에 가 계시고 중궁께선 이곳에 머물러 계시지 않은가?"

공교롭게도 두 사람의 거리가 떨어져 있다는 현실이 문제였다.

"두 분이 한 곳에서 만나시도록 주선해야 합지요."

이번엔 원해가 한마디 했다.

"그것을 누가 모른다는 건가. 이 일은 한시라도 서둘러야 할 터인데, 두 분을 급히 한 자리에 모이시게 할 방도가 막막하니 이렇게 속을 태우는 것이 아니겠나."

"귀를 막자면 막고자 하는 편이 달려가야 하겠습지요."

평도전이 좀더 구체적인 의견을 제시했다.

"중궁께서 계룡산으로?"

방원은 고개를 꼬았다.

"그래서는 아니 될 것이어요."

그때까지 방관자의 위치에 물러앉아 아무 말도 하지 않던 설매가 마침내 끼어들었다.

"중궁께서 상감을 찾아가시고 상감께 매달려 하소연하신다면 중궁에게 씌워진 누명이야 벗을 수도 있겠지요. 하지만 정안군 나리의 누명까지 벗게 해 주실른지 저는 못내 의심스럽구먼요."

"무슨 뜻인가?"

"옛적 고구려 나라의 왕자 호동이란 분이 당한 것과 같은 함정에 빠지시게 될른지 누가 알겠어요."

우연의 일치일까. 아니면 방원의 마음 구석구석까지 들여다보는 심안(心眼)이라도 지니고 있는 것일까.

언년이란 시비에게 강비와의 수작을 들켰을 때 방원의 가슴에 피어오른 고사(故事)를 설매도 끄집어내는 것이다.

"중궁께서 대무신왕의 원비와 같은 언동을 취하지나 않을까 의심이 된단 말인가?"

앞질러 풀이하며 방원이 물었다.

"그러지 않으리라고 어떻게 믿겠어요."

일리 있는 우려였다. 강비가 자기만의 결백을 주장하기에 바빠서 추문의 죄책을 방원에게 뒤집어 씌운다면 어찌할 것인가.

"어디 그뿐이겠어요."

설매는 다시 말을 이었다.

"세자는 아직 어리십니다. 그리고 장성한 이복형님들 중에서 세자의 자리를 넘보는 사람이 있다면 정안군 나리뿐일 것이라고 누구나 보고 있습니다. 중궁 역시 나리를 두려워하신다면 이번 기회에 차라리 고구려 왕비의 전례를 따르지 않으리라고 어떻게 장담하겠습니까?"

방원의 손을 잡고 어쩌고 한 것은 강비 자기의 의사와는 전혀 위배되는 행동이었다. 엉뚱한 욕정을 품고 자기를 범하려고 덤벼드는 것을 겨우 꾸짖어 돌려보냈다, 이렇게 속삭인다면 방원의 신세는 영락없이 호동왕자 꼴이 되지 않겠느냐는 말이다.

"나는 그분을 믿는다."

방원은 엄숙히 잘라 말했다. 그러면서 지나간 강비가 자기에게 보여준 따뜻한 눈길을, 감미로운 속삭임을 새삼 되씹어 보는 것이었다.

"믿는 도끼에 오히려 발등을 찍히시지는 않으실까요."

야릇한 반감의 가시를 설매는 내두르기만 했다.

"이 나라엔 그런 속담도 있는 모양입니다만, 우리 일본에는 또 이런 속담이 있습지요."

'사람은 기대봐야 하고 말은 타봐야 한다.'

평도전과 원해가 꼬리를 이어 노닥거리면서 설매의 우려를 날려버리려고 애썼다.

"왕비님을 믿으신다면 왕자님께서 다시 한번 그분을 만나시도록 하십시오. 모든 것을 밝히신 다음, 대왕님의 귀를 막으시도록 졸라보십시오."

그러나 그같은 권유를 방원은 받아들이려고 하지 않았다.

"그러지 않아도 발 없는 말이 날뛰고 설치는 판국이 아닌가. 내가 또 그분을 만나뵌다면 어떻게 되지? 달리는 말발굽에 불을 지르는 꼴이 될 게 아닌가."

당연한 심려였다. 평도전도 원해도 그런 부작용을 무시할 수는 없었던 모양이다. 입을 다물고 더 말이 없었다.

"누가 좋을까. 나 대신 누구를 시켜야 중궁을 설득할 수 있을까?"

방원에겐 자기를 추종하는 친지들도 있고, 부하들도 있고, 권속들도 적지 않다. 그러나 그들은 거의 전부가 강비에게 심한 적의를 노출하여온 터였다.

또 이와 같은 비밀을 믿고 털어놓을 만한 상대들도 아니었다.

"그렇다고 우리 같은 이방인이 찾아가 뵐 수도 없는 일입니다그려."

어떠한 난제에 부딪쳐도 막힐 줄 모르던 모사 평도전도, 그 문제에 대한 해결책만은 좀처럼 잡히지 않는 것일까.

"사람이 아쉽다. 흔한 것이 사람이라지만 정작 요긴하게 쓸 사람을 얻기 어렵구나."

방원은 탄식했다.

이때 설매가 끼어든다.

"정 사람이 없다면 제가 거들어 드리도록 할까요?"

속 모를 웃음을 피우며 설매가 자청했다.

"네가?"

방원이 반문하자,

"저 같은 천기에겐 맡기실 수 없다는 말씀이어요?"

설매는 이내 샐쭉해서 꼬아댄다.

"내가 언제 그런 것을 따지는 걸 보았나. 만약 익지도 않은 밥에 재를 뿌릴까 염려돼서 그러는 거지."

"더 심한 말씀을 하시네요."

설매는 더욱더 토라지는 것이었지만, 방원으로선 체험을 통해 가슴에 새겨진 불안이었다.

강비라는 여성은 묘하게 동성들과 맞지를 않는다. 남성이라면 넋이라도 몽땅 빼서 주물러댈 만한 매력을 지니고 있으면서도 여성의 마음은 좀처럼 잡지 못한다.

여성치고 사뭇 너그러운 온정의 치마폭을 펼칠 줄 알고, 남달리 후한 손길도 뻗을 줄만 알지, 그 손을 마주잡는 동성은 눈에 띄지 않는다.

남성들을 사로잡는 매력이 동성에겐 오히려 시새움의 반감만 자극하는 것일까.

언젠가 둘째형 방과 부인의 생일날에 있었던 민씨부인과의 충돌 사건이 회상된다.

──설매 역시 내 처가 그러했던 것처럼 대들기라도 한다면?

작전은 여지없이 좌절되고 말게다.

그리고 설매의 성격으론 충분히 있을 수 있는 염려였다. 강비의 언동이 조금이라도 비위에 거슬린다면 설매는 당장에 쏘아줄 것이고, 그렇게 된다면 설득은 고사하고 또 하나의 적대 감정만 심게 될 것이 아닌가.

"마침 잘 됐지 않습니까. 이번 일엔 남자보다도 여인네들이 더 적합한 것 같습니다."

아직도 방원의 속마음을 아는지 모르는지, 평도전은 설매의 제의에 극력 합심한다.

"그야 나리께서 마땅치 않게 여기신다면 무엇이 아쉬워서 제가 안달을 하겠어요."

이번엔 살며시 설매가 꽁무니를 뺀다.

다가오면 물러서고 물러가면 쫓아가는 인정의 약점을 찔린 때문만이 아니었다. 달리 아무런 방도가 없으니 한낱 기녀에게라도 매달려 볼 수밖에 없었다.

"네가 재만 뿌리지 않는다면 어찌 마다하겠느냐."

역시 불안의 꼬리는 달면서도 청해 보는 수밖에 없었다.

"그러다가 참말로 제가 재라도 친다면 어쩌시겠어요?"

설매는 또 애를 긁어댔다.

"너를 믿어보는 거지. 네가 설마 나 죽는 꼴을 보고 싶어하지는 않을테니 말이다."

그것은 지금의 경우 무엇보다도 절실하게 요구되는 것이었다. 해롱거리던 설매의 표정이 진지하게 굳어진다.

"만일 제 실수로 일을 그르친다면 나리께 화가 돌아가기 이전에 제 손으로 제 목숨을 끊고 말겠어요."

설매로선 드물게 보이는 직선적인 표현이었다. 그런만큼 자기 사명에 대한 결의와 각오를 준절히 다짐하는 말이기도 했다.

"어떤 기녀가 나를 만나고자 한다구?"

강비는 고개를 꼬았다. 의아스러워하는 표정과 함께 모멸 섞인 기색을 감추지 못하고 있었다.

그 당시의 기생은 요새 사람이 생각하는 것처럼 색과 웃음이나 파는 천한 창기에 그친 것이 아니었다.

고려 때에는 교방(敎坊)에 소속되어 궁중음악을 담당한 일종의 여류 음악가였다.

이 소설의 시점보다는 훗날에 속하지만, 이씨왕조에 들어와선 오늘의 여의사나 여자 약제사와 흡사한 약방기생(藥房妓生)도 두게 되었으며, 의상 전문가를 방불케하는 상방기생(尙房妓生)도 있었다.

또 윤리, 도덕, 음악, 무용, 서화 등의 교육까지 충분히 받고 있었으므로 웬만한 여염집 여성들보다는 훨씬 수준이 높은 교양여성이기도 했다. 그러나 일반 여성들의 눈에 비치는 기생이란 천하고 더러운 가시였다.

고려 때의 기생의 기원이 백제의 유민이었던 수척족(水尺族)을 노비로 삼아 각 지방에 예속시키게 되었을 때, 용모가 빼어난 여성들을 가비가무를 가르친 데서 비롯되었다는 출신 성분만이 문제는 아니었을 것이다.

미모의 여성이 춤과 노래로 공식적 연석에 자주 출석하다 보니 권력자들의 구미를 끌게 되었을 것이고, 그들의 강압에 못이겨 몸을 허락하는 사례가 있게 되자 그것이 하나의 관습처럼 답습되었으며, 그런 풍조 때문에 일반 여성들은 모멸의 눈으로 보았을 것이다.

자기보다 용모도 빼어나고 교양도 월등한 여성처럼 미운 존재는 없다. 무슨 트집을 잡아서라도 헐뜯고 싶어진다.

그러한 눈에 남성 관계가 정결하지 못하다는 결함은 더할 수 없이 좋은 트집거리였을 것이다.

본질적인 인간관계에선 선망의 침을 흘리면서도 겉으로는 비렁뱅이라도 대하는 것처럼 코를 쥐고 외면한다.

강비에게도 그런 감정이 거의 반사적으로 작용했는지 모른다.

"어떠한 기생이라더냐."

되도록 무관심해 하려는 굳은 표정으로 물었다.

"이름이 설매라나요."

"설매라?"

"얼마전 진연(進宴 : 궁중 연회) 석상에서 어느 정승님께 무엄한 소리를 지껄인 일이 있다는 소문을 들은 적이 있는 듯싶습니다."

"그래?"

강비는 잠깐 기억을 더듬는 시늉을 하다가,

"도대체 무슨 일로 만나겠다고 하는 거냐."

또 고개를 꼬았다.

"용무는 미리 밝힐 수 없다고 합니다. 중궁마마를 직접 뵙고 말씀드려야 할 일이라고 고집을 부리고 있습니다."

강비는 한동안 입을 다물고 쓰다 달다 말이 없었다.

"분부가 어떠하신지요. 그대로 쫓아버릴까요."

시녀가 앞질러 말하자, 강비는 비로소 입을 떼었다.

"어떠한 용무인지 전혀 아무 말도 하지 않더냐."

강비는 다시 이렇게 고쳐 물었다.

"분명한 용건은 말하지 않았습니다만."

기억을 더듬는 시늉을 하다가,

"수수께끼 같은 말을 한마디 지껄인 듯싶습니다."

"무슨 말이냐?"

"발 없는 말이 시끄러워서 그런다 합니다."

그때까지 무관심 속에 덮여 있는 듯하던 강비의 영민한 눈빛이 날카롭게 번쩍였다.

"발 없는 말이라?"

이렇게 곱씹더니,

"만나보도록 하마. 뜰아래 대령시키도록 하라."

갑자기 서둘러 지시했다.

궁녀의 인도를 받고 들어온 설매가 법대로 배례를 한 다음 뜰아래 꿇어 엎드렸다.

방안에 들어앉은 채 방문만 열고 내다보면서 강비는 물었다. 설매는 입 속으로 무슨 소린지 모를 말을 중얼거렸다.

"좀 더 크게 말하지 못할까."

답답하다는 소리를 강비는 먼저 보냈다. 이번엔 입밖에 내고 설매는 몇마디 했지만, 역시 강비의 귀에까진 미치지 못했다.

"뭐라고 하는 소리냐."

설매 옆에 서 있는 궁녀를 향해서 짜증 섞인 소리로 물었다.

"이 기생은 본시 음성이 낮아서 더 이상 큰 소리는 내지 못한다고 말하고 있습니다."

"그래서?"

궁녀는 잠깐 머뭇거리다가,

"차마 여쭙기 황공한 소리를 지껄이고 있습니다."

"말해 보라. 그 기생이 한 말 그대로 전갈해 보란 말이다."

궁녀는 또 망설이다가,

"제 말이 들리지 않으신다면 마마께서 뜰아래로 내려오시든지 저를 방안으로 불러올리라고 합니다."

"발칙한 천기."

강비는 마침내 울화통을 터뜨렸다.

"네가 누구를 조롱하고 있느냐. 네 목소리가 기생치고도 남달리 크다는 것은 지난날 진연 석상에서 들어서 익히 알고 있거늘, 오늘 따라 반병어리라도 됐단 말이냐. 아니면 천기의 주제에 뜰아래 대령하고 있는 것이 아니꼽다는 소리냐."

"천기, 천기, 그러지 마시어요."

과연 어느 여성보다도 쩡쩡 울리는 소리로 설매는 쏘아붙였다.

"천한 기생이라고 눈이 하나만 박혔습니까. 귀가 하나만 달렸습니까, 손발이 한 쪽뿐입니까. 다만 팔자가 기박해서 기생노릇을 하고 있습니다만, 하늘이 내리실 적엔 다같은 인간이 아닙니까."

모두들 아연실색했다.

새 왕조의 제이인자, 여성으로서는 최고의 보좌를 차지하고 있는 국모 앞에서 이런 무엄한 소리를 지껄인 여성은 누구도 없었다. 고관대작의 부인네들도, 왕실의 귀공녀들도 마음 속으론 어떻게 생각하든 적어도 표면으로는 설설 기었다.

그런데 여성치고도 가장 천시를 받고 있는 한낱 기녀가 그런 무엄한 소리를 했던 것이다.

"너 미쳤느냐? 어느 안전이라고 이 무슨 무엄한 행패냐."

겨우 제정신을 차린 한 궁녀가 핏대를 올렸다.

"무슨 소리를 하는지 도무지 모르겠구만."

눈썹 하나 까딱하지 않고 설매는 되받았다.

"털끝만치도 어긋남이 없는 말을 했는데, 그 말이 잘못됐다면 그렇게 듣는 사람이 어떻게 된게 아닐까."

그리고는 다시 강비를 향해서 말을 이었다.

"이왕 말이 나왔으니 마마께 따지고 싶습니다. 기생이라는 것이 그렇게 천한 것일까요."

울화가 치밀어 말문도 열 수 없었던지 강비는 입술만 떨고 있었다.

"제가 배운 것은 적습니다만, 기생이란 원래 신라 때 귀하고 총명한 아리따운 여성을 나랏님께서 가려뽑은 원화(源花)에서 비롯되었다고 합니다."

신라 진흥왕 때였다던가, 남모(南毛)·준정(俊貞) 두 여성을 선출하여 많은 여성을 영도하게 한 일이 있으며, 그 여성 지도자를 원화라고 불렀다는 얘기는 널리 알려진 것은 사실이다.

예기치 않은 부작용이 발생해서 그 제도를 폐지하고 젊은 귀공자를 가려 뽑아 새로 조직한 것이 화랑제도(花郎制度)라고 하지만, 어쨌든 원화는 신라 국가의 원동력이라고 할 수 있었던 젊은 선량(選良)의 모체였다.

기생의 기원을 원화에까지 소급해서 연결시킬 수 있다면, 기녀란 적어도 신분상으로는 모든 여성의 선망의 대상이 될 수 있다는 논지였다.

"케케묵은 옛날 얘기를 곰팡이가 슬어서 귓전에도 담고 싶지 않으시다면 가까운 사례를 말씀 아뢰볼까요."

설매는 일방적으로 주워섬겼고, 강비나 궁녀들은 아직도 반박할 말을 찾지 못하고 있었다.

"전 왕조 고려때 우왕의 후궁으로 왕비 못지 않은 영선옹주(寧善翁主)는 칠점선(七點仙)이란 기생 출신이 아니었습니까. 또 화순옹주(和順翁主)는 소매망(小梅𥖝)이란 기생이었으며, 명순옹주(明順翁主)는 연쌍비(燕雙飛)란 기생이었다는 것쯤은 세상이 다 아는 일이 아닙니까. 특히 나랏님이 행차하실 때 명순옹주에 책봉된 연쌍비가 나랏님과 말머리를 나란히 하고 거리를 질주했다는 얘기도 있습니다. 그때 마마께선 그들 세 옹주를 기생 출신이라고 뜰아래 꿇어엎드리게 하실 수 있었던가요?"

지독한 소리였다.

그들 기녀들이 국왕의 총애를 받고 있던 무렵이라면 강비는 한낱 부장의 소실에 지나지 않았다. 계하에 꿇어엎드려야 할 몸은 바로 강비 자신이었을 것이다.

차마 그 말까지 입밖에 내지는 않았지만, 너나 나나 비슷한 처지인데 새삼스럽게 거드름을 피울 게 무엇이냐는 독설이나 다름이 없었다.

"아무래도 저년을 때려 죽어야겠습니다, 마마."

한 시녀가 이렇게 치를 떨더니, 강비의 지시도 기다리지 않고 설매에게 달려들었다. 그러자 다른 궁녀들도 뒤질세라 달려들었다.

"나를 죽이겠다구? 그렇게 되면 누가 더 아쉬울까. 내가 아쉬울까, 중궁 마마가 아쉬울까."

즐거운 노래라도 부르듯이 설매는 흥얼거렸다.

"물에 빠진 놈 건져내니까 망건(網巾) 값부터 달라고 한다더니, 이건 그보다도 더 심한 수작이로구만."

설매는 계속 비양거렸다.

"발 없는 말이 한창 춤을 추고 돌아가는 판국인데, 그 말을 잡아 묶겠다는 고삐를 오히려 불손하다고 끊어버린다면 어떻게 될까?"

"무슨 잠꼬대 같은 허튼 소리냐."

궁녀들은 그저 설치기만 했다. 설매가 흥얼대는 말 속의 말을 귀담아

들으려고도 하지 않았다.

그러나 강비는 달랐다. 심각한 눈길을 설매에게로 쏘아 던지다가,

"조용히들 해라."

설치는 궁녀들을 제지했다. 그리고는,

"그 기녀를 내 방으로 들게 하라."

덧붙여 지시했다.

궁녀들은 어안이 벙벙한 눈길을 서로 주고 받았다. 설매를 왕비의 거실로 불러올린다는 것은 그 기녀의 당돌하고 무엄한 요구를 전적으로 받아들이는 셈이 아닌가.

또 해석하기에 따라서는 설매와의 입씨름에 참패를 자인하고 그 앞에 넙죽히 항복하는 것이나 다름이 없는 꼴이기도 했다.

"어서."

그래도 강비는 엄하게 재촉만 했다.

궁녀들의 해석이 어떠하건 중궁 경내에선 왕비의 지시는 지상명령이었다.

"네년의 소행이 하도 무엄하기에 중궁마마께선 친히 국문하시고자 하시는 듯싶으니, 목숨이 아깝거든 손이 발이 되도록 빌기나 해."

닭 쫓다 놓친 강아지가 멋쩍게 짖어대는 격이라고나 할까. 별로 먹혀들지도 않는 소리를 지껄이며 궁녀들은 설매를 끌어올렸다.

"너희들은 물러가 있도록 하라."

설매를 에워싸고 거실 안에 몰려든 궁녀들에게 강비는 다시 이렇게 명령했다. 궁금증이 꼬리를 끄는 눈길을 던지면서도 궁녀들은 물러갈 수밖에 없었다.

호젓한 거실에 단둘이만 남게 되자,

"바로 이렇게 하라는 거지? 너의 요구는 말이다."

강비는 은근한 눈웃음까지 띄우며 설매를 건너다보았다.

그때까지 설매는 방안 한모퉁이에 버티고 서서 적의에 타는 눈총을

쏘아보내고 있었다. 그러다가 강비의 그 말이 떨어지자 태도를 돌변하였다.

방바닥에 몸을 던지고 이마를 비벼댔다.

"천한 기녀의 몸으로 중궁마마 존전에 당돌한 언사를 능한 죄 너그러이 용서하시기 바랍니다."

"그런 인사 치레를 묻자는 게 아니야. 무엇보다도 네가 하고자 하는 진담이 나는 궁금한 거야."

강비는 부드럽게 그러나 엄숙히 다그쳤다.

"물에 빠진 자가 어쩐다고 했것다? 그건 나를 두고 한 말일 터인데, 무슨 뜻이지? 그리고 또 발 없는 말이니 뭐니 했는데, 그 말뜻도 심히 귀에 거슬리는구나."

설매는 한동안 고개를 숙이고 있다가 그 고개를 들고 곰곰히 그러나 야무지게 입을 떼었다.

"천기 설매, 중궁마마께 어떠한 말씀을 드려도 모두 너그러이 들어주시겠습니까?"

"네 말을 듣고자 이렇게 불러들인 것이 아니겠느냐?"

강비는 어디까지나 점잖게 응수했다.

처음에 집을 나설 적엔 만만한 투지와 자신을 안고 온 설매였다.

제가 운수가 좋아서 왕비 자리를 차지하고 있긴 하지만 하나의 인간으로서, 한 여성으로선 얼마나 대단할까보냐고 넘보는 마음도 품고 있었다.

자신이 완수해야 할 사명 이외의 측면에선 적어도 인간적인 대결에선 납작하게 굴복시켜 보겠다는 패기도 태우고 있었다. 그러기에 뜰아래 들어서자마자 표독한 도전의 화살을 날려보냈던 것이다.

그러나 전과는 어떻게 평가해야 할 것인가.

초반전의 전황은, 입씨름 그 자체는 설매 자기편의 쾌승으로 자만할 수도 있을 것이었다. 그러나 패배의 백기(白旗)를 든 것이나 다름 없는 강비의 언동이 되려 무거운 바위처럼 자신의 덜미를 찍어 누르는 것같이 느껴지는 것은 무슨 까닭일까.

강비는 한 나라의 국모라는 영좌(榮座)에 높이 앉아 있고, 자기 자신은 천기의 구석자리에 꿇어엎드린 때문일까. 그런 지위의 차등이 보이지 않는 곳에서 강렬한 작용을 하고 있는 것일까.

──그것만은 아닐 거야.

설매는 가슴 속으로 도리질을 한다.

──그거 아닌 무엇이 저 여자에게는 있는거야. 내가 이겨내야 할 것은 바로 그 점이야.

마음의 어금니를 갈면서 암연히 고개를 들었다.

"마마께선 고구려의 대무신 왕비와 호동왕자와의 사이에 있었던 얘기를 아시고 계시겠지요."

이제부터가 제이차 대결의 막이 시작되는 순간이라고 다짐하면서, 설매는 이런 말을 던졌다.

"언젠가, 누구에게선가 들은 적이 있는 듯한 얘기지만, 그런 고사와 네가 하고자 하는 말과 어떤 관련이라도 있단 말이냐."

강비는 덤덤히 그 도전의 화살을 받아넘겼다.

"관련이라기보다도 지금 마마께서 놓이신 처지가 바로 그 대무신 왕비와 흡사하단 말씀입니다."

설매의 둘째 화살은 과녁의 한복판을 겨누어 발사된 셈이었다. 그러나 그것은 과녁을 꿰뚫지는 못했다.

"얘기를 하겠거든 가슴을 활짝 열고 솔직히 말해야지 부질없이 옛날 얘기에나 빗대고 맴돌 필요는 없지 않겠느냐. 너를 이 방에 불러들인 것도 숨김 없는 직언(直言)을 듣고자 한 때문이 아니겠느냐."

강비는 도전의 화살을 이렇게 앞질러 가볍게 틀어쥔 것이다.

"마마의 말씀이 그리하시다면 좋습니다."

또 마음의 어금니를 씹지 않을 수 없는 조바심을 느끼며 설매는 설봉을 고쳐 잡았다.

"지난밤 장안군 나리와 이 방에서 지내신 일이 엉뚱한 추문의 날개를 달고 피바람을 불러일으키는 듯 싶습니다."

——이래도 너의 가슴의 과녁이 뚫리지 않고 배길까보냐.

벼르면서 설매는 계속 화살을 쏘아댔다. 그날밤 강비와 방원이 주고받은 말과 오고간 손길을 엿보고 엿들은 언년이가 진안군 방우의 집으로 달려갔다는 사실, 방우 부인의 고문을 받게 되자 염탐한 정보를 다 털어놓고 죽었다는 얘기, 그리고 앞으로 그 발 없는 말이 천리 계룡산으로 날아가서 이성계의 귀에까지 들어갈 경우, 불어닥칠 가공할 혈풍에 대한 추리까지 겸하여 털어놓았다.

"그래도 대무신 왕비의 처지가 먼 옛이야기라고만 돌리시겠습니까."

강비는 한동안 말없이 궁리에 잠기다가,

"너는 그와 같은 사실을 어디서 들었지?"

정보의 출처부터 캐물었다.

복받치는 여정(女情)을 치미는대로 분출시키자면 방원에게서 들었노라고 털어놓고 싶다. 순전히 인간적인 경합만을 고집한다면 그것이 가장 떳떳하고 속시원한 태도일 것이다. 그러나 설매의 가슴은 그런 자기 감정을 제어하는 또 하나의 짐을 안고 있었다.

방원의 입장을 유리하게 해결해야 한다는 사명감이 있었다. 그리고 그것은 자신의 개인적인 감정에 훨씬 선행하는 지상 과제이기도 했다.

——정안군 그분을 위해서라면?

정보의 출처를 섣불리 발설할 수는 없다. 작전의 비밀은 전투의 요체라는 뜻에서만이 아니었다. 만일 전황이 불리하게 전개될 경우, 방원에게 유해한 결과를 자초할 우려가 농후한 때문이었다.

"누구에게서 들은 얘기인가는 차차 여쭙기로 하겠습니다. 다만 제가 말씀 드린 얘기가 틀림없는 사실이란 점만은 다짐할 수 있으니, 마마께서 취하시고자 하시는 의향을 먼저 들려주시어요."

일방적인 생떼나 비슷한 소리라는 것을 스스로 의식하지 않는 것은 아니었지만, 이렇게 던져볼 수밖에 없었다.

"그래?"

강비는 또다시 생각에 잠기다가,

"너는 어떻게 생각하느냐."

하고 되물었다.

"네가 그와 같은 비보(秘報)를 전하러 온 이상, 거기에 대한 대책도 생각해 보았을 것이 아니겠느냐?"

모처럼 던져본 칼날을 되안겨 받은 형국이었지만, 설매는 오히려 다행이라고 계산했다. 그리고는,

"마마를 위해서 가장 손쉽고 안전한 방책이라면 그 허물을 한 사람에게 씌워버리는 방도뿐이 아니겠습니까."

해괴한 소리를 꺼냈다.

"한 사람에게?"

강비는 또 되물었다.

"한 사람이라면 누구이겠습니까. 그 허물을 뒤집어 쓰게 될 분은 마마와 정안군 나리뿐일 터이니, 더 말씀 드리지 않아도 통촉하실 수 있는 얘기가 아니겠습니까."

물론 방원을 지칭하여 하는 소리였다.

그렇다면 설매는 무슨 속셈을 하고 그런 말을 던진 것일까.

"그분을 호동왕자처럼 처단하신다면 중궁마마께선 대무신 왕비가 누리던 영화와 복을 마음놓고 누리시게 될 게 아니겠습니까."

설매는 갈수록 빗나가는 소리만 했다.

"모든 죄책을 정안군에게 뒤집어 씌우고 나 혼자 발뺌을 하라는 말이냐."

설매의 심골 갈피갈피를 파헤쳐보는 그런 눈총을 쏘아보내며 강비는 날카로운 음성으로 물었다.

"그야말로 전화위복이 아니고 무엇이겠습니까."

설매는 역시 딴전만 부린다.

"중궁마마 소생이 아닌 왕자들은 거의 모두가 동궁마마의 보위를 엿보고 있지만, 그 중에서도 정략적 수완으로 보거나 막강한 무력으로 따지거나, 야망에 찬 사람됨으로 헤아리거나 가장 두려운 분이 정안군 그분이라고 세상 사람들은 말하고 있습니다. 만일 이 기회에 그분을 제거할 수 있다면 나머지 왕자님들은 문제도 되지 않을 것이오며, 따라서 동궁마마의 영좌는 반석 위에 뿌리박은 거나 다름없이 안태하여질 것이 아니겠습니까."

야릇한 열을 뿜으며 역설하는 설매의 입술을 강비는 지그시 지켜보다가,

"그만해 두라."

무겁게 제지했다.

"정안군은 나의 아들이며, 나는 그의 모친이란 사실을 알고 하는 말이냐. 낳은 정보다는 키운 정이 더하다는 말도 있거니와, 나는 그 사람을 친아들 못지않게 아껴 왔어. 이 세상 어느 어머니치고 저 한몸 편하고자 아들을 모함할 어머니가 있겠는가."

"마마의 말씀 그러하시지만, 대무신 왕비의 전례도 있지 않습니까."

설매는 끈질기게 물고 늘어졌다.

"닥치지 못할까."

강비의 입에서 처음으로 거친 호통이 터졌다.

"내 비록 대무신 왕비의 얼굴을 보지는 못했지만, 짐작컨대 사람의 탈을 쓴 요귀였을 게다. 그렇지 않고서야 어찌 그런 끔찍한 짓을 자행할 수 있었겠는가."

그래도 설매는 굽히지 않았다.

"마마의 인자하신 은덕, 정안군이 듣는다면 감격하여 마지않겠습니다마는, 그러나 그것은 어디까지나 정안군이 중궁마마나 동궁마마를 해치

려는 뜻이 없을 경우를 생각하시고 하시는 말씀이 아니겠습니까. 친아드
님을 해치려는 전실 아들이 있을 경우에도 마마와 같은 너그러우심만
베푸는 어머님이 어디 또 계시겠습니까. 친아드님이 멸망하는 것을 방관
하면서까지 전실 아드님을 두둔하시겠습니까."

"어머니의 마음이라는 것을 모르는 소리."

강비는 빙그레 웃음까지 띠고 있었다.

"열 손가락 깨물어서 아프지 않은 손이 없다는 말도 있거니와, 아들
하나가 다른 아들에게 주먹질을 한다고 그 손목을 비틀어 꺾어버리는
어머니라면 어디 어머니라고 할 수 있겠느냐."

설매는 재차 패배의 쓴 입을 다시지 않을 수 없었지만, 그래도 마지막
한마디를 던져 보았다.

"손목을 비틀지 않고 어떻게 하시겠다는 말씀입니까."

그 물음의 화살에,

"바로 이거야."

강비는 자신의 치마폭을 쥐고 흔들어 보였다.

"나나 너나 여인이면 누구나 이런 것을 두르고 있거니와, 이 치마라는
것을 무엇에 쓰려고 두르는 줄 아느냐."

여전히 치마폭을 쥐고 흔들며 강비는 말을 이었다.

"이 속에 숨어서 시새움의 부채질이나 하라는 것이 여자의 존재는
아니다. 감싸주는 거야. 여차하면 칼부림이나 하고 피를 뿌리기 쉬운
남정네들을 감싸고 돕기 위해서 이런 것을 두르게 되었을 것이라고 나는
풀이하고 있다. 제아무리 사나운 아들들인들 어머니의 치마폭 속에서야
어찌 칼을 휘두를 수 있겠느냐."

강비의 치마폭——그것은 말발이나 장식해 보려는 한낱 수사(修辭)
가 아니었다. 강비의 일관된 모성 철학이었다.

누누한 사례를 들지 않아도 좋다. 장성한 전실 아들들과 그렇듯 복잡
미묘한 권력의 기상도를 읽어놓았으면서도, 강비 생전 중엔 골육상잔의

혈극(血劇)이 단 한 번도 없었다는 사실만으로 충분히 입증될 수 있을 것이다.

어쨌든 설매는 완전한 패배를 느꼈다.

적의 검력(劍力)을 미처 계산하지 못하고 섣불리 덤비면서 일방적인 칼춤을 추다가 호된 일격을 맞고 옴짝달싹도 못하는 비참한 검사의 꼴을 설매는 자기에게서 보고 있었다.

분통이 터져야 할 일이었다. 속입술을 깨물면서 몸부림쳐야 할 일이었다. 그러나 실상은 그런 감정과 거리가 먼 심정이 되는 것은 어쩐 까닭일까.

승자에 대한 앙심이나 시새움이나 복수심에 앞서, 설매의 심골을 흐뭇하게 적셔주는 것은 무엇일까.

고마움이었다. 방원에 대한 따뜻한 마음가짐이 그저 반갑기만 한 것이다.

물론 이 순간이 지나고 어느 시점으로 물러서게 된다면, 시새움이 고개를 들게 될는지는 모른다. 강비가 존재하는 한 방원을 독점하기는 어려우리라는 비애를 씹게 될는지도 모른다. 하지만 지금 이 순간만은 자기 자신보다도 더 아끼는 정인을 위해서 기쁘기 만한 것이다.

"마마!"

절로 목이 메여지는 소리를 흘리며 설매는 그 자리에 부복하였다.

"마마의 극진하신 온정도 헤아리지 못하고 방자한 혀끝만 놀린 죄를 너그러이 용서하여 주시어요."

설매가 이때까지 한 말은 방원에게 죄를 뒤집어 씌우고 방원을 제거해야 하지 않겠느냐고 떠들어댄 것은 물론 진심이 아니었다. 강비의 속마음을 떠보려는 심산에서 띄워 보인 양동작전의 한 방법이었다.

띄워올린 풍선은 제풀에 김이 빠져 추락하고 말았다. 그러나 그것을 오히려 다행스럽다 여기면서, 지금까지 속임수를 농한 수작을 설매는 사과하고 있는 것이다.

"내 그럴 줄 알았느니라."

결코 비꼬는 투가 아닌 어투로 강비는 말했다.

"그대가 장안군을 위해서 나를 찾아왔다는 것은 진작부터 짐작하고 있었느니라. 이렇듯 정안군과 가까운 사람이 아니고서야 그런 밀사(密事)를 알 턱이 있겠느냐?"

다시 한번 설매의 심골을 찌르는 소리였지만 아픈 가시는 없었다.

"황공합니다, 마마."

설매는 진심으로 쥐구멍이라도 찾고 싶은 심정이었다.

"하지만 정안군도 좋은 사람을 얻었어. 이토록 자기를 아껴주는 사람이 있으니 얼마나 마음 든든하겠는가."

강비는 혼잣소리처럼 말을 잇다가,

"이름이 설매라고 했지?"

새삼스럽게 다짐해 본다:

"예, 마마의 존전엔 감히 입밖에도 낼 수 없는 천한 이름입니다."

"아니야. 더할 수 없이 귀한 이름이지. 정안군에겐 말야. 명색이 어미라고 자칭하는 나의 이름보다도 정안군은 그대 이름을 더 소중히 여기게 될 날이 올게야."

여자와 여자와의 대결에서 쾌승을 거둔 강비가 오히려 쓸쓸한 탄식을 씹는 그런 표정을 짓다가,

"나도 정안군을 아끼고 너도 정안군을 아끼는 터이니, 무엇보다도 그 사람을 살리는 방도를 강구해야 할 것이 아니겠느냐."

실제적인 면으로 화제를 돌렸다.

"어찌하면 좋을까. 정안군에게 씌워질 허물을 어떠한 손을 써야 벗길 수 있을까."

"오직 중궁마마의 힘에 달렸다고 저도 생각하옵고, 정안군 나리도 그렇게 믿는 듯하옵니다."

이제 부질없는 말장난 따위는 걷어 치우고 설매도 솔직히 작전 계획을

제시했다.

"내 힘에 달렸다고?"

"중궁마마의 말씀 한 마디면 제아무리 날뛰고 설치는 발 없는 말이라도 어렵지 않게 고삐를 잡아 묶어놓을 수 있을 줄로 압니다."

이렇게 말한 다음, 설매는 다시 문제의 핵심을 펼쳐보였다.

"지체하지 마시고 계룡산으로 달려가시면 그만입지요."

"계룡산엘?"

"여기서는 발 없는 말을 잡기가 어렵습니다만, 그 말이 상감마마의 성충을 어지럽히기 전에 중궁마마께서 앞질러 손을 쓰신다면 꼼짝없이 잡아 묶을 수 있을 줄로 압니다."

그 정도의 설명으로 충분했다.

"상감의 귀를 막는다는 뜻이겠다?"

강비는 스스로 풀이했다.

"그야 내가 단단히 못을 박는다면 누가 뭐라고 하건 귓전에도 담으실 상감은 아니시지."

충분한 자신을 보이다가,

"그러나 계룡산으로 가는 것이 문제야, 상감도 계시지 않은 대궐을 비우고 말이다. 그러지 않아도 보이지 않는 칼날이 날뛰고 있는 판국이 아니냐. 어린 세자를 남겨두고 내가 이곳을 비운다면 그 동안에 무슨 변이 벌어질지 심히 염려스럽단 말이야."

충분히 이유 있는 우려였다. 그리고 그것은 무엇보다도 뚫기 어려운 벽이기도 했다.

이때까지 설매가 제시한 방안은 집을 나오기 전부터 미리 작정해둔 작전을 그대로 적용한 것에 지나지 않는다. 그러나 이제부터는 새로운 작전을 안출해내야만 할 판이었다.

설매는 한참 동안 궁리에 잠기다가 무슨 묘안이라도 발견한 것일까.

"이렇게 하시면 어떻겠습니까."

하면서 강비의 곁으로 다가갔다.

몇마디 귀엣말을 속삭였다.

"상감께서 환궁하시도록 졸라본다?"

되씹는 강비의 표정이 활짝 밝아졌다.

"아버님께서 환궁하시도록 졸라보겠다구?"

방원은 되물었다. 강비를 만나러 입궐했던 설매가 돌아와서 보고한 내용을 듣고 한 말이었다.

"중궁마마께서 대궐을 비우실 수 없는 처지가 아니어요? 그렇게 하시는 수밖에 없지 않겠어요?"

설매는 설매대로 반문했다.

"그야 아버님께서 환궁하시도록 할 수만 있다면 그보다 더 좋은 방도는 없겠지만, 그렇게 하시도록 할 만한 이유가 있어야 하지 않겠느냐."

방원이 난처한 그늘을 보이자,

"중궁마마 그분이 어떤 분이시라구요."

이젠 사뭇 강비에게 심취한 어투로 설매는 말했다.

"그 당장에 이유를 만드셨지요."

"어떻게?"

"아마 지금쯤 동궁 안은 발칵 뒤집혔을 거예요. 마마께서 갑자기 몸이 괴로우시다고 수선을 피우셨으니까요."

"말하자면 왕비님이 병환을 미끼로 급히 대왕님을 모셔오자는 작전입니다그려."

한 옆에서 듣고 있던 원해가 이렇게 말하고 고개를 끄덕였지만, 평도전의 반응은 그와 달랐다.

"약합니다."

그는 잘라 말했다.

"진부한 졸책입니다."

혹평까지 했다.

"그야 대왕님께서 얼마나 왕비님을 애중하시는가 소문은 많이 들어서 잘 알고 있습니다만, 그렇다고 국가의 대사와 사사로운 일을 혼동하실 분은 아닌 줄로 압니다."

그 말도 방원은 부정할 수 없었다.

인간적인 감정엔 사뭇 약한 구석이 있는 부왕 이성계였지만, 공적인 대사를 처결하는 경우는 다르다. 누구보다도 공과 사를 준엄히 판별하는 일면도 지니고 있는 것이다.

──세자 책봉 문제만 해도 그렇다.

세상 사람들은 강비의 몇방울 눈물에 홀려서 후실 소생의 방석을 택한 것이라고 보고 있지만, 방원은 그런 속론(俗論)에만 말려들지 않았다.

만일 전실 소생의 다섯 왕자 중의 누구를 책봉했다고 가정해 보자. 나머지 네 왕자의 반발로 오히려 더 치열했을는지도 모를 일이라고 이렇게 방원은 생각해 보기도 하는 것이다.

"왕비님의 병환은 새삼스런 돌발사가 아니라 종종 있어 온 일이라고 졸자는 들었습니다."

평도전은 말을 이었다.

"그러니 그런 소식쯤으로 천도라는 국가의 대사업을 제쳐놓고 대왕님께서 달려오실 듯싶습니까."

동감이었다. 그런만큼 모처럼 설매가 안출했고, 강비가 서두르고 있다는 그 방책이 방원은 불안스럽기만 했다.

"다른 묘책은 없을까."

답답한 눈길을 평도전에게로 던졌다.

"어찌 없겠습니까."

평도전은 서슴지 않고 또 만만한 자신을 보였다.

"국가의 대사를 위해서 대궐을 떠나신 대왕님이시니 국가의 대사를 이유삼아 모셔오는 것입지요."

평범한 소리 같으면서도 깊이 생각해 보면 녹녹지 않은 심계(心計)를 느끼게 하는 말을 했다.

"국가의 대사라니?"

방원은 고개를 꼬았다. 아무리 생각해 보아도 부왕을 놀라게 할만한 대사건이란 있을 것 같지 않았다.

"없으면 만들어야 하지요."

그 궁금증을 앞지르며 평도전은 엉뚱한 소리를 한다. 그러더니 방원의 귀에 몇마디 귀엣말을 넣어 주었다.

"잔잔한 평지에 일부러 풍랑을 일으키란 말인가."

하면서 방원은 착잡한 그늘을 피웠다.

"왕자님의 존망이 걸려 있는 중대한 고비가 아닙니까. 그만한 바람도 마다 하신다면 어떻게 이 난국을 돌파하실 수 있겠습니까."

방원은 침음했다.

한동안 괴로운 침묵 속에 잠기다가,

"어쩔 수 없겠구먼. 그대만 믿고 맡겨보기는 하겠네만, 바람을 일으키되 누구도 피해를 입지 않게 해야 하네."

다짐했다. 다짐이라기보다도 평도전의 방책을 승낙하는 소리였다.

이 괴이한 왜무는 또 어떠한 비책을 안출한 것일까.

방원이 절대절명의 궁지에 몰릴 적마다 갖가지 묘책으로 혈로를 뚫어 주는 평도전과 원해 두 왜인은 방원의 인생엔 다시없이 요긴한 나침반의 구실을 하는 셈이지만, 독자에 따라서는 혹 회의를 품는 측이 있을지 모른다.

과연 그 시점에 그와 같은 일본인이 방원 수하에 존재할 수 있었을까. 이 작품을 윤색하기 위해서 엉뚱하게 꾸며댄 가공의 인물이 아닐까.

일반 독자의 눈에 띄기 쉬운 역사책이나 사전류에서는 원해나 평도전의 이름조차 찾아보기 어려운 것이 사실이다. 그러나 그들은 엄연히 실재했던 인물이라는 점을 우선 밝혀 둔다.

《태조실록》6년 8월 갑진(甲辰)조를 보면,
　'일본승 원해 의술(醫術)에 정통함으로써 머리를 기르게 하고 전의박
　사(典醫博士)에 임명하였다.'
라는 기록이 보인다.
　그리고《태종실록》9년 4월 신유(辛酉)조에는,
　'판전의감사(判典醫監事) 평원해에게 미두(米豆) 십오석, 지(紙) 일백
　권을 하사하였는데, 원해의 모친이 대마도에서 사망한 때문이다.'
라는 기록도 보인다.
　판전의감사라면 궁중에서 사용하는 의약(醫藥)을 관리하는 기관의
최고 책임자였다. 다시 말하면 국왕의 주치의인 동시에, 그 당시로선
유일한 보건기관이기도 하였던 관청의 최고 장관이었다.
　품계는 분명치 않지만 다른 관청의 판사(判事)가 종일품이었으며,
훗날 관제가 개편되었을 때의 전의감의 장관인 정(正)이 정삼품이었던
것으로 미루어 장관급이었던 정이품 판서(判書)에 가까운 계급이 아니었
을까.
　한낱 귀화 일본인에게 그와 같은 최고의 관직까지 부여하였다는 사실
은 무엇을 의미하는 것일까.
　원해의 의술이 그만큼 뛰어났던 때문이기도 했지만, 그 점만을 그런
파격적인 후대의 이유의 전부로 보기는 어려울 것이다. 방원을 위한 숨은
공이 막대하지 않고는 있을 수 없는 일이 아니겠는가.
　《태종실록》7년 7월, 병인(丙寅)조를 보면,
　'평도전을 원외사재소감(員外司宰少監)에 임명하고 은비(銀碑)를
　하사하셨는데, 그는 일본인 투화자(投化者)다.'
또《태종실록》13년 정월 갑오(甲午)조에는,
　'한강에서 본국의 병선과 평도전이 건조한 왜선과의 속도를 비교하게
　하였는데, 대언(代言) 유사눌(柳思訥)이 관람하고 돌아와서 복명하기
　를, 물결을 따라 하류로 내려갈 때에는 본국의 병선이 왜선보다 삼십보

혹은 사십보쯤 뒤떨어졌으나, 상류로 거슬러 올라갈 때에는 기백보나
더 뒤떨어졌다고 하였다.'

는 기록도 보인다.

그의 비범한 능력의 일면을 얘기해 주는 사실로 볼 수 있을 것이다.

다시 《세종실록》 원년 5월 신해(辛亥)조에는,

'상호군(上護軍) 평도전을 충청도 조전병마사(助戰兵馬使)에 임명하
였다.'

는 기록도 보인다.

상호군이라면 부장으로서 둘째 가는 최고급 장성에 속하였다. 지금의
중장(中將)쯤에 해당될까.

어쨌든 그들 두 일본인은 방원이 득세하게 되자, 본국인으로서도 얻기
어려운 최고의 영좌까지 차지하게 되는 것이다.

바다 건너 일본에서 날아온 두 쪽지 날개가 방원을 위해서 은밀한
바람을 불러일으키고 있을 때, 진안군 방우의 집 내실에선 또 하나의
바람이 술렁이고 있었다.

"내가 무엇이 부족해서 젖비린내가 나다못해 구린내까지 물씬거리는
그런 종년을 가까이했겠소."

방우는 이렇게 노닥거리며 부인 지씨(池氏)의 잔허리를 끌어당기고
있었다. 방우가 이렇게 얼레발을 치는 것은 언년이와의 수작이 발각된
이후, 아직도 부부 사이에 그 사실이 꼬리를 끌고 있는 때문일 게다.

"부인의 이 유요(柳腰), 부인의 이 화안(花顔), 양귀비를 갖다 놓고
바꾸라고 한들 어찌 응할 수 있겠소."

얼레발치고도 듣는 귀가 오히려 역할 정도로 겉도는 소리였지만, 여자
란 그런 소리라도 들큰하게 받아들이는 어수룩한 귀청을 달고 있는 것일
까.

그때까지 돌아앉아서 독살만 태우고 있던 지씨부인이 고개를 돌렸다.

"남정네란 반드시 귀하고 곱게 자란 꽃만 아낀답디까. 쓰레기 속에

묻힌 이름 없는 잡초라도 꽃잎만 나불거리면 침을 흘린다지 않아요."

말의 액면은 항의조였지만, 지금의 그 속엔 사뭇 누그러진 기색이 엿보이고 있었다.

"그게 아니래두."

방우는 더욱더 부인의 허리를 끌어당겼다. 이번엔 의뭉스런 손길로 속살까지 더듬어 들어가며 흐물거렸다.

"그게 다 부인을 위해서가 아니겠소."

"뭐라구요? 나를 위해서라구요."

"불여우 같은 그 계집이 차지하고 있는 궁중의 보좌에 부인을 앉히려고 마음에도 없는 수작까지 부려야 하는 내 고충을 어째서 몰라준단 말이요."

"무슨 말씀을 하시는지?"

"내 말을 차근차근 들어요."

부인의 귓바퀴에 턱수염을 비벼대면서 방우는 몇마디 속삭였다.

"강가년의 추잡한 소행을 아버님께 여쭙겠단 말씀인가요?"

지씨부인은 들뜬 소리로 물었다. 이제 그 구기엔 앵도라졌던 암상 같은 것은 자취도 없었다. 엄청나게 술렁이는 흥분만 있었다.

"그래야 하겠는데, 누구를 보내야 마땅할는지 그것이 골치거리란 말이요."

강비와 방원과의 추문을 이성계가 곧이듣도록 고해 바치자면 여간한 인간의 입으로는 어려울 것이다.

우선 그 일에 목숨을 걸고 열중할 사람이라야 했다. 누구보다도 이성계가 믿고 아끼는 사람이라야 했다.

"그렇다고 내가 갈 수도 없는 일이고 말이오."

그야 그렇다. 그가 나선다면 오히려 역효과만 빚어낼는지 모른다. 세자 자리가 탐이 나서 계모와 친아우를 모함한다는 불호령이나 떨어지기가 고작일 것이다.

"적당한 사람이 없을까."

방우가 묻는 말에 지씨는 한동안 생각에 잠기더니,

"바로 그래서 그런 꿈을 꾸었나봐요. 왜 유씨라는 부인이 있지 않아요. 그 부인이 금빛이 찬란한 용 한 마리를 몰고 와서 우리집 문안으로 들여보내질 않겠어요."

이런 말을 꺼냈다.

"유씨라니 어느 유씨 말이오?"

방우는 어리둥절한 얼굴만 했다.

"평원군 조박(平原君 趙璞)의 족매(族妹)라는 그 부인 말예요."

"바로 그 유씨라면……"

방우의 표정이 당장 밝아진다. 이성계가 등극하기 이전부터 은밀히 총애하던 여인이었다. 그 몸에서 불노(佛奴)라는 아들까지 낳았지만, 강비의 투기가 하도 심해서 죽주(竹州 : 경기도 안성군) 산골에 감추어 두었다는 말을 방우도 듣고 있었다.

"그렇지만 그 부인의 족형이 되는 조박은 방원과 동서지간이 아닌가."

방우는 약간 꺼림칙한 얼굴을 했지만,

"그것이 무슨 상관이겠어요."

지씨는 문제도 삼지 않았다.

"강가란 여자라면 간을 씹어도 시원치 않을 지경으로 미워하고 있는 유씨가 아니겠어요. 사돈의 팔촌도 못되는 정안군과의 관계쯤을 생각하고 어쩌고 할 턱이 있겠어요."

"그것도 그렇겠구먼."

방우는 다시 밝은 얼굴이 되었다.

"무엇보다도 상감께서 유씨부인을 끔찍이 아끼시고 계신 점이 중요하지 않겠어요. 어쩌면 계룡산에 내려가시는 길에 은밀히 들르시어 만나보셨을지도 모를 일이지요."

강비의 눈총만 미치지 않는다면 유씨를 가까이할 것이라는 지씨부인의 추측은 훗날 사실로 증명된다.

강비가 세상을 떠나고 삼년상을 치르고 난 지 석달 후인 태조 7년 11월 7일조 실록에 의하면, 유씨를 후궁에 불러들이고 가의옹주(駕懿翁主)에 봉하였으며, 유씨 소생의 아들 불노를 원자(元子)라고 칭하였다는 대목이 있으니 말이다.

"당장에 죽주로 사람을 보내서 유씨에게 귀띔만 해 보셔요. 이 편에선 더 손을 쓰지 않더라도 일은 제대로 맞아떨어질 것이 아니겠어요."
하면서 지씨부인은 자신 있게 웃었다.

한편 중궁 내실에선 대단한 병색도 드러나 보이지 않는데 죽어가는 시늉을 하며 강비가 누워 있었고, 그 머리엔 한 노옹이 꿇어앉아 있었다. 지중추원사(知中樞院事) 정요(鄭曜)였다.

지중추원사라면 병기(兵器), 군정(軍政), 숙위(宿衛), 경비(警備) 등을 맡아보던 중추원의 세째 가는 고관이었다. 말하자면 고급 무관이기는 했지만 어엿한 남성이라면 지밀한 내전, 지엄한 왕비의 머리맡에 그렇게 앉아 있다는 것이 온당한 광경은 못된다.

그때 그의 나이 육십삼 세, 다 늙어가는 몸이라서 무관하다고 생각한 때문만은 아니었을 것이다.

문제는 수염이었다. 그의 턱 밑에는 남성이라면 응당 달고 있어야 할 수염이 없었다. 그는 내시 출신으로 지금의 관직에까지 오른 인물이었던 것이다.

남성 아닌 중성이기에 가뜩이나 말이 많은 요즈음인데도, 강비는 거리낌없이 그를 머리맡에 불러들였을 것이다.

"남들은 어떻게 보는지 모르지만 치마 두른 여자란 별 수 없는 것 같소, 정지사."

음성까지 빈사의 환자를 방불케 연기하며 강비는 한숨을 흘렸다.

"상감께서 궁을 비우시고 나니 궁궐 기둥 하나하나가 한가닥 바람만 불어도 흔들리는 것 같구료."

"그럴리야 있겠습니까, 중궁마마. 저희들 모든 신료들은 여기 이렇게 중궁마마께서 계시는 것만으로 무한 든든히 여기고 있습니다."

정요는 진지하게 말했다. 그의 어투 어느 구석에도 환관 출신다운 간사한 데는 없었다.

"그뿐이 아니오. 내 신병, 이번만은 어쩐지 심상치 않소. 상감이 계시지 않는 동안에 세상을 버리기라도 한다면 한 나라의 일이 어찌 되겠소."

강비의 목소리는 제법 젖어들기까지 했다.

"아무래도 상감을 모셔왔으면 싶소. 상감의 용안도 뵙지 못하고 죽어간다면 그 일도 애석하기 이를데 없는 노릇이지만, 거듭 말하거니와 나라 일이 염려스럽구료."

정요의 표정이 씁쓰름하게 굳어진다.

내시의 신분으로 최고의 무관에 오른 인물이었으며, 훗날에는 서울 특별시장 격인 한성부판사(漢城府判事)까지 역임하게 되는 거물이었다.

강비의 언동에 상당히 과장된 연기가 넘실거리고 있다는 것쯤 쉽게 간파하였을 것이다.

강비는 잠깐 멋적은 표정이 되며 입을 다문다.

그와 같은 연기를 농한 까닭은 국왕 이성계에게 두터운 신뢰를 받고 있는 정요를 움직여서 환궁시키도록 하자는 속셈에서였을 것이다.

그러나 그런 공작이 문문히 먹혀들지 않는 눈치였다. 은근히 애가 탈수밖에 없지 않겠는가.

그때 한 시녀가 허둥지둥 달려 들어왔다.

"마마, 큰일이옵니다."

시녀는 새파랗게 질린 입술을 벌름거리면서 얼핏 다음 말을 잇지 못했다.

"웬 수선이냐. 덤비지 말고 차근차근 고하도록 하라."

강비는 긴장하며 꾸짖었다. 그때까지 애써 꾸며 보이던 앓는 사람의 시늉도 어느새 잊고 있었다.

"난리가 났다는 것이어요."

그 말을 액면대로 받아들인다면 그야말로 기급을 할 대사건이 아닐
수 없었다.

그러나 강비는 침착하게 캐물었다.

"누가 그런 소리를 하더냐."

"그 일 때문에 정시랑 정대감께서 마마를 뵙겠다고 입궐하셨사와요."

바로 정도전 그 사람이 입궐하였다는 것이다.

"정시랑이라구?"

되물으면서 강비는 자리를 차고 일어났다. 옷깃을 여미고 머리를 매만
졌다.

정도전이라고 스스로운 사이는 아니였다. 전실 소생 다섯 왕자들과
공동전선을 펴고 적의의 눈을 부라리는 시류(時流)를 가로막고 거목처럼
버티어 온 그가 아닌가. 말하자면 강비와 방석에겐 누구보다도 믿고 의지
해야 할 방패였으며 성벽이었다.

그러나 그는 정요와 같은 늙은 중성(中性)이 아니었다. 어엿한 남성이
었다. 체통과 예도를 갖추지 않을 수 없었던 것이다.

갖출 것 다 갖춘 다음에 정도전을 불러들였다.

"난리가 났다면서요?"

묻는 말에 정도전은 한동안 착잡한 웃음을 씹다가,

"난리라고 떠들어델 만한 일은 못되는 듯싶습니다만, 어쨌든 초적
(草賊)이 소란을 피우는 모양입니다."

"초적이라니 좀도둑이 소란을 피운다는 뜻이요? 민란(民亂)이 일어났
다는 뜻이요?"

그 용어는 그 두 가지 의미를 내포한 말이기 때문에, 강비는 이렇게
물은 것이다.

"글쎄올시다. 창검을 휘두르며 설친다고 하니 여느 좀도둑 같지도

않고, 그런가 하면 백성들의 집에 불을 지르고 어쩌고 했다니 민란이라고도 볼 수 없는 것 같습니다."

"어느 고장이랍디까."

"평주(平州 : 黃海道 平山)와 봉주(鳳州 : 黃海道 鳳山)라던가요."

"그렇다면 여기서 멀지 않은 곳이로구먼요."

강비는 한동안 궁리에 잠기는 듯했지만 별로 불안스러워하는 기색은 없었다. 오히려 그 일을 다행스럽게 여기는 눈치를 감추지 못하고 있었다.

"그렇지 않아도 상감의 환궁을 간청하고자 지금 이렇게 정지사와 의논을 하고 있는 참인데, 그런 상스럽지 못한 일까지 생겼다면 더욱더 서둘러야 하겠구먼요."

강비는 다시 입을 떼며 정요를 돌아보았다.

"전하의 환궁을 재촉하시겠다구요."

정도전은 곱씹다가 말꼬리를 흐렸다.

"그렇소. 정시랑의 의향은 어떠하오."

강비는 직선적으로 캐고 들었다.

"저의 생각이야 처음부터 명백하지 않습니까. 환궁을 촉구한다기보다도 애초부터 계룡산에 행차하시는 것을 반대해 온 터이니까요."

정도전은 잘라 말했다.

"그렇다면 더 길게 논의할 것도 없겠구먼. 당장에 도평의사사(都評議使司)들을 불러모아 상감께 바칠 계본(啓本)을 작성하도록 하시오."

거의 명령조로 강비는 말했다.

도평의사사란 고려 충렬왕 때 도병마사(都兵馬使)를 개칭한 기관이었고, 이씨왕조에 들어와서도 국초에는 전조의 제도를 그대로 답습하여 존속케 한 기관이었다.

고려 때의 이 기관은 거기 소속된 관원 중에서 3품관 이상이 회집하여 국사를 토의 결정하였는데, 대개 만장일치제를 채택하였으며, 이조 초에는 문하부(門下府), 삼사(三司), 중추원의 종2품 이상 되는 관원으로 구성되어 있었다. 훗날 국가 최고 결의기관인 의정부(議政府)의 전신이었다.

어쨌든 도평의사사에 속하는 관원들은 정부의 최고관료들이었으며, 그들은 대개가 전 왕조 고려 때에도 요직을 역임한 현신들이었다.

이성계의 혁명 왕조는 야릇한 일면을 지니고 있었다.

한 왕조가 전복되고 새 왕조가 들어서자면 혁명 주체들은 대개 전 왕조에서 냉대 내지 압박을 받던 야인(野人)들로 구성되는 경우가 많다. 따라서 새 왕조의 정부 요직엔 역시 전 왕조 때엔 불우하던 야인들이 기용되는 수가 많다.

그러나 이씨왕조 창업의 주체 세력은 전 왕조 정부에서도 섭섭지 않은 벼슬을 지내던 인물들이었다. 혁명 정부의 고위층도 그러하였고, 도평의사사의 구성 요원도 그러하였다.

혁명 대열에 가담한 인물들이었던만큼 그들 나름대로의 혁신적 정견이 없는 것은 아니었지만, 전 왕조 때부터 꼬리를 끌고 오는 구습을 탈피 못하는 일면도 없지 않았다.

천도론이야말로 그들의 그런 인습과 밀접히 연결된 문제다.

맹주 이성계가 강력히 주장하고 굽히지 않으므로 정면에서 반대하는 인사들은 적었지만, 내심으로는 거의 다 천도를 반대하고 있었다.

원래부터 혁명적인 의욕이 강렬한 것도 아니었고 구도 개경을 혐오해야 할 특별한 이유도 없는 그들로서는, 수도를 옮긴다는 사업은 공연히 정든 것들을 버리고 낯선 고장을 찾아 헤매는 번거로움 이외의 아무것도 아니었다.

새 왕도 건설지를 물색하고자 계룡산으로 떠난 국왕 이성계를 불러올리자는 강비의 요청은 그들로선 차라리 환영할 만한 일에 속했다. 이성계가 환궁한다면 천도 사업은 그만큼 지연될 것이니 말이다.

그들은 즉시 임금에게 올릴 계본을 작성하였고, 그것을 가지고 계룡산으로 향할 임무는 강비의 지목에 따라 정요에게 맡겨졌다.

그때 방원은 자기 사제로 돌아가서 그 하회를 기다리고 있었다.

"역시 졸자의 계책이 적중한 셈이 아닙니까."

도평의사사의 결정을 탐지하여 왔다고 전달하면서 평도전은 엷은 웃음을 씹었다.

"왕비님 병환만을 이유로 삼았다면 도평의사사에서 그런 결정을 내리진 못했을 겁니다."

"그렇습지요. 황해도 지방에 초적이 준동한다는 사건이 없었더라면, 일은 이렇게 쉽게 되지 않았겠습지요."

원해도 맞장구를 쳤다.

그런 말들을 듣고 있는 방원의 귀청은 그저 쓰겁기만 했다. 쓰겁다기보다는 쑤시고 따가왔다.

평주(平州)와 봉주(鳳州) 두 지방에서 발생했다는 난동 사건이 다름아닌 평도전의 공작이었다는 것을 잘 알고 있으니 말이다.

"백성에게 큰 피해는 주지 않았겠지?"

방원은 침통하게 물었다.

어쩔 수 없는 궁지에서 허덕이다 못해 응낙한 궁여지책이긴 했지만, 자기 힘으로 세운 것이나 다름 없는 새 나라 한모퉁이에 자기 손으로 흠을 내는 이번 공작이 몹시 꺼림했던 것이다.

되도록 피해라도 없기를 바라는 마음의 양심의 도피구였다.

"졸자가 직접 나선 일이 아니고 사람을 시켜서 한 일이니, 그 사람이 돌아와서 보고하는 말을 들어야 알겠습지요."

평도전은 느물거리다가 무슨 인기척이라도 포착한 것일까.

"이제 돌아왔나 봅니다."

혼잣소리를 남겨놓고 밖으로 나갔다.

잠시 후에 그는 다시 들어와서 말했다.

"바로 그일 때문에 황해도 지방으로 파견했던 졸자의 수하가 밖에 와서 기다리고 있습니다만 만나보시겠습니까?"

꼴도 보고 싶지 않고 생각조차 하기 싫은 자신의 치부가 아닌가. 그런 왜적 따위는 당장에 거품처럼 꺼져버렸으면 싶다.

그러나 평도전은 짓궂었다.

"그곳에서 있었던 일의 진상이 궁금하시다면 거기서 달려온 졸자의 수하의 말을 직접 들어보시는 것이 첩경이 아니겠습니까?"

그렇기도 하다. 그 자의 입으로 백성들의 피해가 별로 없었다는 보고라도 듣는다면, 이 쓰거운 입맛이 한결 가실 것 같기도 하다.

"만나보도록 함세."

마음을 고쳐잡고 방원은 겨우 지시했다.

평도전이 다시 나가서 한 왜무를 데리고 들어왔다. 짤막한 키에 바짝 여윈 체구, 두 볼에서 코밑까지 온통 수염으로 덮여 있는 얼굴 속에 빵글거리는 두 눈만 깜박거리는 꼴이 영락없이 잔나비를 연상케 한다. 몸가짐도 바로 그 잔나비처럼 경망스럽기만 하다.

그는 방안에 들어서자 한구석에 쪼그리고 앉아서 까불까불 몇 차례나 허리를 굽히면서 절을 했다.

그리고는 혓바닥을 내밀어 아래윗입술을 할짝거린 다음

"졸자, 성은 표(表)가라 하옵고 이름은 시라(時欏)라고 부릅니다."

제법 무사꼴을 내느라고 까딱거리면서 자기 소개를 했다.

그 자의 생김생김조차도 치부처럼 역하고 너절했지만, 방원은 역겨운 감정의 눈을 감고 물었다.

"다친 사람은 없는가?"

"졸자 어찌 그런 실수를 저지르겠습니까. 짚더미에 불을 지르고 빈 화살 몇대를 쏘아대고 몇마디 고함을 질렀더니, 그 고장 백성들 혼비백산 해서 도망을 치고 말던걸입쇼, 왕자님."

그리고 나서 잔나비 같은 혓바닥을 또 내두르며 입술을 할짝거렸다.

그것은 마치 무슨 재주를 부리고 나서 먹을 것이라도 던져주기를 바라

는 치사한 짐승의 단작스런 수작을 방불케 했지만, 방원은 고개를 외로
돌리고 눈을 감아버렸다.

이성계의 환궁을 촉구하자는 결정이 내려졌다는 소식은 진안군 방우의
귀에도 들어갔다.

"이러고 있을 수는 없다."

방우는 당장에 유씨를 찾아가고 싶었다. 그러나 유씨의 정확한 은거처
도 모를 뿐만 아니라 유씨와는 별로 친분도 없었다.

"그 부인을 불쑥 찾아갔다가 거절이라도 당하면 어쩌지? 아니 그보다
도 말을 잘못 전해서 말썽이라도 생길 경우, 내가 시켜서 한 일이라고
나불거린다면 귀찮은 혹을 떼어보자는 일이 혹을 몇개 더 붙이는 화를
자초하는 꼴이 되고 말지 않을까."

부인 지씨를 앞에 놓고 난처한 한숨을 몰아쉬었다.

"그러시다면 조박이라는 사람을 찾아가시는 편이 좋지 않을까요."

지씨는 거침없이 말했다.

단순하다고나 할까. 한 곬만 직시하며 직행하는 직선적인 성격이라고
나 할까.

"일전에도 말했소만, 그 사람은 바로 방원의 동서가 아니오."

방우는 망설이는 것이었지만,

"글쎄 그게 무슨 상관이어요."

그런 문제엔 신경도 쓰려고 하지 않는 유씨였다.

"한치 걸러 두치라는 말이 있지 않아요. 강씨가 쫓겨나고 유씨가 그
대신 중궁을 차지해 보세요. 유씨의 권속이라고는 조박 자기밖에 없는
터이며 따라서 외척의 권병(權柄)을 한 손에 쥐게 될 판인데, 동서 따위
눈치를 보게 됐어요."

단순은 했지만 인간의 욕기(慾氣)를 티없이 뜯어보고 하는 소리이기도
했다.

방우는 즉시 조박의 집을 찾아갔다.

그때 조박은 예조전서(禮曹典書)에 양광도 안렴사(楊廣道按廉使)를 겸하고 있었다.

지난해(태조 원년) 9월 11일, 각 지방의 백성들의 편의를 도모하고 상벌을 명백히 하기 위해서 중앙관서의 요인들을 파견한 일이 있는데, 그때 조박은 양광도로 분견되었던 것이다.

양광도라면 국왕 이성계가 향한 계룡산도 관할 구역에 포함하고 있었으므로 왕의 행차에 수행해야 마땅한 일이었지만, 어쩐 까닭인지 조박은 그 인선에서 누락되었다.

그런 일로 인한 우울한 심사 때문일까. 그는 자기 집에 박혀 있었다.

"내 아우 방원을 살려주어야 하겠소. 또 대감에겐 동서가 되기도 하지만 말이요."

방우는 이런 식으로 말을 꺼냈다.

물론 방우의 속셈은 강비와 함께 방원도 제거하려는 것이었지만, 동서지간이란 관계를 참작해서, 그리고 친아우를 모함한다는 비난을 모면하려는 계산에서 그렇게 말해본 것이다.

그러나 곧이어 그가 제보한 사실은 결코 아우 방원을 두둔하는 내용이 아니었다. 그날밤 강비와 방원이 한데 어울려서 추잡한 짓을 저질렀다는 그런 내용이었다.

"듣자하니 강비가 도평의사사를 움직여서 상감을 환궁하시도록 책동하는 모양이오. 평계는 자기가 앓는다고도 하고 황해도에 초적이 일어났다고도 둘러대는 모양입디다만, 상감께서 환궁하시게 된다면 내 아우 방원은 어찌 되겠소."

그는 또 어색하게 방원을 두둔하는 소리를 했다.

"어찌 되겠소, 내 아우는?"

방우는 거듭 물었다. 그가 방원을 위하는 체하는 소리를 되풀이하는 까닭은 조박의 진의를 떠보려는 심산에서였다.

그러나 그가 방원에 대해서 어떠한 태도를 취할는지 얼핏 판단이 내려지지 않기 때문이었다. 강비 배척엔 두말할 것 없이 동조할 조박이었다.

그러한 방우의 계산을 아는지 모르는지 조박은 쓰다 달다 반응을 보이지 않는다.

발등에 불이 붙어 애를 태우는 것은 방우편이었다. 반응이 없는 이상이 편에서 부채질을 해보는 도리밖에 없었다.

"상감께서 환궁하시면 모든 허물을 방원에게 뒤집어씌울 거요. 팥으로 메주를 쑨다 해도 강비의 말은 곧이듣는 상감이 아니시오. 방원이 혼자만 억울하게 당할테니 어찌 그냥 버려둘 수 있겠소."

"그러니 날더러 어쩌라는 말씀이시오."

강비 혼자만 화를 면하게 된다는 말이 조박의 심지를 자극한 것일까. 그는 겨우 입을 떼었다.

"강비의 소행을 앞질러 상감께 고해 달란 청입지요."

반응이 있는 이상 쭈뼛주뼛 망설일 것은 없었다. 단숨에 다그쳤다.

"날더러 말씀이요?"

조박이 되묻자,

"유씨부인이 계시지 않소. 그분께 귀띔만 해 주시면 족할 줄로 아오."

내친 걸음에 털어놓을 것 다 털어놓아 버렸다.

조박은 다시 입을 다물었다.

방우는 또 불안해진 것일까.

"미리 말해 두겠소만, 내가 이런 부탁을 하는 것은 오직 강비의 소행이 괘씸한 때문이지 다른 욕심이 있어서가 아니오. 이번 일로 해서 그 불여우 모자를 상감께서 몰아내신다면 나는 그것으로 만족할 뿐이요. 유씨를 궁중에 불러 들이신다면 기꺼이 모후(母后)로 받들 것이며, 유씨 소생을 중궁에 앉히신다면 그일 역시 쌍수를 들어 지지할 따름이요."

속이 빤히 들여다보이는 말이었지만, 그렇다고 터무니없는 헛소리는 아니었다.

그의 말과 같이 강비를 폐출하게 된다면 가장 강력한 왕비 후보자로는 유씨가 지목될 것이다. 유씨가 왕비 자리를 쟁취한다면 외아들 불노(佛奴)를 새로 세자에 책봉할 공산도 전혀 배제할 수는 없다.

원래 조박이란 인물은 유씨 모자를 조종하여 중궁과 동궁을 엿본다는 소문이 심심치 않게 떠돌기도 하던 터였다.

그는 눈을 내리깔고 곰곰 궁리에 잠기는 듯싶더니, 그 눈을 크게 떴다.

"나리의 말씀 충분히 알아들었소이다."

이때까지와는 다르게 분명한 어투로 언명하였다.

"내 당장에 죽주(竹州)로 달려가서 누이를 만나보리다."

그리고는 방우의 두 눈을 깊이 들여다보다가,

"나리가 말씀하신대로만 전하면 되겠지요. 강비의 소행은 규탄하되 정안군에겐 아무런 허물이 없었다는 점을 강조하게 하면 되겠지요."

날카롭게 못을 박는 것이었고, 그 말에 방우는 당황하는 표정이었지만 더 뭐라고 말은 하지 못했다.

이성계 일행의 여정은 사뭇 느린 편이었다.

정월 19일에 개경을 출발하였으면서도 개경에서 불과 백오십 리 거리 밖에 되지 않는 한강변에 당도한 것은 그로부터 사흘이 지난 22일이었다.

물론 그 동안에 회암사(檜巖寺)에 들러서 왕사 자초(自超)를 동반하였다는 기록도 있고, 옛 친구인 동시에 전 왕조 고려에 대한 고충(孤忠)을 고집하고 있는 이색(李穡)이 찾아와서 만났다는 기록도 있고 하여, 그 때문에 그렇게 지체하였을 것이라고 볼 수도 있을 게다.

또 새 왕조의 창업주로서의 위풍을 연도 백성들에게 과시하느라고 시간을 허비하였을 것으로 풀이할 수도 있을 것이다.

실상 그 며칠 후 그들 일행이 청주(淸州)에 이르렀을 때에는 그 고장

부노(父老)들이 모여들어 춤과 노래로 환영하였다는 기록도 있으니 말이다.

그러나 여정이 지연된 중요한 이유는 새 왕도 물색을 위한 이번 여행에 몇가지 불길한 조짐이 나타난 때문인지도 모른다.

한강변에 당도했을 때엔 건강에 이상이 생겨서 나흘 동안이나 머물었다고 실록은 전하고 있다.

2월 25일에는 사방에 적침(赤侵)이 보였으며, 29일에는 지진까지 일어났다고 역시 실록은 전하고 있다.

종교적이라고나 할까, 미신적이라고나 할까, 이성계에겐 그런 일면이 농후하였다.

불교를 지나치게 숭상한 데서 빚어진 전 왕조의 폐풍을 탈피하고 합리적인 유교사상을 바탕으로 하자는 것이 새 왕조의 정신적 지표이긴 했지만, 이성계 개인은 사뭇 달랐다.

자초 즉 무학대사를 국사(國師)로 삼고 계룡산에까지 대동하게 된 것도 그런 일면을 입증하는 것이었고, 계룡산으로 천도하자는 중요한 이유의 하나 역시 다분히 미신적인 풍수설에 있었다.

그런 반면 그의 비과학적인 정신의 한구석을 어지럽히는 불길한 징조가 그의 걸음을 더디게 하지 않을 수 없었을 것이다.

어쨌든 개경을 출발한 지 보름이 가깝도록 목적지 계룡산엔 도착하지 못하고 있었다.

그들 일행이 청주 못미쳐 한 고갯길을 지나려 할 때였다.

돌연 숲속으로부터 어린 소년이 하나 뛰어나왔다. 임금의 행차를 가로지르는 것만도 무엄하기 이를데 없는 노릇인데, 그 소년은 길 한복판에 오똑 서서 움직이질 않았다.

호위 군졸들은 당황했다. 소년에게로 모여들었다. 욕설을 퍼부으며 매질을 가하려고 했다.

그러자 숲속으로부터 한 여인이 또 뛰어나왔다.

"무엄한 졸개들, 감히 누구에게 손을 대려 드느냐."

얼핏 옷차림만 보아도 여염집 여인네로 여겨지지는 않았지만, 경우가 경우였다.

군졸들은 다시 여인을 둘러쌌다. 그러나 여인은 굽히지 않고 더욱 언성을 높였다.

"네놈들의 눈이 아무리 멀었기로 나라님의 혈통을 이어받은 왕자님을 몰라보고 이 무슨 일이냐."

실성한 여자라면 모를 일이었다. 그렇지 않고는 감히 입밖에도 내지 못할 엄청난 소리였다.

이성계 일행 앞에 뛰쳐나온 여인과 소년은 유씨와 불노였다.

흔히 고담 등속에서 볼 수 있는 실랑이를 치른 다음, 유씨 모자는 이성계의 곁으로 불려가게 되었다. 이성계는 별다른 말도 건네지 않았다. 탈것을 준비시켜 유씨 모자를 태운 다음 뒤따르게 했을 뿐이었다.

모처럼 해후한 옛 정인과 숨은 아들에 대한 태도 치고는 지나치게 냉담한 것처럼 보이기도 했지만, 그러나 이성계의 가슴은 결코 굳어만 있었던 것이 아니었다.

수행하는 신료들과 연도 백성들이 주시하는 가운데서 끈끈한 눈물의 인정극 따위를 연출한다는 것이 쑥스러웠던 것이다. 물론 한 나라의 국왕으로서 체통을 지켜야 한다는 허영심도 작용하고 있었을 것이다.

그러나 그날 저녁 행재소(行在所)에 당도하여 거실에 들어앉게 되자, 그는 은밀히 유씨 모자를 불러들였다.

"그 동안에 많이 컸구나."

이것이 이성계가 처음으로 입밖에 낸 말이었다. 소년은 어리둥절한 얼굴로 멍하니 쳐다보고만 있었지만, 유씨는 어깨를 울먹이며 오열하고 있었다.

"그러니까 몇해나 될까."

유씨와 헤어진 이후의 세월을 꼽아보는 소리였을 게다. 지금의 경우,

대단한 의미도 지니지 못한 빈말이라는 것을 잘 알고 있으면서도, 그런 말밖에 흘릴 수 없다는 데에 이성계의 착참한 감회가 맺혀 있었다.

"너희 모자에겐 항상 미안하게 여기고 있던 참인데, 마침 잘 찾아왔다."

잠시 동안을 두었다가 이성계는 다시 이런 말을 했다.

그말 역시 하나마나한 빈소리처럼 들린 것일까. 좀더 살뜰한 말을 기대하고 있다가 그 기대가 어긋난 것을 섭섭히 여기는 정이 치민 것일까.

"너무하시어요, 상감."

오열을 삼키고 유씨가 고개를 들었다.

"진정 미안하다고 생각하셨다면, 우리 모자가 이렇듯 뛰어들 때까지 어찌 그대로 버려두셨어요."

이성계는 더운 한숨만 쉬며 아무런 대꾸도 하지 못했다.

"무엇 때문이어요."

유씨는 계속 원성만 터뜨렸다.

애가 마르게 소망하던 것을 가까이 만났을 때, 특히 그것이 살아있는 사람일 경우, 여인이란 반가움이니 기쁜 마음보다도 사무친 원성이 먼저 분출하는 것일까.

"상감은 이제 이 나라의 나랏님이 아니시어요. 하고자 하시는 일이라면 무슨 일이고 못하실 일이 없으실 터인데, 어쩌면 그렇게 무정하시어요."

이성계는 역시 입을 떼지 못하고 있었다.

"무서우신 거죠. 꼬리가 아홉 달린 여우 같은 그 여자가 겁이 나시는 거죠. 말씀해 보셔요."

앞질러 넘겨짚으며 유씨는 다시 울음을 터뜨렸다. 그러자 그때껏 말이 없던 이성계가 겨우 입을 열었다.

"무서움 때문이 아니야. 두려운 적수라면 차라리 나의 대초명적으로 물리칠 수도 있을 게 아니겠는가."

태초명적(太哨鳴鏑), 이성계가 애용하는 화살의 칭호였다.

살대는 호목으로 만들고, 깃은 백학의 날개로, 그리고 크기가 배(梨) 만한 초(哨)가 달려 있었다. 고라니뿔로 만든 것이라던가.

한번 쏘면 굉연한 음향을 발하기 때문에 그 소리만 들어도 적들은 혼비백산하였고, 그래서 이성계의 무력을 상징하는 이기로 간주되어 있었다.

"그러니 말씀이어요. 만인이 벌벌 떠는 대초명적으로도 물리칠 수 없다고 하시니, 얼마나 그 여자가 독살을 피웠겠어요."

유씨는 다시 앙칼진 소리로 퍼부어댔다.

"그게 아니라니까. 내가 중궁의 눈치를 꺼리고 그대 모자를 숨겨온 까닭은 중궁이 두려워서가 아니야, 아끼는 때문이지. 우리가 귀한 사기그 릇을 조심스럽게 다루는 까닭이 어디 그 그릇을 무서워하는 때문인가. 떨어지면 산산조각으로 깨질 것이 염려스러워서이지."

이성계로서는 애를 써서 둘러댄 변명이었지만, 듣는 유씨의 가슴엔 오히려 독한 불을 지르는 소리였다. 두려워서 설설 긴다면 차라리 참을 수도 있다. 이런 사나이의 약한 마음을 어루만져 주고 싶어하는 모성애 같은 것이라도 가져볼 수 있다.

하지만, 지극히 아끼고 귀하게 여기기 때문에 그 마음을 상하게 할 수는 없다는 말은 치명적이었다.

"상감도 어리석으시어요. 상감 혼자서 애지중지하신다고 그 편에서 상감을 배신해도 좋단 말씀이어요?"

마침내 벼르고 별러오던 말을 터뜨려버렸다. 유씨가 이성계를 찾아온 것은 바로 그 말을 하기 위해서였지만, 이런 식으로 말문이 터질 줄은 미처 몰랐었다.

"무슨 소리를 하는가."

이성계는 쓴웃음을 웃었다.

"웃으시네요. 상감께선 태평하게 웃고만 계시는군요. 그러니까 그 불여우가 상감을 업수이 여기고 그런 추잡한 짓을 저지르지 않겠어요."

시새움의 심열이 닳아오를대로 달아오른 유씨는 언사도 가리지 않았다. 조박이 전해 준 정보에 독한 색칠까지 가하며 단숨에 쏟아놓았다.

죄는 강비에게만 뒤집어 씌웠다. 강비의 유혹과 강요에 못이겨 방원은 어쩔 수 없이 말려든 것처럼 꾸며댔다.

그것은 그 정보를 전달하면서 조박이 못을 박은 다짐이기도 했지만, 그런 다짐이 없었더라도 유씨는 그렇게 말했을 것이다. 강비를 헐뜯자면 그렇게 말이 돌아갈 수밖에 없었다.

"이래도 그 불여우를 두둔하고 아끼시겠어요."

마지막 칼날 같은 소리를 쏘아던지며 이성계의 반응을 기다렸다.

이성계의 입이 다시 무겁게 닫히었다. 바위와 같은 침묵이었다. 하지만 그 바위는 끓고 있었다. 언제 작열하는 화염을 뿜어 올릴는지 모르는 두려움을 안겨주는 그런 침묵이었다.

유씨도 이제는 입을 다물고 숨을 죽인다. 불노(佛奴)의 어린 마음에도 그런 두려움이 반사된 것일까. 천진하게 말똥거리던 두 눈을 헤벌리고 있었다.

"요망한 것들."

마침내 바위는 폭발했다.

바위의 분노는 유씨가 바라던 바였다. 그것은 곧 정적(情敵) 강비에게 작열한 것으로만 계산하고 있었다.

"남을 물 속에 끌어넣으려면 저는 어찌 되는지 아는가."

이상하다. 분노의 향방이 엉뚱하게 빗나가고 있는 것 아닌가.

"남을 잡으려면 제가 먼저 잡힌다는 것을 모른단 말인가."

유씨는 악연했다. 작열한 바위의 불덩이는 강비를 향해서가 아니라 유씨 자기를 향해서 떨어지고 있음을 깨달은 것이다.

그와 같은 분노의 불길의 향방이 유씨로선 쉽게 이해가 가지 않았지만, 이성계로선 충분히 이유 있는 감정이었다.

――내가 애중하는 꽃은 어디까지나 내 물건이다. 어느 누가 감히 용훼하려든단 말이냐. 비록 그 가시가 내 손을 찔렀더라도 말이다.

이성계는 이렇게 소리없이 호통을 치고 있었는지도 모른다.

그야 가시에 찔리면 가시 자체는 역겨울 수 있다. 그렇다고 꽃을 미워하게 되지는 않는다. 그 꽃을 누가 헐뜯는다면 오히려 분노의 불길은 헐뜯는 자에게로 비화(飛火)하는 수가 많다.

누구보다도 말이 적은 이성계였지만, 한번 격정의 포문이 열리면 포탄처럼 노성(怒聲)이 쏟아지기도 한다.

"누구인가?"

이젠 포문을 정면으로 유씨에게 겨누었다.

"누가 그와 같은 모함을 하던가?"

이성계의 기세에 눌려 유씨는 한동안 입술만 떨고 있었지만, 얼마 후 그 입술을 한번 깨물더니 야무지게 내뱉었다.

"발 없는 말이 천 리를 간다고 하지 않습니까. 꼭 짚어서 어느 누가 일러주지 않더라도 그런 소문은 저절로 들리는 법이어요."

"닥치지 못할까."

이성계는 일갈했다.

"천 리를 달리는 준마라 하더라도 길이 있어야 질주할 것이 아닌가. 탄탄대로를 거쳐오는 나의 귀는 쫓지 않고, 하필이면 산골 깊이 숨어 사는 그대를 찾아갔단 말인가?"

유씨가 또 변명하는 말을 찾느라고 애썼지만, 이성계는 그럴 여유도 주지 않았다.

"조박이지?"

이성계의 형안(炯眼)은 그 내막의 핵심을 단적으로 찌르고 있었다.

"그 자는 그대와 족척(族戚)간이 되는 것을 기화로 전에도 농간을 부린 일이 있거니와, 이번에도 필시 그 자의 장난일 게야."

유씨는 더 할 말이 없었다. 실망과 원망과 설움이 한데 엉킨 눈길을 방 한구석에만 쏟아붓고 있었다.

이성계는 다시 입을 다물었다.

침묵하는 포문은 오히려 더 두렵다. 다음에는 또 어떤 폭약이 쏟아질까 하는 표정으로 숨을 죽이고 있는 유씨의 덜미에 한참만에 한 마디가 더 떨어졌지만, 그것은 이때까지의 노성과는 사뭇 달랐다.

"가까이 오라. 공연한 입방아에 춤출 것이 아니라, 오랜만의 회포나 풀어야 할 것이 아닌가."

손길로 이성계는 유씨의 손을 잡았고, 다시 곁에 있는 불노의 손을 잡았다.

강비에 관한 풍문에 대해서 그날밤은 더 언급하지 않았지만, 그 꼬리만은 이성계의 심골 깊이 박혀 있었던 것일까.

날이 밝자 참찬문하부사(參贊門下府事) 이지란(李芝蘭)을 불러들였다.

"조박이란 자갸 중궁을 모함하고 다니는 듯싶은데. 어떻게 하지?"

이렇게 말하고는 유씨의 입을 통해서 들은 사연을 간추려 들려주었다.

이성계에겐 그를 추종하는 신료들도 많았고 권속들도 적지 않았지만, 인간적으로 가장 가까운 사람으로는 이지란을 첫손가락에 꼽아야 할 것이다.

차라리 이성계의 분신이라고 해도 좋았다.

우선 출신 지역부터 이성계와 같은 동북 변방이었다. 이성계의 부친 이자춘(李子春)이 원나라의 천호(千戶)로 있던 무렵, 이지란의 부친 아라부카(阿羅不花)는 금패천호(金牌千戶)를 지냈다.

이성계 부자가 고려에 귀환한 뒤를 이어 그도 역시 귀화했으며, 이성계 휘하에 들어서 숱한 전역을 같이 치루었다.

장기(長技)도 두 사람은 비슷했다.

이성계가 불세출의 신궁(神弓)이란 찬사를 듣고 있지만, 이지란 역시

그에 못지 않은 명궁이었다. 그러기에 그들 두 사람이 궁술을 겨눈 일화
는 갖가지 야승(野乘)을 통해서 여러 모로 전해지고 있다.

가족적으로도 남다른 인연으로 맺어진 두 사람이었다.

이성계가 한씨 부인을 두고 강씨를 제2부인으로 맞아들이게 되자,
이지란 역시 윤씨(尹氏)란 부인이 있으면서도 강씨의 종녀(從女)뻘이
되는 여성을 취할 정도였으니 말이다.

"부질없는 분풀이니 못들은 척하시는 것이 좋지 않겠습니까."

이지란이 덤덤히 말했다. 얼핏 듣기에는 냉담한 방관자가 꽁무니를
빼는 소리 같기도 했지만, 적어도 이지란으로서는 느끼고 생각한 그대로
를 솔직이 표현한 말이었다.

그의 언동은 어떠한 경우에도 그러했다. 복선이란 것이 없었다. 그러기
에 이성계는 어느 누구의 말보다도 그의 말을 신임했던 것이다.

"하지만 조박이란 자의 책동이 지나치게 괘씸하지 않은가. 그대로
버려두었다간 두고두고 화근이 되지 않을까 염려스럽구먼."

꽃을 헐뜯는 인물에 대한 불쾌감을 이성계는 쉽게 씻어버리기 어려웠
던 모양이다.

"벌이 귀찮다고 벌집을 쑤셔보십시오. 벌떼들은 더욱더 극성을 떨
것이 아니겠습니까."

이지란은 다시 이렇게 말했다.

진부한 비유였지만, 그의 입을 통해서 그런 말이 나오는 것을 들으면
묘한 무게를 지니고 가슴에 파고든다.

"그도 그렇겠구먼."

이성계가 고개를 끄덕이자,

"상감께 한마디 여쭐 말씀이 있습니다."

하면서 이지란은 안색을 고쳐잡았다.

"아무래도 상감께선 지나치게 중궁을 두둔하시는 것 같습니다. 중궁을
위하시는 것까지는 좋겠습니다마는, 허물이 있을 경우엔 아무리 중궁이

라도 바로 보셔야 하지 않겠습니까. 따질 것은 따져야 하지 않겠습니까."

다른 사람이 그렇게 말했더라면 이성계는 또 불쾌해졌을 것이다.

꽃을 헐뜯는 입으로 그 입을 보았을 것이다.

그러나 이지란의 입만은 다르게 여겨졌다.

"아무리 아끼는 자기 몸의 일부라도 종기가 나면 종기로 보고 손을 써야 하지 않겠습니까. 종기가 아니라고 감싸기만 하다가 크게 덧나게 된다면, 그때 가선 손도 쓸 수 없을 것이 아니겠습니까."

강비에 대해서 뒤에서는 수근거리는 사람들이 많다는 것을 이성계도 잘 알고 있었다. 그러나 자기에게 맞대놓고 이런 말을 한 인간은 오직 이지란 뿐이었다.

그런만큼 그의 말은 이성계의 가슴에 강력히 작용했다.

강비의 지시를 받고 작성한 도평의사사의 계본(啓本)을 휴대하고 달려온 정요가 당도한 것은 바로 그때였다.

계본의 내용은 물론 강비가 앓고 있다는 사연과 평주, 봉주 등지에 초적이 준동한다는 사실을 보고한 것이었다.

이성계의 표정에 불쾌한 그늘이 짙게 드리워졌다.

그때 이성계가 나타내보인 언동을 그 날짜(太祖 二年 二月 一日) 실록에 기재된 대목을 빌어서 소개하면 이렇다.

"초적이 설친다면 마땅히 그 고장 변장(邊將)의 보고가 있어야 할 것이거늘 아직도 나는 듣지 못하고 있는데, 누가 그런 소리를 전하던가."

날카로운 힐문을 이성계는 던졌다. 정요는 말문이 막혔다.

이성계는 다시 수행하던 중신들을 불러 모아놓고 말했다.

"원래 천도에 대해선 세가대족(世家大族)들이 모두를 꺼리고 저지하고자 하던 터가 아닌가. 지금 재상 자리에 앉아 있는 사람들 역시 누구나 다 그러하리라. 모두 다 송경(松京)에서 오래 살며 깊이 뿌리를 내리고 있는 터이니 어째 천도할 뜻이 있겠는가."

강비의 발병과 초적의 발생을 빙자해서 천도를 저지하려는 중신들의 책동인 것이라고 그 보고서의 의도를 이성계는 해석한 것이다.

물론 그런 해석도 일면의 진상만은 예리하게 파악한 셈이었다.

이 자리에 참석한 중신들 또한 아픈 데를 찔린 때문이었던지 말없이 고개만 숙이고 있는데, 판중추원사(判中樞院事) 남은(南誾)이 겨우 입을 떼어 변명을 시도했다.

"신등이 막중한 성은을 입고 있는 터이온즉, 비록 주상께서 새 도읍지로 옮기신다 하신들 어찌 불만이 있겠습니까. 송경에 있는 전택(田宅) 쯤이 어찌 아깝겠습니까. 행행(行幸)이 이미 계룡산에 멀지 않은 곳까지 이르렀으니 바라건대 상감께서는 영도(營都)의 땅으로 향하시어 살피시도록 하십시오. 초적은 신등이 돌아가서 무찌를까 합니다."

"공연한 소리."

이성계는 쓴 웃음을 뿌렸다.

"경들 역시 천도를 못마땅히 여기고 있는터가 아닌가. 자고로 새 나라를 세워 군주가 된 자 반드시 도읍을 옮기는 것이 사례였기에 내 이제 계룡산 도읍지를 보고 친히 신도(新都)를 정하고자 하는 터이지만, 이렇듯 대신들이 따르지 않으니 어찌 이대로 강행할 수 있겠는가."

이성계의 노여움은 다시 비약했다. 모든 것 다 집어치우고 개경으로 돌아가겠다는 투정까지 부렸다.

천도를 반대하는 신료들이 많다는 사실을 이제 새삼스럽게 깨달은 때문도 아닐 것이다. 설혹 그렇다 하더라도 그만한 일에 고집을 꺾을만큼 약한 이성계도 아니었다.

"중궁의 환후가 심려되시어 그러시는 게 아니겠소."

남은이 수군거렸고, 모두들 그 견해에 동감을 표시했다. 다만 이지란 혼자만은 다른 해석을 내리는 것 같은 착잡한 표정을 짓고 있었다. 강비의 병세보다도 강비를 싸고 도는 풍문에 몹시 불안하여진 것이 아닐까.

한시라도 속히 그 진상을 규명하려는 심산이 아닐까. 그래서 대신들의 반대 의견을 빙자하고 환도를 서두르는 것이 아닐까.

입밖에까지 내지는 않았지만, 이지란은 이와 같은 생각을 씹고 있었을 것이다.

"중궁의 환후를 그토록 염려하신다면 환궁하는 수밖에 없지 않겠소."

남은은 다시 이렇게 말하는 것이었고, 중신들은 모두들 동조했다.

마지못해 끌려온 신도 물색의 여정이었다. 임금이 자진해서 포기하고 돌아가겠다면 그보다 더 바람직한 일은 없었다.

"무슨 말들을 하는 거요."

이지란이 마침내 무거운 입을 떼었다.

"한 나라 군주의 언동은 천금보다도 무거운 것인 줄로 아오. 신도 물색을 위해서 계룡산으로 행행하신다는 사실은 만백성이 다 알게 된 터이거늘, 중궁의 대단치 않은 병환이나 하잘것없는 초적을 빙자하고 포기한다면 상감의 체통이 어찌 되겠소."

정론이었다. 싫건 좋건 그 말을 반박할 만한 이유는 찾기 어려웠다.

"그러면 이렇게 합시다."

약삭빠른 남은이 절충안을 제시했다.

"술객에게 점을 치게 해서 점괘가 나오는대로 결정을 내리는 것이 좋지 않겠소."

이민도(李敏道)란 술객을 시켜 점을 치게 했다.

"중궁마마의 환후는 불일간 쾌차할 것이며, 초적들은 염려할 바가 없다는 점괘입니다."

그 말을 들은 남은과 여러 중신들은 다시 이성계에게 그 점괘를 전했다.

원래 미신적인 경향이 농후한 때문일까. 이성계는 다시 태도를 바꾸어 계룡산으로 향했다.

그들 일행이 계룡산 산기슭에 당도한 것은 2월 8일, 그러니까 송경을 출발한 지 근 이십일이 걸린 셈이었는데, 정작 목적지에서 머무른 일자는 겨우 닷새에 지나지 않았다. 그달 13일에는 다시 그 곳을 출발하여 환궁

길에 올랐다.

 그와 같이 환궁을 서두른 이면에는 무엇이 도사리고 있었던 것일까.

 발 없는 말의 독한 발톱이 그도 모르게 그의 심골을 후비고 있었던 것이 아닐까. 그 발목이 헐뜯는 상처가 날이 지날수록 쑤시고 곪은 것이 아닐까.

6. 자미원(紫微垣)

그렇듯 환궁 길을 서두르긴 하였지만, 이성계는 결코 신도 건설 사업을 소홀히 한 것은 아니었다.

삼사우복야(三司右僕射) 성석린(成石璘), 상의문하부사(尙義門下府事) 김주(金珠), 정당문학(政堂文學) 이열(李悅) 등을 시켜 조운(漕運)의 편(便), 도로망의 실태를 조사하도록 명령했다.

의안백 화(義案伯 和)와 남은에게는 성곽의 형세를 살피도록 지시했다.

영서운관사(領瑞雲館事) 권중화(權仲和)에겐 신도의 종묘(宗廟), 사직(社稷), 궁전(宮殿), 조시(朝市) 등의 형세도를 작성하도록 했다.

그리고 판내시부사(判內侍府事) 김사행(金師幸)에겐 계룡산 일대를 측량하라는 특명을 내렸다. 그는 계룡산 천도에 반대하고 있는 정도전에 속하는 인물이었지만 토목사업에 남다른 소양이 있었던 때문인지 얄궂은 임무를 맡긴 셈이었다.

이양달(李陽達), 배상충(裵尙忠) 등 풍수학인(風水學人)까지 동원해서 면세(面勢)를 심시(深諟)하라 하였으며, 그리고 계룡산을 출발할 땐 길주 및 동지중추(同知中樞) 박영충(朴永忠), 전밀직(前密直) 최칠석(崔七夕) 등을 그 곳에 머무르게 하여 신도 감영(監營)의 임무를 맡기는 뒤처리도 잊지 않았다.

환궁하는 도중에서도 국왕 이성계는 번잡한 국사를 처결해야만 했다.

2월 25일에는 아직 청주 근처를 지나고 있었지만, 국호를 조선으로 개정한다는 거창한 공포를 했다.

그에 앞서 지난해 11월 29일 예문관학사(藝文館學士) 한상질(韓尙質)을 상국 명나라에 파견하여 국호 문제를 주청하도록 하였던 것이다. 물론 명나라 천자의 승낙 없이는 국호를 정식으로 결정할 수 없는 정세에 놓여 있었기 때문이었다.

그때, 이성계 측에서는 두 가지 안을 제시하였다.

기자(箕子)의 구호(舊號)였던 '조선'과 이성계의 출생지인 영흥의 별칭이었던 '화령(和寧)'이 그것이었다.

이에 대해서 명나라 황제는 조선이란 칭호는 부르기에 아름답고 유래도 깊은 터이니 그렇게 정하라는 결재를 내렸던 것이다.

이제 새 수도의 후보지도 시찰하였고 나라의 공식 명칭까지 결정된 셈이니 집권자 이성계의 기반은 한층 더 공고하여진 듯 보였지만, 그것은 어디까지나 표면적인 현상에 불과하였다.

내부 깊숙한 곳에선 백성들의 마음의 갈피갈피에선 불안과 불만과 불평의 회오리바람이 꿈틀거리고 있었다.

특히 그달 20일, 국왕 이성계가 아직도 환궁 도상에 있던 그 무렵에 수도 개경이 발칵 뒤집히는 참사가 발생했다. 이른 새벽부터 갑자기 심한 폭풍이 불어닥치더니, 도성 도처에서 실화(失火) 사건이 일어났던 것이다.

휘몰아치는 바람을 타고 불길은 삽시간에 성내를 뒤덮었다.

그때 방원은 도성을 한눈에 내려다볼 수 있는 자남산(子男山) 산마루에 올라가 있었다. 산정에서 내려다보이는 불길은 장관이었다. 아름다운 구경거리일 수도 있었다.

그러나 방원의 가슴은 화염이 토하는 검은 연기보다도 더 검은 불안에 짓눌려 있었다. 방원의 가슴에 불안한 그늘이 드리워진 것은, 오늘 이 자리에서 새삼스럽게 빚어진 현상은 아니었다.

어제도, 그제도, 그 전날도, 그 전전날도 불안은 항상 도사리고 있었다. 더 정확히 말하자면 발 없는 준마를 튀기고 놓치게 된 마음의 그늘이었다.

그 불안과 지금의 저 화재 사건이 어떤 연관성을 가지고 있는지 지금으로선 꼭 짚어 의식하기 어려웠지만, 잠시 후엔 그것이 얼마나 중대한 의미를 내포하고 있는가를 그는 절감하지 않을 수 없게 되는 것이다.

"여기 계신 줄도 모르고 공연히 딴 곳만 찾아 헤맸습니다그려, 왕자님."

이런 소리를 던지며 원해가 나타났다.

"모두들 뭐라고 하더냐."

"대강 짐작은 하고 있었습니다만, 백성들의 입은 생각했던 것보다 훨씬 더 맵고 독하더군요, 왕자님."

그 사건이 있은 이후, 강비와의 정적(情迹)을 언년이에게 들킨 이후부터 방원은 백성들의 입에 신경을 곤두세워 왔다. 발 없는 말이 어떻게 달리고 어떻게 춤을 추는가, 그 동태에 전전긍긍하여 왔다.

그와 같은 심곡을 재빠르게 간파한 원해는, 기회 있을 적마다 항간에 떠도는 풍문을 수집하여 전해 주었다.

오늘도 그는 이른 새벽부터 정보 수집차 거리를 쏘다니다가 이제야 이렇게 방원을 찾아온 것이다.

"독하면 어느 정도로 독하다는 거냐. 매우면 어떤 식으로 맵다는 거냐."

방원은 다시 물었다.

"세상이 망할 징조라고들 떠들어대고 있습니다. 창업된 지 한 해도 못되는 이씨왕조가 머지않아 거꾸러질 조짐이라고 수군거리고들 있습니다."

"무엇을 가지고 그런단 말이냐."

물을 필요도 없이 충분히 지피는 데가 있었지만, 방원은 그렇게 묻지 않을 수 없었다.

그때, 저편 오솔길을 헤치며 선비차림을 한 사나이가 올라오다가 고개를 꼬며 걸음을 멈춘다.

그만큼 그들은 자기들의 얘기에 열중하고 있다고 해도 좋았다.

"지난 열엿샛날, 달이 자미성(紫微星) 왼쪽 귀퉁이를 범한 일이 있지 않습니까."

원해는 이렇게 말을 이었다.

"그와 같은 조짐은 곧 살이 살을 뜯어먹고 피가 피를 빨아먹고 뼈가 뼈를 깎아먹을 전조라고들 하더군요."

그와 같은 천변에 대해선 훗날 실록에까지 기재될 정도였으므로 그 당시로선 심상치 않은 일임엔 틀림이 없었을 것이다.

자미성——북두(北斗) 북쪽에 자리잡은 별 이름이며, 예로부터 천제(天帝)의 거처로 생각되었기 때문에, 그 별은 곧 천자(天子)나 천위(天位)로 비유되어 왔다던가.

따라서 달이 .그것을 범한다는 천조(天兆)는, 그 나라 국왕의 권좌가 침범당할 예시로 풀이되는 것이 상식이었다.

"누구라고 하던가. 그 달을 어느 누구로 보고 있던가."

방원은 또 다그쳐 묻는 것이었지만, 그 말이 중대한 허점을 노정시키고 있다는 사실엔 미처 생각이 미치지 못하고 있었다.

나라가 망한다. 국왕의 지위가 위태롭다.——그런 요설(妖說)이 떠돌아 다닌다면 무엇보다 먼저 신경을 쏟아야 할 문제는 국가의 위기설 그 자체가 아닌가.

더더구나 그는 새 왕권 쟁취의 전위로서 활약해 온 몸이었다. 왕위를 위태롭게 하는 자를 누구로 지목하고 있는가. 그런 백성들의 눈총 따위는 이차적인 문제로 흘려야 할 것이다.

그러나 그는 바로 그 이차적인 문제에만 매달리고 있었다.

"누구를 지목하고 있던가."

방원은 또 물었다.

"왕비님이라고 말하는 자도 있습디다만, 바로 왕자님을 가리켜 자미성을 침범한 요월(妖月)이라고 떠드는 자들이 더 많은 것 같습니다."

원해는 거침없이 털어놓았다.

"세자님도 대왕님도 나중에는 왕비님까지 정안군 그분이 한꺼번에 삼켜버릴 거라는 여론이 자자합니다. 지난날 밤 왕비님 침실에서 왕비님을 농락하려고 한 것도 그런 공식의 전초전이라고 말하는 자도 있습니다."

이 나라의 말을 제대로 구사하기 어려운 이방인인 때문일까, 아니면 그것도 어떤 심산이 있어서 빚어낸 소리일까. 원해의 보고는 보고치고도 지나친 노출증을 보이고 있었다.

"내가 누구누구를 잡아먹을 거라고?"

방원은 쿨룩쿨룩 기침인지 웃음인지, 아니 울음인지 분간하기 어려운 소리를 흘렸다.

"내가 잡아먹는 것이 아니야, 잡혀먹히는 거야. 발 없는 말이 아가리를 벌리고 나를 삼켜버리자고 설치는 거야."

"또 있습니다."

야릇하게 냉각된 차가운 눈으로 방원의 괴로운 표정을 쏘아보며 원해는 말을 이었다.

"저 불길 말씀입니다. 오늘 도성 각처에서 발생한 실화를 백성들은 실화가 아니라 방화라고 떠들어대고 있습니다. 정안군 그분이 불을 지르게 했고, 불소동이 난 틈을 타서 대궐을 탈취할 것이라는 그런 소문까지 퍼뜨리고 있습니다."

"죽일 놈들."

방원은 어금니를 깨물었다.

"사람을 잡겠으면 곱게 잡을 일이지, 그 따위 치사한 누명까지 씌우다니."

이번엔 주먹까지 움켜쥐고 휘둘렀다.

"내 당장에 그놈들을."

지나친 격분 때문이었던지 말꼬리를 맺지 못하고 있는데,

"때려 죽이겠단 말이오?"

꼬리를 달아주는 소리가 있었다.

원해가 아니었다. 또 다른 사람의 음성이었다.

방원과 원해는 숨을 들이키며 소리 나는 방향을 돌아보았다.

조금 전에 이편으로 올라오다가 걸음을 멈춘 선비차림의 그 사나이가 다가오고 있었다.

"때려 죽이다니 누구를 말이오? 불난 집 백성들 말인가요."

사나이는 다시 이렇게 물었다.

용모가 주는 인상부터 수수께끼 같은 사나이였다.

둥글납작한 얼굴에 빵글하게 처진 눈매, 이른바 동안(童顔)의 범주에 들는지 모른다. 그런 생김생김으로 보아선 삼십을 넘을까 말까한 소장(少壯)으로도 보이지만, 두 볼을 빈틈없이 덮은 곱슬곱슬한 구렛나룻, 앞이마에 가로 깊이 새겨진 주름살은 사뭇 노성한 그늘을 드리우기도 한다.

방원으로선 처음 대하는 얼굴이었다. 그러면서도 심골 깊이 새겨진 누구의 환영을 보는 것 같기도 해서 방원은 마음의 고개를 꼬았다.

——누구를 닮은 걸까.

잠깐 기억을 더듬어 올라가다가,

——이건 바로 포은이 아닌가!

몸서리를 친다. 그만큼 그 사나이의 얼굴은 방원의 수하들 손에 죽어간 정몽주를 방불케하는 데가 있었던 것이다.

"어느 누구의 피를 또 보아야 직성이 풀린다는 거요, 유덕(遺德)."

그렇게 묻고 부르는 소리도 정몽주가 재생한 것이 아닐까 싶을 정도로 닮아 있었다.

유덕은 방원의 자(字)였다. 부왕 이성계가 등극하고 정안군으로 봉해

진 지금은 누구도 감히 그렇게 부르지는 못하지만, 개국 이전에는 웬만한 사람이 다 부르던 칭호였다.

정몽주는 죽기 전까지는 바로 그렇게 유덕이가 유덕이가 하면서 친자식 같은 정을 보여주곤 했었다.

"도대체 노형은 뉘시오?"

일국의 왕자대군의 자를 함부로 부르는 데 대한 불쾌감과 옛것을 되찾은 야릇한 그리움이 반반 섞인 심정으로 방원은 캐고 들었다.

"글쎄올시다. 나라를 잃고 보니 이름도 까맣게 까먹은 것 같소이다."

결코 비아냥거리는 어투가 아닌 진지한 어조로 사나이는 말했다.

"그러나 귀하와 이야기를 나누자면 소개를 하지 않을 수는 없겠구료."

그는 아득한 기억을 더듬는 그런 눈길을 허공에 띄우다가 말을 이었다.

"내가 태어난 곳은 바로 이 송도 서울, 본관은 장수(長水), 호를 방촌(厖村)이라고 했지요."

그 정도의 소개만으로도 방원은 그가 누구인지 이내 짐작이 갔다.

글줄이나 읽었다는 선비들 중엔 괴팍한 호를 갖는 사람도 많지만, 방촌이란 호는 유달리 특이했다.

"노형은 바로 황학사가 아니시오."

방원은 이렇게 짚어보았다.

그가 고려조의 서장관(書狀官)이 되어 명나라에 다녀온 이듬해(창왕 1년)였다. 그해 문과에 급제한 황희(黃喜)라는 준재가 있다는 얘기를 들은 적이 있었다.

나이는 방원보다 네 살이 많으면서도 7년이나 늦게 등과(登科)한 셈이므로 조숙한 방원으로선 변변치 않은 둔물(鈍物)쯤으로 경멸할 수도 있었지만, 그럴 수가 없었다. 황희를 말하는 사람이면 누구나 그의 사람됨과 학식을 높이 평가하여 마지 않았으니 말이다.

황학사라고 부른 것은 등과 이듬해에 성균관 학관에 임명되었기 때문이었다.

"학사니 뭐니 그런 말 아예 마소. 나라 잃은 놈에게 무슨 관위(官位) 따위가 있겠소."

황희는 떫게 웃었다.

"나라 잃은 몸이라니, 노형은 지금 이 나라 이 땅에 발을 붙이고 서 있지 않소."

방원은 반박을 시도해 본다. 기계적으로 겉도는 소리라는 것을 방원 자신도 충분히 의식하고 있으면서도, 이런 경우 그런 말을 꺼내지 않을 수 없었다. 혁명의 주류 기질이 어쩔 수 없이 노출되는 것인지도 모른다.

"나라가 있다는 거요? 어디에 어떤 나라가 있다는 거요? 우리가 지금 이렇게 발을 붙이고 서 있는 이런 땅덩어리만을 나라라고 볼 수 있을까?"

황희는 날카롭게 되쏘았다.

후세에 전해지는 황희라는 인간상은 크고 무섭고 부드럽고 너그럽고 말이 적고 겸손하고 소탈한 대인(大人)의 풍모로 청탁을 함께 들이키는 크나큰 그릇이었기에 예리한 비판의식이나 준절한 결백함은 다소 미흡한 것처럼 간주되기 싶다.

그러나 그것은 주로 만년에 보여준 그의 풍모가 아니었을까.

특히 야승(野乘)이 전하는 몇토막 일화가 그의 인상을 그런 식으로 색칠해 버린 것이 아닐까?

적어도 소장 시절, 믿을 수 있는 사서(史書)에 기록된 그의 언동이나 행적은 오히려 준열하고 강직한 편이었다.

한 가지 예만 들겠다.

훗날 태종이 등극하고 맏아들 제(禔 : 讓寧大君)를 세자로 삼았다가 행실이 온당치 못하다는 이유로 폐출하려고 했을 때, 다른 누구도 감히 입밖에 내지 못하는 강경한 반대 의견을 그는 개진하였던 것이다.

"세자는 대위를 계승할 귀하신 분이니 경솔히 움직여서는 아니 됩니다. 세자 아직 연소하시어 범하신 약간의 실수를 어찌 큰 허물처럼 다스릴 수 있겠습니까."

부왕의 눈밖에 난 세자, 그의 광적인 행동 때문에 누구나 다 외면하는 세자의 행적을 정당히 평가하는 비판의식, 홀로 비호하는 용기를 황희는 지니고 있었던 것이다.

"수양산 산골에 숨어서 고사리만 뜯어먹다가 굶어 죽은 백이(伯夷), 숙제(叔齊)를 향해서, 두문동 산골에 파묻힌 전 왕조의 유신들을 향해서, 귀하는 비웃고 싶을 거요. 이 나라가 싫으면 멸망한 왕조의 망령(亡靈)이라도 쫓아다니다가 꺼져버릴 일이지, 이 땅에 몸을 담고 꾸물거리는 것은 불순하지 않느냐고 비꼬고 싶을 거요. 하지만 백이 숙제나 두문동 인사들이나 그리고 나나 자기가 선 땅을 임자 없는 땅이라고 보고 있는 거요. 당신네 이씨네가 세웠다는 정권을 어엿한 나라로 보고 있지 않은 때문이지요."

"그 이유는? 썩어문드러진 전 왕조를 없애버리고 새 나라를 세웠다는 것이 구미에 당기지 않는다는 소리요? 옛 상전이 던져 주는 밥덩이가 아니면 밥으로 보이지 않는다는 거요?"

방원은 되물었다.

"우리네 두문동 인사들이라고 그렇게까지는 옹졸하지 않소. 묵은 나라건 새 나라가 나라답다면야 어찌 백안시만 하겠소."

황희는 약간 의표를 찌르는 소리를 던졌다.

"나라라는 것은 도대체 누구를 위해서 있는 거요. 거창한 얘기, 까다로운 소리 집어치우고 한 마디로 말해 봅시다. 백성을 위해서, 백성들을 좀 더 잘 살게 하기 위해서 있어야 할 것이 바로 나라라는 것이 아니겠소. 야욕에 물든 자들이 집권욕을 채우려는 속셈으로 백성들을 죽이고 들볶고 짓밟고 올라선 집단을 어디 나라라고 섬길 수야 있겠소."

황희의 혀끝은 갈수록 매워지기만 했다.

"우리의 왕조를 바로 그 따위 집단으로 보고 있단 말이오, 노형은?"

방원은 따지고드는 것이었지만, 어쩐지 혀끝에 힘이 맺히지 않는다.

"다른 사람의 얘기는 다 걷어치우고 손쉽게 유덕, 귀하에 대해서만 얘기해 봅시다. 이씨 정권을 세우는데 누구보다도 앞장을 섰던 유덕이 저기 저 불길을 내려다보며 무슨 말을 했었소. 백성들이 뭐라고 수군거리더냐, 다시 말하면 유덕 자신에게 돌아갈 이해만 따지고 있었지 백성들을 아끼고 생각하는 말은 한 마디라도 했던가요."

그렇지 않아도 휘청거리는 방원의 양심을 호되게 일격하는 소리였다.

"백성들의 처지가 돼서 저 불길을 바라보았던가요. 대대로 아끼고 가꾸어 온 가산을 소실하고 호곡하는 늙은이들, 어린 것을 불에 태우고 울부짖는 어버이들, 부모 형제를 잃어버리고 발버둥치는 어린 것들, 그런 백성들의 아픔을 아파할 줄 모르고 자기 한몸에게 돌아올 손실에만 전전 긍긍하고 있는 그런 인간들이 세운 정권을 어떻게 기다리고 받아들이겠소."

그 말은 혁명 정권을 반대한다는 황희가 오히려 혁명 정신의 고향을 되찾아 주는 것 같은 아픔이었다.

새 나라를 창업하기 위해서 이리저리 뛰고 돌아다닐 그 시절엔 방원의 가슴도 백성들을 위한다는 사명감에 가득했다.

그러나 막상 그 일을 성취하고 나자 그의 마음의 문은 무엇을 보고 어디서 이렇게 방황하여 왔는가. 떳떳하지 못한 정쟁의 소용돌이 속에서 우왕좌왕한데 불과하지 않았던가.

"내 아직은 두문동 산골에 묻혀 살고 있소만."

황희는 문득 자기의 거처를 밝혔다.

"노형이 두문동에?"

방원은 의외였다. 지난날 두문동을 찾아갔을 때엔 그곳 은자들 중에 황희가 끼어 있었던 기억이 없기 때문이었다.

"묻혀 산다고는 하지만, 다른 사람들처럼 바깥 세상을 전혀 외면한건 아니오. 그러기에 언젠가 거기 찾아갔다는 유덕의 눈에 띄지 않았던 것이고, 또 그러기에 오늘 이렇게 이 산에 올라와서 저 불길을 바라볼 수도 있게 된 거요. 내가 여기 온 까닭이 무엇 때문인 줄 아오?"

그 점이 방원도 궁금했던 것이다. 현사회를 외면하고 지내는 은자라면 단순한 불구경을 하기 위해서 이 자리에 나타나지는 않았을 것이다.

"왕도를 거의 휩쓸다시피 하는 저 불길을 보고 지금의 위정자들이 어떠한 손을 쓰나 그 점이 궁금했던 거요. 그들의 움직임을 보고서 내 마음의 향방을 다시 정해볼까 했던 거요."

이렇게 말하면서 황희는 답답한 한숨을 몰아쉬고 있었다.

황희의 말이 야릇한 꼬리를 끌고 있는데, 평도전이 나타났다.

"이러고 계실 때가 아닙니다, 왕자님."

그는 첫마디부터 서둘러댔다.

"불길은 지금 온 왕도를 휩쓸고 있습니다. 이렇게 구경만 하시고 계실 때가 아닙니다."

오늘의 평도전은 몹시 흥분해 있었다.

"불길을 끄셔야 합니다. 그렇지 않으면 그 불길이……"

하다가 그는 황희를 향해 날카로운 견제의 눈길을 쏘아던지고는 다시 말을 이었다.

"그렇지 않으면 그 불길이 왕자님을 태우고말 겁니다."

"조금 전에도 말씀드렸습니다만, 이번 화재를 왕자님의 지시로 왕자님의 수하들이 방화한 것이라고 백성들은 떠들고 있으니까요."

원해도 한마디했다.

"그렇습니다. 저 불길은 곧 백성들의 원한의 불길입니다. 촌각도 지체할 수 없습니다."

방원 측에서 진화 작업에 참여한다는 것으로 방화범의 누명을 벗어야 한다는 권유였다.

"하지만 지금 내가 어떻게 저 불길을……"

방원은 답답한 한숨을 쉬었다. 실제적인 방도가 막막했던 것이다.

"그 점은 염려 마십시오, 왕자님."

어려운 벽에 부딪칠 때면 언제나 그러하듯이 평도전은 또 자신만만한 장담을 한다.

"졸자, 이미 빈틈없는 손을 써놓았습니다. 왕자님은 그저 졸자를 따라만 오십시오."

그리고는 방원을 끌고가다시피 하면서 그 자리를 떠났다.

원해도 그 뒤를 따랐다.

그 자리엔 황희 혼자만이 멍청히 남아 있었다.

──그 자들은 누구일까.

유순하게 쳐져 있던 눈꼬리를 날카롭게 올리며, 그는 평도전과 원해의 뒷모습을 쏘아보았다.

──그 자들의 어투, 그 자들의 몸가짐, 영락없는 왜인들로 여겨지거니와 어느새 방원은 그런 사람들까지 수하에 두었을까.

황희는 다시 눈을 내리깔고 궁리에 잠기다가 고개를 가로저었다.

──아무래도 좋다. 그 자들이 누구이건 그보다도 저 불을 꺼야 하겠다고 그들의 뒤를 따라 달려갔다.

황희는 문득 서쪽 하늘로 착잡한 눈길을 던져본다.

──두문동, 그 골짝에 틀어박힌 친구들은 지금 무엇을 보고 있을까. 이씨네 왕조를 백안시하는 나머지, 백성들까지도 외면하고 있는 셈이 아닌가. 불길에 쫓기는 백성들이 아우성을 치고 있는 판국에 헛기침만 콜록거린다고 과연 떳떳할 수 있을까.

황희는 앓는 눈으로 두문동 쪽과 불타는 개경거리를 번갈아 바라보면서 그 자리에 못박혀 있었다.

그러나 방원은 달리고 있었다.

도보가 아니었다. 자남산 산기슭에 매어두었던 한 필의 준마를 몰고 있었다.

마명은 응상백(凝霜白), 전신이 서릿발처럼 청결한 놈인데, 부왕 이성계로부터 물려받은 명마였다.

이성계에겐 여덟 필의 준마가 있었다.

여진(女眞) 땅에서 났다는 황운골(黃雲鶻), 추봉오(追鳳嗚), 함흥에서 구득한 유린청(遊麟青), 현표(玄豹), 안변에서 얻은 발전자(發電䭜), 단천에서 입수한 용등자(龍騰紫), 강화 매도(鷹島)에서 건너왔다는 사자황(獅子黃), 그리고 멀리 제주도에서 올라온 이 응상백이었다.

다른 애마들이 모두 이성계의 연고지였던 중부 이북지방 태생인 데 비해서 응상백은 유일한 남방 출신의 준족이었다.

그뿐이 아니었다. 이성계가 회천(回天)의 대운(大運)을 판가름하던 위화도 회군 당시, 생사를 같이 하며 남북을 주파하던 반려와 같은 말이기도 했다.

어느 아들들보다도 유독 방원을 창업의 반려자로 아껴온 때문에 그 말을 물려준 것일까.

평도전이 앞장서서 달려간 곳은 개경 오부(五部) 삼십오방(三十五坊) 삼백사십사리(三百四十四里), 그 중에서도 인가가 가장 밀집해 있던 동남쪽 가로였다.

고려 국초 때부터 장행랑(長行廊)이라고 불리어지던 상가였다.

화재 현장은 처참했다.

일종의 연립식 상가주택 모양으로 서로 밀착한 장행랑에 불이 붙었으니, 독립된 가옥보다도 더욱 손을 쓰기 어려웠다.

계절도 진화 작업엔 가장 조건이 나쁜 음력 정월 하순, 하천의 물들은 꽁꽁 얼어붙은 채 아직 풀리지 않았으니, 고작 우물물이나 퍼다가 뿌리는 수밖에 없었다.

물동이를 이고 와서 퍼붓는 아낙네들의 소화 작업은 그래도 나은 편이었다. 어떤 노파는 다 깨진 쪽박에 한 모금이나 될까말까한 물을 떠다가 뿌리곤 하는 것이었다.

새발의 피였다.

한 바가지 물이나마 끼얹는 것은 당장 불이 붙은 집의 가족들 정도였고, 나머지 시민들은 아예 진화 작업을 단념하고 있었다.

"모두들 듣거라."

아우성을 치고 있는 화재민들 사이로 뛰어들며 평도전이 소리쳤다.

"나랏님의 아드님이신 정안군 나리께서 그대들 백성을 긍휼히 여기시는 나머지 몸소 행차하시어 진화 작업을 지휘하실 것이다."

방원에게 쏠리고 있는 시민들의 악감정을 씻어볼 의도에서 던져본 선전 공세였지만, 반응은 야릇하게 빗나갔다.

"병주고 약 준다더니, 불은 누가 질러놓고 이제 와서 딴 수작일까."

"엎드려 절을 받겠다고 굽실거릴 병신이 있을 줄 아남?"

시민들은 투덜거리며 마상의 방원을 흘겨보았다.

평도전은 쓰디쓴 웃음을 씹다가 한 손을 높이 들고 허공에 원을 그렸다. 그것을 신호로 수십명 장정들이 불타는 집을 향해 몰려들었다.

아는 사람이 본다면 그들 누구의 얼굴도 이 땅에선 보기 드문 이종(異種)들임을 간파할 수도 있겠지만, 그들의 복색은 그렇지가 않았다. 방원의 수하 사병(私兵)들이 사용하는 복장이었다.

진화 작업에 뛰어든 장정들의 행동은 해괴하였다. 불을 끄겠다면서 그들 누구도 물 한 바가지 퍼다가 뿌리려고 하지 않았다.

그뿐이 아니었다. 그들은 각각 자루가 긴 괭이 같은 것을 쥐고 있었는데 그것으로 아직 불이 붙지 않은 멀쩡한 집채를 찍고 마구 허물고 하는 것이 아닌가.

"매사가 다 그렇습니다만, 재화를 제거하자면 뿌리부터 뽑아버려야 합니다. 이파리나 가지에 손을 써보았자, 공연한 헛수고일 뿐이지요."

불길이 미치기 이전에 집을 허물고 공간을 터서 미연에 연소를 방지해야 한다는 말이었다.

"그러기에 우리 일본에서는 불난 집에 달려갈 때엔 물 한 바가지 보다도 괭이 한 자루를 들고 갑지요."

냉철한 눈으로 크게 바라본다면 가장 효과적인 진화 방법이었지만, 그 시대의 이 땅의 백성들에겐 쉽게 이해되기 어려운 수술이나 다름이 없었다.

더더구나 백성들의 속마음엔 남의 집은 어찌되건 자기 집만 타지 않고 상하지 않으면 다행이라는 이기심이 도사리고 있었다.

멀쩡한 집벽을 부수고 지붕을 무너뜨리는 것을 보자 주민들은 격분했다.

"불난 집에 키질을 한다더니, 그보다 더 고약한 놈들이 아닌가."

"불을 질러놓고 그것만으론 부족해서 이젠 멀쩡한 집까지 부셔버리기냐?"

이재민들의 분노는 괭이질을 하는 장정들보다도 방원에게로 집중되었다. 방화와 파괴의 원흉은 오직 방원일거라고 오해하고 있는 그들로서는 차라리 당연할는지도 모른다.

그들은 타다 남은 나무토막을 집어들고 방원을 에워쌌다. 남자도, 여자도, 늙은이도, 어린 것들까지 증오의 눈길을 태우며 몰려들었다.

예기치 않은 사태에 당황한 평도전이 수하 장정들을 시켜서 성난 이재민들을 제지시키려고 했지만, 한번 불이 붙은 민중의 노여움은 무서웠다. 우선 수적으로 시민들은 엄청나게 우세하였다.

장정 한 명에 오륙 명의 시민들이 매달리고도 방원을 포위한 이재민들은 수십 명이 넘었다.

"피하십시오, 왕자님. 우선 이곳을 떠나셔야 합니다."

평도전에게로 칠팔 명의 시민들이 매달려 있었지만, 그것을 뿌리치며 그는 외쳤다.

그야 평도전의 충고가 없더라도 이럴 경우 도피만이 유일한 보신책이라는 것쯤 방원도 모르는 바는 아니었다.

그는 아직도 준마 응상백을 타고 있었다. 한번 채찍을 가한다면 시민들의 포위망을 뚫고 탈출한다는 것도 전혀 불가능한 일은 아니었다.

그러나 방원은 그 자리에서 움직이려고 하지 않았다.

──지금 이 자리를 빠져나간다고 내가 갈 곳은 어디냐.

당장의 위기는 모면할 수 있을는지 모르지만, 민중의 분노는 더욱더 격화될 것이다.

──백성들을 적으로 돌린다면 어디엔들 사지(死地) 아닌 땅이 있겠느냐.

그것은 젊은 혈기나 마음 약한 감상이 아니었다. 방원으로선 절실한 계산이었다.

끝끝내 백성들을 적으로 돌리고 그 눈총을 피해서 숨어 산다는 것은 방원으로선 삶이 아니었다. 죽음보다 더한 오욕이었다.

물론 백성들의 분노는 오해에서 빚어진 것이었다. 그 오해만 풀어줄 수 있다면 방원의 위기도 동시에 해소된다. 하지만 한번 민중의 눈을 가린 오해의 장막은 어떤 견고한 성벽보다도 더욱 높고 두껍다.

지금 이 자리에선 아무리 바둥거려 보았자 증오의 불길을 돋구는 부채질 이외의 아무것도 될 수 없을 게다.

어떤 기적이 발생하지 않고는 살아날 길이 없을 것이라고 체념하고 있는데, 엉뚱한 방향으로부터 구원의 손길이 날아들었다.

한 사나이가 포위망 속으로 뛰어든 것이다.

──아니 저 자는?

그 순간 방원은 또 하나의 공포가 등골을 누비고 흐르는 것 같았다. 구원의 사자가 아니라 마지막 숨통을 끊으려는 죽음의 칼날로만 그 사나이가 보였던 것이다.

사나이는 지난번 방원을 암살하려다가 실패하고 쫓겨난 자객의 두목이었다. 정몽주의 하인이라고 자처하던 그 괴한이었다.

그러나 어쨌든 그 사나이가 뛰어들자,

"그 사람이다."

"바로 그 사람이야."

이런 소리를 주고 받으며 시민들은 급히 길을 터 주었다.

"잠시 내 말을 들어주시오. 아니 내 청을 들어 주시오."

방원의 곁으로 달려온 사나이는 응상백의 고삐를 휘어잡더니 군중을 향해서 소리쳤다.

"방원, 이 자를 나에게 맡겨줄 수 없겠소?"

그 사나이가 여간한 인간이었다면 성난 군중들 앞에서 감히 그런 행동을 취하진 못했을 것이다.

또 그런 행동을 군중은 용납하지도 않았을 것이다. 욕설이나 매질이 퍼부어지는 게 고작이었을 것이다.

그러나 군중들의 반응은 야릇했다.

──그 사람이 설마 방원의 도당은 아닐텐데.

──어째서 저렇게 두둔하고 나서는 걸까.

회의는 하면서도 욕설이나 매질을 보내지는 않았다.

그럴 수밖에 없었다. 오늘의 이재민들에겐 사나이는 일종의 구세주였던 것이다.

돌연한 화재로 이재민들 중에는 불더미 속에 가족을 남겨놓고 울부짖는 사람도 적지 않았다.

그럴적마다 사나이는 화염 속에 뛰어들어, 혹은 병들어 움직이지 못하는 노인들을, 혹은 갓난 어린것들을 구출해내곤 하였던 것이다.

모두들 자기 한몸만, 자기 재물만, 자기 가족에게만 신경을 쏟고 아우성치는 판국에서, 이색적인 봉사의 활동을 한 그는 일종의 영웅이었다.

시민들의 욕설이나 매질을 모면한 것도 그런 희생적인 활약 때문이었다.

"이 자를 맡겨 달라고 하는 것은 결코 이 자를 두둔하겠다는 생각에서가 아니오."

사나이는 이렇게 말을 이었다.

"내 신분부터 밝히리다. 이 자의 손에 원통하게 피살된 포은선생 정대

감은 바로 나의 주옹(主翁)이었소."

사나이가 또 이렇게 말을 잇자 군중들은 수런거렸다.

"그러면 그렇지."

"저렇듯 고마운 분이 방원의 도당일 수 있겠나."

"그만하면 모두들 짐작이 가겠소만, 내 주옹의 원혼을 위로하고자 보복의 칼날을 갈아온 지 오래요. 원한이 치미는 푼수로는 지금 당장 이 자의 숨통을 끊어버리고 싶소만, 나에게는 여러 동지들이 있소. 누가 원수를 잡든 설원의 칼날을 다같이 꽂자고 맹세한 맹우(盟友)들이 있소. 그들에게 끌고 가야 하겠기에 이 자를 나에게 맡겨 달라는 거요."

군중들은 깊이 고개를 끄덕였다. 사나이의 요청을 충분히 응낙하겠다는 표정들이었다.

"알겠나? 방원."

사나이는 소리를 죽여 방원에게만 들리게 속삭였다.

"언젠가 그대에게 다짐한 말을 잊지 않고 있을게다. 그대에게 진 빚은 반드시 갚겠다던 그 말을 말이다."

그는 훌쩍 몸을 날려 방원의 뒤에 올라탔다.

어깨 너머로 고삐를 쥐어잡고 박차를 가했다. 명마 응상백은 두 사나이를 함께 싣고도 가볍게 질주했다.

군중들은 아무런 방해도 하지 않고 길을 열어주었고, 잠시 후엔 그들의 시야 밖으로 두 사람은 사라졌다.

이제 방원은 자기 의사가 마비된 등신처럼 멀거니 앉아만 있었다.

사나이의 행동이 그처럼 민첩하고 일방적이었던 때문이기도 했지만, 그때까지의 방원으로선 자기 의사를 발동할 만한 아무런 여유도 없었을 것이다.

말은 동쪽을 향하여 한동안 질주하더니 자그마한 석교 앞에서 멈추었다. 그러자,

"내가 어째서 이곳엘 왔을까."

사나이의 입에서 자책의 울음 같은 소리가 흐른다. 방원에겐 오히려 기이하게만 들리는 소리였다.

선지교(選地橋), 일반에겐 선죽교(善竹橋)라는 이름으로 널리 알려진 그 돌다리는 사나이의 상전 정몽주가 방원 일당에 의해 비통하게 피를 뿌리고 죽어간 그 자리였다.

그러기에 그곳에 당도한 순간 방원은 죽음을 느꼈던 것이다.

정몽주가 죽은 자리에서 자기에게 보복의 칼날을 들이댈 것이라고 전율하고 있었는데, 사나이가 흘린 소리는 너무나 엉뚱했다.

"내가 이곳을 찾아올 때는 방원의 목을 베어들고 올 때라고 맹세하지 않았던가. 그런데 나는 시퍼렇게 살아 있는 놈을 끌고 여기까지 왔다."

사나이의 울음 같은 혼잣소리는 또 계속되었다.

"주옹의 원혼이 보시는 앞에서 이 자의 숨통을 끊어버린다? 그럴 수만 있다면 오죽이나 속이 시원하랴마는 나는 그럴 수도 없다. 이 자에게 진 빚을 갚아야 하니까. 지난날 이 자가 나를 잡았다가 놓아주었던 것처럼, 나도 이 자를 한 번은 놓아주어야 할테니까."

사나이는 말에서 뛰어내렸다.

"대감마님, 꾸짖어 주십시오. 이놈이 변변치 못해서 원수를 잡고도 죽이지 못합니다만, 얼마 동안만 더 기다려 주십시오. 그때엔 틀림없이 원수놈의 목을 끊어 가지고 다시 오겠습니다."

한동안 흐느낌 섞인 넋두리를 늘어놓다가 사나이는 고개를 들었다.

"아직도 거기 있었느냐, 방원아."

얼빠진 사람처럼 마상에 앉아있는 방원을 향해서 소리쳤다.

"모처럼 빚을 갚겠다고 하는데 왜 꾸물거리느냐."

그런 자기 자신이 방원도 이상했다.

이제 위험한 고비는 완전히 넘긴 셈이었다.

사나이가 마상에 같이 앉아 칼날이라도 들이대고 있다면 또 모른다. 사나이는 이제 떨어져 있다. 설혹 그가 다시 살의를 품고 덤벼들려 한다

하더라도 한 번 박차만 가한다면 응상백의 준족은 어렵지 않게 그 자리를
벗어나게 해 줄 것이다.

그러나 방원은 움직여지지 않는 것이다. 무엇이 그를 그렇게 묶고 있는
것일까.

"꺼지지 못할까, 원수놈아."

사나이는 호곡 같은 호통을 질렀다.

"내 피가 지금 광란하려고 한다. 사나이의 의리도 무엇도 다 저버리고
오직 원귀가 돼서 네놈의 간을 씹을는지도 모른다. 그래도 망설이기만
하겠느냐."

사나이는 미친듯이 비수를 뽑아들었다.

그것이 한 번 번득이자 응상백이 코를 불며 앞발을 높이 들었다. 그와
동시에 방원은 한편 어깨에 격렬한 통증을 느끼며 말에서 굴러 떨어졌
다.

그의 어깨엔 비수 한 자루가 꽂혀 있었다.

결국 사나이는 광란한 것일까. 모처럼 제어하려던 보복의 원념(願念)
이 작열하여 칼날을 날려보낸 것일까.

그러나 사나이의 손에는 아직도 비수가 쥐어져 있었다.

"아니, 너희들은."

오히려 그는 놀라고만 있었다.

선지교 다리밑에라도 숨어 있었던 것일까.

네 명의 장정이 다리 위로 뛰어오르며 단검을 겨누고 있는 것이다.

그들 중의 한 명의 손에는 단검이 없었다. 그러니까 방원의 어깨에
꽂힌 칼날은 그 자의 손에서 날아간 것일 게다.

"형님, 언제부터 그렇게 사람이 변했소."

괴한들 중의 하나가 분노에 떨리는 소리로 쏘아댔다.

"아직도 원수를 못갚은 것이 죄송스러워·우리는 여기서 주공(主公)
께 사과를 하고 있던 참이었소."

"그런데 때마침 형님이 그 자를 끌고 오지 않겠소."

다른 괴한이 말을 이었다.

"하늘의 도우심이라고 용약했는데, 형님이 그따위 소리를 지껄이다니."

"형님은 그 자에게 빚을 졌다고 했소. 그게 어떤 빚인지 대강은 짐작이 가오만, 우리는 아무런 빚도 지지 않았소. 형님이 못하겠다면 우리가 이 자의 숨통을 끊어줄 뿐이오."

한 괴한이 방바닥에 굴러 있는 방원의 등마루를 찍어 밟았다.

다른 세 명의 괴한이 단검을 고쳐 잡았다.

"안 된다, 그것은."

외치면서 사나이는 그들 앞으로 뛰어들었다.

"나는 빚을 갚아야 해."

사나이도 단검을 뽑아들었다.

"형님은 우리를 방해하겠다는 거요?"

괴한들은 눈을 부라렸다.

"그렇다. 방원이를 지금 죽이게는 할 수 없다."

사나이는 잘라 말했다.

"주옹의 원수를 갚는 일이나 방원이 그 자에게 빚을 갚는 일이나 나로서는 다같이 버릴 수 없는 마음의 짐이란 말이다."

"궁색한 핑계."

괴한들의 얼굴이 더욱더 험악해진다.

"더러운 배신자!"

이제는 욕설까지 퍼부어댄다.

"방원이 그놈에게 붙어들더니, 쓸개까지 팔아넘긴 거지."

"얼마에 팔았느냐."

"무슨 감투라도 씌워준다더냐."

그들은 이를 갈았다.

"내 진심은 두고 보면 알게다. 어쨌든 오늘은 이대로 물러가 다오."

사나이는 애절하다시피 호소하는 것이었지만, 성난 괴한들에겐 먹혀들지 않았다.

"이 세상에서 가장 밉살스런 놈이 무엇인 줄 아는가"

"원수보다도 더 미운 자가 있다면 바로 너같은 변절한!"

"방원이 그 자보다도 네가 먼저 죽어야 한다."

괴한들은 목표를 바꾸었다. 방원을 향해서 겨누고 있던 칼날을 사나이에게로 돌렸다.

사나이의 얼굴이 괴롭게 일그러졌지만, 그러나 작전상으로는 다행한 일이라고 계산한 것일까.

그 이상 입씨름은 농하지 않고 한 걸음 두 걸음 방원의 곁에서 물러갔다. 그렇게 물러설 적마다 괴한들은 그에게 육박했고, 그렇게 거듭하는 동안에 방원과의 거리가 차차 멀어졌다. 그만큼 방원의 위기는 여유를 얻게 된 셈이었다.

작전은 주효했다.

괴한들은 선지교 다리 끝까지 유인되어 갔다.

사나이가 몸을 날려 다리 아래로 내리 뛰었다. 한 괴한이 그 뒤를 따라 내려 뛰려는 것을 다른 괴한이 제지했다.

"속았다. 저놈은 우리를 꾀려는 거다. 방원이를 살리기 위해서 말이다."

그리고 다시 방향을 돌려 방원에게로 쇄도하려고 할 때였다.

그때까지 불안스런 눈망울만 멀뚱거리고 있던 응상백이 덥석 방원의 옷자락을 물었다.

그렇게 물고 도망이라도 치려는 것일까.

그러나 말의 힘에는 한계가 있다. 등에 올라탄 사람이라면 한 사람이 아니라 두 사람이라도 가볍게 싣고 질주할 수가 있지만, 입에 물고는 몇 걸음을 옮기지 못하는 것이 상식이다.

응상백의 경우도 그랬다. 방원의 몸을 질질 끌면서 한 걸음 두 걸음 옮기는 것이 고작이었다.

그러다 잠깐 사이에 괴한들은 응상백과 방원을 둘러쌌다. 다만, 괴한들이 쉽게 덤벼들지 못하는 것은 성난 준마의 공격을 두려워한 때문이었다.

이때 궁지에 몰린 응상백은 공격의 기부림을 피우고 있었다.

요란스레 코를 불었다.

갈기를 있는대로 곤두세웠다.

꼬리를 추켜들고 부르르 떨었다.

말이란 원래 유순하고 겁이 많은 동물이다. 질풍처럼 질주하는 준족이라도 그 앞에 어린아이 하나만 얼씬하면 멀리 피해서 돌아가는 습성이 있다.

그러면서도 한번 성이 나면 어느 맹수 못지않게 사나와질 수도 있다.

성난 말이 공격의 무기로 삼는 것은 뒷발이었다. 한 번 차면 맹호라도 뼈다귀가 으스러져 즉사하는 위력을 발휘한다.

그리고 응상백은 바로 그 뒷발로 괴한들을 공격할 위협을 보이고 있는 것이다.

그와 같은 말의 습성, 말의 숨은 힘을 괴한들이라고 모를 리 없었다. 그들은 되도록이면 응상백의 전면으로 돌려고 했다.

이빨이 공격의 주무기로 되어 있는 다른 동물이라면 전면이야말로 강력한 포문(砲門)이나 다름이 없다. 하지만, 이기를 후면에 갖춘 말에겐 전면은 가장 허술한 취약점이었다.

명마 응상백이 그 점을 계산하지 않을 리 없다.

괴한들이 앞으로 돌자 재빠르게 몸을 돌린다.

"이럴 것이 아니야. 흩어지는 거다."

괴한들은 작전을 바꾸었다. 한데 뭉쳐서 앞으로만 돌려던 동작을 포기하고 네 명이 각각 사방으로 흩어져서 포위했다. 응상백으로선 누구를 공격해야 할는지 진퇴유곡에 빠지게 된 셈이었다.

"이놈의 말, 애를 먹였지만, 이제는 죽었다."

전면에 위치하고 있던 괴한이 단검을 고쳐잡고 응상백의 콧마루를 찍으려 했다. 치명적인 급소였다. 그러나 그보다 빨리 그의 손목을 잡아 채는 손길이 있었다.

황희였다.

아니 황희 혼자뿐이 아니라 십여 명 젊은이들이 그를 따르고 있었다.

공교로운 해후라고 본다면 그렇게 볼 수도 있겠지만, 전혀 엉뚱한 우연은 아니었다.

거기엔 방원과 평도전이 진화 작업차 달려가는 뒷모습을 바라보며 흘린 그의 혼잣소리와 밀접한 관련이 있다.

불길에 쫓기는 백성들이 아우성을 치고 있는 판국에 헛기침만 콜록거리며 운둔만을 고집하는 두문동의 생활 태도를 비판하고 자성(自省)하게 되자 그는 달려간 것이다. 새 왕조를 못마땅하게 여긴다고 백성들까지 외면해선 되겠느냐고 두문동 선비들에게 역설했던 것이다.

감정이 말라붙은 늙은 선비들은 황희의 말을 귀전에도 담지 않았지만, 젊은 층은 즉각 호응했다.

때마침 성균관 근처 민가에 불이 붙었다는 소식이 전해졌다. 성균관은 그들 선비들의 마음의 고향이었다.

그 일대 화재부터 꺼야 하겠다고 의견을 모았다. 그래서 그리로 달려가는 길에 방원의 위기를 목격하게 된 것이다.

괴한들은 적의에 타는 눈으로 황희를 쏘아보았다.

그러나 그런 적의어린 눈총은 괴한들만이 보낸 것은 아니었다. 황희를 따라오던 두문동의 젊은 선비들 역시 그러했다.

"여보게 방촌, 그 자가 누구인 줄이나. 알고 두둔하려는 건가."

날카롭게 힐난했다. 그들은 대개 방원의 얼굴을 알고 있었던 것이다.

"그 자는 바로 이가네 씨알머리 중에서도 골수 씨알머리가 아닌가.

힘만 있었더라면 우리 손으로라도 죽이고 싶었던 놈이거늘, 천벌이 떨어졌던지 이렇게 죽게 된 것을 하필이면 자네가 구해 주려 한단 말인가."

또 다른 젊은 선비가 어금니를 깨물면서 퍼부어댔다.

"누구의 목숨이나 사람의 목숨이란 소중한 거야. 어떠한 사연이 얽혀 있건, 어떠한 원한을 품고 있건, 사람의 손으로 사람을 함부로 해칠 수는 없는 거야."

황희는 엄숙히 말하는 것이었지만, 그런 말발은 누구에게도 먹혀들지 않았다. 동료 선비들은 더욱더 격분하였고, 괴한들은 괴한들대로 한층 등등한 살기를 피웠다.

처음 두문동 선비들이 나타났을 때엔 방원을 구하러 달려온 낭당(郎黨)들인 줄 알고 괴한들은 주춤해 있었다.

그러나 방원 편을 드는 사람은 황희 혼자뿐인 것이 판명되자, 그들에겐 주저해야 할 아무것도 없었다.

한 괴한이 황희의 팔꿈치를 되잡아 낚아챘다.

다른 괴한이 단검을 휘두르며 방원에게로 달려들었다.

요행히 응상백이 몸을 날려 그 칼날만은 피할 수 있었지만, 이제 형세는 방원에게 결정적으로 불리하게 기울어졌다.

두문동 선비들까지 괴한과 합세한 것이다.

방원의 유일한 방패인 응상백을 우선 제지하려고 그들은 달려들었다. 응상백은 뒷발길로 선비들을 위협하려고 몸부림을 쳤지만, 그 틈을 타서 괴한들 전부가 전면으로 쇄도했다.

드디어 한 괴한이 응상백이 물고 있는 방원의 덜미를 잡았다.

목줄에 칼날을 들이댔다.

"안 된다, 그건 안 돼."

외치면서 선지교 아래로 떨어졌던 사나이가 달려왔다.

그러나 괴한 하나가 그의 앞가슴을 들이받아 쓰러뜨렸고, 거기에 자극을 받았던지 방원의 덜미를 잡고 있었던 괴한은,

"죽여라!"

하는 소리와 함께 단검을 찔러댔다.

단발마의 비명이 터졌다.

그러나 그것은 방원의 입에서 나온 것이 아니었다. 방원을 찌르려고
했던 괴한이 두 손을 높이 들고 뒤로 나자빠졌던 것이다.

그의 앞가슴엔 단검 한 자루가 꽂혀 있었으며, 그 뒤를 이어 사병(私
兵) 차림을 한 무장들이 들이닥쳤던 것이다.

화제터에서 달려오는 평도전과 그의 수하들이었다.

화재 현장에서 방원이 끌려갈 적엔 평도전은 한동안 당황했다.

방원을 구출하려는 사람이냐, 해치려는 인간이냐, 그 점이 우선 판별되
지 않았다.

게다가 그 자리에 평도전과 수하들이 뛰어든다면 모처럼 길을 터준
군중들이 다시 아우성을 치며 몰려들 것은 분명했다. 그래서 한동안 망설
이다가 뒤늦게야 군중들의 눈을 피하며 쫓아왔던 것이다.

그들의 출현으로 형세는 다시 급전했다.

단검을 휘두르던 나머지 괴한들은 평도전의 부하들이 계속 날려보내는
투검(投劍)을 맞고 잠깐 사이에 모두 쓰러졌다.

손에 한자루의 칼도 쥐지 못한 두문동 젊은이들은 그저 허둥대기만
했다.

그제서야 응상백은 마음이 놓인 것일까. 그때까지 입에 물고 있던 방원
의 옷자락을 놓았다. 그리고는 앞발을 높이 들고 코를 불었다.

"그놈들도 모두 해치우는 거다."

평도전은 다시 수하들을 독려했다. 두문동 젊은이들에게도 공격을
가하라는 명령이었다.

그러자 그때까지 한 마디 말도 없이 죽음의 위기 속에 몸을 맡기고만
있던 방원이,

"아니다."

무겁게 제지했다.

"그 사람들을 다쳐서는 안 돼."

평도전과 부하들은 어리둥절했지만 방원의 명령은 절대적이었다. 즉각 공격을 중지했다.

그러한 방원의 조치에 황희는 절절히 때를 맞추었다.

"이제 그만 가세. 우리가 정작 해야 할 일이 급하지 않은가."

말하면서 성균관 쪽을 향해 앞장서서 걸음을 옮겼다.

물론 두문동 젊은이들은 아직도 적의에 타는 눈길을 쏘아보내고 있었지만, 그렇다고 그 적개심을 행동으로 나타낼 어떠한 힘도 없었다.

그 자리에서 어색하게들 수런거리고만 있었던 만큼, 황희의 말은 일종의 활로였다.

입술을 깨물면서 그 뒤를 따랐다.

방원은 아무 말도 없이 그들의 뒷모습을 지켜보고 있었지만, 그의 눈에는 황희에 대한 깊은 무엇이 맺혀 있었다.

뒤미쳐 달려온 원해가 응급치료의 손을 쓴 다음, 방원을 부축하여 응상백의 등에 태웠다.

응상백은 또 코를 불며 앞발을 굴렀다. 그것은 곧 승리의 춤과 노래였는지도 모르지만, 방원의 가슴은 무겁기만 했다.

──나를 미워하는 사람들이 그토록 많았던가.

오늘 하루만에도 증오에 이글거리는 죽음의 손길은 세 차례나 그를 엄습한 셈이었다.

불기둥을 휘두르며 쇄도하던 화재민들, 보복의 칼날을 들이대던 정몽주의 하인들, 그리고 두문동 젊은이들.

그들은 모두 무력한 백성들이었다. 창업 과정에 있어서 추호의 두려움도 품어보지 않았던 약자들이었다.

오늘 그들이 보인 저력은 방원을 전율케 했다. 어떠한 정치적 세력, 어떠한 군사적 세력보다도 무서운 존재는 그들 백성들의 숨은 마음이라고 방원은 새삼 짐작하는 것이다. 그러나 그들 백성들이 밉진 않았다.

오늘 그들이 노출한 적개심에 분개하는 정이나 경계하는 마음 같은 것도 일지 않았다. 오히려 거기서 밝은 무엇을 찾아본 느낌이었다.

아직은 뚜렷하고 구체적인 형태로 파악되지 않고 있지만, 어쨌든 그들 백성들의 마음 속에 휘어들고 그들 백성들과 한편이 되는 길만이 자기가 진정으로 사는 길이라는 것만은 심골 깊이 새기고 있었다.

방원이 이런 마음의 어진 과정을 홀로 씹고 있는 동안에도 그를 실은 응상백은 신나게 달리고 있었다. 그리고 당도한 곳은 방원의 집이었지만, 그곳도 결코 상처 입은 그를 포근히 맞아주는 보금자리는 못되었다.

칼날을 맞고 피를 흘리는 가장이 실려 들어온 집안이었다. 놀라움에 발칵 뒤집혀야 했을 것이고, 방원의 집안도 우선 그렇게 수런거리긴 했다.

소문을 듣고 많은 당배(黨輩)들이 모여들었다.

이럴 때면 빼놓지 않고 앞장서는 처남들과 권속들, 아직도 간판삼아 정치적 야욕을 채워보려는 불평 정객들, 혹은 그의 추종자들, 심복들, 모두들 달려 와서 핏대를 올리고 있었다.

"감히 어느 분이라고 그 같은 천한 백성들이 야로를 부린단 말인가. 그놈들 한 놈도 남김없이 모조리 잡아다가 단단히 혼을 내야 다른 백성들도 다시는 그 따위 불온한 행동을 못할 거요."

신복들 중에는 이렇게 떠들어대는 자가 있는가 하면,

"이 기회에 정몽주의 잔당을 이 잡듯이 색출해서 토벌해야 하오. 없애버릴 나무는 뿌리째 캐내야 하지 잔뿌리라도 남겨두면 두고두고 화근이 될거요."

정몽주 타도에 가담했던 동지들은 새삼 살기를 피웠다.

"그 자들이 나리에게 그런 행동을 취한 것은 나리를 만만히 본 때문이요. 아무런 실권도 없는 분이라고 깔보았으니 그런 수작을 한 거지, 선불리 굴다가 제놈들의 씨를 말려버릴 수 있는 권좌에 앉은 분이라면 어찌 감히 엄두나 내겠소."

민무구 형제들은 찝찝한 부채질을 잊지 않는다.

그런 화를 또다시 당하고 싶지 않거든 하루 속히 권좌를 쟁탈해야 한다는 소리였다.

그러나 방원의 귀엔 어느 누구의 말도 귀찮기만한 소음이었다.

이 기회에 자신의 충성심을 과시해 보려는 간사한 속셈에서 떠들어대는 소리는 말할 것도 없다.

민무구 형제들처럼 야욕의 미끼를 삼으려는 엉큼한 의도에서 지껄이는 소리는 더더구나 그렇다. 설혹 진정으로 방원을 아끼고 분개하는 친지들의 간곡한 말이라 해도 지금의 방원의 귀에는 너무나 빗나간 소리들이었다.

방원은 고독했다. 자기 혼자만을 외따로 튕기는 것 같은 소란이 지겨웠다. 차라리 아무도 신경에 거슬리지 않는 방구석에 혼자 틀어박혀 고목과 같은 고독이 견디기 쉬울 것 같았다.

그래서 도망치듯 별당 한간을 치우고 숨어버렸다.

그곳은 지난날 그가 독서를 하거나 정치적 경륜을 모색하거나 그런 내면의 세계를 탐구할 적이면 즐겨 사용하던 산실이었다.

꼭 필요한 용무가 없는 한 누구도 얼씬하지 못하게 했다. 수시로 드나들 수 있는 사람이라고는 상처를 치료해 주는 원해와 민씨부인 그리고 시녀 하나뿐이었다.

남편이 상처 입은 몸으로 돌아왔으니 그를 간호하고 돌보는 것은 아내로서 당연한 의무이며 정이기도 했다.

민씨도 처음에는 그런 아내의 도리를 다하는 듯 보였지만, 하루가 지나고 이틀이 지나자 별당에 드나드는 걸음이 차차 뜸해졌다.

방원의 상처는 꼭 부인이 붙어 있어야 할 정도로 위중하진 않았고 그것이 표면상의 이유였지만, 그러나 숨은 이유는 또 있었다.

발 없는 말이 뿌린 독소는 사실 어느 누구보다도 민씨의 심곡 깊이 꽂혀 있었던 것이다.

호젓한 밀실에서 방원과 강비 사이에 오고간 사연에 대한 풍문은 꼬리를 달고 날개를 펼치고 난무하다가 민씨의 귀에까지 들어갔을 때엔 엄청난 양상으로 부풀려 있었다.

거기에 민씨는 질투의 기름까지 부어댔다.

그러고보니 사실보다 몇 갑절 작열한 불길이 되어 정골(情骨)을 태웠다. 만일 방원이 상처 입지 않고 성한 몸으로 돌아왔더라면, 처음부터 질투의 화염을 뿜어댔을 것이다.

횡액의 상처가 한동안은 방화작용 비슷한 구실을 했지만, 그러다가 그 상처도 과히 염려할 바가 못된다는 전망이 보이게 되자 심화(心火)는 다시 끓었다.

최소한도로 움직이던 민씨의 몸과 마음은 한덩이 숯덩이가 되어 화염 속 깊이 숨어버린 것이다. 함께 드나들던 시녀에게 나중에는 자신의 책무까지 전적으로 떠맡겨 버렸다.

그날도 방원은 시녀 하나만이 지켜보는 별당에 혼자 누워 있었다. 아침부터 잔뜩 찌푸린 하늘이 무거운 바위처럼 사람의 가슴을 찍어누르고 있었다.

"어허, 답답하구나."

부질없는 넋두리인 줄은 잘 알면서도, 방원은 그런 소리까지 터뜨리며 답답해 하고 있었다.

"차라리 눈보라라도 휘몰아 치든지, 천둥 번개라도 후려때리는 편이 시원할 것 같구나."

날씨 때문만도 아니었다.

항상 분주하게 움직여온 몸이 꼼짝 못하고 묶여 있는 때문만도 아니었다.

숨막히는 고독이었다.

처음에는 시끄러운 눈과 입을 피해서 혼자 박혀 있으면 고독은 고독대로 차분히 가라앉아 알차게 응결될 것이라고 기대도 해 보았지만, 사실은 그렇지를 못했다.

자꾸 부풀어오르기만 했고 거기에 불안한 가지까지 치고 있었다.

"혹 얘기 못들었느냐. 아냐, 너는 모르겠지."

혼자 불렀다가 스스로 지워버리는 그런 어투에도 그의 불안은 넘실거리고 있었다.

"무슨 말씀이시어요. 제가 아는 일이라면 말씀드리겠고, 모르는 일이라면 알아오겠습니다."

시녀는 묘하게 귀청을 울리는 목소리로 말했다.

"허허……"

하면서 방원은 비로소 그 시녀를 똑바로 보았다.

그것이 그가 그 시녀에게 관심을 갖게 되는 시초였다.

시녀가 한 말의 내용은 별다른 것이 아니었다. 굳이 꼬집어 풀이한다면 비교적 똑똑한 소리라고나 할까.

묻는 말에 기계적으로 대답이나 하는 다른 시녀들에게 비해서 적극적인 성의를 표시한 점이 색다르다고나 할까.

그러나 방원의 관심을 끈 것은 그렇게 설명할 수 있는 부분이 아니었다. 그 이상의 무엇이 그의 귀청을 파고 들었고, 그의 눈을 비집고 들었다.

"그렇다면 알아오겠느냐. 지금 상감께서 어디까지 오셨는지, 언제 도착할 것인지 알아오도록 하라."

방원은 내놓고 이렇게 지시했다.

그의 불안과 고독은 바로 그런 궁금증에 있었지만, 그와 같은 정보쯤은 잠시만 기다리면 진맥차 찾아올 원해의 입을 통해서도 충분히 입수할 수 있었다.

그래도 그는 시녀에게 지시했다.

7. 풋살구의 노래

방원은 혼자 멀뚱히 누워 있었다.

부왕 이성계의 거동이 어느 지점쯤에 이르렀는가를 알아보겠다고 그의 시녀도 나가고 없었다.

방원은 더욱 더 답답해진다.

당장에 어떤 엄청난 변혁이라도 있었으면 하는 난폭한 욕망까지 고개를 든다. 그의 이러한 심란함에 꼭 장단을 맞춘 것은 아니었겠지만, 갑자기 천둥이 울렸다.

──한 소나기 시원하게 쏟아지려는 걸까.

봄이라고는 하지만 아직은 음력으로 2월 하순, 소나기를 보기에는 이른 계절이었지만, 그는 그렇게 생각했다.

천둥은 계속 울렸다.

그러자 또다른 소리가 시끄럽게 방문을 흔들었다. 고양이의 울음소리였다. 방원의 눈가에 따스한 무엇이 피어오른다.

그는 불편한 몸을 끌면서 방문가로 다가갔다. 문을 열어 주었다.

두 마리의 고양이가 동시에 뛰어들었다.

"그놈들, 천둥소리에 기급을 한 모양이로군."

중얼거리면서 방원은 가벼운 미소까지 새겼다.

어느 편인가 하면 방원은 동물을 좋아하는 축에 속했다. 말도 그렇고 개도 그랬지만, 특히 고양이에 대해선 보통 이상이었다.

그의 집에는 암놈 수놈 다섯 마리의 고양이가 서식하고 있었다.

때를 가리지 않고 고양이들은 방원의 거실로 뛰어드는 수가 많았다. 한밤중 민씨부인과 동침하는 내방에까지 거침없이 침입했다. 그럴 때면 민씨는 기급을 한다.

"고양이 눈깔을 보면 꼭 독사를 보는 것처럼 소름이 끼친단 말예요."

몸서리를 치는 것이었지만, 방원은 그 고양이를 끼고 돌면서

"이 세상 사람들이 고양이를 닮기나 하라치."

정색을 하며 두둔하곤 했다.

그가 고양이를 좋아하는 데에는 여러가지 이유가 있었지만, 무엇보다도 깔끔하고 도도한 성벽이 마음에 들었다.

"말이나 개가 보여주는 충성심도 언짢은 것은 아니지만, 노복은 될 수 있어도 마음과 마음을 터놓고 얘기할 수 있는 지기는 못된단 말야. 고양이는 가장 살뜰한 정을 보이면서도 비굴하지 않고 아첨하지 않는 의젓한 마음의 벗이란 말야."

그는 곧잘 이렇게 말했고, 그럴적이면 자기 편에 서서 어쩌고 지껄이는 권속들이며 심복들보다도 변절하지 않는 깔끔한 가시를 보이는 두문동 선비들을 연상시켰다.

그런 고양이 두 마리가 뛰어들어오더니 이리 뛰고 저리 뛰고 하면서 소란을 피운다.

수상했다. 천둥소리에 놀라 쫓겨들어 왔다면 방원이 덮고 누운 이불자락이라도 파고들었을 것이다.

하나는 제법 크고 우람한 늙은 수코양이였고, 하나는 이제 겨우 중고양이밖에 못되는 암컷이었다.

암컷은 쫓기고 수놈은 쫓고 있었다.

하다가 돌연 수놈이 몸을 날리더니 암컷의 뒷덜미를 덥석 물었다. 바로 거기가 고양이의 급소에 해당되는 부근일까.

목덜미를 물리자 암컷은 꼼짝을 못한다.

"애애오혹, 애애오혹."

당장에 숨이 넘어가는 것 같은 소리를 지르며 방바닥에 찰싹 달라붙어 버린다. 네 발 죽지를 곤두세우고 푸룩푸룩 경련을 한다.

수놈은 그대로 목덜미를 문 채 움직이질 않는 것이었지만, 암컷에 비해선 상당한 여유를 보이고 있었다.

"애애오흑, 애애오흑"

암컷의 울음소리가 더욱 더 다급해진다.

어떻게 들으면 빈사의 비명 같기도 하지만, 또 어떻게 들으면 쾌정(快情)의 극치를 노래하는 열창같기도 하다.

"무엄하다, 이것들아. 감히 어느 안전이라고 이렇듯 잡스럽게 구는고."

방원의 입끝엔 절로 농지거리까지 담겨진다.

고양이의 정교 장면을 목격하는 사람은 드물다. 방원도 그런 경험이 아직은 없었지만, 지금 한 쌍의 고양이가 벌이고 있는 수작은 틀림없이 그 행위의 전희(前戲)라고 보여진 것이다.

암컷이 또 쟁그러운 소리를 자지러지게 지른다. 목덜미를 물고 있는 수놈이 좀더 강한 자극이라도 가한 것일까.

그렇다면 암코양이의 뒷덜미는 단순한 급소라기보다도 성감대의 극점일는지도 모른다.

이윽고 수놈이 하체를 가라앉히더니 암놈쪽에 파고드는 시늉을 한다.

"허허, 고이헌 것들. 아무리 미물이기로 상피라도 붙어먹을 작정인고."

그 암코양이는 이 집에서 기르는 또 한 마리의 암코양이 몸에서 낳은 것이었던만큼, 늙은 수코양이는 아비뻘이 될 것이라고 짐작되어온 때문이었다.

암컷은 더욱 더 죽어가는 소리를 연발했다. 듣는 사람의 욕정을 무척 자극한다.

방원은 오랜만에 그놈이 발동하는 것을 느끼며 비릿한 곁눈질로 흘겨보고 있는데 시녀가 돌아왔다.

무슨 못볼 것이라도 보다가 들킨 것처럼 방원은 허둥지둥 고양이에게서 시선을 돌렸다.

시녀도 들어서는 맡으로 심상치 않은 공기를 느낀 것일까. 주춤한다.

"그래 알아왔느냐. 상감께선 어디까지 오셨더냐."

어색해진 공기를 갈아볼겸 방원은 서둘러 물었다.

"오늘은 장단(長端) 땅에 이르실 예정이라 하오며, 그래서 동궁마마께서도 영접차 나가셨다는 얘기들입니다."

시녀는 요령 있게 복명했다.

"동궁께서?"

되물으면서 방원은 또 심한 소외감을 느낀다. 자기 혼자만 따돌림을 당하고 있는 것 같기만 하다.

만일 그때 자그마한 변화였지만, 그 변화가 일어나지 않았더라면 그는 견딜 수 없는 고독감에 빠져 헤어나기 어려웠을 것이다.

변화의 주동자는 그 한쌍의 고양이들이었다.

"아아!"

마치 사람의 목소리 같은 소리를 암놈이 지르며 꼬리를 높이 들고 잘레잘레 흔들었다. 그때까지 감싸쥐고 있던 치맛자락을 홀쩍 들어올리는 여인을 방불케하는 수작이었다.

방원의 시선은 자연히 그리로 쏠렸고, 그것이 또 소외감을 씹던 그의 마음의 눈길도 그리로 끌렸다.

암컷의 흥분은 거의 절정에 달한 것일까. 비명인지 열음(悅音)인지 분간하기 어려운 그 소리조차 이제는 자지러질대로 자지러져 있었다.

그러자 수놈은 또 무슨 엉뚱한 생각이 든 것일까. 그때까지 암컷에 밀착시켰던 몸을 슬며시 떼고 두어 걸음 물러섰다.

끝난 것은 물론 아니었다.

암놈은 숫제 몸부림을 치고 있었다.

방바닥에 배를 깔고 전신을 비비 꼬면서, 터럭이란 터럭은 온통 푸득푸득 떨면서 애원하는 것 같은 눈으로 수놈을 지켜보고 있었다.

그러나 수놈은 꼬리를 슬슬 저으면서 암컷의 주위를 맴돌기만 했다.

"지독한 놈이로고."

방원은 경탄했다.

그의 경험이나 상식으로는 남녀간의 교정이 절정에 이르렀을 경우, 종착역을 향해서 서둘러 치달리는 것은 남성쪽이었다.

그런데 이 의뭉스런 수코양이는 암컷의 욕정을 실컷 자극시켜 놓고는 그 편에서 마침내 치맛자락을 들어 영접할 태세를 보이자 딴전을 부리며 애를 태우게 하고 있는 것이다.

하룻밤을 꼬박 새워 노리고 쫓다가 겨우 잡은 쥐 한마리를 차라리 한 입에 물어죽이질 않고 산 채로 회롱하는 잔인성과 일맥상통하는 수작이기도 했다.

"영웅이 따로 있다더냐. 바로 네놈이 영웅이로다."

그 수코양이의 여유가 방원은 부러웠다.

──내가 이때까지 살아온 태도, 지금의 마음가짐은 어떠한가.

문득 이렇게 비교해 본다.

조급하기만 했다. 그저 직선적으로 달려오기만 했다.

여성에 대해서는 말할 것도 없고, 모든 대인 관계에 있어서 그와 같은 결함을 노출하여 왔다고 스스로 지적하지 않을 수 없다.

젊은 혈기였다고 간단히 풀이하면 그만이겠지만, 어쨌든 그것을 자랑스럽게 여겨 오기도 했다.

우유부단한 노물(老物)들에게는 없는 강력한 의욕이며 추진력이라고 자부도 했다.

──그러나 그런 성급한 종종걸음이 나에게 남겨준 것은 무엇일까.

아무것도 없다고 자인할 수밖에 없다.

그뿐이 아니었다.

요즈음 심골을 물고 뜯는 허탈감, 고독감, 소외감, 그것들도 지나치게 서둘러 달리다가 돌뿌리를 차고 입은 상처가 아닐까.

"이런들 어떠하리 저런들 어떠하리."

오랜만에 〈하여가〉 한 토막이 절로 혀끝에서 울려진다.

그의 심기(心機)에 어떤 충격을 받을 적마다 곧잘 입에 담는 자작시였지만, 오늘처럼 자연스럽게 홍얼거례본 적은 없는 것 같았다.

"만수산 드렁칡이 얽혀진들……"

하다가 그는 입을 다물었다.

잔인한 여유를 음미하고 있던 수코양이가 돌연 몸을 날린 것이다. 암코양이 등에 다시 올라타고 용을 쓰려고 했다.

그러자 요건 또 무슨 조화일까. 그때까지 다 죽어가는 시늉을 하며 그것을 갈구하고 있던 암컷이 후다닥 전신을 활개치더니 수놈을 뿌리치고 도망친 것이다.

시녀가 들어올 때 미처 닫지 못한 방문 틈으로 빠져 나가 버렸다.

"이놈아, 기다리겠거든 좀더 기다려 볼 일이지 그 동안을 못참고 산통을 깨뜨려?"

한순간 멍청한 표정을 하다가 허겁지겁 암놈의 뒤를 쫓아나간 수코양이를 향해 방원은 비웃는 것이었지만, 그것은 또 자기자신의 과거에 대한 조소이기도 했다.

그리고 그런 웃음을 터뜨리고 나니 가슴 속의 터전이 한결 넓어진 것 같아 후련하다.

그는 도로 방바닥에 몸을 뉘어 본다. 베개를 끌어당길 생각으로 손을 뻗어 보았지만 쉽게 잡히지 않는다.

해서 두리번거리다가 방 한구석에 모촘히 서 있는 시녀에게 시선이 갔다. 시녀는 고개를 외로 꼬고 그 자리에 굳어버린 것처럼 움직이지 못하고 있었다.

고양이들의 정사를 목격하고 받은 충격이 아직도 가시지 않고 있는 것일까. 그리고 그것은 그 또래 처녀에게 충분히 있을 수 있는 수줍음이겠지만 방원에겐 묘한 자극을 안겨 주었다.

그 시녀가 암코양이처럼 보였으며, 자기 자신이 수코양이처럼 느껴졌다.

조금 전에 치밀었던 욕정이 다시 살아 지글거린다. 얼마 전부터 그 시녀에게 기울기 시작한 관심이 좀더 구체적인 양상을 띠고 육박한다.

"너, 성이 뭐지."

방원은 물었다. 이때까지는 그것도 모르고 지냈을 정도였다.

"김가올시다."

시녀는 묘하게 떨리는 소리로 대답했다.

"김가라."

그 대답을 건성으로 곱씹다가,

"너 좀 가까이 오너라."

불렀다.

그말 자체엔 별다른 내용도 없는 것이었지만, 묘하게 목에 걸려서 찔끔거리는 소리가 된다.

"예."

김씨라는 시녀는 역시 어딘지 걸리는 소리로 대답하며 다가와서 머리맡에 시립한다.

"너 거기 앉거라."

역시 찔끔거리는 소리로 거듭 지시했다.

김씨는 지시대로 쪼그리고 앉는 것이었지만, 가까이에서 대하니 가쁘게 숨을 몰아쉬고 있는 것 같다.

방원 자신도 숨이 거칠어지는 것을 느낀다. 갈곳 없는 시선은 김씨의 얼굴에만 집중되었다.

어느 편인가 하면 갸름하고 홀쭉한 윤곽이었다. 눈도 가늘고 입도 자그마하고 가무잡잡한 살갗에 솜털조차 송송하다.

요컨대 젊음이 아직 활짝 피지 못한 풋살구 같은 그런 인상이었다. 사나이의 구미를 당기기엔 아직은 너무 푸되다.

그런데도 방원은 야릇한 군침이 돈다. 제놈의 딸년뻘밖에 되지 않는 어린 암코양이를 쫓던 늙은 수코양이도 바로 이런 식의 구미를 느끼지 않았나 생각하며 방원은 침을 꿀꺽 삼켰다.

――제풀에 떨어지는 농염한 살구보다도 만지고 쓰다듬어 익혀먹는 풋것이 오히려 희한하지 않을까.

이런 생각까지 불현듯 피어오르며 시큼한 군침이 또 괸다.

머리맡에 불러 앉히기는 했지만, 얼핏 할 말이 생각나지 않는다.

――이런 때 늙은 숫코양이는 암컷의 덜미를 콱 물었겠다.

그러나 자기는 어디를 물어야 할는지 갈피가 잡히지 않는 것이었다. 이 처녀의 극점은 어느 곳일까 막연하기만 했다.

도대체 이렇게 어린 처녀를 상대로 정염을 끓여본다는 일부터가 지금 처음 겪어보는 경험이었다.

그가 이때까지 접해 온 여성들, 민씨부인도 그렇고 설매도 그렇다. 방원 자기보다는 능숙한 상수(上手)들이었다.

그쪽 형편에 몸을 의탁하기만 해도 저절로 일은 치루어졌고, 이 편에선 욕망대로 돌진하면 그만이었다.

지금도 눈 딱감고 한 입 깨물어본다면 일은 쉬울 게다. 시건 떫건 결판은 날테지만, 그런 풋된 욕구를 방원으로선 최대한도의 노력을 쏟아 제어하고 있는 것이다.

기다려서 익혀 먹는 묘미를 추구해 보자는 것이다.

조금 전에 수코양이에게서 배운 인생 전반에 대한 마음의 자세였지만, 그것을 이 처녀를 통해서 우선 시도해 보려는 것이다.

"너 이게 웬 점이냐?"

방원은 문득 손을 들어 오른쪽 눈썹 위 이마 한 부분을 짚었다. 거기엔 녹두할 만한 점이 하나 박혀 있었다.

"가만 있자, 이것이 왼쪽 눈썹 위에 있다면 손부(損夫) 살이라고 해서 모두들 피하는 터이지만, 오른편 눈썹 위에 있으니 틀림없이 군왕부인

(君王夫人)이 될 상이다."

되는대로 지껄여본 소리는 아니었다.

먼 앞날을 예견하고 깔아보는 복선도 아니었다.

그런대로 상법(相法)에 근거를 둔 관상이었지만, 저의는 딴 곳에 있었다. 관상을 빙자해서 그는 틀림없이 처녀의 육체의 일부에 손을 대자 처녀는 예민한 반응을 보였다. 김씨의 안면이 금방 경직하는 것이 완연히 느껴진 것이다.

"이런 점은 만인에 하나도 있기 어려운 것이다."

판에 박은 소리를 늘어놓으면서도 방원의 손길은 살살 그 점을 문질러 대고 있었다.

여인의 성감대는 여체 도처에 분포되어 있다고는 하지만, 눈썹 위, 그 위치는 성감대 치고도 가장 미약한 부분에 속하는 것일 게다.

그렇지만 그런 종류의 감각은 꼭 촉감만으로만 좌우되는 것은 아니다. 심리적인 작용이 더욱 더 강력할 경우가 많은 것이며, 김씨의 반응 역시 그렇게 풀이할 성질의 것일까.

한동안 경직되었던 안색이 차차 상기되면서 두 볼이 바르르 떨기 시작했다. 그래도 방원의 손을 물리치거나 자리를 뜨지 않는 것은 상전에 대한 예도라는 것에 묶인 때문일까. 어린 암코양이처럼 흥분에 마비된 것일까.

고양이란 놈은 목줄띠 한곳만 물고 늘어졌지만, 방원은 그렇게 고지식하고 집요할 수만은 없었다. 그것만으로는 결정적인 마력이 될 수 없는 것이라고 계산한 때문이었다.

"가만 있어."

그는 시선을 굴려 김씨의 이마로부터 아래로 아래로 더듬어 내려갔다. 그러다가 귓방울, 지륜(地輪) 혹은 주(珠)라고 부르는 곳에서 멈추었다. 거기에도 자그마한 점 하나가 박혀 있었던 것이다.

"이것이 남자라면 부모에게 효도가 극진할 상이라고 하더라마는, 여인일 경우에는 어떠한 상으로 보아야 할까."

중얼거리면서 방원은 그 귓볼을 자꾸 만지작거린다.

귓볼은 여체의 성대(性帶) 중에서도 가장 예민한 첨단에 속한다고 한다. 여인에 따라서는 거기 남성의 손만 닿아도 강력한 감각이 등골을 누비고 쾌감의 정상으로 치닫는 수가 있다고 한다.

김씨도 그런 생리를 타고난 것일까.

불그레 상기되었던 얼굴이 창백하게 질리더니, 두 눈은 핏발을 세우고 초점을 잃는다.

이제 호흡은 가쁘다 못해서 신음 같은 소리를 흘리고 있었다.

——바로 여기였구나.

적의 중요한 고지를 점령한 장군의 희열을 씹으며, 방원은 쉬지 않고 계속 주물러댔다.

그때까지만 해도 김씨는 자세를 허물지 않고 그 괴로운 쾌감을 참아내려고 버티는 모양이었지만, 마침내 기력이 다한 것일까. 상반신을 푹 방원의 가슴에 얼굴을 파묻었다.

솜털이 빳빳하던 풋살구가 이제 흐물흐물 농익어 벌어진 셈이었다.

또 방원의 내부에서도 극에 달한 무엇이 작열할 구멍만을 찾고 있었다.

그러나 그는 참았다. 기다림의 묘미를 보다 더 집요하게 상미(賞味)해 보겠다고 마음을 다잡았다. 가슴에 파묻힌 얼굴의 위치도 적절했다. 입을 가져갔다. 귓볼과 녹두알만한 점을 함께 물고 혀끝을 굴렸다. 이제 김씨는 완전히 실신이라도 한 것일까. 아무런 반응도 보이지 않는 것 같았다.

그렇게 되자 잔인한 추구욕이 더욱 발동한다. 잘근잘근 씹었다.

한때 마비되었던 것처럼 보이던 김씨의 여체에 또다른 불이 당겨진 것일까. 그 상반신이 방원의 가슴에서 비비 뒤틀리고 있었다.

보기보다는 제법 풍만한 앞가슴이 화끈하게 불을 지른다. 그때껏 견제하여 온 방원의 여유도 이젠 어쩔 수 없이 바닥이 났다.

전신이 하나의 폭약이 되어 굉연히 작열하려는 찰나였다.

그때 방문을 열어제치고 들이닥치는 것이 있었다. 민씨부인이었다.

방원의 가슴에 얼굴을 파묻고 있던 김씨가 아직도 부인의 출현을 알아
차리지 못하고 움직이질 않는다. 그런만큼 그 정경은 에누리없이 민씨의
눈올가미에 단단히 걸려든 셈이었다. 그러나 민씨는 꼿꼿이 서서 말 한마
디 던지지 않았다.

어떠한 남성이라도 이런 국면을 당하게 되면 당황하기 마련이다. 더더
구나 여자 문제에 대해선 소박한 편인 방원이었던만큼, 다른 때 같으면
몹시 허둥거렸을 것이다. 그런데 지금은 달랐다. 가슴 속에 싸늘하게
가라앉는 무엇을 느끼며 조용히 한 마디 했다.

"이거 부인, 오랜만이구려."

그 말뿐이었다. 구차한 변명도 입에 담지 않았다. 그러나 그 한마디는
김씨에겐 벼락 같은 충격이었을 것이다. 소스라쳐 뛰쳐 일어났다.

뛰쳐 일어난 김씨는 방 한구석에 민씨가 서 있는 반대쪽 구석으로
물러가서 오돌오돌 떨고만 있었다.

그래도 민씨는 그 자리에 선 채 움직이지 않았다.

숨막히는 정적이었다. 가증한 씨앗을 일거에 폭쇄(爆碎)하여 버리려는
보이지 않는 기부림을 가다듬고 있는 것일까.

그리고 다음 순간 석상처럼 굳어 있던 민씨에게서 움직이는 것이 있었
지만, 그것은 너무나 차고 조용했다.

입가에 소리 없는 미소만 잠깐 피워보였다.

그것뿐이었다. 하지만 어떤 욕설이나 폭행보다도 그것은 무섭게 방원
을 찍어 누르고 있었다.

반발이 치밀었지만, 방원 역시 폭발하진 않았다. 차갑고 비꼬인 가시
있는 소리만 거듭 던졌다.

"부인에겐 또 죄를 짓고 말았구려."

남편의 정사를 목격한 순간, 아내란 무엇을 기다리는 것일까. 낯이 간지러워도 좋다. 그 사실을 부인해 주기만 은근히 소망한다는 것이다. 혹은 어색한대로 변명을 늘어놓기를 기다린다는 것이다. 그래야만 한가닥 구원의 활로를 찾고 자위할 수 있다는 것이다.

아내들이 가장 두려워하는 것은 그 사실을 우둔하게 시인하는 수작이라고 한다. 그야 사실대로만 고백한다면 너그럽게 이해하겠다고 구슬러 보기도 하는 것이었지만, 그러면서도 한꺼풀 뒤에 숨은 마음의 갈피엔 그런 자백에 귀를 막는 두려움이 떨고 있다는 것이다.

한데 지금 방원이 던진 한마디는 바로 그 공포의 폭약이나 다름이 없는 소리였다.

물론 방원 역시 여성의 그런 심리쯤 모르는 터가 아니었지만, 반발 때문이었다. 모멸의 비수 같은 민씨의 굳은 웃음이 그를 그렇게 잔인하게 도발시켜 주었다.

"죄를 지으셨다구요. 무슨 말씀이신지."

민씨는 여전히 차게만 응수했다.

"가군께서 걸신이라도 들리셨던지 시궁창에 떨어진 개살구 하나쯤 주워 자셨다고 그 입김이 구리면 코나 쥐고 돌아설 일이지 어찌 책할 수 있겠어요."

다시 이렇게 꼬아댔다. 그리고는 옷고름으로 정말 코를 가리는 시늉을 하며 밖으로 나가버렸다.

"개살구라구?"

곱씹으면서도 방원의 가슴은 이상할이만큼 잔잔했다.

민씨가 던지고 간 말은 더할 수 없이 실랄한 독설이었지만, 오히려 그 독설이 방원의 반발을 가라앉혀 주는 것은 무슨 까닭일까.

"개살구가 어쨌다는 거냐. 내가 언제 개살구와 다른 무엇이라고 자처했더란 말이냐."

혼잣소리를 흘리며 방원은 문득 아득한 옛 일을 생각해 본다.

"지엄하신 나랏님, 우리 아버님 역시 본바탕은 개살구와 얼마나 다른 분이였더냐."

그리고 그의 회상의 눈은 동북면 어느 변방에서 미개한 여진족 아이들과 흙투성이가 되어 뛰놀던 선머슴아이 이성계를 보고 있었다.

"개살구도 즐겨 자셨을 게다. 그만 못한 것이라도 거침없이 자셨을 게다. 그렇다고 우리 아버님을 멸시하겠는가."

방원의 혼잣소리는 계속되고 있었다.

"도대체 개살구 아닌 인간이 누구이겠느냐."

하면서 방원은 김씨에게로 시선을 건넸다.

김씨도 방원을 마주보았다.

그 눈이 사뭇 달라져 있는 것을 방원은 느꼈다. 조금 전까지는 두려움과 부끄러움과 그리고 견딜 수 없는 오욕감에 헝클어져 있던 눈이 맑게 씻겨진 것처럼 보였다.

방원이 흘린 혼잣소리는 방원 혼자의 감회를 곱씹어본 것이었지만, 김씨는 김씨대로 청결한 샘물처럼 받아들인 것일까. 민씨에게서 받은 굴욕감, 자기 혐오를 흩날려버리고 새 힘을 불어넣어 주는 고무의 속삭임으로 받아들여진 것일까.

"가까이 온……"

새삼 흥건히 젖어드는 정을 느끼며 방원은 불렀다.

"네가 개살구라면 나도 개살구. 얽히고 설켜 본들 누가 뭐라겠느냐."

김씨는 서슴지 않고 다가 와서 머리맡에 앉았다.

그 손목을 방원은 차분히 잡아 주었다.

진한 욕정의 불길 같은 것은 없었다. 자기의 어느 일부를 스스로 아끼고 어루만지는 살뜰한 밀착감 속에만 젖어 있었다.

"너의 고향은 어디지?"

묻다가 그 대답도 기다리지 않고 스스로 풀이해 본다.

"개살구가 많이 열리는 어느 산촌이겠지?"

김씨는 깊이 고개를 끄덕였다.

"언제부터일까, 나는 곧잘 그런 꿈을 꾸었어. 호젓한 산골에서 너와 같은 처녀를 얻어 가난하면서도 조용하고 열심히 사는 오붓한 살림을 영위해 보는 그런 꿈 말이지."

지금 방원은 값싼 감상에 젖어 있는 것일까.

흔히 벅찬 야망에 부풀어 설치다가 그 야망을 펴지 못하고 좌절감에 빠지면 실의의 가슴을 달래보느라고 들큰한 목청을 돋우어 귀거래사(歸去來辭)를 읊조린다.

그런 선비들의 현실 도피를 흉내내는 것처럼 보이기도 하겠지만, 그것과는 다르다고 방원은 다짐하고 있었다.

진실한 대망을 키우고 펴자면 백성들의 밑바닥에 몸과 마음을 담가 보아야만 그 힘이 배양될 것이라고 깨달은 것이다.

그리고 그것은 지남산 산마루에서 황희와 주고받은 대화와도 통하는 심정이었다. 백성들의 편에 서서 모든 것을 바라본다. 아니 백성들과 하나로 동화한다.

"저도 한 말씀드려도 좋겠어요, 나리."

한참만에 김씨가 입을 열었다.

"무슨 말이지."

"아주 무엄한 말씀이어요."

하면서 김씨는 미소지었다. 이젠 마음의 창을 활짝 열어 보이는 것 같은 얼굴이었다.

"저도 나리와 똑같은 생각을 한 적이 있어요. 나리께서 여러모로 시달리시는 것을 볼 적이면 아무도 모르게 나리를 모시고 고향에라도 도망쳐서 파묻힐 수는 없을까, 그런 생각을 한 적이 있어요."

그야말로 무엄하고 당돌한 소리라고 들을 수도 있을 것이다.

솜털도 가시지 않은 풋살구가 아닌가. 방원과의 정의 교류를 가져본 것도 오늘이 처음이 아닌가.

그러나 방원의 가슴엔 그 말이 별다른 저항도 없이 스며드는 것이었다.

"저는 기다렸어요. 언젠가는 그런 날이 꼭 올 것이라구요."

김씨는 노래하듯 말을 이었다.

"나리께서 저 같은 것은 거들떠도 보시지 않을 때에도 저는 믿고 있었어요. 나리를 가까이 모실 날이 언젠가는 올 것이라구요."

김씨의 눈에는 기도하는 소녀의 회열과도 같은 것이 서리어 있었다.

"앞으로도 기다리겠어요. 나리께서 말씀하신 조용한 산촌에서 나리와 단둘이만 있을 날이 올 것이라구요."

차라리 너무 어린 탓일는지 모른다. 비현실적인 꿈을 현실로 환각하는 어린 가슴이기에 허무한 설계를 공상하고 있는지도 모른다고 생각하며 귀엽고 측은한 마음까지 방원은 들었지만, 그러나 그 꿈은 오래지 않아 사실로 나타났다.

이성계가 송도에 귀환한 것은 2월 27일이었다.

그날 만조백관은 용둔벌(龍屯之野)까지 마중나가 국왕을 영접하였으며, 숭인문(崇仁門)으로부터 이성계가 들어서자 성균관학관(成均館學官)들은 여러 생도들을 거느리고 질탕한 노래로 환궁을 경하하였다.

그러나 그날도 방원은 병석에 누워 있었다.

매사를 느긋이 기다려보겠다고 다짐한 그는, 부왕을 영접하러 나가지도 못하는 몸이면서도 전처럼 초조하지는 않았다. 그와 같은 기다림이 엄청난 보람을 빚어보인 것은 바로 그날 저녁 나절이었다.

돌연 이성계가 그의 집을 찾아준 것이다.

방원은 감격했다. 사적으로는 부자지간이라고 하지만, 지존한 국왕이 원로의 노독(路毒)도 미처 풀지 못하고 이렇게 달려와 준 것이다.

"아버님."

방원이 입밖에 낼 수 있는 말은 이 한마디뿐이었다. 나머지는 가슴 속에서 소리없는 오열에 묻혀 버렸다. 대단하신 나라님께서 몸소 행차하셨다는 파격적인 은총만이 고마운 것이 아니었다.

이유야 어떻든 마중도 나가지 않은 아들을 그 편에서 찾아준 부정(父情)에 방원은 목이 멘 것이다.

아니 그런 표현도 방원의 심정을 제대로 부각하기엔 사뭇 미흡하다.

누구보다도 보고싶던 사람이 찾아주었다는 반가움이라고 바꾸어 말하는 편이 차라리 진상에 가까울는지 모른다.

방원에겐 아버지 이성계는 임이었다. 사나이란 경우에 따라선 연모하는 여인보다도 더 절실한 임을 동성에게서 찾는 수가 있다.

그러기에 우리의 선인들의 가사에 흔히 오르내리는 임의 뜻이 이성이 아니라 숭앙하는 동성을 의미하는 경우가 적지 않은 것이다.

그리운 이성의 정상이 강비라고 한다면, 그리운 동성의 정상은 부왕인 이성계였다.

지난날 이성계가 황주땅에서 낙마하였을 때 몸소 달려가서 업고 돌아온 것도, 그를 태울 만한 승용물이 없는 때문은 아니었다. 이성계와 피부를 마주대는 용혈이 그런 행동을 취하게 한 것이었다.

정몽주 등 많은 정적과 피를 뿌리며 싸운 이유도 그렇다. 그들의 칼날이 이성계의 가슴을 노렸을 때, 그 아픔이 자신의 아픔이나 다름없이 느껴진 때문이었다.

다시 말하면 이성계는 방원 자신이었다.

이성계는 깊은 눈으로 아들을 건너다보고 있었다.

"너 많이 여위었구나."

이것이 그가 입밖에 낸 첫마디였다.

수다스런 백마디 문병의 말보다도 그 한마디 속에서 부친의 애정 전부를 느낄 수 있었다.

"네 얘기는 번거로울 정도로 많이 들었다."

이성계는 다시 이렇게 말을 이었다.

"몸에 입은 상처도 상처이겠다만, 그 동안 마음 고생 많이 했겠구나. 별의별 소리 다들 지껄이니 말이다."

그 말에 방원은 마땅히 전율해야 했을 것이다. 그 말에서 발 없는 준마의 말굽소리를 들어야 했을 것이다.

이때까지 방원이 애를 태우고 몸부림을 친 것도 이성계의 입에서 그런 말이 떨어지지 않을까 두려워한 때문이 아니었는가.

그러나 지금의 심경은 잔잔하기만 하다. 어떠한 돌팔매라도, 혹은 벼락이라도 다소곳이 받아 삼킬 수 있는 호수와도 같다고나 할까.

이성계는 다시 입을 열었지만, 그것은 돌팔매도 벼락도 아니었다.

"남들이 지껄이는 소리, 때로는 귀담아 들어야 하지만, 때로는 흘려버릴 줄도 알아야 하느니라. 내가 이렇게 찾아온 것은 너의 병이 염려스럽기보다도 너의 귀가 지나치게 너 자신을 들볶고 있지 않나 근심이 된 때문이야."

여기서부터 이성계는 갑자기 말이 많아졌다. 언젠가 강비하고 셋이서 자리를 같이 했을 때도 그랬지만, 한번 터지기 시작한 이성계의 말문은 봇물처럼 끊일 줄을 몰랐다.

"참새처럼 말하기 좋아하는 자들의 입은 너 하나만 비방하고 있는 것은 아니다. 나는 어떠냐. 여러 대에 걸쳐 군왕을 섬겨오던 고려조의 왕실을 몰아내고 나라를 탈취한 역신이라고까지 욕하고 있다는 것을 나는 잘 알고 있다. 최영이나 정몽주 같은 맹우들까지 무참히 죽여버린 잔인한 인간이라고 이를 가는 축들이 적지 않다는 것도 나는 잘 알고 있다. 그렇다고 그와 같은 입방아에 휘둘리기만 해서야 쓰겠느냐."

방원은 목마른 나무처럼 그 말들을 받아들이고만 있었다.

"그야 나도 정 귀가 따갑고 쓰리면 이런 생각을 가져보는 수도 있지. 차라리 명나라 태조처럼 초야에서 일어나 초야에서 힘을 기르고 그 힘으로 내 나라를 창업했더라면 얼마나 편했을까. 누구도 나를 비방하진 못할 게다. 그리고 그와 같은 길을 걸었더라면 오히려 더 수월하게 새 나라를 이룩했을지도 모른다. 북에서는 홍건적이 밀어닥치고 남에서는 왜구들이 물고 뜯는 그 틈을 타서 썩고 병든 고려조 타도의 깃발을 올렸더라면, 오히려 훨씬 빠른 시일에 대권을 장악했을지도 모른다. 하지만 나나 나의 아버님이나 그런 길을 택하지 않고 일단 고려조에 내부(來附)한 이유가 무엇인 줄 아느냐."

이성계는 잠깐 말을 끊고 아들의 반응을 기다리는 얼굴을 했다.

알 것 같았다. 부왕이 무슨 얘기를 하려는 것인지 자기 마음처럼 환히 보이는 것 같다. 하지만 방원은 입을 열지 않았다. 아버지 이성계의 입을 통해서 듣고 싶은 것이다.

오랜만에 듣는 그의 음성은 음성 그 자체만으로도 충분히 감동적인 음악인 것이다.

그 음악은 다시 계속되었다.

"백성들의 피를 보지 않기 위해서였느니라. 홍건적의 발길에, 왜구들의 손톱에 채이고 찢기는 백성들에게 그 이상의 피를 강요할 수는 없었느니라. 그 판국에 우리 부자가 자신의 야망만을 채우고자 거사를 했더라면 어찌 됐겠느냐. 그야말로 백성들은 도마 위에 놓여져서 짓이겨지는 고기 토막처럼 비참해졌을 것이 아니냐. 우선 백성들의 피부터 막아주어야 하겠다고 나와 나의 아버님은 다짐했었느니라. 홍건적의 창끝에서, 왜구들의 칼끝에서 백성들을 수호하고자 우리는 고려조에 내부하였느니라."

가슴 속으로는 충분히 느끼고 있었지만, 과묵한 이성계의 입을 통해서는 처음 듣는 술회였다. 처음 듣는 자기 해명이기도 했다.

"너는 뼈저리게 느끼진 못했을 게다. 약하고 가난한 백성들의 슬픔이나 괴로움이 어떤 것인지 자기 일처럼 절실하게 느껴보진 못했을 게다. 네가 이 세상에 태어났을 땐 나는 이미 고려조에서 어엿한 부장 노릇을 하고 있었으니 말이다."

방원이 출생한 시점, 즉 공민왕 16년이라면, 이성계는 이미 불세출의 대장으로 민족의 영웅으로 혁혁한 무명을 날리고 있을 때였다.

그보다 7년 전인 공민왕 10년에는 홍건적에 점령당한 개경의 탈환작전에서 사병 2천 명을 거느리고 선두로 입성하는 용맹을 떨쳤었다. 원나라 장수 나하추(納哈出)가 홍원(洪原)을 침공하자 함흥평야에서 그를 격퇴하였다.

공민왕 13년엔 원나라 세력을 업고 공민왕을 몰아내고자 쳐들어 온 최유(崔濡)의 1만 대군을 섬멸하였으며, 곧이어 여진의 삼선(三善), 삼개(三介)를 토벌하는 등 숱한 전공을 세워 밀직부사(密直副使)란 요직에 임명되었고, 익전공신(翊戰功臣)에 착록되기도 했다.

말하자면 방원은 태어나면서부터 남들이 부러워하는 훈신(勳臣)의 아들이었다는 점을 지적한 말이었다.

"나는 다르다. 우리 아버님이 비록 원나라 천호(千戶)로 계셨지만, 변방의 선머슴으로 가난한 백성들 속에 묻혀서 성장하였느니라. 그런만큼 백성들이 무엇을 바라고 무엇을 소망하는가를 내 일처럼 뼈에 새기지 않을 수 없었다. 너 방원아. 백성들의 절실한 소원이라는 것이 무엇인 줄 아느냐?"

진부한 질문이었지만, 이성계는 엄숙히 물었다.

"배불리 먹고 조용히 살고 싶다는 것, 그것뿐이야. 누가 그 나라를 통치하건 누가 어떤 벼슬을 하건 그들에겐 알 바가 아닌 거야."

방원 자신이 요즘 들어 심각하게 깨닫게 된 대민관(對民觀)이었지만, 이성계의 입을 통해서 듣자니 또다시 실감이 피부를 파고드는 것만 같았다.

"위화도에서 회군한 까닭도 그렇다. 다 기울어가는 원나라 편을 들어서 신흥 대국 명나라와 싸워서 어쩌겠다는 거냐. 누구에게 무슨 이득이 돌아가겠다는 거냐. 더더구나 일선에 끌려가서 싸워야 할 숱한 백성들에겐 아까운 피를 흘리는 이외에 무엇이 돌아가겠느냐."

하고 싶으면서도 좀처럼 입밖에 내지 못하던 말들, 그것을 이 기회에 남김없이 털어놓겠다는 것일까. 이성계는 좀처럼 말문을 닫지 않았다.

"고려조의 왕권(王權)을 물려받은 이유 역시 그렇다. 나 한 사람만의 복리나 영화만을 생각했다면 실질적인 국권을 장악하고 있던 시중(侍中)자리에 머무르는 편이 훨씬 현명했을 게다. 권세는 권세대로 누리고 명분은 명분대로 세워 모든 사람의 추앙을 받을 수 있었을 테니 말이다. 그러기에 나는 몇 차례나 왕권을 사양했던 것이며, 그러다가 어쩔 수 없이 물려받은 까닭도 백성들을 위하는 마음에서였느니라. 썩어 문드러진 묵은 뿌리를 그냥 두고는 백성들의 참된 복리를 도모할 수 없었기 때문이니라. 내가 즉위하던 날, 너도 내 얼굴을 보았을 게다. 숙망의 영관(榮冠)을 받아 쓰는 들뜬 얼굴이었더냐. 피나는 가시관을 눌러쓰는 괴로운 얼굴이었더냐."

그때의 이성계의 표정을 방원도 분명히 기억하고 있었다.

만조백관들이 환호성을 울리는 그 속에서, 그는 이를 깨물며 무엇인지 참고 견디는 듯한 그늘을 아프게 읽었던 것이다.

"너도 이제 그런 가시관을 쓰게 됐는지도 모른다."

이성계의 말머리가 일전하였다. 그의 어조는 이때까지보다도 더욱 더 무겁고 절실하여진 것 같았다.

이때까지 늘어놓은 수다스러울 정도로 긴 사연은 어쩌면 그 말을 꺼내기 위한 서론이었는지도 모른다.

"너에게 가해지는 독한 혀끝을, 너에게 보내지는 미움의 눈총들, 그것들은 곧 가련하게 약한 백성들을 대신해서 네가 짊어진 고된 짐일는지 모른다."

자기도 그렇게 각오하고 있다고 응답하고 싶은 말을 삼키면서 방원은 다음 말을 기다렸다.

"하지만 나는 너에게 그런 고된 짐을 지우고 싶지 않다. 가시관을 씌우고 싶지 않다. 그런 것은 나 혼자서 도맡아 감당하겠노라고 일찍부터 마음을 굳혀 왔느니라."

말하자면 십자가는 자기 혼자서 지겠다는 뜻일 게다.

"그렇지 않아도 너는 나를 위해서 엄청난 노고를 치루어 오지 않았느냐. 너에게 보관(寶冠)을 물려주진 못할망정 어찌 가시관을 씌울 수야 있겠느냐."

"아버님!"

방원은 부르다가 또 목이 메었다.

가시관을 쓰고자 험준한 언덕길을 올라가는 부왕에게 자기는 욕된 돌팔매질을 하다가 쓰러졌다. 그러나 그 같은 죄책은 나무라지도 않고 제풀에 쓰러진 아들에게 이성계는 도리어 구원의 손길을 내민다.

"내 곰곰히 궁리한 끝에 너의 짐을 덜어주는 방도는 하나뿐이라고 생각했느니라. 이곳을 떠나는 게야. 얼마 동안 송도를 떠나서 시골에라도 파묻혀 있도록 하라."

이성계는 마침내 이렇게 결론을 내렸다.

이성계가 내린 결론은 며칠이 안 되어 실제적인 조치로 표출되었다.

3월 18일, 방원은 전라도 절제사(節制使)에 임명된 것이다.

공식적인 이유는 왜구의 침공에 대비하기 위한 인사 조치라고 밝히고 있었지만, 거기서 방원은 자기의 짐을 덜어주겠다고 말하던 부왕의 온정을 새삼 느꼈다.

단순한 군사적인 목적을 위해서라면 사람은 많다. 새 왕조에도 역전의 용장들은 얼마든지 있다.

그들 중에서 적임자를 가려뽑은 편이 명분으로나 현실적으로 보나 효율적이고 타당할 것이 아닌가. 어째서 구태여 국왕의 친아들이며 전투 경력이 신통치 않은 방원을 그 자리에 임명한 것일까.

송경을 떠나야 한다고 종용한 이성계의 의도를 모르는 측에선 기이하게만 여겨질 수도 있는 조처였다.

그러나 그와 같은 의혹의 눈길들을 이성계는 제법 능숙한 연막으로 위장했다. 방원 혼자만이 아니라 다른 몇몇 왕족과 중신들을 골라서 동시에 비슷한 직책을 맡겼던 것이다.

즉, 의안백 화(義安伯 和), 전 문하평리(門下評理) 박위, 최윤해 세 사람을 양광도(楊廣道) 절제사에 임명하였고, 홍안군 이제(興安君, 李濟), 판중추원사 남은(南誾), 참찬문하부사 이지란(李之蘭)을 경상도 절제사에, 그리고 방원이 부임할 전라도 절제사에는 전 전주 절제사 진을서(陣乙瑞)를 아울러 발령했다.

의안백 화로 말할 것 같으면, 이성계의 이복 동생이자 방원의 서숙(庶叔)이 되므로 물론 왕족에 속했다.

또 이제는 이성계의 세째딸 경순공주(慶順公主)의 남편이니, 역시 왕실과 인연이 깊은 인물이었다.

그러나 그들 역시 방원과 마찬가지로 경력으로나 능력으로나 한 지역의 군사령관이 되기엔 적임자라고는 보기 어렵다. 결국 방원에 대한 인사 조치가 두드러지게 부자연스런 인상을 주는 것을 막기 위한 한낱 들러리에 불과한 것이다.

그리고 그들과 동일한 지역의 군사령관으로 무명 높은 숙장(宿將)들을 아울러 임명한 점으로도, 그들이 한낱 명목만의 절제사였음을 짐작할 수 있을 것이다.

어쨌든 그것은 방원의 권속들이나 심복들이나 추종자들에겐 뜻하지 않은 날벼락이었다. 그 소식이 전해지자 누구보다도 먼저 달려와서 핏대를 올린 것은 민무구 형제들이었다.

"일전에 주상께서 친히 문병까지 오셨다고 하기에 한시름 놓게 되었구나 여겼더니, 상감께서 역시 나리를 역겨워하고 계시군요."

주먹코를 벌름거리며 민무구가 이죽거렸다.

"어쩌면 그 동안에 그 불여우가 쏙닥거린 탓일는지도 모르지요."

항상 찡그리기만 하는 상을 더 찡그리며 민무질은 쨍알댔다.

"어쨌든 이번 일은 나리에겐 일종의 유형(流刑)이나 다름이 없습니다. 어떻게 손을 쓰셔야 하지요."

민무휼도 흐릿한 눈을 멀뚱거리며 한마디 하는 것이었지만, 방원은 귓전에도 담지 않았다.

그들이 아무리 찧고 까불어도 그 혀끝엔 얼씬도 하지 않았다.

"아무래도 매부가 이상하단 말야."

민무구는 그 주먹코 콧구멍을 연방 후벼대며 고개를 꼬았다. 자기네들이 뭐라고 쑤석거리건 귀담아들으려고도 하지 않는 방원의 냉랭한 태도에 무안해진 그들은 누이 민씨의 내실로 모여들어 쑥덕거리고 있는 것이다.

"이일 저일 뜻대로 되는 일이 없으니, 세상만사 다 귀찮아진 것이 아닐까요."

민무질이 눈꼬리를 말아 올리며 캥캥거렸다.

"매부 혼자라면 세상을 버리든지 어쩌든지 상관할 바 아니지만, 우리는 어떻게 된담. 윈님 덕에 나발은 고사하고 닭 쫓던 개꼴이 되고 말겠네요."

혜식은 입술을 우물거리며 민부흘이 투덜거렸다.

"차라리 세상만사 잊어먹기라도 했으면 좋겠어."

그때껏 듣고만 있던 민씨부인이 앵도라진 소리로 쏘아던졌다.

"욕심은 더 많아졌으면서 그것을 엉뚱한데로 쏟아붓고 있으니 말이지."

민무구 형제들이 일제히 귀청을 돋우었다.

"무슨 뜻이요, 누님."

그러자 아직 말참견할 기회를 찾지 못하고 있던 막내동생 민무회가 다급히 물었다.

"언젠가는 계모한테 엉큼한 생각을 먹고 말썽을 부리다가, 또 얼마 전에는 기생년 집에 파묻혀 시시덕거리더니, 이번엔 집에서 부리는 종년에게까지 손을 대는 게 아니겠어?"

이렇게 허두를 떼자, 민씨부인의 혀끝은 분주하게 돌아갔다.

자기가 목격한 방원과 김씨와의 정사 정경을 앙칼진 투기의 색칠을 가해 가며 늘어놓았다.

"어디 그뿐인 줄 알어."

제풀에 흥분의 열도를 울리며 민씨부인은 말을 이었다.

"아직 솜털도 가시지 않은 어린 종년을 끼고 뒹굴면서 산골에 파묻혀 살고 싶다는둥, 어쩌고 싶다는둥 젖비린내나는 소리까지 너털대고 있질 않겠느냐 말야."

그러니까 그때엔 방원의 병실을 일단 물러가는 체했던 민씨부인이었지만, 실은 방문 밖에라도 숨어서 방원과 김씨가 주고 받는 밀어(密語)를 남김없이 엿듣기라도 한 것일까.

"그러니까 솜털이 다닥다닥한 그 개살구나 실컷 씹어보겠다구 서울 살림 뚜드려 치우고 낙향이라도 해버리겠다는 심사로구먼."

민무질이 성급하게 단정하며 우거지상이 된다.

"그렇다면 그 종년이 더 말썽거리가 아닌가. 강가년에겐 아무리 침을 삼켜보았자 그림의 떡이구, 설매라는 기생 역시 이놈 저놈 붙어 먹는 잡것이니 염려할 것은 못되지만, 그 종년은 다르단 말야. 주무르고 어쩌고 하는 동안엔 애라도 들 수 있는 일이구, 그렇게 되면 어쩐다? 누님 몸에선 아들은 고사하고 딸 하나도 얻지 못하고 있는 형편이니, 이건 기껏 죽을 쑤어 뉘집 개 좋은 일 하는 형편이 될는지도 모르겠구먼."

민무구가 제법 심각하게 입맛을 다셨다.

"손을 써야 하죠. 우선 그 종년부터 처치해 버려야 하겠구먼요."

막내동생 민부회가 그런대로 요점을 찔러 말하더니,

"이렇게 하면 어떨까요."

형들과 누이의 이마를 한데 모아 소리를 죽이고 수군거렸다.

방원의 집 동쪽 후원 으슥한 구석에 해묵은 복숭아나무 한 그루가 서 있다. 언제 누가 어떠한 목적으로 심어놓은 것인지는 알길이 없지만, 상당히 오래된 나무임에는 틀림없다.

줄기엔 벌레집이 되는대로 매어 있고, 가지들은 말라 비틀어져 음력으로 삼월도 중순이라는데 꽃봉오리 하나 달고 있지 않지만, 그래도 이 나무가 이 집에선 특수한 의미를 지니고 있었다.

어느 나무보다도 수령이 높은 때문일까. 혹은 복숭아나무에 대한 토속적인 신앙 때문일까.

이 집에서 살고 있는 비복들은 개인적으로 절박한 일을 당하면 곧잘 이 나무에 치성을 들이곤 했다.

원래 복숭아나무 가지는 귀신을 쫓는 데 효험이 있다던가. 특히 동쪽으로 뻗은 가지를 베어다가 그걸 해뜨는 방향에 꽂아두면 액을 때우게 된다고도 하며, 그래서 그런건지 방원의 뜰 동쪽 귀퉁이에 서 있는 이 복숭아나무를 아랫것들은 무척 신성시한다.

음력으로 열여드렛날인 그날 밤은 뒤늦게 동편 하늘에 솟은 달이 그 복숭아나무 가지에 걸려 신비스런 분위기를 한층 돋우고 있었으며, 그 밑에서 소복을 한 여인 하나가 소리없는 기원을 하고 있었다.

정화수 한 그릇 떠놓은 것도 아니며, 다른 여인네들처럼 수다스런 넋두리 한 마디 입밖에 내지 않고 있었지만, 오래오래 그 자리를 떠나지 않는 뒷모습만으로도 그 여인의 기구가 얼마나 절실한가를 짐작케 한다.

"요망스런 종년."

그 복숭아나무에서 십여보쯤 벌어진 곳에 서 있는 나무그늘에 숨어서 이를 갈고 있는 것은 민씨부인이었다.

"내가 당장 급살이라도 맞아서 나리의 총애를 독차지하게 해달라고 안달을 떠는 걸까."

그러니까 기도하는 여인은 민씨부인의 새로운 시앗으로 등장한 김씨인 모양이다.

"네년이 어느 귀신에게 붙어서 무슨 방자질을 하건, 네년의 목숨은 오늘밤을 넘기지 못할 거야."

소리를 죽이고 악담을 씹은 다음 민씨부인은 뒤쪽 어둠 속을 향해서 손짓을 했다.

한 괴한이 소리없이 그림자처럼 다가왔다. 얼굴에는 온통 검은 복면을 쓴 사나이였다.

그 괴한에게 민씨는 몇마디 귀엣말을 속삭인 다음,

"무슨 일이 있어도 그 장도는 뺏어야 한다."

단단히 못을 박았다.

"염려 마십쇼, 마님. 그것보다도 일이 제대로 되거든 두둑한 상이나 잊지 맙쇼."

이런 말을 남겨놓고 괴한은 기도하는 여인에게로 다가갔다.

지금 자기의 배후에 어떠한 마수가 다가오고 있는 줄도 모르고 김씨는 기구에만 열중하고 있었다.

민씨부인이 이를 가는 것 같은, 어느 누구를 해치려는 원조(怨祖) 따위가 아니었다.

소녀의 소박한 기원이었다.

먼 길을 떠나는 방원에게 아무런 화도 닥치지 말기를 바라는 단순한 기원이었다. 자기 자신에 관해선 아무런 소망도 욕심도 지금의 김씨에겐 없었다.

발소리를 죽이며 다가간 괴한은 한 마디 말도 건네지 않고 두 팔을 벌려 김씨의 잔허리를 껴안았다.

물론 김씨는 놀란다.

그러나 한밤중에 다른 곳도 아닌 집안 후원에서 치성을 드리는 몸을 찝쩍거리는 자가 있다면 이집 하인배들 정도에 지나지 않을 것이라고 대수롭지 않게 여긴 것일까.

"누구냐, 섣불리 수작하면 그냥 두지 않을테야."

제법 침착하게 가라앉은 소리로 꾸짖었다. 그러나 괴한은 농지거리 한마디 없이 거친 손을 김씨의 앞가슴 깊이 찔러 넣으려고 했다.

그제서야 김씨는 심상치 않은 기색을 느낀 것일까, 고개를 돌려 괴한의 얼굴에 시선을 던졌다.

그리고는 다시 놀란다.

검은 복면 하나만이라도 그 자가 어느 하인배가 아니며 단순한 장난질을 하려는 데 그치는 것도 아님을 깨달은 모양이었다.

그래도 김씨는 당황하진 않았다.

괴한의 손이 파고드는 앞가슴에 자기 손을 먼저 찌르더니 은장도 한 자루를 뽑아들었다.

항상 호신용으로 숨겨가지고 있는 유일한 이기였다. 그것을 꼬나잡고 급한대로 괴한의 손등을 찔러보려고 했지만, 우악스런 괴한의 손은 오히려 김씨의 손목을 되잡았다.

비틀었다. 은장도가 힘없이 땅바닥에 떨어졌다.

그와 동시에 괴한은 한번 몸을 날리더니 발길을 들어 김씨의 옆구리를 찼다. 급소를 맞은 김씨는 비명도 못지르고 그 자리에 혼절하였다.

은장도를 급히 집어든 괴한은 민씨부인이 숨어 있는 나무그늘로 갔다.

"어떻습니까, 마님."

우쭐대는 주둥이를 민씨부인이 급히 막았다.

"아직 큰소리를 치기엔 이르단 말야. 나머지 일을 제대로 해치워야지."

그 말에 괴한은 다시 몸을 날려 어둠 속으로 잠겨버렸다.

그때 별당에 혼자 누운 방원은 착잡한 심회를 씹고 있었다.

고된 짐을 덜어주겠다고 하던 이성계의 부정의 구체적인 표현이라고 볼 수 있는 이번 인사 조치를, 그는 물론 순순히 받아들일 생각이었다.

부왕이 말한대로 개경을 떠나 시골에라도 파묻히면 시끄러운 풍문을 가라앉히는 데에 효과가 있으리라는 계산도 충분히 하고 있었다.

또 이 기회에 백성들의 마음의 저변까지 파고들어 새로운 무엇을 배워보겠다는 의욕을 가져보기도 한다. 그러나 그러면서도 마음 한 구석엔 황량한 바람이 드나드는 빈 구멍이라도 뚫린 것 같은 이 감정은 어디서 오는 것일까.

그런 어지러운 마음의 파문을 곱씹고 있다가 그는 문득 긴장한다. 날카로운 시선을 방문 밖으로 던지며 고개를 꼰다.

그러다가 무슨 생각이 든 것일까.

지그시 눈을 내리깔더니 드렁드렁 소리 높여 코를 골기 시작한다.

그리자 잠시 후 소리도 없이 방문이 열렸다. 방문 사이로 고개를 들이민 것은 바로 그 검은 복면을 한 괴한이었다.

방원은 여전히 드렁드렁 코를 골고 있었다.

괴한은 잠깐 고개를 꼬다가 김씨한테서 빼앗은 은장도를 꼬나잡았다. 그러나 선뜻 방안에 들어서려고는 하지 않았다. 자객치고는 형편없이 겁이 많은 놈일까. 아니면 다른 어떤 속셈을 하고 있는 것일까.

그 방문 밖으로부터 장도를 그냥 던졌다.

제대로 겨냥도 하지 않았다. 따라서 장도는 방원이 누워 있는 위치를 사뭇 빗나가서 담벼락만 때리고 떨어졌다.

"이놈."

호통을 치며 방원은 몸을 일으켰지만 아직도 완쾌하지 못한 몸이 제대로 말을 듣지 않았고, 그보다도 괴한은 칼을 던지자마자 급히 몸을 날렸다.

그대로 그 괴한을 놓쳐버렸더라면 사태는 엉뚱한 방향으로 발전했을지도 모른다. 하지만 괴한은 잡혔다. 평도전이 그 자의 목덜미를 잡고 나타난 것이다.

"졸자, 잠시 잠이 들었다가 꿈자리가 사납기에 혹시 무슨 변이라도 일어났나 싶어 이리로 달려왔더니, 이 자가 칼을 던지고 도망치질 않겠습니까."

사실인지 적당히 둘러대는 말인지 이런 소리를 하며 평소와 달리 평도전은 밝게 웃었다.

방원은 심각한 눈으로 괴한을 쏘아보고만 있었다.

과히 간덩이가 굵지 못한 놈인가보다. 복면에 가려 얼굴 표정은 보이지 않았지만, 양 어깨와 두 다리가 후들후들 떨리는 것만으로도 짐작이 갔다.

"우선 복면부터 벗겨보아야 할 것이 아니겠습니까, 왕자님."

평도전이 물었다.

방원은 잠깐 생각에 잠기더니,

"그건 그다지 급한 일이 아니야."

신중하게 제지했다.

그야 패씸한 푼수로는 당장에라도 그 자의 낯짝을 벗겨보고 싶다. 하지만 만일 그 자의 정체가 이럴 수도 저럴 수도 없는 가까운 권속이라면 문제는 복잡하고 까다로와질 것이다.

더더구나 내일이면 이 집을 떠나서 멀리 가야 할 몸이 아닌가. 되도록이면 물의를 일으키고 싶지 않았다.

자기의 권속과는 관계 없는 외부에서 잠입한 자객이기를 바랐고, 사실이 그렇지 못하더라도 그렇게 처리하고 싶었다.

"네 이놈, 나를 죽이고자 하는 인간이라면 포은의 잔당 정도일텐데, 그런 족속이냐."

방원은 넘겨짚었고 역시 그렇기를 은근히 기대했다. 그러나 괴한은 제 입으로 그런 배려를 뭉개 버렸다.

"아닙니다, 나리. 소인은 그런 엄청난 자가 못됩니다."

"그렇다면 무엇 때문에 목숨을 노렸지."

"나리 목숨을 노리다니요. 소인은 그저 이 장도를 나리의 방에 넣으려고만 했을 뿐입지요."

"⋯⋯?"

괴한은 해괴한 소리만 지껄인다.

"참말입니다. 제게 죄가 있다면 그뿐입지요."

한밤중에 흉기를 투척하였으면서도 단순히 그 칼을·집어넣기 위해서였다고 둘러댄다. 변명치고도 어처구니없는 소리였다.

그러나 또 그런만큼 그 이면에 숨은 흉계가 의외로 복잡 미묘할는지 모른다고 생각하면서 방원은 방바닥에 떨어져 있는 칼을 집어들었다.

"이건 장도가 아니냐."

장도라면 남자의 소지품이라기보다 여성이 지니고 있는 것이 상식이었다.

방원으로선 더욱 더 알 수 없는 수수께끼였다.

단순하게 풀이하자면 자기에게 어떤 원한을 품고 있는 여성이 괴한에게 장도를 주고 자기를 살해하라고 지시하였을 것으로 짐작이 가지만, 만일 그런 추리가 사실이라면 너무나 어설픈 계교라고 아니할 수 없다.

그것은 곧 이 사건의 모주(謀主)가 누구라는 것을 물적 증거까지 들이대고 밝히는 것이나 다름이 없는 수작이 아닌가.

"왕자님, 이 일을 은밀히 처리하시자면 차라리 단순한 방법을 취하는 것이 좋을 듯싶습니다."

그때까지 잠시 관망하고 있던 평도전이 이렇게 말했다.

"단순한 방식이라니?"

"이 자의 입으로 진상을 실토하게 하는 것입지요. 졸자에게 맡겨주시지 않으시겠습니까."

무엇인가 짚히는 바가 있는 듯이 평도전은 말했고, 이 왜무의 기략에는 항상 감탄해 온 방원이었던만큼 잠자코 고개를 끄덕여 그에게 일임하는 뜻을 비쳤다.

"그 칼을 졸자에게 주십시오."

방원이 장도를 넘겨 주자, 평도전은 그것을 괴한의 목줄띠에 들이댔다.

"이것봐. 왕자님이 네놈의 복면을 벗기지 않으신 까닭은 네가 고분고분 실토를 한다면 누구라는 것도 캐묻지 않으시고 놓아주시겠다는 깊으신 배려가 있으신 때문이라는 걸 알아야 해. 그리고 또 네놈이 끝끝내 불지 않는다면 쥐도 새도 모르게 처치해 버리시겠다는 뜻이기도 한 거 야."

그는 차근차근 타이르는 어투로 말하는 것이었지만, 괴한에겐 협갈치고도 가장 무서운 소리로 들린 것일까.

"아니올시다. 소인에겐 아무런 죄도 없습니다요. 그저 그 장도를 나리 방에 던져넣기만 하면 후한 상을 준다고 하기에 그랬을 뿐입지요."

아래윗이가 서로 마주치는 소리가 날 지경으로 후들거리면서 괴한은 겨우 말했다.

"누가 무엇 때문에 그런 일을 시켰지."

거듭 캐물어도 괴한은 대답을 못하고 우물거리자,

"나는 남달리 성미가 급한 사람이야. 공연히 꾸물거리면 알겠지."

하면서 평도전이 칼끝으로 그의 목줄띠를 건드렸다.

괴한은 기급을 하며 그 자리에 주저앉아 버렸다.

"어서 불란 말이다."

이번엔 목덜미를 찌르는 시늉을 했다.

"말하겠습니다. 바른대로 말만 하면 소인을 살려주는 거죠. 소인이 누구라는 것도 캐진 않으시겠죠."

이렇게 다짐하고 괴한이 계속 입을 열려고 할 때였다.

어둠을 뚫고 누군가가 허둥지둥 달려오고 있었다. 민씨부인이었다.

"무슨 일이 있었나요?"

괴한에게 당황한 시선을 보내며 민씨는 묻다가,

"아닌 밤중에 여기가 어수선하기에 어떤 변이라도 일어나지 않았나 해서 달려오질 않았겠어요."

묻지도 않은 자기 행동의 변명까지 한다.

"이걸 보십시오."

손에 쥐고 있던 장도를 흔들어 보이며 평도전이 말했다.

"이 작자가 이걸로 왕자님을 해치려고 했던 거올시다."

"그 칼로 나리를?"

놀라는 시늉을 하며 민씨는 손을 내밀었다. 그 장도를 좀더 자세히
보겠다는 눈치인 것 같았다.

평도전은 잠깐 복잡한 눈길을 방원에게 보내다가 그 칼을 민씨에게
넘겨주었다.

민씨는 장도를 들고 별당 안으로 들어갔다. 방에는 촛불이 환히 밝혀져
있었다.

여간한 경우가 아니고는 방원은 항상 밝은 것을 좋아했다.

그러기에 그 당시의 생활 풍토로는 촛대 하나만도 과민한 좁은 방안에
굵기가 거의 사람의 팔뚝만한 황랍을 네 대씩이나 켜놓고 있는 것이다.

그 불빛에 장도를 들이대고 이리저리 만지작거리던 민씨부인이 갑자기
기성을 발했다.

"이런 죽일 년이 있나."

장도를 높이 들고 핏대를 올렸다.

"제년이 그래 감히 이따위 앙큼한 짓을."

눈꼬리를 말아올리고 치를 떠는 것이었지만, 민씨에게선 보기드문
격정의 노출이었다.

"그 장도가 어떠하기에 그러는 거요."

민씨의 태도에 부자연스런 과장 같은 것을 느끼며 방원은 물었다.

"어떻긴 뭣이 어떻다는 것이어요. 이건 바로 그 계집종의 물건이라는
걸 나리는 모르신단 말씀이어요."

칼날을 방원의 코끝에 들이대며 민씨는 오히려 공박조로 나왔다.

그때까지만 해도 방원은 그 말이 무엇을 뜻하는 건지 깨닫지 못하고
있었다. 그래서,

"계집종이라?"

하고 되묻자,

"남정네란 저렇게 능청스럽다니까. 바로 며칠 전에 이 방에서 끼고돌
던 그년을 벌써 잊어버리기라도 하셨단 말씀이어요."

민씨는 꼬아댔다.

그제서야 방원은 그 계집종이란 말이 다름 아닌 김씨를 지적하는 소리
라는 것을 알아챌 수 있었지만, 어처구니가 없었다.

"그것이 과연 그애 물건이라면 어떻게 저놈의 손에 넘어갔으며, 무엇
때문에 그 칼로 나를 해치려고 했을까."

"글쎄요."

민씨는 거듭 꼬면서,

"정 궁금하시다면 그놈의 낯짝을 벗겨보시지요."

그 말에 괴한의 두 눈이 험악한 불을 뿜었다. 그 시선을 민씨는 독하게
마주 쏘아주더니,

"이렇게 말씀이어요."

괴한의 복면을 잡아벗겼다.

방안에서 흘러나오는 불빛에 그 얼굴이 노출되자 방원은 고개를 꼬았
다.

"어디서 본 적이 있는 놈 같은 걸."

"또 시치미를 떼시네요."

민씨는 차디찬 웃음을 뱉었다.

"요즘은 무슨 일에 그토록 골돌하셨기에 집에서 부리는 노복의 낯짝까
지 잊어먹으셨을까."

그제서야 방원은 생각이 났다.

"너 천석이란 놈 아니냐."

주방에서 소용되는 양곡이라든가 찬거리 등속을 구입하고 관리하는
소임을 맡은 하인이었다. 하인치고는 은근한 수지도 맞출 수 있으며,
따라서 다른 노복들에 비하면 실질적으로 상당한 혜택을 받고 있는 처지
였다.

방원은 슬며시 부아가 치밀었다.

"다른 놈도 아닌 네놈이? 도대체 내가 어떤 못할 짓을 했기에 감히 칼부림까지 하는 거지?"

꾸짖어 보았다. 천석이라고 불린 하인은 재빠른 눈길을 민씨에게 던졌다가 푹 떨군다.

"사실대로 고하라. 네놈이 한 짓에 그럴만한 까닭이 있다면 비록 상전을 해치려한 죄는 괘씸하기 이를데 없으나 내 너그러이 보아주리라. 하지만, 그럴만한 이유가 못되거나 끝끝내 입을 다물고 자백하지 않는다면 당장에 모가지가 달아날 줄 알라."

어르며 구슬리며 캐고드는 말에 괴한은 울상이 되며 매달리는 것 같은 눈길을 민씨에게 보낸다.

그러자 민씨는 급히 의미있는 눈짓을 마주 보내고는,

"물으나마나한 말씀이 아니겠어요."

방원의 말허리를 가로챈다.

"그 종년의 쏙삭거림 때문이 아니고 무엇이겠어요. 그렇지 않고는 하필이면 그년이 지니고 있던 칼날을 휘두를 까닭이 있겠어요."

다른 사람에게라면 그럴싸하게 먹혀들 수도 있는 풀이였지만, 방원에겐 이해가 가지 않았다.

──그 애가 갑자기 나한테 품어야 할 원혐이란 무엇일까.

풋살구와 같던 김씨의 자태를 되씹어 본다.

호젓한 산촌에 깊이 숨어서 방원이 자기와 단 둘이서 지낼 것을 갈망하던 순박한 처녀가 아니었던가.

그런 풋살구가 겨우 며칠 사이에 자객까지 밀파하는 독부(毒婦)로 화하리라고는 도저히 믿어지지 않았다.

"믿을 수 없으시다는 거죠."

방원의 마음의 갈피를 샅샅이 쑤셔보는 그런 어투로 민씨는 또 앞질러 긁어댔다.

"그런 계집아이가 나리를 해치고자 할턱이 없다고 들른한 생각을 하고 계시는 거죠."

민씨는 입술을 꼬고 짓궂은 웃음을 새기더니 말을 이었다.

"한 가지 사실만 알려드릴까요. 그러면 아무리 너그러우신 나리라도 그년이 얼마나 독종인가를 알게 되실 것이어요."

그리고는 이제부터 자기가 던지려는 말의 화살이 얼마나 표독하게 먹혀들 것인가를 알차게 저울질하는 것 같은 표정을 하고, 잠시 틈을 두었다가 다시 입을 떼었다.

"오래 전부터 그런 소문이 들리더군요. 천석이란 놈하고 그 계집종하고 눈이 맞아서 어쩌구 저쩌구 한다고 말예요."

그것은 방원의 귀에도 충분히 충격적인 소리였지만, 보다 더 놀라움을 드러낸 것은 천석이었다.

그는 당장에 튀어나올 것,같은 눈알을 부라리며 민씨를 쏘아보았다.

"너무하십니다, 마님."

천석이는 마침내 소리를 질렀다.

"아무리 천한 종놈이라고 그렇게 생사람을 잡으십니까."

민씨는 기급을 했다. 연방 눈짓으로 신호를 보내는 것이었지만, 격분한 천석이에겐 통하질 않았다.

"이런 짓을 시키신 분이 어느 누굽니까."

계속 무엇인가 털어놓으려는 그 입을

"닥치지 못할까!"

악을 쓰면서 민씨는 아직도 한쪽 손에 들고 있던 천석이의 복면으로 입을 틀어막았다.

"네놈의 주둥이가 무슨 주둥이라고 상전이 주고받는 말틈바구니에 감히 끼여든단 말이냐."

천석이에 대한 울림장이라기보다도 방원에 대한 변명의 색채가 농후한 소리를 덧붙였다.

입이 막힌 천석이는 그래도 뭐라고 떠들어대려는 시늉을 했지만, 말이 되어 나오지 않았다.

"이제 아셨겠지요."

민씨는 끝끝내 자기 말발을 세우려고 바둥거렸다.

"연놈이 눈이 맞아 죽자 살자 하는 판에, 나리가 그 계집종에게 손을 대려고 했으니 어떻게 됐겠어요. 환장을 한 연놈들이 나리를 해치고자 날뛸 수도 있는 일이 아니겠어요."

민씨로선 있는 꾀를 다 동원해서 꾸며본 각본이며 대사였다. 그러나 오히려 그것은 방원에게 사건의 내막을 환히 들추어 보이는 역효과를 냈을 뿐이었다.

당장에 호통이라도 치고 싶은 심화를 어금니를 깨물고 제지하며 방원은 딴청을 부려 본다.

"그렇다면 당장에 그 계집종을 불러와야 하겠구먼, 연놈을 대질시켜 죄상을 실토하도록 해야 할테니 말이야."

그러나 그 말에 민씨는 오히려 허둥댔다.

"그야 연놈을 한두름에 묶어서 죽여 없앨 일이지만요. 한밤중에 그렇게 하면 공연히 집안만 시끄러워질 것이 아니겠어요? 우선 이놈부터 죽이고 종년은 쥐도 새도 모르게 처치하는 편이 온당한 처사가 아니겠어요."

"무슨 까닭에?"

방원은 짓궂게 되물었다.

"조용하자는 거지요. 그렇지 않아도 말 많은 요즘에, 그 같은 불미한 소문이 또 퍼져나간다면 나리 체통이 어찌 되겠어요."

"고맙소이다, 부인."

방원은 비비꼬기만 하다가,

"하지만 부인의 의견을 따를 수는 없소이다."

정색을 하며 잘라 말했다.

"쥐꼬리만한 내 체면이란 걸 차리기 위해서 집안의 법도를 어지럽힐 수는 없단 말이오. 한 나라나 한 집안이나 법도를 어기고 고식적인 미봉책만 농하다간 언젠가는 크게 터지겠으니 말이오."

이제 방원의 어조는 사뭇 엄숙한 빛까지 띠고 있었다.

그 위엄에 놀란 것일까. 민씨는 더 말을 잇지 못하고 초조하게 입술만 깨물고 있었다.

"여봐라. 거기 누구 없느냐."

마침내 방원은 방문을 열며 소리를 높여 가복들을 불렀다.

이 사건을 조용하게 처리하자는 것은 오히려 당초부터 방원이 세운 방침이었다.

그러나 민씨의 언동에서 검은 암막(暗幕) 같은 것을 느끼자, 그는 차라리 이 사건을 양성화해서 파헤치기로 마음을 굳힌 것이다.

몇몇 가복들이 몰려왔다. 김씨를 끌고 오라고 방원은 지시한다.

하인 하나가 달려갔다.

민씨부인은 어찌할 바를 모르는 것 같았다. 천석이의 주위를 서성거리기만 했다.

잠시 후 김씨가 불려왔다.

괴한의 습격을 받고 은장도를 빼앗겼다는 사건만으로도 심한 타격을 받은 때문일까. 혹은 부르러 갔던 하인이 무슨 말을 전하기라도 한 것일까.

극도로 긴장되어 있었다.

"이 장도, 네 것이냐."

방원은 군소리 제쳐놓고 요점부터 물었다.

"예."

짤막한 대답이었지만 김씨는 김씨대로 즉각 수긍했다.

"어째서 이것을 저놈에게 넘겨 주었지?"

방원은 거듭 물었고, 그제서야 김씨는 천석이를 눈여겨 보았다.

그때까지 김씨는 천석이가 자기를 습격한 괴한이라는 것을 모르고 있는 눈치였다.

은장도를 뺏어갈 때 복면으로 얼굴을 가린 탓일는지도 모른다.

그러나 방원의 말을 듣고 천석이가 다름없는 그 괴한이라는 걸 깨달은 것일까.

안색이 일변하는 것이 달빛을 통해서도 확연했다.

"무슨 말씀이시어요, 나리. 그 장도는 항상 제가 품속 깊이 간직하고 있던 것인데, 저놈이 갑자기 달려들어 빼앗질 않겠어요."

하면서 그때 당한 일을 차근차근 밝혔다.

김씨의 해명은 방원의 추측과 거의 부합되었다.

"이애 말에 틀림이 없느냐."

천석이를 향하여 마지막으로 다짐해 물었다.

천석이는 아직도 입이 막혀 있었다. 그러나 그는 고개를 끄덕이는 것으로 김씨의 말을 시인했다.

그것을 바라보는 민씨부인은 더욱 더 어쩔 줄을 몰라했지만, 방원은 계속 캐고들었다.

"무엇 때문이냐. 나를 해칠 생각이라면 달리 무기를 구할 수도 있는 일이거늘, 구태여 그애 장도를 빼앗다가 던진 까닭은 무엇이냐."

무어라고 대답하고 싶은 눈치였지만 입이 막혀 안타까운 것일까, 천석이는 상반신을 비비틀었다.

그때까지 평도전은 천석이의 두 팔을 뒤로 틀고 움켜잡고 있었다. 때문에 입에 틀어박힌 복면을 뽑아버리고 싶어도 그렇게 할 수가 없었던 만큼 더욱 더 애가 타는 것일 게다.

평도전이 고개를 돌려 방원의 눈치를 살폈다.

방원은 눈짓으로 무엇인가 허락하는 빛을 보였다. 천석이의 두 손목을 움켜잡고 있던 손을 평도전은 놓아주었다. 그 손이 날쌔게 움직여 복면을 뽑아버렸다.

그리고는 무엇인가 한꺼번에 토해 버리기라도 하듯이 외쳤다.

"마님 때문입니다요. 소인에겐 아무 죄도 없습니다요. 마님께서 그렇게 하랍시기에 분부를 따랐을 뿐입니다요."

그 말에 방원의 두 눈이 작열했다.

"저 죽일 놈이!"

민씨부인은 외쳤지만, 그 말은 제대로 입밖에까지 나오지도 못했다.

외치는 동시에 천석이에게 달려들 기세를 보였지만, 두 손만 허위적거릴뿐 한 발짝도 떼어놓진 못했다.

그뿐이 아니었다.

손톱을 곤두세우고 허공을 긁어대는 시늉을 하다가 그 자리에 그냥 쓰러져버렸다.

이제 내막은 완전히 폭로된 셈이었다. 김씨의 은장도를 천석이가 탈취했고, 그것을 방원의 방에 던졌다.

그와 같은 행동을 지시한 모주(謀主)는 민씨부인이었고, 천석이가 그 사실을 자백하자 그 말을 부인하지도 못하고 민씨부인은 기절하여 쓰러졌다.

흉계의 숨은 이유도 어렵지 않게 풀 수 있다.

김씨를 모함하기 위한 민씨부인의 얕은 술책이었을 것이다.

만일 평도전의 손에 천석이가 잡히지 않았더라면, 방원은 은장도를 증거삼아 범인을 수색할 수밖에 없었을 것이다.

은장도의 임자가 김씨라는 것이 판명된다. 수사의 선은 거기서 끊어질 수밖에 없을 것이며, 모든 누명은 김씨 혼자 쓰고 말았을 것이다.

"고약한 것들."

누구에게 던지는 소리인지 이런 한 마디만 남겨놓고 방원은 별당 안으로 들어가 버렸다.

땅바닥에 쓰러져 있는 민씨는 끝끝내 거들떠 보지도 않았다.

뒤에 남은 사람들 중에 가장 난처해진 것은 김씨였다.

누명을 벗은 것만은 다행이다. 하지만 자기를 중심으로 해서 회오리치고간 바람의 손톱은 누구보다도 자기 가슴을 독하게 후볐다.

물론 직접적인 타격을 민씨가 더 받은 셈일는지도 모른다. 민씨에 대한 방원의 감정은 극도로 악화되었을 것이다.

그러나 방원은 내일이면 이 집을 떠날 사람이 아닌가. 뒤에 남는 가족들과 가족들 사이에 전개될 새로운 파문의 양상은 어떠할 것인가.

시비에게 남편의 사랑을 빼앗길까 두려워해서 그런 흉계를 꾸민 민씨의 체면이 깎이는 것은 사실이겠지만, 그렇다고 그것이 민씨의 위치에 별다른 영향은 주지 못할 것이다.

시앗을 본 본부인으로서 당연한 인간성의 발로라고 간주될 수도 있다.

오히려 가족들과 권속들의 눈총은 김씨에게로만 집중될 공산이 크다. 천한 종년이 감히 무슨 당돌한 수작이냐고 질투와 선망이 뒤범벅이된 눈화살을 쏘아댈 것이다.

결국 김씨 혼자 바늘방석에 올려져서 몸부림을 쳐야 할 판이 아닌가.

사태가 그 정도에만 그친다면 또 모른다.

이번 일의 실패로 독이 오를대로 오른 민씨부인이 제이, 제삼의 보복의 칼날을 갈지 말란 법도 없다.

그 자리에 쓰러져 있던 민씨는 뒤미쳐 달려온 시비들에게 업혀갔다.

천석이는 다른 가복들에게 끌려갔다.

평도전도 어디론지 사라졌다.

남은 것은 김씨 혼자뿐이었다. 오도가도 못하고 서 있는 김씨는 방원이 들어간 별당 방문을 지켜본다. 거기엔 휘황하게 밝혀진 촛불을 등진 방원의 상반신만 비쳐져 있었다.

——나리, 저는 어찌해야 좋겠어요.

소리 없는 하소를 가슴이 메어지게 부르짖으며 김씨는 비로소 한 줄기 눈물을 씹었다.

"고약한 것들."

방원은 거듭 뇌까리고 있었다.

견딜 수 없는 이 분노는 어디서 오늘 것일까.

과거에도 민씨와 그 권속들을 지겨워하고 역겨워한 것은 사실이다. 하지만 이토록 이가 갈리게 증오한 적은 없었다.

그야 그런 행동을 취한 민씨부인의 심정을 전혀 이해 못하는 것은 아니다. 시앗을 본 여인의 시기를 전적으로 무시하려는 것도 아니다.

만일 하나의 발가벗은 여인으로 돌아가서 울부짖고 몸부림을 쳤더라면 차라리 방원은 따뜻한 부부애의 눈으로 민씨를 보았을는지 모른다.

막돼먹은 여자들처럼 물고 뜯고 할퀴고 꼬집고 했더라도 그런 민씨를 동정할 수 있었을 것이다.

──하지만 괘씸하단 말이야.

상전의 지위를 악랄하게 이용하여 약한 시비를 궁지로 몰아넣으려 한 흉계가 밉다. 약자의 약한 점을 잔인하게 후비고 쑤신 심보가 너무 미웠다.

──앞으로 나는 그런 무리들을 결코 용서하지 않을 것이다.

그것은 민씨 개인을 미워하고, 김씨 개인을 두둔하는 사사로운 감정만이 아니었다. 숱한 약자들을 짓밟는 강자들의 횡포에 대한 공분과도 통하는 심정이었다.

"어림도 없을 게다. 그애 몸에 어느 누구도 손끝 하나 대게 하지는 않을 것이다."

방원은 입밖에까지 내어 무슨 선언이라도 하듯이 뇌까렸다.

그것 역시 모든 약자들 편에 서서 강자들과 싸워야 한다는 새로운 사명감의 확인이기도 하였다.

그는 훌쩍 몸을 일으켜 방문을 연다. 자신의 각오를 당장 실천에 옮길 생각으로 김씨를 부르려는 것이었는데, 김씨가 바로 거기에 있었다.

"들어오너라."

방원의 어투는 마치 호통이라도 치는 것처럼 무뚝뚝했지만, 그 속에 숨겨진 뜨거운 무엇을 충분히 느낀 것일까.

김씨는 한달음에 뛰어들었다.

방원의 가슴에 몸을 던졌다.

방원은 억세게 포옹했다.

네 대의 황랍초는 휘황하게 밝혀진 그대로였다. 그것을 끄고 어쩌고 할 겨를도 없이 김씨를 끌어안은 채 방원은 방안을 뒹굴었다.

다른 어느 여체에서도 맛보지 못한 참신한 정염이었다.

민씨부인에게서 느끼던 싸늘한 계산이나 답답한 의무감 같은 것은 물론 없었다.

설매에게서 느끼던 투지나 정복욕과도 달랐다.

자기의 전부가 그저 타고 있다는 것만 느끼고 있었다.

상대가 솜털도 가시지 않은 풋살구인지, 혹은 농익은 미과(美果)인지 그런 것도 의심이 없었다.

단맛인지 쓴맛인지 떫은 맛인지 그런 미각의 세계도 멀리 초극해 버렸다.

무한히 장구한 세월이 흐른 것 같기도 하고 번개처럼 짧은 순간 같기도 했지만, 그 정화는 유감없이 빈틈없이 전부를 불사르는 것만을 느끼며, 방원은 깊이 충족감 속으로만 자꾸 잠겨들고 있었다.

8. 봄 기러기

눈이 부신 봄날이었다.

진달래, 개나리, 살구꽃, 복숭아꽃, 산야를 둘러보면 어디고 꽃이 없는 구석이라고는 없다.

음력으로 삼월도 하순.

여기 동작나루 건너 과천(果川)땅 고갯길에도 꽃은 지천이었다.

바람이 분다.

길옆 과수밭에 만발한 복숭아 꽃잎이 눈보라처럼 난무한다.

그 속을 누비며 한 행차가 남으로 가고 있었다. 전라도 절제사에 임명되어 임지로 향하는 방원 일행이었다.

애마 응상백(凝霜白)에 몸을 실은 방원의 전후에는 구종별배들과 사병(私兵)들이 줄을 지었고, 그의 양 옆에는 심복 중의 심복인 평도전과 원해가 따르고 있었다.

"여보게, 지금 건넌 강이 한강이라면서."

평도전이 원해를 돌아보며 물었다.

"전주까지 가자면 며칠이나 더 걸릴까?"

"그야 가는 사람의 걸음에 달렸지만 아직도 까마득하이. 여기서 청호역(靑好驛)까지 팔십오 리, 거기서 성환역까지가 삼십 리, 거기서 다시 천안 삼거리까지 사십 리, 천안서 공주까지가 백 리는 넘을거구. 그 공주에서 또 백팔십 리를 가야만 전주방에 당도하게 되는 걸세."

이 나라 지리에 대한 지식을 과시하면서 원해는 주워섬겼다.

"왜 벌써 진력이 났단 말인가?"

방원이 두 심복을 번갈아 돌아보며 한마디 했다.

"그게 아니올시다."

평도전은 제법 심각한 얼굴을 하며 고개를 꼬았다.

"졸자 생각하기에 이번 길은 아무래도 허행인 것만 같아서 그러는 것입지요. 왕자님께서 전라도 절제사에 임명되신 까닭은 왜구들의 침노에 대비코자 한다는 정부 방침에 따른 것으로 알고는 있습니다만, 왜구들의 움직임에 어떠한 조짐이라도 있기에 이런 조처를 강구하게 됐는지 아무리 생각해도 졸자 이해가 가지 않소이다."

물론 삼도 절계사를 임명한 표면적인 이유는 평도전이 말한 것과 같다. 그뿐이 아니었다.

삼도 절제사들이 임명을 받은 그 이튿날, 사은숙배하는 그 자리에서 국왕 이성계는 엄하게 다짐하였던 것이다.

"경등은 임지로 떠나되 왜구를 섬멸하였다는 첩보(捷報)를 바치지 못하는 한 다시는 나를 볼 생각을 말라."

어마어마한 소리였다.

굉장한 대 격전지에 출정하는 장령들을 독려하는 것이나 다름이 없는 말이기도 했다.

방원은 거기서도 이번 인사 조치를 위장하느라고 애쓰는 부왕의 고충을 느꼈지만, 다른 사람들의 귀엔 부자연스럽게 들렸을는지 모른다.

그리고 평도전 역시 그렇게 느끼고 있을는지 모른다. 부왕의 마음의 갈피에 숨은 비밀에 대해선 이들 심복들에게도 방원은 아직 밝히고 있지 않았던 것이다.

"아무래도 무슨 흑막이 있는 것만 같소이다."

의미 깊은 눈길을 지나온 북쪽 하늘을 향해 평도전은 던졌다.

"하찮은 풍문일는지 모릅니다만, 소인 이런 말을 들었습니다."

이번엔 원해가 하는 말이었다.

"왕자님이 송도를 떠나게 되신 것은 모두 다 왕비님의 농간이라는 겁니다. 왕비님이 대왕님을 움직여서 이런 조치를 취하시도록 했다는 겁니다."

"실은 졸자도 그런 생각을 하고 있었습죠."

평도전이 다시 받아 말했다.

"전에는 어떠했는지 모릅니다만, 왕비님과 왕자님 사이가 수상하다는 소문이 퍼진 이후로 왕비님의 마음은 사뭇 달라졌을 겁니다. 왕비님과 왕자님에 대한 풍문을 일소하기 위해서라도 왕자님에게 냉정한 태도를 취할 수밖에 없지 않겠습니까. 왕비님 당신은 왕자님에게 별다른 호의도 갖고 있지 않으며 오히려 역겨워하고 있다, 이런 뜻을 실지로 증명하고 대왕님의 의혹을 풀기 위해서 왕자님을 변방으로 보내자고 졸라댄 것이 아닐까, 이렇게 볼 수도 있지 않겠습니까?"

"대왕님의 의혹을 풀기 위해서만도 아니겠지만."

원해는 좀더 앞지른 해석을 내린다.

"왕자님과 왕자님이 거느리시는 병력을 따돌려 멀리 쫓아버리고 그 선례를 따라 다른 왕자님도 역시 각 지방으로 몰아낸다면, 세자님의 신변은 더욱 더 안전해질 것이라는 계산도 충분히 할 수 있을 것이 아니겠습니까."

그들 두 왜무의 해석은 부왕이나 강비의 가슴 속에서 고통받고 있는 따뜻한 정을 전혀 무시한 비정적인 판단에 지나지 않는다고 방원은 일축하고 싶었다.

입밖에는 내지 않더라도 마음 속으로라도 그렇게 반박하고 싶었지만, 그것을 가로막는 꺼림한 것이 있었다.

강비의 얼굴이었다.

사은숙배(謝恩肅拜)란 어떤 관직에 임명되었을 때 궁중에 들어가서 최고의 임명권자인 국왕에게 감사하는 뜻으로 절을 하는 예도이다.

그러나 사은숙배는 국왕에 국한된 예절은 아니었다.

훨씬 훗날에 제정된 것이긴 하지만, 이씨왕조 정치의 기준이 된 법전인 경국대전(經國大典)에 의하면, 9품 이상의 동반(東班 : 文官)이나 4품 이상의 서반(西班 : 武官)이 보직을 받았을 경우 제수된 이튿날 입궐하여 사은숙배를 하기로 되어 있는데, 숙배의 대상은 국왕과 왕비와 왕세자로 규정되어 있다.

이와 같은 절차엔 건국 초에도 별다른 차이는 없었을 것이며, 따라서 방원은 부왕에게 숙배한 다음 중궁으로 강비를 찾아갔다.

대군(大君), 왕자, 왕손, 대신들이 숙배를 할 적엔 전정(殿庭)에서 행하기로 되어 있었다. 방원 역시 중궁 마당에 꿇어엎드려 네 번 절을 했지만, 그때 자기를 내려다보던 강비의 눈길은 어느 때와는 사뭇 다르게 방원은 느꼈던 것이다.

형식적인 예도를 차리는 자리였다. 유달리 따뜻한 말을 기대한 건 아니었다. 은근히 던져보내는 눈짓 속에서나마 먼 길을 떠나는 방원에 대한 온정이 깃들여 있기를 소망했었다.

그러나 강비의 눈은 차기만 했다. 마당 한 구석에 굴러 있는 조약돌이라도 내려다보는 것처럼 냉랭하기만 했다.

그와 같은 강비의 눈과 두 왜무가 전해 준 말이 한데 얽혀 스산한 서릿바람처럼 방원의 가슴을 후비고 흔들었다.

과천서 다시 남으로 십 리를 더 가면 갈산참이란 역마을이 된다. 방원 일행은 거기서 걸음을 멈추었다.

송도에서 여기까지 백팔십 리, 그만한 거리를 이틀에 걸려서 온 것이니 결코 고된 여정이라고는 할 수 없었다.

오늘 걸은 거리는 불과 팔십여 리. 춘삼월의 기나긴 해라고는 하지만 아직도 저녁 해는 서산 위에 높이 걸려 있었다.

그러나 방원은 더 걷고 싶지를 않았다. 오늘 따라 야릇한 피로가 엄습하는 것만 같았다.

그곳 원(院)을 찾아들었다. 원이란 공용 여행자의 숙식을 위해 요로

(要路)에 마련된 일종의 여관이었다.

아직 잠자리에 들기에는 이른 시각이었다.

그렇다고 술잔을 기울이거나 할 그런 홍도 나지 않았다.

답답하기만 하다.

이틀 전 송도를 출발했을 당시엔 가슴이 탁 트이는 해방감조차 느끼던 방원이었다.

송도에서 멀리 떨어지기만 하던 발 없는 말의 짓궂은 발굽도 미치지 못할 것 같아서 좋았다. 또 자기를 원수처럼 증오하는 송도 시민들의 눈총도 피할 수 있어서 좋았다.

형제들의 시샘을, 정적들의 준동에도 신경을 쓰지 않을테니 좋았다.

그러나 송도가 멀어짐에 따라 오히려 그것들이 또다른 의상을 갈아입고, 또다른 힘으로 육박하는 것처럼 느껴지기만 하는 것이다.

평도전이나 원해가 전해 준 말 때문만은 아니었다. 좀더 근원적인 곳에서 내리누르는 압박감이었다.

창문을 열어본다.

이제 겨우 어둠이 피어내리기 시작한 저녁 하늘에, 기러기 한 마리가 북으로 북으로 날아가고 있었다.

무슨 사연이 있어서 가족이나 동료들을 잃고 혼자 처진 놈일까.

"꼭 나 같은 신세로구먼."

중얼거리다가 방원은 입맛이 써진다.

제삼자의 눈에는 어떻게 보이건 자기 자신만은 결코 지금의 처지를 낙오자의 낙향으로 시인하고 싶지 않은 방원이었다.

금의환향이란 말을 억지로 끌어낸다.

방원이 부임하려는 전주 땅은 이씨 왕실의 관향(貫鄕)이라고 한다.

방원의 오대조 목조(穆祖) 때였다던가.

목조에게는 총애하는 기생이 하나 있었는데, 그곳 산성별감(山城別監)을 지내던 자가 가로챘다.

이에 격분한 목조가 그 자와 다투게 되자, 그 지방의 지주(知州), 즉 그 고을의 장관이 오히려 산성별감의 편을 들었다.

남달리 성미가 괄괄한 목조, 이번엔 지주에게 대들었다.

노발대발한 지주, 군사를 발동하여 목조를 해치려 하므로 하는 수 없이 그는 강릉도(江陵道) 삼척현으로 피신하였다가 다시 함길도(咸吉道) 의주 용주리(宜州 涌州里)로 이주하였다는 것이다.

그렇게 오대조 목조는 명예롭지 못한 일로 쫓겨난 향관이었지만, 방원은 이제 한 나라 임금의 아들로 그 지방의 군사령관이 되어 당당히 부임하는 것이다.

금의환향이라는 말이 충분히 적용될 수도 있는 일이었지만, 그러나 방원은 이내 떫은 웃음을 씹지 않을 수 없었다.

—— 오대조 할아버지는 여자 일로 그곳을 쫓겨나고 나는 또 여자 문제에 얽히고 설키어 그리로 밀려간다.

자학과 자조의 속삭임이 가슴을 죄는 것이다.

요즈음 와선 여난(女難)의 소용돌이 속에서 허우적거리기만 한 자기 자신을 지겨워하고 있는 방원의 방문이 소리없이 열렸다.

머리에는 전립을 비껴 쓰고, 이마에는 은화운월(銀花雲月)을 방불케 하는 공작깃을 달았고, 허리에는 남방사주(藍紡紗紬)의 전대를 띠었으며, 거기에 환도를 꽂았으니 영락없는 비장(裨將) 차림이었다.

그 비장의 얼굴을 보자 방원의 안색이 활짝 밝아진다.

"멀리서 볼때는 그렇지도 않았으나, 가까이서 대하니 제법 어울리는구나."

흐물흐물 농담까지 건넨다.

비장이라면 군사령관이나 지방장관 등이 임의로 임명하여 거느리고 다니는 전속 무관 같은 존재였다.

따라서 민첩하고 뱃심 좋은 장골이라야 할터인데, 이 비장은 상관의 한마디 농담에 귓볼을 붉히며 고개를 들지 못한다.

"아차, 한 가지 잊어먹은 게 있구나. 턱밑에 수염이라도 달아야 그럴싸하지. 그게 없고 보니 은화운월도 제대로 빛을 발하지 못하는 것 같구나."

방원이 다시 농을 던지자,

"아이참 나리께서두, 전 몰라요."

완연한 여자의 교태를 피우며 두 손으로 붉게 달아오른 얼굴을 가린다. 허리를 비비꼰다.

"좋아, 좋아. 남들 보는 데선 서슬이 푸르게 우쭐대야 하겠지만, 내 앞에선 역시 연연한 그 자태가 마음에 드는구먼."

하면서 방원은 손짓으로 들어오라는 시늉을 했다.

비장은 또 몸을 꼬면서 방안에 들어와 한 모퉁이에 모춤히 앉는다.

"방에 들어왔으면 이 어마어마한 전립부터 벗어야지."

방원이 손수 그것을 벗겨주자, 거기서 노출된 것은 풋살구 같은 그 얼굴, 김씨였다.

지난번 밤, 은장도 사건 이후로 송도를 떠날 때엔 김씨를 대동하겠다고 방원은 마음을 굳히고 있었다.

집을 떠나는 날엔 그는 공공연히 그렇게 지시했다. 그러나 김씨는 여자의 복색으론 차마 따를 수 없다고 했다. 여러 수행원이나 병졸들이 눈총을 받는 것이 역겹다는 것이다.

그래서 생각다 못해 비장 차림을 한 것이다.

"그 거추장스런 전복도 벗어야 할 것이 아니냐."

농반 진반 방원은 또 핀잔을 준다.

부끄러워하면서도 김씨는 그것을 벗으려고 했지만, 여자의 손엔 사뭇 서투른 남복인 때문일까, 쉽게 벗질 못한다.

"이렇게 하는 거야."

방원이 거들어준다. 전복 밑엔 동달이, 이번엔 김씨의 손을 거치지 않고 방원 혼자서 벗겨주었다.

겉보기와는 다르게 제법 풍만한 두 어깨가 물씬한 육향을 품어낸다.

색다른 흥취에 방원은 흥분한다.

우락부락한 군복 밑에서 하나하나 노출되는 여체는 매마른 황무지에서 황금의 광맥이라도 캐내는 것 같은 감흥이었다.

동달이 밑에 입은 것은 오늘날의 속옷을 연상케하는 속 둥거리, 그리고 그 아래엔 홀태바지.

——어느 것을 먼저 벗겨야 할까.

방원은 군침을 삼킨다.

김씨는 이제 모든 것을 완전히 방원에게 일임하고 있는 그런 자태였다. 방바닥에 발딱 나자빠져서 두 다리를 펴는대로 뻗고 있었다. 두 팔도 축 늘어뜨린 채 눈은 살며시 내리깔고 있었다.

역시 묘한 흥분에 타고 있는 것일까.

숨소리만은 사뭇 다급하다.

문득 방원의 손길이 멈춘다.

"이것아, 그만큼 해 주었으면 제손으로 벗든지 어쩌든지 할 일이지, 끝끝내 나에게 수고를 끼칠 셈이냐."

그리고는 자기도 방바닥에 벌렁 나자빠져버렸다.

남장에 에워싸인 여체를 발굴하는 동안에 도착된 강렬한 욕구가 그를 엄습한 것일까.

그 비밀의 보고를 자기 손으로 파헤치는 것이 어쩐지 아깝다.

김씨가 걸치고 있는 남복이 하나의 위장이 아니라 움직일 수 없는 사실로 화하고 하들하들한 여체까지도 우람한 남성의 그것으로 돌변하여 강렬히 자기를 찍어 눌러주었으면 싶다.

그것은 아득한 소년 시절에도 사무치게 가졌던 갈망이었다.

겨우 성에 눈뜰 무렵이었다. 욕정은 치열하면서도 수치심도 그에 못지 않게 강렬했었다.

여성을 대하거나 여체를 생각하면 견딜 수 없는 생리적인 욕구가 광란하는 것이었지만, 하녀의 손목 하나 잡을 용기는 없었다.

그럴 때 그는 곧잘 엉뚱한 꿈을 꾸었다.

혼자 자는 사랑방에 한 여인이 잠입한다. 징글한 여취를 발산하며 그에게 덮친다. 유감없이 개방하고 유감없이 감싸준다.

방원은 숨소리도 못내고 잠든 시늉만 한다.

여인은 처음부터 끝까지 잠이 든 줄만 알고 시작하였고, 끝낸 다음 소리없이 물러간다.

부끄러워하지 않아도 좋고 아무런 책임질 필요도 없는 은미(隱微)로운 유열이었지만, 그것은 어디까지나 아쉬운 공상에 지나지 않았다.

어쩐 까닭일까. 그런 공상 속에 피어오르는 여인의 모습은 나이 찬 중년의 천한 추물이었다.

오랫동안 잊어버렸던 소년 시절의 회구를 방원은 지금 현실적으로 되씹고 있는 것이다.

"어서."

그는 재촉했다. 자기도 모르게 강하고 날카로운 소리가 튀어나갔다.

그 기세에 눌린 것일까. 아니면 김씨 자신에게도 이미 욕망의 열도는 그만큼 비등한 것일까.

방원의 지시대로 움직였다.

방원은 어디까지나 수동적으로 굴었다. 그것이 김씨의 불을 돋우고 부채질하는 작용을 한 것일까. 제법 적극성을 띠며 도전해 왔다.

야릇한 쾌감이 방원의 심골을 누비며 피어올랐다. 비단 도착된 욕정만을 충족시키는 것이 아니었다.

풋살구가 제물에 익어간다. 솜털이 가시고 누런 빛을 띤다. 딱딱하게 메말랐던 껍질과 살이 바야흐로 농익어 탄력있고 물기있게 절실해간다.

구태여 입에 넣고 씹지 않아도 좋다. 익어가는 그 과정을 완상하는 것만으로 미각 이상의 미각이 정골을 녹여준다.

살구는 마침내 농익어 떨어지는 듯싶었다.

그러나 바로 그 순간이었다.

"아니되어요, 마님께서……"

김씨는 외치며 몸을 솟구치는 것이 아닌가. 방원은 어안이 벙벙했다.

그러나 김씨는 꼭 무엇에 홀린 사람처럼 허공을 응시하면서,

"마님이 보고 계시어요."

이런 헛소리까지 질렀다. 그러더니 되는대로 옷을 주워 입고 밖으로 뛰쳐나갔다. 그때 김씨는 분명히 민씨의 얼굴을 보고 있었다.

그때뿐만이 아니었다. 더 따지고 올라가자면 송도집을 떠날 때부터였다.

김씨가 남복을 하고 방원 일행 속에 끼여들려고 할 때였다. 하녀 하나가 다가오더니 귀엣말로 속삭였다.

"마님께서 잠깐만 뵙고 가랍신다."

김씨로선 누구보다도 두렵고 역겨운 상대였지만, 아직도 주종의 관계는 해소되지 않은 상태였다,

아무리 방원의 총애를 받게 된 틈이긴 했지만, 민씨부인은 어엿한 안주인이었다.

그야 은장도 사건이 있은 이후로는 상황이 많이 달라졌다고는 할 수 있다. 그렇다고 먼 길을 떠나면서 한마디 인사조차 없을 수 없는 터인데, 상전측에서 자진해서 보자고 한다.

거절할 수도 묵살할 수도 없었다.

결국 민씨부인의 방을 찾아갔다.

그 동안 겪은 심한 마음의 격랑 때문일까, 민씨부인의 몰골은 유귀(幽鬼)를 방불케 했다.

그 유귀 같은 입을 열고 말했다.

"모두들 나만 몹쓸년으로 몰겠지. 나는 너를 모해하려고 했고, 너만 혼자 화를 입었다고 생각하겠지. 하지만 내가 설혹 너를 때려죽였다 하더라도 네가 나에게 안겨준 아픔만은 못할 게다. 그렇듯 너는 내 마음을 죽인 거야."

단숨에 쏟아붓듯 말하고는 더 말이 없었지만, 그때 민씨부인의 그 얼굴이 집을 떠나 걸음을 옮길 적마다 김씨의 눈엔 줄곧 밟혀 왔다.

양심의 가책이란 말로 표현되는 진부한 의식이 아니었다. 보다 더 깊은 곳에 뿌리박힌 가시였다.

오늘밤의 정사가 여느 때와 마찬가지로 방원의 적극적인 주도하에 이루어졌더라면, 김씨는 어디까지나 수동적인 위치에 놓여 있었다면 도피할 구멍이라도 찾을 수 있었을는지 모른다.

하지만 사태는 묘하게 뒤바뀌었고, 스스로 능동적인 위치에서 능동적인 유열의 절정으로 치달리자, 민씨부인의 그 가시는 호되게 김씨의 심골을 얼어붙게 한 것이다.

김씨는 그저 어둠 속을 헤매고 있었다.

낯선 고장인 때문이기도 해서 어디가 어디인지 식별도 기억도 없이 방황하고 있는데, 불쑥 어둠을 누비고 한 사나이가 다가왔다.

"너 마침 잘 만났다."

사나이는 잔뜩 소리를 죽이고 말하면서 김씨의 팔목을 붙잡았다.

만일 그 사나이의 음성이 귀에 익은 것이 아니었더라면 김씨는 뿌리치고 도망쳤거나 꾸짖어 쫓아보냈을 것이다. 그러나 그 목소리의 임자가 누구인 것을 깨닫자, 그 자리에서 움직이질 못했다.

민무구였다.

"그러지 않아도 너를 만나고자 이렇게 달려온 참이니 군소리 말고 잠시 내 말을 듣도록 하라."

강압적인 언사를 일방적으로 덮어 씌우며 민무구는 말을 이었다.

"꼴 좋구나. 수염 한 올 없는 낯짝에 어울리지도 않는 전복 차림이라?"

적의와 조소를 뒤섞으면서 민무구는 다시 말을 이었다.

"무엇 때문이냐. 무엇이 안타까와 그 꼴을 하면서까지 정안군의 꼬리에 붙어다니는 거냐."

김씨는 그저 듣고만 있었다.

가뜩이나 절박한 감정에 휘말려 여기까지 뛰쳐나온 김씨였다. 그리고 예기치 않던 민무구의 출연이었다. 응수할 말 한마디 찾을 여유가 있을 턱이 없었다.

"무엇을 바라는 거지? 그토록 알랑거리며 무엇을 울궈내자는 거지."

그는 문득 옆구리에서 큼직한 주머니를 뽑아냈다.

"이거냐?"

그 주머니를 흔들어댔다. 그 속에서 야릇한 무거움과 깊이를 느끼게 하는 금속성이 울려 퍼졌다.

"우리 누님이 두고두고 모아온 금붙이들이다. 이것만 가지고 떠나보아라. 어딜 가나 너는 떵떵거리며 살 수 있을 게다."

이번엔 그 주머니를 김씨 코밑에 들이밀었다.

"천한 종살이를 하지 않아도 좋을 게다. 바늘방석보다도 더 따가운 시앗의 자리에서 벗어날 수도 있지 않겠느냐."

김씨는 야멸차게 그 주머니를 후려쳤다.

민무구가 불쑥 나타난 순간에 민씨부인을 연상했던 김씨였다. 그러기에 뼈아픈 양심의 가시를 느꼈고 그래서 말 한마디 못하고 있었던 것이었지만, 민무구의 언동이 그렇게까지 나오자 앙연한 반발이 치밀었던 것이다.

"아무리 천한 종년이라고 마음 속까지 그토록 치사한 줄 아세요. 내가 그분을 모시는 것은 어떤 호강을 바라서가 아녜요. 그저 그분을 받들고 싶은 거예요. 그분이 원하는 것이라면 아낌없이 드리고 싶을 뿐예요."

의표를 찔려 머쓱해진 것일까, 민무구는 한동안 말이 없었다.

하다가 쿡쿡쿡 어색한 웃음을 터뜨렸다.

"아낌없이 주고 싶다구? 도대체 네가 정안군 그분에게 줄 수 있는 물건이라는 게 무엇이냐? 아니 그분이 원하는 것이 무엇인 줄이나 알고 있느냐."

이렇게 빈정대다가,

"그분이 항상 원하고 있는 것, 그것은 너 같은 천비로선 생각도 못할 크고 엄청난 것이란 말이다. 대전(大殿) 용상에 높이 앉아서 만조백관과 만백성들을 호령하고 다스리는 것이 그분의 유일한 소망이거늘, 너에게 그런 힘이라도 있다는 거냐. 구중 궁궐 깊이 솟은 그 보좌를 댕그머니 떠다가 바치기라도 하겠단 말이냐. 아니 세자 자리라도 좋다. 그 한 귀퉁이라도 잡아떼어 그분 손에 쥐어줄 수 있다는 거냐."

거창하게 나온다.

김씨의 미천한 신분을 멸시하고 우롱하며 기를 죽이려는 소리였지만, 김씨는 지고 싶지 않았다.

"그것은 댁의 혼자 생각이지 지금의 나리는 그런 생각, 그런 꿈은 꾸지도 않고 계실 거예요."

어떤 확신 같은 것을 다짐하는 어투로 쏘아 주었다.

쿡쿡쿡 민무구는 또 웃었다.

"그렇다면 그분이 원하는 게 무엇일까. 솜털도 가시지 않은 개살구나 씹는 것으로 자족할 분이란 말이냐. 어쩌다가 발길에 차인 알량한 천과(賤果)를 천하의 지보처럼 끼고 돌 줄로만 알고 있는 거냐."

김씨는 더욱 더 부아가 치민다.

"개살구라도 좋아요. 그보다 못한 것이라도 좋아요. 하지만 저는 누구도 그분에게 드릴 수 없는 것을 바칠 수 있단 말예요."

이 편에서도 거창하게 나갔다.

그 기백에 놀란 것일까. 민무구는 숨을 들이킨다.

"우리 나리께서 가장 원하시는 것은 세자님 자리보다도, 나라님 자리보다도 극진한 정성일 것이라고 나는 생각해요. 이때까지 누가 그분에게 아낌없는 정성을 바친 적이 있나요."

소박한 직감에서 빚어낸 소리였지만, 만일 그 말을 방원이 들었더라면 깊은 공감을 느꼈을는지도 모른다.

방원의 주변에 모여든 사람은 적지 않다.

혁명의 동지들, 그를 지지하는 정우(政友)들, 그를 추종하는 심복들, 그가 거느리는 사병들과 사용인들, 혈속(血屬)이나 권속들도 결코 적적한 편은 아니다.

위로는 부왕 이성계가 있고, 다섯 손가락에 꼽고도 넘는 형제들, 누이들. 그러나 그들 중에서 어느 누가 진정으로 사심 없는 정성을 바치고 있다고 단언할 수 있을 것인가.

"그분에겐 어엿한 정실부인이신 옹주마님이 계시긴 하지만, 나는 마님이 지성으로 나리를 모시는 걸 단 한 번도 보지 못했어요. 되려 마님 당신을 위해서 그리고 친정분들을 위해서 나리를 괴롭히는 일이 더 많았을 거예요. 다른 사람들도 마찬가지였을 거예요. 겉으로는 나리를 위하는 체하면서 속으로는 자기네들 욕심을 채우려고만 야단을 떠는 게 아니고 무엇이겠어요."

그것은 방원의 권속들을 한 두름에 엮어서 후려치는 소리였지만, 특히 민무구에겐 뜨끔한 일격이었을 것이다.

그의 숨소리가 사뭇 가빠진다. 그의 성벽을 그대로 노출할 수 있는 형편이라면 호통을 치거나 손찌검이라도 가했을는지 모른다.

그러나 그는 그것을 꿀꺽꿀꺽 참는 기색이었다. 하더니 목구멍 깊은 곳에 걸리는 것을 억지로 내뱉는 것 같은 헛기침을 흘리고는 묘하게 가라앉은 소리로 말했다.

"그러니까 너만은 아무런 사심없는 충성을 바치겠단 말이지. 정안군 그분을 위해서라면 너 자신은 어떠한 희생이라도 감수하겠단 말이지."

그 속엔 간교한 낚시바늘 같은 말 올가미가 숨어 있었지만, 흥분한 김씨는 미처 그것을 포착하지 못하고 있었다.

"바로 그래요. 나리를 위해서 꼭 그렇게 해야만 한다면, 나는 내 목숨이라도 아낌없이 던질 거예요."

"그 말 잘했다."

민무구는 회소를 터뜨렸다. 그리고는,

"네 말이 진정이라면 너는 떠나야 한다. 지금 당장에 정안군 그분 곁을 떠나야 한단 말이다."

검은 웃음 속에 야릇한 칼날을 번득이며 잘라 말했다.

"만일 네가 떠나지 않는다면 정안군의 핏줄을 끊는거나 다름이 없게 되는 거야."

엉뚱하게 비약한 소리를 민무구는 꺼냈고, 그 말뜻을 김씨는 얼핏 새겨 들을 수가 없었지만, 어떤 결정적인 일격을 얻어맞은 것 같은 아픔이 심골을 흔들었다.

"우리 누님에게 태기가 있단 말이다. 너는 모르고 있겠지만, 요 얼마 전 원해라는 왜의(倭醫)가 전한 신묘한 비법을 썼더니, 삼십이 가깝도록 감감 소식이던 우리 누님에게 그 달로 태기가 있었다는 거다."

어둠 속이었지만 그 어둠보다도 짙은 암흑이 자신을 덮고 누르는 것 같은 절망에 빠지며 김씨는 그 자리에 주저앉아 버린다.

물론 사사건건 음울한 농간을 일삼는 민무구의 말이었다.

일단 의심할 수도 있는 소리였지만, 지금의 김씨로선 의심할 기력조차 없다. 또 민무구의 그 말은 어느 말보다도 무거웠고, 그 말은 사실이기도 하였다.

민씨 소생의 맏아들 양녕대군이 출생하게 되는 것은 바로 그 다음해인 태조 3년, 시간적으로도 어김없이 일치되는 소리였다.

뿐만 아니라, 민무구는 자신의 말의 신빙성을 강조하기 위해서 보다 더 구체적인 설명을 늘어놓았다.

"요 며칠 전 천둥이 심하게 치던 날, 네가 정안군에게 아양을 떨고 있던 그 별당을 우리 누님이 찾아간 까닭이 무엇이겠느냐."

그날 방문을 열던 순간 석상처럼 굳어서 움직이질 못하던 민씨의 모습이 아프게 되살아난다.

"태기가 있다는 징조를 발견하고 천진하게 좋아 날뛰던 우리 누님, 그래서 누구보다도 먼저 부군에게 그 희소식을 전하려고 달려갔던 우리

누님, 그러나 그 남편이란 작자는 어떠한 짓을 하고 있었더냐. 걸레조각
만도 못한 계집종을 끼고 뒹구는 남편에게 어찌 그런 소식을 전할 수
있었겠느냐."

석상처럼 굳어 있던 민씨의 입가에 피어오르던 소리없는 냉소, 그 웃음
의 의미도 이제는 뼈저리게 이해가 간다.

"그 자리는 점잖게 물러갔다고 하지만, 우리 누님의 흉중은 어떠했겠
느냐."

시궁창에 떨어진 개살구를 주워먹은 입김이 구리다면서 코를 가리고
밖으로 나가버린 민씨부인의 냉랭한 겉모습에 감추어진 내면의 광란을
지금은 사무치게 알 수 있을 것 같다.

"너를 모해하고자 했다고 정안군은 역정이 대단했다만, 천한 종년에게
남편을 빼앗긴 몸으로 그만한 분풀이쯤 하지 않을 부인네가 어디 있겠느
냐. 하지만 그 일에도 누님은 실패해서 호되게 몰리게 되었고, 죽어야
마땅할 너는 오히려 정안군의 두터운 비호를 받아 여기까지 붙어왔다.
우리 누님, 철석인들 견디어낼 성싶으냐."

그때부터 민씨부인은 식음을 전폐하고 누워 있다는 것이다.

남편이 총애하는 시앗이 따로 있는 이상, 후사를 낳아준들 무슨 소용이
있겠느냐고 뱃속의 태아와 함께 죽을 각오를 굳히고 있다는 것이다.

"만일 우리 누님이 그대로 죽게 된다면 어찌될 것이냐. 모처럼 하늘이
점지한 정안군의 후사를 햇빛도 보기 전에 핏덩어리째 없애버린다면
그 죄를 어떻게 감당하겠느냐 말이다."

열띤 소리를 쏟아놓은 민무구는 여기서 잠시 말을 끊고 김씨의 반응을
기다리고 있었다.

──내가 어째서 이렇게 되었을까.

소리 없는 비명을 김씨는 씹고 있었다.

조금 전까지도 방원이 원하는 것을 가득히 가지고 있고 아낌없이 줄
수 있다고 자부하던 김씨였지만, 지금은 다르다.

방원이 가장 원하는 것을 가로채는 장애물이 되고 말지 않았는가.

민씨부인의 임신이 사실이라면 그것은 방원에게 더할 수 없는 희소식일 것이다.

거의 단념하다시피 한 후사를 잉태했다. 그 사실을 알게 된다면 그는 얼마나 기뻐할 것인가.

얼마 후면 이 세상의 햇빛을 볼 어린것에게 온갖 꿈을 걸고 거기에 가지가지 설계를 그릴 것이다.

──그렇지만 그 어린것이 어둠 속에서 스러져 버린다면, 그것도 나 때문에……

그것은 후사의 죽음인 동시에 방원 자신의 죽음일 수도 있다.

"내가 죽을 수밖에 없어."

입밖에까지 내어 외치며 땅바닥에 주저앉았던 김씨는 벌떡 일어섰다. 달려가려고 했다. 어디라고·지향하는 곳이 있는 것은 아니었지만, 어쨌든 방원의 곁에서 멀리 떨어져야 한다는 생각뿐이었다.

그러나 그 어깨를 민무구의 손이 잡아챘다.

"네몸 하나가 꺼진다고 이 일이 해결되는 것은 아니야."

그는 잔인하게 언명했다.

"너의 몸과 함께 너의 마음도 떠나야 하는 거야. 정안군의 가슴 속에 네가 살아있는 한 그분은 누님에게 돌아가지 않을 것이며, 정안군이 돌아가지 않는 한 누님과 어린것은 죽고 말게다. 네가 진정으로 정안군을 위하고 아낀다면 그래서 떠나겠다면 정안군의 가슴 속에서 너를 깨끗이 지워버리고 가야 한단 말이다."

그 말을 남겨놓고 민무구는 어둠 속으로 사라졌지만, 그 순간 그의 손끝이 김씨의 전복자락 속에 무엇인가 재빠르게 집어넣는 것을, 김씨는 미처 깨닫지 못했다.

──나는 어떻게 해야 하나.

땅바닥에 다시 주저앉아 몸부림만 치고 있었다.

그때 마침 그 자리에 방원이 나타났다. 그 동안 김씨를 찾아다니다가 그제서야 겨우 그곳에 이른 것일 게다.

"너 여기서 뭘하고 있는 거냐."

이렇게 묻는 방원의 목소리엔 무엇인가 의심하는 것 같은 그늘이 서리어 있었다. 하지만 착잡한 심란 속에 허위적거리기만 하고 있던 김씨는 미처 대답을 못했다.

"지금 여기서 어떤 남자의 목소리가 들린 것 같은데 누구냐."

좀더 구체적인 의혹을 노출시키며 방원은 물었다. 김씨는 겨우 몸을 일으켰지만 역시 대답은 하지 않았다.

이때까지 일어난 일을 사실대로 털어놓는다면, 방원의 의혹을 풀 수 있을는지 모른다.

그러나 지금의 김씨에겐 그것이 문제가 아니었다.

민무구가 남기고 간 말 그대로 방원의 가슴에서 자기를 지워버리겠다고 애를 태우고 있는 김씨였다.

──차라리 나를 의심하시어요. 의심하시고 욕하시어요, 나리.

방원에게 집착한 자기 심장이라도 빼어버리는 고통을 씹으며 안간힘만 썼다.

"어쨌든 방으로 들어가자."

방원은 거칠게 김씨의 팔꿈치를 잡았다. 끌다시피 앞장서서 걸어갔다.

"그 남자가 누구였지?"

거실로 들어서자 방원은 또 캐물었다.

사나이의 가슴이란 소탈하게 터놓으면 어수룩할 정도로 매사에 덤덤할 수 있다. 그러나 그 가슴에 한번 질투의 검은 불이 당겨지면 어이없이 헝클어진다. 엉뚱하게 비약하고 광란하는 경우도 많다.

"그 남자, 천석이란 놈이 아니냐."

있을 수도 없는 소리였다.

천석이로 말할 것 같으면 은장도 사건이 있었던 그날밤 민씨부인의 심복 종들의 손에 초죽음이 되도록 매를 맞고 광속 깊이 갇혔던 것이다.

방원이 집을 떠날 때까지도 그가 풀려났다는 소식을 듣지 못했으니 이런 자리에 나타날 형편도 아니었고 이유도 없었지만, 일그러진 심화에 타고 있는 방원은 그런 소리까지 입밖에 낸 것이다.

김씨는 모든 것을 털어놓고 싶었다. 부질없는 의혹을 풀어주고 전과 같이 격의 없는 가슴을 마주대면서 한덩어리가 되고 싶었다.

그러나 마음의 입술을 악물었다. 절벽에서 내려뛰기라도 하는 것처럼 마음의 눈까지 감아버렸다.

그리고 외쳤다.

"누구면 어떻단 말씀이신가요. 천석이면 어떻고 다른 누구면 어떻단 말씀이어요."

그 말은 극으로 치달리던 방원의 심화를 작열시키기에 충분했다. 작열한 것은 질투하는 마음만이 아니었다. 이상하게도 거기서 자극된 야릇한 욕정이 함께 폭발했다.

거칠게 끌어안았다. 그대로 뒹굴려고 했다.

거칠어도 사나와도 감미로운 유열이 김씨의 등골을 누비는 것이었지만, 또 마음의 어금니를 깨물었다.

또 한번 절벽에서 내려뛰는 심정으로 방원의 손길을 거부했다.

"그렇다면 역시⋯⋯"

방원은 이제 완전히 광란한 야수였다. 김씨가 걸치고 있는 전복 자락을 움켜잡더니 내려 찢었다.

그 서슬에 그 옷자락 속에서 차곡차곡 개켜진 쪽지 같은 것이 떨어졌다. 물론 민무구가 사라질 때 김씨도 모르게 쑤셔넣은 물건이었지만, 방원이는 그 사실을 알턱이 없다.

급히 그것을 집어들고 촛불 밑으로 가져갔다.

"뭣이? 나를 독살한다면 장차 세자의 후궁을 삼겠다?"

쪽지에 쓰인 글발을 곱씹는 소리였겠지만, 방원은 '이렇게 중얼거리더니 사지를 부르르 떨었다.

그리고 다시 그는 쪽지를 펴본다. 눈을 비벼본다.

"틀림없는 중궁 그분의 필적."

혼자 중얼거리며 또 눈을 비벼본다. 몇번이고 그렇게 되풀이하더니 심골이 일시에 빠져나간 사람처럼 방바닥에 몸을 던지고 뒹군다.

"설마 그분이, 그럴 수가 있을까. 설혹 세상이 뒤집히는 한이 있더라도 그분이 나를."

곱씹는 방원의 말꼬리는 그대로 암담한 호곡이었다.

"그분이 나를, 그분이 나를, 그분이 나를."

그때 방문 밖 어둠 속에서 두 사나이가 웅크리고 앉아 있었다.

한 사나이는 일단 김씨 곁에서 사라졌던 민무구였고, 또 한 사나이는 한량 차림을 한 장골이었다.

민무구가 사나이의 손에 무엇인가 쥐어주었다.

사나이는 그것을 고쳐잡는다. 방안에서 흘러나오는 불빛을 받고 그것은 번뜩였다.

민무구는 또 옆구리를 찌르며 수작을 하더니 다시 어둠 속으로 사라지는 것이었는데, 그때 그는 사나이의 소매 속에도 쪽지 같은 것을 집어넣었지만 사나이는 모르는 모양이었다.

사나이가 방문을 향해 다가간다.

한 손으로 문고리를 잡고 한 손으론 민무구가 쥐어준 것을 높이 든다. 단검이었다.

방문을 잡아 젖히려고 한다.

그때였다.

사나이의 덜미를 잡고 태질을 치는 손이 있었다.

평도전이었다.

그는 재빠르게 사나이가 손에 쥐고 있던 단검부터 뺏어 던졌다. 그리고는 익숙한 솜씨로 전신을 수색하기 시작했다.

그 동안 평도전은 한 마디 말도 하지 않았고, 사나이 역시 아무 소리도 입밖에 내지 않았다. 그때 방문이 열렸다.

방원이 얼굴을 내밀었다.

광적으로 긴장했던 그의 신경이 재빠르게 그 기색을 포착한 것일까.

괴한의 소매 속으로 들이밀었던 평도전의 손이 거기서 쪽지 하나를 끄집어낸다. 그것을 보자 방원은 거의 반사적으로 그 쪽지를 다그쳤다.

촛불밑으로 가져가서 다급하게 펴보았다.

"역시 그분의 필적."

비명 같은 소리를 지르며 김씨의 옷자락에서 나왔던 그 쪽지와 비교해본다.

"이럴 수가 있을까. 하나도 아니고 두 장씩이나."

그와 같은 소란을 어디선지 엿보고 달려온 것일까. 혹은 우연히 달려온 것일까. 이번엔 원해가 방안으로 들어섰다.

"무슨 글발입니까, 왕자님."

묻는 그에게 방원은 잠자코 쪽지 두 장을 건네준다.

"왕자님을 독살하면 세자님의 후궁을 삼겠다?"

김씨의 옷자락에서 나온 쪽지를 읽은 다음,

"왕자님을 살해하면 후한 상을 주겠다구?"

괴한의 소매에서 나온 글발을 읽으며 뇌까린다.

그 동안 평도전은 항상 준비해 가지고 다니는 포승으로 괴한을 결박하고는 원해의 곁으로 다가왔다.

"졸자에게도 보여주게나."

쪽지를 받아보고는,

"문투로 미루어 왕비님의 글발인 듯싶습니다만, 그분의 필적에 틀림이 없습니까?"

방원을 향해 물었다. 방원은 괴롭게 고개를 끄덕였다.

"역시 졸자의 우려가 적중한 셈이로군요."

중얼거리더니 편도전은 괴한에게로 달려들었다.

"너는 누구냐. 어디서 무엇을 하는 놈이기에 이런 쪽지를 지니고 다니는 것이며, 왕자님을 해치려 드느냐."

그러나 괴한은 말이 없었다. 묵비권을 고집하고 있는 것일까.

"불지 않는다면."

평도전은 일단 괴한의 손에서 뺏어 던진 단검을 다시 집어들었다.

괴한의 앞가슴에 들이댔다.

"졸자, 남달리 성미가 급한 인간이라 끝끝내 고집을 피운다면 결국 너는 죽을 수밖에 없다."

얼러대며 단검을 찔러댈 기세를 보였다. 그러자 괴한은 겁에 질린 눈을 까뒤집었다.

"아, 아, <u>으으으</u>."

혀가 돌지 않는 소리였지만 절박한 비명을 터뜨렸다.

평도전은 잠깐 고개를 꼬다가 입맛을 다시며 괴한을 밀쳐버렸다.

땅바닥에 엉덩방아를 찧은 괴한은 사지를 버둥거리며, 또

"아으으, 아으으."

기성을 연발했다.

누가 들어도 말못하는 벙어리나 지르는 소리였다.

"왕비님이란 분 생각한 것보다도 훨씬 용의주도한 분이오이다. 이렇게 일이 실패로 돌아가더라도 흑막이 어느 누구인지 발설하지 못하도록 저런 벙어리를 뽑아보냈으니 말입니다."

방원은 굳게 입을 다물고 허공만 응시하고 있었다. 심리적으로는 그것을 시인하고 싶지 않았다.

김씨의 옷자락에서 나온 쪽지도, 괴한의 옷자락에서 나온 쪽지도 강비의 것이 아니기를 바라는 마음이 간절했다. 그러나 그런 충정을 덮고 누르는 의혹의 검은 구름을 또한 배제할 수는 없었다.

"저 자가 말 못하는 벙어리라면 원흉이 누구인가를 캐낼 길은 하나밖에 없지 않습니까, 왕자님."

김씨에게 날카로운 눈길을 쏘아보내며 원해가 한마디 했다. 김씨가 입을 열고 실토하도록 족쳐보라는 시사임에 틀림없었다.

방원은 여전히 허공만 응시할 뿐이었다.

"더 캐지 않아도 내막은 뻔하지 않은가. 공연히 일을 시끄럽게 벌였다간 사태는 오히려 왕자님께 불리하게만 발전할 걸세."

가슴 속 깊이 무엇엔가 끌리고 있는 것 같은 그런 어투로 말하더니, 평도전은 방안으로 들어갔다. 방원에게로 다가가서 몇마디 귀엣말을 속삭였다.

그제서야 방원은 허탈한 눈길을 서서히 돌렸다.

그 시선이 방 한구석에 쪼그리고 앉아서 고개를 수그리고 있는 김씨의 목덜미에 멈추자, 돌연 그는 호통을 터뜨렸다.

"뭘 하고 있는 거냐. 냉큼 물러가지 못할까."

그 말뿐이었지만, 거기엔 더할 수 없는 증오가 이글거리고 있었다.

김씨는 분하고 억울했다. 서럽기도 했다. 상상도 못했던 억울한 누명을 벗고 싶었다. 해명도 하고 싶었고 애소도 하고 싶었다.

슬픈 눈길을 들어 방원을 바라본다.

방원은 김씨에게 등을 돌려대고 서 있었다.

방금 격렬한 증오의 화염을 뿜어낸 사람의 뒷모습이 어쩌면 저렇게 쌀쌀하게 보일까.

그 어깨에 매달려 하소연을 쏟아붓기만 한다면, 미움의 그 불기둥은 당장에 사그라질 것만 같다.

──그럴 수는 없다.

김씨는 마음의 어금니를 깨물었다.

──아무래도 나는 가야 할 몸이야.

방원의 곁을 떠나되 그 가슴에 새겨진 짐을 지워버리고 떠나라고 민무구는 못을 박았다.

그 말을 물리칠 수 없었기에 망설이다가 이 꼴을 당한게 아닌가.

정을 떼고 떠나자면 지금보다 더 좋은 기회는 없을 것 같았다.

지금 방원의 가슴 속에 이글거리고 있는 미움의 불길은 거기 새겨진 정흔(情痕)을 그런대로 잘라버릴 것이다.

——하지만 내가 지금 마음을 모질게 먹지 않고 저 분에게 매달린다면……

그 불길은 사그라져버릴 것이고, 그 자리엔 전보다 더 깊은 마음의 상처가 새겨질 것이 아닌가.

——가겠어요, 나리.

피맺힌 소리를, 그러나 그것을 입밖에까지 내진 못하고 가슴이 메어지게 삼키며 김씨는 방문 밖으로 뛰쳐나갔다.

어둠 속에서 잠깐 걸음을 멈추어 본다. 뒤를 돌아본다.

환히 불이 밝혀진 그 방엔 여전히 등을 돌린 방원의 뒷모습이 비춰 있었다.

——부디 부인에게로 돌아가시어요, 나리. 장차 태어날 아기를 위해서 말씀이어요.

역시 입밖에는 내지 못하는 소리로 다짐하고, 어둠 속을 향해 김씨는 걸음을 옮겼다.

김씨의 모습이 어둠 속으로 사라지자, 아까부터 은밀히 지켜보고 있던 평도전이 원해의 귀에 무슨 말인가 속삭였다. 그리고는 서서히 김씨의 뒤를 밟기 시작했다.

어디로 가야 하겠다는 지향 같은 것은 있을 턱이 없는 김씨였다. 그저 방원의 곁을 떠나야 한다는 일념만으로 걸음을 옮기고 있었다.

한밤중 치고도 유달리 어두운 밤길이었다.

그믐이 가까운 달 없는 밤이라서만 그런 것도 아니었다. 흔한 별 부스러기 하나 보이지 않았다. 날씨까지 잔뜩 흐린 탓일까.

이윽고 어둠을 진동하는 춘뢰(春雷)가 으르렁거리더니 봄날치고는 있기 드문 폭우가 퍼붓기 시작했다.

그것을 두렵다거나 지겹다거나 혹은 시원하다거나 어쨌다거나 느낄 감각조차 마비된 김씨는 그저 걷기만 했다. 아는 사람이 면밀히 살펴본다면 김씨의 걸음은 기계적으로 오던 길을 되돌아가고 있었지만, 김씨 자신은 그것조차 의식하지 못하고 있었다.

봄날의 폭우는 좀처럼 그칠 줄을 몰랐다. 오히려 시시각각으로 극성스러워지기만 했다.

김씨는 그런대로 큰길을 따라 걷고 있었지만, 급수가 몰려드는 길바닥은 흡사 급류 속이었다.

얼마나 걸었는지, 얼마나 더 가야 할는지 지향할 목적지가 없는 김씨에겐 헤아릴 수도 없었고 헤아릴 필요도 없었다.

아직도 남아있는 기력이 그저 거추장스러울 뿐이었다. 한시 바삐 그 기력이 다하여 시든 꽃송이처럼 아무 데나 굴러떨어지고, 그리고 어느 수렁 속으로라도 자취없이 잠겨버렸으면 싶을 뿐이었다.

그러나 그 기력은 제법 끈질기게 꼬리를 물었다.

이럭저럭 폭우도 걷히고 그 밤도 다하여 먼 동쪽 하늘이 뿌옇게 밝아올 무렵까지 김씨는 걸었다.

평도전은 끈질기게 김씨의 뒤를 밟고 있었다.

"저 여자의 목적지가 어디냐. 거기 따라 이번 사건의 내막이 분명히 파악될 게다."

그는 중얼거렸으며, 김씨의 뒤를 밟는 의도도 바로 거기 있었다.

문득 평도전의 얼굴이 긴장한다.

김씨의 앞길에 탁류를 몰고 소리치며 흐르는 냇물이 가로막힌 것이다.

어느 때엔 도보로도 충분히 건널 수 있는 하찮은 하천일 것이지만, 간밤에 쏟아진 폭우로 물이 갑자기 불어 지금은 웬만한 강물처럼 보인다.

거기엔 교량도 놓여있지 않았으며, 물론 나룻배 같은 것도 마련되어 있지 않았다.

그러나 김씨의 걸음은 그 앞에서도 멈추지 않았다. 추호의 주저도 없이 탁류 속으로 발길을 들여놓은 것이다.

그제서야 평도전은 김씨의 마음의 상태가 심상치 않다는 것을 깨달았다. 그대로 버려두었다간 틀림없이 격류 속에 휘말려 익사할 것으로 여겨진 때문이었다.

하지만, 다음 순간 그는 달리려던 발길을 스스로 제어했다.

돌연 요란한 말굽소리가 울리더니 말탄 사나이 하나가 김씨를 향해 달려가고 있었던 것이다.

그때 김씨는 이미 물결 속에 말려 허우적거리고 있었지만, 사나이는 말을 탄 채 뛰어들어 가볍게 건져냈다. 그리고는 그대로 말을 몰아·냇물을 건너기 시작했다.

"누구일까?"

우연히 지나가던 행인의 행동으로 보기엔 어쩐지 석연치 않다.

평도전도 물 속으로 뛰어들었다. 어떻게 해서든지 김씨의 향방을 알아내야 하겠다고 새삼 마음을 굳힌 것이다.

물살은 거세고 급하였지만, 어려서부터 특수한 훈련 속에서 자라온 인자(忍者) 평도전에겐 그것을 헤엄쳐 건너는 일이란 그다지 힘들거나 어려운 작업이 아니었다.

급히 대안에 건너가서 보니 사나이와 김씨는 과히 멀지 않은 거리를 가고 있었다.

사나이는 말에서 내려 고삐를 잡고 있었고, 마상엔 김씨만 태우고 있었다. 물에 빠져 기진해 있을 김씨를 편케하기 위해서일까.

어쨌든 그것은 평도전으로선 다행한 일이었다. 만일 그 말탄 사나이가 그대로 마상에 올라앉아 말을 몰고 질주하였다면 평도전으로선 그 뒤를 따르지 못했을 것이다.

고삐를 끌고 가면서 사나이는 가끔 뒤를 돌아본다.

그런 행동을 평도전이 의심하고 신경을 곤두세웠더라면 앞으로 전개될 사태는 사뭇 달라졌을는지 모른다.

어쩌면 방원의 인생 역정에까지 엄청난 격차가 벌어졌을는지 모르지만, 평도전은 그저 무심코 흘려버렸다.

사나이와 김씨는 줄곧 북쪽을 향해 거슬러 올라가고 있었다.

한강수를 건너고, 한양땅을 지나고, 임진 강물도 건넜다.

"이렇게 되면 목적지는 틀림없는 송도다."

평도전은 희소를 씹으며 계속 뒤를 밟았지만, 바로 그 평도전보다 오륙 십 보 떨어져서 그의 뒤를 밟고 있는 또 다른 사나이가 있다는 것을 그는 까맣게 모르고 있었다.

임진강을 건넜을 때엔 날은 이미 저물고 어둠이 깔리기 시작하는 때였지만, 김씨를 끌고가는 사나이는 걸음을 멈추지 않았다.

그대로 강행군을 계속했다.

그 점도 의심하자면 의심할 수 있는 행동이었지만, 평도전의 심경은 묘하게 무디어져 있었다. 김씨가 어디로 가느냐, 거기에만 관심을 모으고 있을 뿐 다른 사소한 문제에 신경을 쓸 여유가 없었다.

또 한 가지 의심하자면 더욱 더 짙은 의혹이 눈길을 보내야 할 구석이 있었다. 물 속에서 건져진 이후 줄곧 김씨는 마상에 늘어진 채 움직이질 않는 것이다.

그 점에 대해서도,

──물에 빠졌을 때 실신을 한 채 깨어나지 못하고 있는 것이겠지.

평도전은 이쯤 생각해 두었다. 그로서는 김씨의 생사 따위는 문제가 아니었다. 살아 있건 죽어 있건 김씨의 몸이 떨어지는 귀착점만이 궁금할 뿐이었다.

그들이 송도에 당도한 것은 한밤중이었다.

사나이는 여유있게 거리를 누비고 가더니 한 대갓집 문전에 이르러 걸음을 멈추었다.

누가 사는 집인지 평도전으로서 얼핏 짐작이 가지 않았지만, 그 집의 규모로 미루어 굉장한 권세가의 사저인 것만은 틀림이 없었다.

사나이는 조심조심 주위를 둘러보다가 말에서 김씨를 끌어내렸다. 그러더니 그집 담너머로 김씨를 들이뜨리는 것이 아닌가.

볼수록 해괴하게만 여겨지는 소행이었다. 도대체 그 집이 누구의 집이기에 그런 수작을 하는 것일까.

아직 어두운 밤중이어서 이웃 사람에게 물어볼 수도 없는 일이었다.

──날이 밝기를 기다리는 수밖에 없다.

이렇게 생각한 평도전은 담 한모퉁이에 몸을 붙이고 있었다.

김씨를 들이뜨린 사나이가 그집 앞을 떠나서 오던 길을 되돌아가자, 또다른 사나이가 그의 곁으로 다가왔다.

평도전의 뒤를 밟던 괴한이었지만 평도전으로선 알턱이 없었다.

혹 그 괴한의 얼굴을 가까이에서 볼 수 있었다면 그가 누구라는 것을 금방 알아챌 수 있었겠지만, 어둠 속에서 게다가 평도전은 먼 발치에 있었다. 다만 김씨를 끌고 온 사나이와 한 패일 것이라고 막연히 추측될 따름이었다.

두 사나이는 어둠 속으로 잠겨버렸다.

그때 만일 평도전이 두 사나이의 정체에 대해서 좀더 신경을 쓰고 뒤를 밟기만 하였더라도 방원의 장래는 역시 다른 양상을 보이게 될 것이었다.

하지만 평도전은 안이한 판단만 내리고 있었다.

그 집이 누구의 집인가 그 점만 밝혀지면 모든 문제가 시원히 해결될 것이라고 생각하고 있었다.

마침내 날이 밝았다.

그집 건너집에서 하인 차림을 한 사나이가 나왔다.

"이 댁이 뉘댁이길래 이렇게 굉장할까."

평도전이 지나가는 말처럼 중얼거리자, 그 하인 차림을 한 사나이는,

"아니 그것도 모르고 개성거리를 서성거리는 거요."

사뭇 경멸하는 투로 이죽거렸다.

"시골 사람이 어쩌다가 서울에 올라왔으니 모를 수도 있지 않겠소."

평도전은 일부러 볼멘 시늉을 하며 투덜거려 보았다.

"시골 양반이라, 그렇다면 모를 법도 하겠구료."

하인 차림을 한 사나이가 어쩌다가 우쭐거릴 기회라도 만난 것이 사뭇 대견한 모양이었다. 신바람을 피우며 대단한 일이라도 일러주는 듯이 귀엣말로 너덜거렸다.

"이 댁으로 말할 것 같으면 나라님의 빙장이시며, 중궁마마의 아버님이시며, 판삼사사(判三司事) 벼슬까지 지내신 강대감댁이 아니고 뉘댁이겠소."

그 말에 절로 쾌재가 터지려는 것을 평도전은 겨우 참았다.

그 집이 바로 강비의 친정 아버지 강윤성(姜允成)의 집이라면, 평도전이 이때까지 모색해 온 추리는 빈틈없이 적중한 셈이었다.

방원의 암살 미수 사건의 모주(謀主)는 강비, 그러나 막중한 국모의 몸으로 그 일을 몸소 추진할 수 없는 터이어서 누구보다도 믿을 수 있는 친정 아버지에게 모든 것을 일임하였을 것이다.

강비의 밀서 두 장을 받은 강윤성은 그중 한 장을 김씨에게, 또 한 장을 벙어리 괴한에게 주고 일을 추진했을 게다. 한 사람이 설혹 실패를 하더라도 또 한 사람의 손으로 끝끝내 성취할 수 있도록 이중작전을 짰을 것이다.

그러다가 그 이중작전이 다같이 실패로 돌아가고 김씨는 쫓겨났다.

벙어리는 입이 없는 인간이나 다름이 없으니 염려할 것 없었지만, 김씨의 입이 우려되었다. 그 근처에 숨어서 동정을 살피고 있던 일당은 김씨가 물에 빠진 것을 구해서 강윤성의 집에 들이뜨렸다. 물론 증거인멸을

위한 세심한 사후책이었을 것이다.

평도전이 보고 판단한 바를 재정리해서 구축한 사건 내막의 추리는 이러했다.

그는 다시 갈찬참에 머무르고 있는 방원의 숙소를 향해 걸음을 재촉했다.

그때 방원은 술만 들이켜고 있었다. 그의 반생을 통해서 지금처럼 심한 좌절감에 빠진 적은 없었던 것 같다.

그야 지난날에도 생사의 갈림길에서 허덕인 적이 없지 않았으며, 표면적인 문제로는 지금보다 몇갑절 더한 역경을 견디기도 했지만, 그래도 그 당시엔 앞날에 대한 기대와 투지만은 잃지 않았다.

제삼자의 눈에도 가장 크고 간절하게 보였을 세자 자리를 상실하였을 때만 해도 그렇다. 지금처럼 절망에 빠지지는 않았다. 무언가 자기 앞날엔 보람있는 일이 기다리고 있을 것 같은 막연한 희망이나마 품어볼 수 있었다.

하지만 지금은 아무 것도 없다.

외면상으로는 별로 달라진 것이 없어 보일지 모르지만, 내면은 텅텅 빈 공동(空洞) 같기만 하다.

그 내면이 문제였다.

이때까지 방원이 불우한 위치에 처해 있으면도 보람있게 견뎌온 것은 정신적인 충족감에 매달린 때문이라고 해도 좋을 것이다.

부왕 이성계의 온정, 강비와의 마음의 교류, 그리고 시일은 짧지만 김씨가 보여준 순정, 그런 것들이 자신의 삶의 지주였다고 되씹는 것이었지만, 이제는 그것을 모두 잃었다. 자조와 자학의 술잔이나마 기울이지 않고는 견딜 수 없는 노릇이 아니겠는가.

취하면 쓰러지고 깨면 또 마시고 그런 몸부림의 수렁 속에서 하루낮을 보내고 하룻밤을 지새우고, 또 하루낮을 거의 다 보낸 저녁 무렵 평도전이 돌아왔다.

절망의 구렁 속에 늘어져 있는 것처럼만 보이던 방원의 안색이 한순간 생기를 되찾았다.

"어딘가, 그 계집, 어디로 가던가."

다급히 물었다.

지금 방원이 매달릴 수 있는 한 가닥 기대의 줄이 있다면 평도전의 보고뿐이었다. 김씨의 행방이 강비와는 전혀 무관한 곳이기를 그는 은근히 기대하고 있었다.

그것만으로 물론 강비에 대한 혐의가 일소되는 것은 아니었지만, 그래도 그런 정보만이라도 접한다면 자위의 미끼는 삼을 수 있을 것 같았다.

그러나 평도전의 복명은 잔인하도록 명확했다.

"왕비님 부친집으로 들어가는 걸 졸자 똑똑히 보았습니다."

헤벌어진 눈으로 방원은 한동안 평도전의 입을 응시하다가,

"그래? 허허 그래?"

헤식은 웃음을 터뜨렸다.

술병을 움켜잡더니 병째 들이켰다. 하지만, 그것도 마시다말고 그 자리에 썩은 나무등걸처럼 쓰러져버렸다.

그의 입에서 방금 들이킨 술이 꾸역꾸역 되쏟아져 나왔다. 그것에 섞이어 혀꼬부라진 소리가 간간이 흘러나왔다.

"이런들 어떠하며, 저런들 어떠하리."

마음의 충격을 격심하게 받을 적마다 읊조리는 자작의 하여가(何如歌). 그러나 어느 때보다도 지금의 그 노래는 구원 받을 수 없는 심연 속으로만 잠겨들고 있었다.

다른 때 같으면 아무리 아득한 절망 속에서 부르는 소리 같더라도, 그 밑바닥에는 재기(再起)의 저력이 꿈틀거리기 마련이었지만, 지금은 그런 것도 없었다.

"그것 참."

원해는 난처한 한숨을 굴리며 평도전을 돌아보았다.

"이러다간 왕자님도 마지막이 아닐까."

그러나 평도전의 표정은 원해와는 정반대로 정한한 의욕에 이글거리고 있었다.

"무슨 소리, 이제부터가 출발인 거야. 우리가 원하고 우리가 받들고 우리가 이용할 수 있는 왕자님은 이제부터 새로 탄생하는 걸세."

그는 뜨겁게 웃었다.

그리고는 방원의 곁으로 바싹 다가앉더니, 두 손을 모우고 두 눈을 내리깔았다. 마치 어떤 간절한 기구라도 하는 것 같은 그런 자세였지만, 다음 순간 그의 입을 비집고 나오는 소리는 괴이했다.

"죽여버리시오, 왕자님. 지난날의 왕자님은 흔적도 없이 뭉개버리시오. 대왕님도 왕비님도 저버리시오. 소쩍새 같은 아녀자의 정 같은 것은 티도 남기지 말고 날려버리시오."

방원의 입에선 썩은 술만 흘러나오고 있을 뿐, 아무런 반응도 없는 듯했다. 그러나 평도전은 계속했다.

"거미줄처럼 거추장스런 정(情)이란 걸 버리고 재생하실 때, 왕자님은 딴 분이 되시는 거올시다. 왕자님 혼자만을 위해서 사는 무쇠 같은 강자, 왕자님 앞길에 가로걸리는 장애물은 그가 누구이건 뭉개버리는 지엄한 제왕이 되시는 거올시다."

그래도 방원은 썩어 문드러진 등신처럼 움직이질 않았다.

——제1부 끝

소설 태종 이방원

제1부 뿌리 깊은 나무

초 판   1993년 05월 20일
재 판   2016년 12월 20일

지은이   방 기 환

발행처   문 지 사
발행인   홍 철 부

등록일자 1978년 8월 11일
출판등록 제 3-50호

주소   서울특별시 은평구 갈현로 312
전화 | 영업부 02)386-8451(**代**)
       편집부 02)386-8452
       팩 스 02)386-8453

정가 **15,000**원